Ein schöner Fassadenschmuck war das alte Feuerrad am Holzhaus der Huths im idyllisch gelegenen Kurort. Aber jetzt liegt Rosa Huth tot in ihrem Garten, erschlagen vom herabgestürzten Rad. Kommissar Jennerwein ist überzeugt, dass es kein Unfall, sondern Mord war. Doch warum musste die Putzfrau sterben? Hatte sie bei ihrer Arbeit Dinge erfahren, die gefährlich waren? Jennerwein befragt pikierte Honoratioren und redselige Ladenbesitzer. Als der Direktor der KurBank zugibt, dass Rosa für ihn geputzt hat, führt die Spur direkt in den legendär sicheren Schließfachraum. Hier ruhen versteckt und verriegelt genügend Geheimnisse, für die sich ein Mord lohnt. Der gesamte Kurort gerät in Aufregung, denn Jennerwein ermittelt in alle Richtungen. Das einzige, was er dabei nicht erahnt, ist der nächste Tatort …

Jörg Maurer ist Nr.-1-Bestsellerautor und wurde als Autor von Kriminalromanen wie auch als Kabarettist mehrfach ausgezeichnet, u. a. mit dem Kabarettpreis der Stadt München, dem Agatha-Christie-Krimi-Preis, dem Publikumskrimipreis MIMI und dem Radio-Bremen-Krimipreis. Jörg Maurer stammt aus Garmisch-Partenkirchen. Nach dem Studium der Germanistik und Theaterwissenschaften arbeitete er als Lehrer, dann als Kabarettist, bis er sich dem Schreiben zuwandte.

Weitere Titel von Jörg Maurer:
›Föhnlage‹, ›Hochsaison‹, ›Niedertracht‹, ›Oberwasser‹, ›Unterholz‹, ›Felsenfest‹, ›Der Tod greift nicht daneben‹, ›Schwindelfrei ist nur der Tod‹, ›Im Grab schaust du nach oben‹, ›Stille Nacht allerseits‹, ›Am Abgrund lässt man gern den Vortritt‹, ›Im Schnee wird nur dem Tod nicht kalt‹ sowie ›Bayern für die Hosentasche: Was Reiseführer verschweigen‹

Die Webseite des Autors: *www.joergmaurer.de*
Weitere Informationen finden Sie unter *www.fischerverlage.de*

Jörg Maurer

Am Tatort bleibt man ungern liegen

ALPENKRIMI

FISCHER Taschenbuch

Aus Verantwortung für die Umwelt hat sich der S. Fischer Verlag
zu einer nachhaltigen Buchproduktion verpflichtet. Der bewusste
Umgang mit unseren Ressourcen, der Schutz unseres Klimas und
der Natur gehören zu unseren obersten Unternehmenszielen.

Gemeinsam mit unseren Partnern und Lieferanten setzen
wir uns für eine klimaneutrale Buchproduktion ein,
die den Erwerb von Klimazertifikaten zur Kompensation
des CO_2-Ausstoßes einschließt.

Weitere Informationen finden Sie unter:
www.klimaneutralerverlag.de

Erschienen bei FISCHER Taschenbuch
Frankfurt am Main, Juni 2020
© 2019 S. Fischer Verlag GmbH,
Hedderichstr. 114, D-60596 Frankfurt am Main
Satz: Dörlemann Satz, Lemförde
Druck und Bindung: CPI books GmbH, Leck
Printed in Germany
ISBN 978-3-596-70370-8

Für Frau Weißgrebe,
der ich an dieser Stelle herzlich danke
und deren Namen ich im Roman
selbstverständlich ändern
werde.

Vorwort

Was war dieser 25. August doch für ein idealer Tag zum Wandern! Die Bergwände raschelten wie feines Silberpapier, die Sonne räkelte sich genießerisch über der schroffen Runserkopfspitze. Der Himmel war so verlockend blau wie Großmutters feine Heidelbeermarmelade. Ich überlegte mir, ob ich heute vielleicht nicht doch eine Tour auf das Hintere Trettachhorn unternehmen sollte: den herrlichen Hundsgrat hinauf, mit der atemberaubenden Aussicht auf die Oberen Schwemmingerhügel, dann auf der Eiblstätter Alm eine Pause machen, auf der Terrasse eine Maß frische Geißenmilch zischen, und weiter, immer höher … Wirklich verführerisch!

Doch dann fiel mir ein, dass ich dieses Wochenende ja noch eine Auftragsarbeit zu erledigen hatte. Das örtliche Geldinstitut feierte gerade sein hundertjähriges Bestehen, und eine alte Bekannte, die dort in der Marketingabteilung arbeitete, hatte mich gebeten, einen kleinen Artikel zur Festschrift der KurBank beizutragen.

»Ach ja, und damit Sie wissen, worüber Sie schreiben, kommen Sie doch am Wochenende vorbei und schauen Sie sich im ganzen Gebäude einmal um. Samstag um zehn?«

Am Montag sollte der Beitrag fertig sein. Ich musste da hin. Ein kurzer Blick noch zu den silbernen Wänden der Runserkopfspitze. Ja, schön wäre es schon gewesen, aber versprochen ist versprochen.

So machte ich mich also bei herrlichstem Wanderwetter auf den Weg zur KurBank und stieg mit Frau Weißgrebe, der freundlichen bebrillten Bankangestellten, die Treppe hinunter.

»Wir fangen am besten mit dem Allerheiligsten an, dem Schließfachraum im Keller. Sie werden es gleich spüren. Von dem geht eine Aura der Solidität und Bonität aus. Sie kennen ja unseren Slogan: *Sicher ist sicher!* Ich fand allerdings *Durch die Bank gut!* besser.«

Sie sperrte mir auf, wir betraten den Raum, in dem es markant nach Reinigungsmitteln roch. Ich fand auch *Durch die Bank gut!* nicht so besonders.

»Sie dürfen sich solange umsehen, wie Sie wollen, heute kommen keine Kunden. Schnuppern Sie ein bisschen von der diskreten Atmosphäre.«

Ich schnupperte. Scheuermittel mit Zitronenduft. Und Essig. Durch die Bank. Aber die Schließfächer strahlten tatsächlich etwas ganz und gar Solides aus.

»Hier, sehen Sie, unser Rückzugskabinett.«

Vom Schließfachraum führte eine augenscheinlich gepanzerte Tür in ein separates Zimmerchen mit Tisch, zwei harten Stühlen und einem bequemen, einladenden Büffelledersofa. Hier saßen also die russischen Oligarchengattinnen und betasteten ihre unbezahlbaren Fabergé-Eier. Oder sie holten sich Nachschub für den abendlichen Spielbankbesuch.

»Es ist von innen abschließbar und hat ein sogenanntes W30-Zertifikat.«

Fragender Blick meinerseits: ///???–?(!)///

»W30 ist der Widerstandszeitwert, der beschreibt, wie lange der Täter braucht, um eine Sicherheitseinrichtung zu überwinden«, erklärte Frau Weißgrebe stolz. »Das bedeutet in diesem Fall, dass die Tür einem gewaltsamen Angriff von außen mindestens dreißig Minuten standhalten muss. Ich geh dann mal wieder. Raus kommen Sie alleine. Sehen Sie sich um, solange Sie wollen.«

W30. Widerstandszeitwert. In dieser Zeit konnte also Warwara Matrjona Tschertschessowka die Polizei rufen und auch das Ei nochmals intensiv betrachten. Ich setzte mich auf das Sofa, musterte das einzige Bild an der Wand, ein düsteres, patziges Ölgemälde des ersten Bankdirektors von anno dunnemals, und stellte mir vor, was sich hier schon alles abgespielt haben mochte.

Als ich den kleinen Panikraum mit dem gemütlichen Sofa verließ und das eigentliche Tresorareal wieder betrat, fiel es mir auf den ersten Blick auf: Alle der etwa achthundert Schließfachtüren standen einen Spalt offen. Sie mussten inzwischen aufgesprungen sein. Die Gleichmäßigkeit der vielen identischen Winkel deutete darauf hin, dass hier keine menschliche Hand im Spiel gewesen war. Ich lag nicht falsch, denn wie ich später erfuhr, waren die Schließmechanismen durch einen Fehler im internen Betriebssystem kurzzeitig außer Kraft gesetzt worden. Ausgerechnet die digitale, als todsicher gepriesene Zusatzsicherung hatte zu der sperrangelweiten Offenlegung allergeheimster Geheimnisse geführt. Und noch viel später erfuhr ich, dass es am Datum lag, dem 25. August 2018. Die binäre Darstellung dieses Datums (1011111101011100010100010) brachte manche nicht mehr ganz taufrische Computer dazu verrücktzuspielen. Denn diese Zeichenkette war gleichzeitig auch der Befehl, alle Funktionen des Rechners auf die Werkseinstellungen zurückzusetzen.

Ich blickte mich um. Es herrschte absolute Stille. Ich war ganz allein. Natürlich kam es überhaupt nicht in Frage, die Situation auszunutzen. Auf keinen Fall. Nicht im Traum war daran zu denken. Aber andererseits: Wem schadete es, eines der Schließfächer zu inspizieren? Nur, um etwas Bankatmosphäre zu schnuppern? Das hatte mit profaner Neugier nichts zu tun, das war ganz normale Recherchearbeit. Aber was, wenn Frau Weißgrebe wieder zurückkam? Ich wandte mich schließlich abrupt von den Schließfächern ab und eilte entschlossen Richtung Ausgang. Als ich jedoch die Klinke umfasste, zögerte ich, sie niederzudrücken. Langsam drehte ich mich wieder um. Und es war eigentlich nicht ich, der da zurückging, um einen Blick in eines der Schließfächer zu werfen. Es war etwas in mir, das mir selbst neu war und vor dem ich kurz erschauderte. Bestand wirklich Gefahr, dass jemand hereinkam? Ich würde doch die Schritte auf der Treppe hören. So zog ich vorsichtig die metallische Schublade aus dem Schacht und stellte sie auf den Tisch. Und dann die Überraschung. Ich hatte eigentlich Schmuck erwartet. Nicht gerade Fabergé-Eier, aber Schmuck. Für mich hatte sich der Begriff Schließfach immer mit schwerem Geschmeide und aufwendig gearbeiteten Preziosen verbunden. Aber nichts von alledem. In der Schublade, die ich herausgenommen hatte, lag eine Klarsichthülle, in der zwei oder drei handbeschriebene Blätter Papier steckten. Mein letzter Wille … Datum, Name, Adresse … geboren am und in … Ich verfüge hiermit, dass … Ich starrte auf die erste Seite. Ich wusste gar nicht, wie viel Mühe es kostete, einen Text *nicht* weiterzulesen! Es war wiederum jemand anderer als ich, der mir da in die Hosentasche griff, das Handy herauszog und das Testament Blatt für Blatt fotografierte.

War da nicht ein Geräusch gewesen? Hastig legte ich die Hülle wieder in den Schuber und steckte diesen in das Schließfach zurück. Fingerabdrücke abwischen? Nein, wozu: Der Erblasser würde ja nie erfahren, dass ich das gelesen habe. Aber dann passierte mir ein schwerer Fehler. Sorgfältig drückte ich die Schließfachtür zu. Welch eine Eselei! Jetzt konnte man wahrscheinlich feststellen, dass diese Tür manuell geschlossen worden war. Und zwar genau in dem Zeitfenster, in dem ich mich im Kellerraum aufhielt. Was tun? Ich entschloss mich kurzerhand, alle Türen zuzudrücken. Sofort machte ich mich an die Arbeit. Vielleicht noch einen Blick in ein anderes Fach? Nein, unmöglich, völlig unehrenhaft, das hieße das Schicksal wirklich herausfordern. Vielleicht noch dieses eine –

Dann klopfte es an der Türe.

»Ist so weit bei Ihnen alles in Ordnung?«

Es war Frau Weißgrebe. Hastig drückte ich die restlichen Schließfächer zu und öffnete die Tür.

»Schön ist es hier unten«, sagte ich zu ihr, etwas atemlos. »Wenn man nur wüsste, was für dunkle Geheimnisse hier schlummern!«

Ich lachte hölzern. Sie blickte mich gespielt verschwörerisch an.

»Sie können auch gerne einmal in ein leeres Fach reinschauen.«

»Ja, freilich, sehr gerne, warum auch nicht.«

Sie sperrte № 307 auf. Ich wusste, dass № 307 leer war. Ich hatte ja vorhin einen Blick hineingeworfen.

»Aha. Ja, so. Sehr interessant«, fuhr ich fort, so überrascht wie möglich, und dann, nur um etwas zu sagen: »Ich habe sie mir größer vorgestellt, die Fächer.«

»Wir haben natürlich auch geräumigere. Aber die sind leider alle belegt.«

Auch das wusste ich. Eines davon hatte ich vorher genauer

inspiziert. Inhalt: ein vollgepackter Reisekoffer. In der Seitentasche, griffbereit: eine leichte Pistole, fünf Pässe, ein Bündel Bargeld.

»Die Schließfächer werden übrigens in Litern gemessen«, erläuterte Frau Weißgrebe weiter. »Es gibt 1-Liter-Schließfächer, für ein paar Blatt Papier und einige wenige Goldmünzen, 10-Liter-Schließfächer für aufwendigere Hinterlassenschaften. Wir Bankmenschen sagen immer: Je kleiner die Schließfächer, desto größer die Geheimnisse.«

»Das kann ich mir denken.«

»Wollen Sie sich noch ein wenig umsehen?«

»Danke, nein. Ich glaube, für die Festschrift habe ich jetzt genug recherchiert. Schreiben muss ichs ja auch noch.«

Zusammen mit Frau Weißgrebe verließ ich den Raum. Ich hatte mir alles in allem Einblick in etwa ein Dutzend Bankfächer verschafft. Es war so viel interessantes, überraschendes und aufwühlendes Material dabei, dass es eine wahre Sünde gewesen wäre, *keinen* Roman darüber zu schreiben.

1

Am heißesten Tag des Jahres hatte sich Ansgar Perschl auf der Straßenterrasse des Bistros einen Latte bestellt, war auf die Toilette gegangen und hatte beim Zurückkommen feststellen müssen, dass sich inzwischen ein Mann auf seinen Stuhl gesetzt hatte. Breitbeinig lümmelte er da in seinem hellen Anzug, eine Hand hing lässig über die Lehne, mit der anderen stützte er sich an dem Plastiktisch ab, als ob er ihn gerade ein Stückchen weggeschoben hätte. Tatsächlich waren der Speisekartenständer und die Zuckerdose umgefallen, die ersten gierigen Wespen interessierten sich schon für die Brösel. Perschl überlegte. War das nicht genau der gutgekleidete Mann, den er vorhin die Straße heraufkommen gesehen hatte? Perschl hatte den feinen Zwirn schon von weitem bemerkt. Er arbeitete als Verkäufer in einem renommierten örtlichen Trachtenmodenhaus und hatte deshalb den Blick für textile Feinheiten. Auch die Kopfbedeckung des Mannes fiel ihm auf. Das war kein stinknormaler Strohhut für zwofuchzig, das war ein echter, sündteurer Panamahut aus feinster Toquilla-Faser. Perschl nickte dem Mann kurz, aber freundlich zu, der reagierte nicht darauf. Auch gut, sein Problem, dachte Perschl. Gutgekleidet und unfreundlich, so haben wirs gern. Die Bedienung erschien, Perschl bestellte noch einen weiteren Latte, sie wiederum fragte den schweigsamen Mann im Panamahut:

»Haben der Herr einen Wunsch?«

Perschl blickte kurz auf. Der Mann hatte die strahlend weiße Kopfbedeckung tief ins Gesicht gezogen. Unter dem Jackett trug er eine Weste und ein viel zu dickes Leinenhemd. Er war überhaupt zu warm gekleidet für diese Hitze. Die Ärmel waren ihm verrutscht, blinkende Manschettenknöpfe kamen zum Vorschein. Die Bedienung wiederholte ihre Frage noch zweimal, stupste ihn dann kurz an.

»Hallo, der Herr!«

Es war eine kleine Berührung mit dem ausgestreckten Zeigefinger, eher ein symbolischer Fingerzeig, doch der Mann kippte nach dem Stups mit dem Oberkörper langsam nach hinten an die Stuhllehne und schien jetzt nachdenklich in die Ferne zu starren. Perschl war kein Mediziner, er kannte sich eher mit Fasern, Garnen und Zwirnen aus, aber er sah sofort, dass diesem Mann der Lebensfaden endgültig durchschnitten worden war.

Gerade in diesem Kurort, der an allen Ecken und Enden mit praller Lebensfreude und durchgehender touristischer Bespaßung warb, war die Rate der spektakulären Tode besonders hoch. Allein von der Schneefernerscharte sprangen pro Jahr ein Dutzend Lebensmüde die achthundert Meter hinunter in die Tiefe, sie reisten extra deswegen an, dabei hatte die Bergwacht, die sie bergen musste, genug zu tun mit den vielen verunglückten Halbschuhtouristen, Sonntagsbergsteigern und irren Extremsportlern.

»Jessas!«, entfuhr es der Fronitzer Karin, die ihren unheilbringenden Stupsefinger jetzt erschrocken zurückzog.

Ein paar Bistrogäste und Straßenpassanten versuchten, Erste Hilfe zu leisten, aber auch der gerufene Notarzt konnte nichts anderes als den Tod feststellen. Hitzschlag. Der Mann saß bequem in seinem Stuhl, der Notarzt hatte nach dem Pulsfühlen dessen erkaltende Hand auf den Tisch gelegt, es sah fast aus, als ob der seriöse Herr im Panamahut nach der Getränkekarte greifen wollte, die auf dem Tisch lag. Die Bedienung übernahm es, die Polizei zu rufen, Polizeiobermeister Franz Hölleisen erschien.

»Servus Perschi«, sagte er zu dem Herrenoberbekleidungsfachverkäufer. »Bleib noch einen Moment da, ich brauche dich als Zeugen.«

Perschi jedoch konnte wenig zum Fall beitragen, er hatte nichts weiter gesehen, als dass der Mann plötzlich als Toter dagesessen hatte. Auch sonst kannte ihn niemand, nicht einmal die Bedienung, die Fronitzer Karin, die sonst eigentlich ziemlich alle kannte.

»Wann hat er denn den Hitzschlag bekommen: schon beim Hergehen oder erst im Sitzen?«

Darauf wusste der Notarzt keine Antwort. Er und die Rettungssanitäter machten Anstalten, ihre Siebensachen einzupacken und den Abflug zu machen.

»Ja, nehmt ihr den nicht mit?«, fragte die Fronitzer Karin entgeistert und deutete auf die Leiche.

»Nein, Tote dürfen wir nicht mitnehmen«, erwiderte der Notarzt. »Ich muss aber jetzt wirklich, ich habe noch einen Einsatz.«

»Ich habe schon einen Bestatter angerufen«, versetzte Hölleisen. »Er kommt gleich.«

»Und bis dahin?«, rief die Fronitzer Karin verzweifelt. »Wenn der noch lange so dasitzt, vertreibt er mir am Ende die ganze Kundschaft! Können wir ihn nicht hineinziehen, mitsamt seinem Stuhl?«

»Von mir aus«, erwiderte Hölleisen gutmütig.

Zuvor durchsuchte er die Taschen des gutgekleideten Toten. Kein Ausweis, keine sonstigen Papiere. Er wandte sich wieder Perschl zu.

»Aus welcher Richtung ist er denn gekommen?«

»Von da«, erwiderte der und zeigte die Straße hinunter.

»Ja, mit einer Plastiktüte«, sagte die Fronitzer Karin.

»Aha«, sagte Hölleisen. »Und wo ist die jetzt?«

»Keine Ahnung.«

Er blickte sich auf dem Fußweg um. Nirgendwo war eine Plastiktüte zu sehen. Auch nicht unter dem wackligen Kaffeehaustisch oder auf der Straße.

»Voll oder leer?«, fragte Hölleisen.

»Was: voll oder leer?«, fragte die Bedienung zurück.

»Die Plastiktüte.«

»Eher voll.«

»Bist du sicher?«

»Ja, das sieht man doch. Sie flattert nicht so. Es zieht sie nach unten. Das müsstest du als Polizist eigentlich wissen.«

Hölleisen fächelte sich Luft zu. Verdammte Hitze. Er befragte noch ein paar Leute im Bistro. Niemand kannte den Toten. Niemand hatte eine Plastiktüte gesehen. Nachdem er mitgeholfen hatte, den Mann im Panamahut ins halbwegs kühle Innere zu ziehen, warf er noch einen Blick auf ihn. Er saß jetzt da wie der Seniorchef des alteingesessenen Etablissements, der beim Geldzählen eingeschlafen war. Und selig davon träumte, wie er es ausgeben könnte. Kreuzfahrten, Segeltörns, Spielbanken. Einige der Schaulustigen schossen Fotos. Viele twitterten und facebookten, Selfies gingen um die Welt.

Ein kleiner Dicker und ein großer Hagerer stellten ihre Koffer ab und versuchten, vom Gehweg aus einen Blick auf die Leiche zu erhaschen. Sie waren vom nahegelegenen Bahnhof gekommen, hatten augenscheinlich eine lange Reise hinter sich, unterhielten sich momentan angeregt auf Spanisch. Das war eine Sprache, die man selten im Kurort hörte. Russisch, Arabisch und Amerikanisch, alles immer wieder gerne. Manchmal auch Chinesisch oder Japanisch. Aber Spanisch? Eigentlich nie. Der kleine Dicke, ein Mann mit bäurisch-schalkhaftem Aussehen, stellte sich auf die Zehenspitzen.

»Was um des Himmels und meiner seligen Vorfahren willen mag da nur geschehen sein?«, fragte der Hagere.

»Es hat einen Toten gegeben«, antwortete der Dicke. »Ich tippe auf Hitzschlag. Das sieht man sofort. Im Erste-Hilfe-Kurs haben wir das in der ersten Stunde durchgenommen.«

»Alle Wetter! Ein Toter! Welch ein Schauspiel. Es ist wohl ein Gaukler, der unbewegliche Figuren darstellt. Ich muss schon sagen: sehr originell! Kannst du dich an die herrlichen lebenden Statuen in den Straßen von Barcelona erinnern? Alle paar Meter wurde ich einer solchen Figur ansichtig. Herzöge, Päpste, Ritter und Caballeros in prächtigen Rüstungen! Aber hier in diesem kleinen Flecken, da hätte ich solche Attraktionen durchaus nicht erwartet – und dann gleich ein Toter!«

»Lieber Herr, ich vermute, der Mann ist wirklich *muerto*. Mausemuerto.«

»Soviel ich weiß, ist ein Toter am schwierigsten darzustellen«, fuhr der Hagere unbeirrt fort. »Wenn ich nur an die berühmten Totendarsteller aus Kastilien denke. Miguel de la Cruz war so einer. Als er dann wirklich starb, sah er nicht halb so tot aus wie als prächtige ›Wasserleiche‹ auf dem Marktplatz von Salamanca.«

Hölleisen verabschiedete sich von Perschl und der Fronitzer Karin. Er ging ein Stück die Straße hinunter, die der Mann nach Angaben von Perschl gekommen war. Nach ein paar Metern betrat er den frisch renovierten Laden der Metzgerei

Kallinger, der aber wegen der Hitze so gut wie leer war. Niemand kaufte bei diesen Temperaturen die berühmten Leberkäsesemmeln.

»Alles rennt zur Eisdiele gegenüber«, sagte die Kallingerin vorwurfsvoll.

»Ich kann doch auch nichts dafür.«

»Für was?«

»Für die Hitze.«

Hölleisen beschrieb den Mann.

»Ja, der ist vorbeigekommen«, sagte die Kallingerin mürrisch. Sie hatte eher gehofft, dass der Polizeiobermeister zwei, drei Leberkäsesemmeln kaufen würde. »Was ist mit dem?«

»Hat der eine Plastiktüte dabeigehabt?«

Sie überlegte.

»Keine Ahnung. Vielleicht. So genau habe ich nicht hingeschaut. Ich pack dir noch eine Leberkäsesemmel ein. Geht aufs Haus.«

Er fragte noch in ein paar anderen Geschäften nach. Schließlich wurde er fündig.

»Ja, an den kann ich mich erinnern«, sagte der Schuhhändler Mayser. »Vor allem an die Plastiktüte. Das war keine von einem guten Geschäft, sondern eine alte, zerknitterte, richtig verhaute. Mit Löchern drin. Eine Supermarkttüte. Und verschmutzt. Die hat gar nicht zu dem Mann und seiner eleganten Kleidung gepasst.«

Hölleisen biss in die Leberkäsesemmel. Er steckte sie wieder zurück ins Papier. Bei Hitze schmeckten die einfach nicht. Dann zog er seinen Block heraus und fertigte eine Skizze der Straße und ihrer Geschäfte an. Er zeichnete Markierungen ein: Bis dorthin hatte man den Mann noch mit Tüte gesehen, dann ohne. Hölleisen ging den Weg zwischen diesen beiden

Punkten ab, bog auch ein Stück in die Seitengassen ein, hatte vor, einen Blick in die Mülleimer und Abfallcontainer der Hinterhöfe zu werfen. Aber keine Chance, es gab zu viele. Da bräuchte es schon eine ganze Hundertschaft, um die Mülleimer flächendeckend abzusuchen. Und warum eigentlich die ganze Mühe? Es lag augenscheinlich kein Gewaltverbrechen vor. Nur komisch war es. Aber komisch allein genügte der Polizei meistens nicht. Sonst wäre viel zu ermitteln auf der Welt. Hölleisen brach die Suche ab und kehrte wieder um. Sollte er Jennerwein deswegen belästigen? Eher nicht. Es war ja bloß ein Gefühl. Hölleisen schlug den Weg Richtung Revier ein, an der Ecke Greinstraße / Hölberweg hatte er die Plastiktüte schon fast wieder vergessen.

Endlich ist er weg, der Bulle, dachte die Frau mit den blonden, kurzen Locken, die bisher still und unauffällig auf der anderen Straßenseite gestanden hatte. Genauso unauffällig und eher schlendernd überquerte sie die Straße. Ihr Ziel war der Supermarkt, den sie durch den Vordereingang betrat, um gleich darauf in die Tiefgarage hinunterzusteigen. Dort wartete eine aufgeklappte Aschentonne. Ein großes Schild wies darauf hin, dass illegale Abfallentsorgung hart bestraft werden würde. Das Schild war mehrsprachig, auf Tschechisch klang es am härtesten. Die Frau sah sich um. Dann fischte sie eine Plastiktüte aus der Aschentonne. Es war eine unauffällige, löchrige und popelige Plastiktüte. Sie klopfte sie ab, klemmte sie unter den Arm, blickte sich nochmals um, ging wieder hinauf und verschwand in der flirrenden Hitze.

2

Alina Rusche war Putzfrau. Sie hörte die vielen verhüllenden Begriffe wie Perle, Aufwärterin, Zugeherin, Scheuermagd oder Stundenfrau nicht so gern. Lediglich den liebevollen Austro-Ausdruck *Lurchkatz* ließ sie sich noch gefallen. (Als Lurch wird in Österreich ein Schmutzgebinde aus Staub, Flusen und Haaren bezeichnet. Wirklich putzig.) Auch ihr Mann Tomislav, mit dem sie gerade beim Frühstück saß, war sozusagen vom Fach. Neben seinen diversen Hausmeistertätigkeiten im Kurort hatte er einen Halbtagsjob beim Autohaus Schuchart. Dort bestand seine Arbeit zwar zu neunzig Prozent darin, verschiedenste Arten von Bröseln aus den Rücksitzritzen von Mercedessen herauszusaugen. Aber niemand sagte mehr Innenreiniger, Tomislav wurde vielmehr Aufbereiter oder car detailer gerufen.

Sie saßen sich wie jeden Morgen an dem kleinen Küchentisch gegenüber.

»Nun, meine liebe Indoordetailerin«, scherzte Tomislav und warf seiner Frau einen neckischen Blick zu, »darf ich dir noch etwas Tee nachschenken?«

Alina nickte und reichte ihm die leere Tasse über den Tisch. Dabei lächelte sie und legte den Kopf leicht schräg, was die dezente Hakenhaftigkeit ihrer Nase noch betonte. Tomislav schenkte ein.

Der heiße Teestrahl schoss goldgelb brodelnd ins Porzellan, Alina fächelte sich den aufsteigenden Dampf zu.

»Orange Pekoe, fair geerntet, fleischiges Blatt, genau eineinhalb Minuten gezogen«, sagte Tomislav.

Jetzt versuchte er, das Frühstücksei zu köpfen. So geschickt er beim Handwerken war, dachte Alina, so ungeschickt stellte er sich hierbei an. Er brauchte mehrere Anläufe dazu. 1789 hätte er damit in Paris als Scharfrichter keinen Job bekommen.

»Gehst du heute zu Nolte?«, fragte Tomislav.

»Ja, ich glaube, das ist mein erster Kunde.«

Sie erhob sich. Am Kühlschrank hing ein Blatt mit einer Excel-Tabelle, in der die Termine eingetragen waren.

»Um neun muss ich da sein. Warum fragst du?«

»Bei dem sollte ich wieder mal den Rasen mähen. Legst du ihm einen Zettel hin? Dass ich das diese Woche noch mache? Ich habe ihm schon eine Mail geschickt, aber er hat nicht darauf reagiert.«

Alina nickte. Manche Kunden hatten sie gemeinsam, bei einem ganz besonderen hatten sie sich sogar kennengelernt, vor Jahren, sie als Lurchkatz, er quasi als Lurchkater. Tomislav sah auf die Uhr und erhob sich ebenfalls. Er musste früher los als sie, sie konnte sich noch ein bisschen Zeit lassen. Er küsste sie auf die Wange. Zärtlich umfasste sie seinen Nacken mit der Hand und streichelte ihn eine Weile. Er war ein guter Mann. Trotz alledem.

Als die Tür ins Schloss fiel, ging sie ins Bad, um zu duschen. Bei Nolte, dem jungen Mann mit der wohlklingenden tiefen Stimme, musste sie erst in einer Stunde sein. Nolte, das waren zwei Zimmer, Küche, Bad, Blumen gießen, auf keinen Fall was am Computer machen, Geld liegt auf dem Tisch.

Wöchentlich, bar auf die Hand. Die Hälfte ihrer Jobs waren Schwarzarbeiten, mit der anderen Hälfte finanzierten Alina und Tomislav neue deutsche Autobahnteilstücke, öffentliche Freibäder und Raketenabwehrsysteme für die Bundeswehr. Jetzt stieg sie hinauf auf den Speicher ihres kleinen Holzhauses, um ein bestimmtes Scheuermittel zu holen, das Nolte hundertprozentig nicht im Haus hatte. Ihr seufzender Blick blieb an einer großen Holztruhe hängen. Sie zögerte. Sollte sie sie öffnen? Vielleicht ein wenig drin herumwühlen? Nein, das war keine so gute Idee. Aber wenn sie schon mal hier oben war … Ach, egal, was solls. Sie klappte die Truhe auf, öffnete einen Schuhkarton und nahm Fotos heraus, die sie im Zwielicht des Speichers betrachtete. Eines zeigte sie in einem blaugeblümten, sommerlichen Rock, der leicht im Wind flatterte. Sie trug eine übergroße Sonnenbrille, die sie wie Grace Kelly oder eine dieser anderen Filmdiven aussehen ließ. Alina schloss die Augen und beschwor kurz die Bilder der Vergangenheit herauf. Dann fiel ihr auf, dass es hier dumpf und stickig roch. Es musste mal wieder richtig aufgeräumt werden. Schon schräg, dachte sie. Da war sie Putzfrau, und in ihrem eigenen Haus sah es aus wie Sau. Ganz unten in der Holztruhe lagen noch ein paar von ihren vollgeschmierten Collegeheften und vergilbten Computerausdrucken mit den endlosen Zahlenreihen. Vor fünfzehn Jahren hatte sie ein seltenes, äußerst seltenes Fach mit miesen Berufsaussichten studiert. Genau genommen mit gar keinen Berufsaussichten. Wenn man dieses Fach abgeschlossen hatte, blieb fast nichts anderes übrig als ein Putzjob. Davor hatte damals sogar der Dozent ihres abgelegenen Fachs, Professor Heuning-Berchthold, gewarnt. Alina blätterte noch ein wenig in ihren penibel geführten Vorlesungsmitschriften, lächelte über die eine oder andere Randnotiz, legte dann alles wieder in die Truhe. Während des

Studiums hatte sie mit dem Putzen angefangen. Das erschien ihr einfacher, lohnender und eigentlich auch weniger entwürdigend als das studentenübliche Kellnern. Sie hatte natürlich vorgehabt, eine akademische Laufbahn einzuschlagen. Dann jedoch war sie bei diesem Beruf hängengeblieben.

Ein kleines, ovales Fensterchen warf spärliches Licht in den Speicher, sie wischte die Glasscheibe mit einem Ärmel sauber. Dann schaute sie hinunter auf den wilden Bauerngarten, in dem Bohnen und Kartoffeln wucherten. Für den war Tomislav zuständig, er hatte auch den Hühnerstall gebaut. Tomislav saugte inzwischen wahrscheinlich schon die ersten Cornflakes aus Rücksitzritzen heraus. Er war ohne Zweifel ein braver Ehemann, der sich rührend um sie kümmerte. Superfürsorglich, superliebevoll, supertreu. Sie seufzte, verließ den Speicher und machte sich ausgehfertig.

Zu den meisten Wohnungen ihrer Kunden hatte sie den Schlüssel, auch zu der von Nolte. Manchmal kam sie sich vor wie ein Klischeeeinbrecher, der einem Comicheft entsprungen war. Nur der Ringelpulli mit Häftlingsnummer drauf fehlte noch. Sie betrat die Wohnung, schritt am Bücherregal vorbei, streifte einige der ihr bekannten Titel mit den Fingern. Niemand aus ihrer ganzen Kundschaft wusste, dass sie studiert hatte und Doktorandin dieses abgelegenen Faches war. Das hätte nur zu Mitleidsreaktionen geführt, einer reflexartig angebotenen Tasse Kaffee und einem Gespräch über das Thema, ob man nicht doch was machen konnte. Auch mit diesem seltenen Fach. Aber man konnte nichts machen. Nicht mit Mitte dreißig. Und sie wollte jetzt auch gar nicht mehr, sehr zum Unverständnis ihrer garstigen Familie. Vor allem die unverschämte Tante Mildred behauptete immer wieder, sie hätte sich das Geld vom Mund abgespart, um Alinas Studium finanzieren zu können. Jetzt wollte sie eine stattliche Summe zurück. Gerade erst vor ein paar Wochen hatte sie einen unschönen Zusammenstoß mit Tante Mildred gehabt. Die hatte ihr lautstark vorgeworfen, das Studiengeld nicht sachgerecht verwendet, sondern abgezweigt zu haben.

»Ich werde mein Geld schon noch bekommen!«, war ihr letzter Satz gewesen, bevor Tomislav sie hinausgeworfen hatte.

Die Wohnung von Nolte war schnell erledigt, er war selten zu Hause und schmutzte deshalb kaum. Sie stellte die Packung Halstabletten auf den Tisch, die sie ihm besorgen sollte, nahm die zerknitterten Scheine und steckte sie in die Tasche. Dann schrieb sie den Zettel, um den Tomislav sie gebeten hatte. Bei der nächsten Adresse gab es wiederum nichts Steuerfreies auf die Kralle, natürlich nicht, es handelte sich um ein angesehenes Geldinstitut. Das wäre was gewesen, wenn sie ausgerechnet hier Schwarzgeld bekommen hätte! Sie betrat die KurBank durch den Hintereingang, vorher musste sie einen Code eingeben, sie hatte den Geburtstag ihrer Oma als Zugangsberechtigung gewählt. Alina wusste, dass der Filialleiter Pit Schelling in seinem Büro jetzt sehen konnte, dass sie das Gebäude betrat. Auf seinem Computer blinkte dann ALINA RUSCHE ENTERING BUILDING auf. Sie schloss die Tür und stieg die Treppe hinauf zum Putzkämmerchen. Als sie wieder herauskam, hatte sie sich in ein Blaues Mädchen verwandelt. Normalerweise wurden die Türsteherinnen im Bayreuther Festspielhaus so bezeichnet. Die, die Eintrittskarten kontrollierten, Programmhefte verkauften, die Besucher in den Zuschauerraum und gegebenenfalls wieder raus ließen. Und den ganzen Tag Richard Wagner hörten. Da putze ich doch lieber, dachte Alina. Jetzt kam ihr Schelling mit der Marketingchefin von der Zentrale entgegen, beide grüßten kurz, sie herablassend, er eher peinlich berührt. Dann gingen sie kichernd vorbei. Alina sah den beiden nach. Sie wusste, dass Schelling momentan gar nicht zum Kichern zumute war. Er hatte große berufliche Sorgen, denn diese seine Bankfiliale sollte geschlossen werden, sie lohnte sich nicht mehr. Zu viel Personal, zu viele Dienstleistungen, die sich nicht auszahlten. Und Schelling würde in seinem Alter kaum mehr einen Job als Filialleiter finden. Mit über vierzig war in diesem Geschäft nichts mehr zu holen. Alina stieg die Kellertreppe hinunter. Im dort gelegenen Schließfachraum fing sie immer mit der Reinigung an. Auch hier brauchte sie ihren Zugangscode. Wieder tippte sie die Eckdaten ihrer Oma ein. Oben bei Schelling würde auch jetzt ihr Name wieder aufleuchten. ALINA RUSCHE ENTERING SAFE DEPOSIT BOX ROOM. Sie durchquerte den Schließfachraum und öffnete die Tür zum diskreten Rückzugskämmerchen mit W30-Zertifikat. Sie betrat es jedes Mal wieder mit einem kleinen, prickelnden Schaudern. Hier war lediglich abzustauben, Kunden benutzten diesen Raum selten, wie sie wusste. Wenn sich hier einmal am Tag jemand aufhielt, dann war das viel. Trotzdem wischte sie das schöne, große Büffelledersofa sorgfältig ab, griff in die Ritzen, suchte nach verlorenen Gegenständen, fand aber wie meist nichts. Nur einmal hatte sie den Entwurf für ein Testament gefunden. Dann war der Schließfachhauptraum dran. Sie hatte vorhin schon bemerkt, dass von einem Fach sowohl die Stahltür entfernt als auch die inliegende Kassette herausgenommen worden war. Sie hatte zwar keine direkte Anweisung, das Fach bei solchen Reparaturarbeiten zu putzen. Doch wo repariert wurde, fiel auch Schmutz an. Der größte Widersacher einer Putzfrau ist der Handwerker.

Schnell tauchte sie den Lappen ins Feuchte und machte sich an die Arbeit. Sie sah auf die Uhr. Noch eine halbe Stunde, dann kam der Filialleiter. Es handelte sich um ein mittleres 10-Liter-Fach, es war sauber, trotzdem fuhr sie mit dem Lappen die Flächen entlang, auch die Wandflächen, und auch die unzugänglichen Ecken hinter der Verblendung. Dort spürte sie an einer Stelle einen kleinen Widerstand, vielleicht durch einen vor langer Zeit angeklebten Kaugummi. Sie warf einen Blick ins Innere, aber dort drinnen war es zu dunkel, um etwas zu erkennen. Sie zog ihre Gummihandschuhe aus und fuhr mit dem Finger an die Stelle.

»Autsch!«, rief sie und zog die Hand wieder heraus.

Aus einer kleinen Wunde quoll ein winziger Tropfen Blut, sie hatte sich geritzt. Sie hielt den Finger an den Mund, suchte nach einem Pflaster. Dann hörte sie Geräusche draußen auf dem Gang. Ihr Handy summte. Tomislav hatte ihr eine SMS geschickt: Hab dich lieb.

3

Vier Tage später war Alina Rusche tot. Sie lag im offenen Sarg, man hatte sie in ihrem besten Kleid aufgebahrt, einem modischen Glockenrock, der die Figur betonte, auch im Liegen. Sie trug dazu passende Schuhe, cremefarbene Pumps mit Absatz. Das war bei einer Aufbahrung eigentlich nicht üblich, denn Schuhwerk erinnerte doch allzu deutlich an dessen momentane und auch künftige Funktionslosigkeit. Bestattet wurde gewöhnlich barfuß oder wenigstens strumpfsockig, es sei denn, die Verstorbenen wünschten sich ausdrücklich etwas anderes. Aber wird man, wenn man zur Feder greift, um seinen letzten Willen zu Papier zu bringen, einen Vermerk machen, dass man in Schuhen bestattet werden will? In den bequemen Sandaletten oder Hausschuhen? Kann da ein geschickter Jurist nicht sogar im Streitfall eine Unzurechnungsfähigkeit herausleiern, die schließlich, salvatorische Klausel hin oder her, das ganze Testament in Frage stellt? Alina Rusche hatte in ihrem Testament jedenfalls auf Pumps bestanden, und irgendwie passte es auch zu ihr. Sie gab überhaupt alles in allem eine schöne Leiche ab. Sogar die kleine Narbe an ihrer Stirn leuchtete und gab ihr etwas Würdevolles, Gesalbtes.

Eine frische Brise kam auf und kecke Windstöße umspielten Alinas Locken, lösten sogar eine Haarsträhne, hoben sie übermütig hoch, um sie gleich darauf wieder fallenzulassen. Es war ein würziger Sommertag, die kleine Schar der Trauergäste umringte die Aufgebahrte, jeder blickte versonnen auf das unbekümmerte Spiel des Windes, das er mit den Haaren der Toten trieb.

»So jung! Mitten aus dem Leben!«, sagte ein kräftiger Mann um die vierzig, Typ Naturbursche, Bademeister und Fitnesstrainer, der seine Basecap abgenommen hatte.

»Sie liegt da, als ob sie noch leben würde!«, fügte ein stiller, kleiner Mann in der ersten Reihe hinzu.

»Aber sag einmal, kann sich eine Putzfrau so einen Aufwand überhaupt leisten?«, flüsterte die Hofer Uschi ihrer Nachbarin, der Weibrechtsberger Gundi, zu.

»Ja, freilich«, flüsterte die Weibrechtsberger Gundi zurück. »Mir hat sies einmal erzählt, im Pilateskreis. Ein bisschen was hat sie gespart. Und ihre Verwandten sollen ja so eklig zu ihr gewesen sein. Denen wollte sie eins auswischen. Nichts sollten die kriegen, nichts. Rein gar nichts.«

»Wie: auswischen?«

Die Weibrechtsberger Gundi sah sich um, kam dann ganz nah ans Ohr der Hofer Uschi.

»Das ist so: Wenn du testamentarisch verfügst, dass der Tierschutzverein alles bekommt, kriegen die Verwandten vorher immer noch den Pflichtteil. Aber wenn du eine bestimmte Summe für deine Beerdigungskosten ausgibst, verstehst du: Sarg, Leichenschmaus, Musik, Trauerredner, Pipapo, dann wird das alles von der Erbmasse abgezogen. Zehn- oder zwanzigtausend sind da schnell beieinander. Wenn du es geschickt anstellst und recht pompös feierst, vielleicht sogar noch Schulden deswegen aufnimmst, dann schauen die Verwandten mit dem Ofenrohr ins Gebirge. Und ärgern sich tierisch.«

»Ich kann also richtig auf die Pauke hauen? Die West-minster-Kathedrale mieten und dort ein Staatsbegräbnis ver-anstalten?«

»Das geht wahrscheinlich nicht. Dass du immer so über-treiben musst!«

Die Hofer Uschi schüttelte den Kopf. Dann blickte sie sich um und raunte der Weibrechtsberger Gundi zu:

»Aber wenn die Alina alles für die Leich' verjuxt hat, dann ist für ihren geliebten Tomislav doch auch nichts mehr übrig-geblieben!«

Die Weibrechtsberger Gundi lächelte nachsichtig.

»Der? Der wird schon nicht leer ausgegangen sein. Die hat doch sicher schwarz gearbeitet, die Verstorbene, das machen doch die alle aus der Reinigungsbranche –«

»Pssst!«, zischte es über den Sarg hinweg aus der anderen Seite des Trauerkreises.

Der Nachteil bei einer kleinen, ausgewählten Truppe von Trauergästen war, dass man nicht anständig ratschen konnte. Und was gab es Schöneres, als angesichts der Ewigkeit und der Wucht des Todes zu ratschen. Das Schweigen der beiden Ratschkathln hielt deswegen nicht lange an.

»Das sind doch unmöglich ihre echten Haare!«, flüsterte die Weibrechtsberger Gundi und deutete auf den Kopf der Verstorbenen. »Das muss eine Perücke sein. Ich meine: bei den Verletzungen!«

»Kann man die auch von der Erbmasse abziehen?«

»Ich bin natürlich kein Jurist, aber das glaube ich jetzt wie-der weniger.«

»Aber ich bin Jurist«, sagte der Mann im Trenchcoat, der neben ihnen stand. »Eine Perücke kann man in der Tat ab-ziehen. Und jetzt hören Sie endlich mit dem Gequatsche auf«, fügte er scharf hinzu. »Das ist doch pietätlos. Angesichts der Ewigkeit.«

»Meinen Sie? Auch eine teure Echthaarperücke?«

Der Jurist sagte nichts darauf, sandte nur einen strengen, fast bösartigen Blick. Die beiden Ratschkathln zogen beleidigte Schnuten. Und bewegten sich schließlich ein paar Schritte von ihm weg.

»Man wird doch noch über die Verstorbene reden können«, maulte die Weibrechtsberger Gundi. Sie deutete zu dem, der sich als Jurist bezeichnet hatte. »Weißt du, wer das ist?«

»Keine Ahnung. Noch nie gesehen.«

»Komisch ist das schon. Dass die Alina einen Juristen gekannt hat.«

»Vielleicht hat sie bei ihm geputzt.«

»Würdest du denn zur Beerdigung von deiner Putzfrau kommen?«

»Ich hab ja gar keine. Bis ich der alles erkläre, mach ichs selber.«

»Aber sagen wir einmal.«

Von allen Seiten ertönten jetzt die vorwurfsvollen Psst!s, mahnende Blicke streiften sie, die beiden schwiegen schließlich. Aber es arbeitete schwer in ihnen. Das konnte man an den Zuckungen ihrer Lippen ablesen. Nach einiger Zeit kam eine stärkere Brise auf und zupfte am Glockenrock von Alina Rusche, obwohl sie eigentlich windgeschützt im Aufbahrungssarg lag. Der Wind wurde stärker, er trug etwas Feuchtigkeit mit sich und benetzte nicht nur die Wangen der Trauergesellschaft, sondern auch die der Verstorbenen mit einem nebelnassen Schleier. Doch der Spuk war bald wieder vorüber, und die mächtige Sonne verwischte alle Spuren auf Haut und Kleidung.

Die Weibrechtsberger Gundi blickte auf die Uhr.

»So spät, und immer noch scheint die Sonne.«

»Uhren tragen bei Beerdigungen bringt Unglück!«, flüsterte ihr die Hofer Uschi ins Ohr.

4

Der kleine Dicke und der große Hagere hatten sich inzwischen von dem Bistro entfernt, in dem die Fronitzer Karin bediente. Der kleine Dicke trug die Koffer. Alle zwanzig Meter blieb er stehen und blickte auf die Orientierungs-App seines Handys, die die beiden durch Raum und Zeit und somit auch durch die Straßen des Kurorts leitete.

»Da vorne müsste unsere Herberge sein«, sagte er.

Der Hagere nickte versonnen. Sein Bart war zerzaust, sein Gesicht sonnengebräunt, er hatte die Augen weit aufgerissen und deutete begeistert über die Hausdächer hinweg in die Ferne.

»Sieh, nur, Sancho«, sagte er. »Betrachte die ehrwürdigen Alpen! Sind sie nicht herrlich!? Es ist wahrlich ein Bollwerk der Natur, das sich wuchtig in unermessliche Höhen schwingt, Wind und Wetter trotzend, den Göttern so nah!«

Sancho zog ein verdrießliches Gesicht.

»Es ist ein Steinhaufen, Herr, der einfach im Weg rumsteht. Eine Ansammlung von Kalk, Lehm und Muschelschalen, nichts weiter. Ein Hindernis für jeden Wanderer und obendrein jahrhundertelang ein riesiger Hemmschuh für den Handel.«

Der Hagere drehte sich und deutete auf einen bewaldeten Hügel.

»Und dort, sieh nur, Sancho, ein Fest der Fruchtbarkeit. Dicht an dicht stehen blühende, vor Saft strotzende Bäume!«

»Es sind magere Latschen und übelriechendes Fichtelholzkraut. Eine ausgemergelte Vegetation, die sich gerade mal so eben am Leben hält. Da strotzt nichts, das kannst du mir glauben, Herr.«

»Du kannst einem wirklich alles verderben, Sancho«, murrte der Hagere mit betrübtem Blick und steckte sich eine schlanke Puro-Caliqueño-Zigarre an.

Niemand achtete auf die beiden, es schien so, als ob sie für die meisten gar nicht sichtbar wären. Sie stellten ihre Koffer im Hotel Alpenrose ab.

»Und dann die Luft!«, fuhr der Hagere fort, als sie wieder auf die Straße traten. »Man kann sie trinken, sie schmeckt wie leichter Schaumwein aus unserer Heimat, der glühendheißen La Mancha. Ganz zu schweigen von den unzähligen Bergen des Alpenlandes, der ehrwürdigen Graukammerspitze, dem stolzen Gerbersattel, der kühn bei allen Wettern dräuenden Molberwand …«

»Ihr fangt ja schon wieder von diesen Steinhaufen an, Herr. Sie fordern Todesopfer im Wochentakt. Sie verstellen den Bewohnern die freie Sicht in die Ferne, sie engen die Gedanken ein, erzeugen ewigen Schatten und drücken aufs Gemüt …«

»Wegen solch dunkler Betrachtungen sind wir nicht hierher ins oft gepriesene Werdenfelser Land geritten, sondern wegen den verehrungswürdigen Damen und den tollkühnen Abenteuern, die ich zu bestehen erhoffe –«

»Wir sind nicht geritten, edler Herr, wir sind mit der Regionalbahn gefahren, mit dem Bayernticket, und das war teuer genug, für die paar Kilometer.«

»Aber was für Meilen es waren! Den Wegrand säumten blühende Lindenbäume auf sanft geschwungenen Hügeln, alle paar Augenblicke tat sich ein blauer, tiefer See vor uns auf, in dem sich herrlich geformte Badenixen räkelten –«

»Lasst uns einchecken, Herr«, sagte Sancho.

5

Als Franz Hölleisen die Dienststelle wieder betrat, hatte er die Plastiktüte schon so gut wie vergessen. Er legte Protokolle ab, ordnete Polizeiberichte und beschäftigte sich mit anderem Bürokram. Dazu summte und pfiff er eingängige Sommerhits. Sie waren aus den achtziger Jahren, aber immerhin aus denen des zwanzigsten Jahrhunderts. Wegen der tropischen Temperaturen hatte er die Fenster und Türen zum Garten geöffnet. Hinter dem Polizeirevier erstreckte sich eine saftige Wiese, an die sich der sogenannte Schmugglerhügel anschloss. Die Grenze zu Österreich war nicht weit. Hölleisen blickte hinaus aufs Grün, auf die miteinander schwatzenden und aneinanderschlagenden Garbbeutelgräser, auf die blühenden Prachtkerzen und Scharfen Hahnenfüße, die dazwischen in verwirrender Farbenpracht in die Höhe schossen. Hölleisen lächelte. Wie viele Polizisten mochten da wohl schon hinausgeschaut und sich ihre Inspirationen geholt haben, wenn sie bei Ermittlungen nicht mehr weitergekommen waren! Auch Kommissar Jennerwein hatte die Angewohnheit, auf die Sibirische Wieseniris und den Gewöhnlichen Natternkopf zu starren und dabei die Stirn mit Daumen und Mittelfinger zu massieren. Genau so hatte der Chef damals den Fall mit dem abgeschossenen dänischen Skispringer Åge Sørensen gelöst. Und den mit der Almhütte, auf der ein Fortbildungsseminar für internationale Auftragskiller stattgefunden hatte. Und den mit dem vermissten Heißluftballon …

Hölleisen riss sich von der üppigen Botanik und den nostalgischen Erinnerungen los und wandte sich wieder seinen Protokollen zu. Gleich am Morgen ein leichter, glimpflich ausgegangener Fahrradunfall, zwei mittlere Schlägereien, diverse Beleidigungen und eine Fahrgeldprellerei bei einem Taxifahrer. Dann eben der Mann im Strohhut. Hölleisen kam eine Idee. Er griff zum Telefon und rief den Notarzt an.

»Hallo Hölli, was willst du denn schon wieder wissen?«

»Ich habe noch eine Frage zu dem Hitzschlag.«

»Frag nur.«

»Kündigt sich sowas nicht an? Hätte man das nicht sehen müssen?«

»Meist sieht man das nicht. Du gehst auf der Straße, und von einer Sekunde zur anderen ist es aus mit dir. Memento mori, verstehst du. Vor allem, wenns heiß ist. Wenn du zu lange in der Sonne gelegen bist und wenn du nichts getrunken hast.«

»Aber gestorben ist er auf dem Stuhl?«

»Vielleicht war ihm vorher unwohl. Er geht noch eine Zeitlang, es wird ihm immer übler, Herzrasen, Sterne vor den Augen, er will ein Glas Wasser trinken, aber zu spät. Wo er jetzt genau mit dem Sterben angefangen hat, das kann man nicht mehr rekonstruieren. Ist das wichtig?«

»Greift sich so einer nicht an die Brust? Stöhnt nicht? Röchelt nicht?«

»Nein, ein Sekundentod ist ein schöner, unauffälliger Tod. Habt ihr denn herausbekommen, wer er ist?«

»Nein, bisher noch nicht. Aber danke für die Auskunft.«

Hölleisen schnitt ein unzufriedenes Gesicht. Dann widmete er sich wieder seinen Akten. Ruhestörung schon vor Sonnenaufgang, eine Unterbringung in der Psychiatrie, die nicht ganz glatt vonstattengegangen war, noch einmal eine Ruhestörung. Das Telefon krächzte. Die Fronitzer Karin war dran.

»Hallo Hölli. Was ist denn jetzt mit dem Herrn im Strohhut? Kommt da bald jemand?«

Hölleisen sprang entgeistert von seinem Stuhl auf.

»Was soll das heißen! Hat ihn noch niemand abgeholt?«

»Sonst würde ich nicht anrufen.«

Hölleisen räusperte sich entschuldigend.

»Ich verstehe. Ja, wenn das so ist. – Die Beerdigungsinstitute haben wahrscheinlich Hochbetrieb.«

»Was kann ich denn da dafür?«

»Sitzt er immer noch im Flur?«

»Nein, ich habe ihn in die Speisekammer gezogen. Da ist es nicht so warm.«

»Einen Kühlraum habt ihr nicht?«

»Wir sind ein Bistro und keine Dorfmetzgerei. Also, auf die Dauer kann der da nicht sitzen bleiben!«

»Weißt du, das ist nicht unbedingt Polizeiarbeit.«

»Wessen Arbeit ist es dann?«

»Ja, wie gesagt –«

»Hat er denn keine Verwandten?«

»Das versuche ich grade rauszubekommen.«

»Ist doch wahr. Jedes Mal, wenn ich in die Speisekammer gehe, sitzt der da.«

»Gruseliger wäre es doch, wenn er *nicht* mehr dasitzen würde. So Zombie-mäßig, verstehst. Also, Fronitzerin, du weißt: Ich tu mein Möglichstes.«

Polizeiobermeister Franz Hölleisen legte auf und starrte noch eine Weile kopfschüttelnd auf seine Schuhspitzen. Er musste unbedingt die Identität dieses Mannes herausbekommen.

Das war eine wirkliche Herausforderung. Aber ausgerechnet heute, wo er ganz alleine war! Keiner vom Team war im Haus, er konnte sich mit niemandem besprechen. Es hatte sie an Weihnachten, beim letzten Fall, alle ziemlich übel erwischt, es war eigentlich ein Wunder, dass überhaupt noch jemand lebte. Einige waren seit dem Ereignis immer noch dienstunfähig. Polizeioberrat Dr. Rosenberger hatte einen Hüftpfannenbruch und eine Lendenwirbelfraktur davongetragen, man hatte ihm auch eine nicht näher genannte Anzahl von inneren Organen entnommen. Nicole Schwattke hatte sich wochenlang gar nicht mehr unter die Leute getraut, ein Gewittersturm von Glassplittern und spitzen Steinen hatte ihr Gesicht in ein Schlachtfeld verwandelt, die Narben entzündeten sich immer wieder und verheilten nur langsam. Seit Monaten trug sie schon Verbände, und als er sie das letzte Mal gesehen hatte, hätte er sie fast nicht erkannt. Nur an ihrer Stimme und an ihrem falschen Bayrisch. Dem Spurensicherer Hansjochen Becker waren bei der Explosion vier Zähne ausgeschlagen worden, die Brücke wollte und wollte nicht passen, und so klaffte immer noch eine Lücke in seinem Gebiss. Die Polizeipsychologin Maria Schmalfuß war zwar körperlich unversehrt geblieben, sie war jedoch nach wie vor in psychiatrischer Behandlung, in unregelmäßigen Abständen zitterte sie am ganzen Leib.

»Neurasthenischer Tremor. Es ist ganz interessant, das mal an sich selbst zu beobachten.«

Auch Hölleisen war genau genommen eigentlich dienstunfähig, die Lungenentzündung hatte er zwar überwunden, aber durch die Trommelfellruptur hatte sein Hörvermögen stark gelitten, ein Hörgerät war schon angefertigt worden. Er hatte sich eines ausgewählt, das man leicht mit einem einseitigen Bluetooth-Kopfhörer verwechseln konnte. Hölleisen blickte aus dem Fenster. Sie waren schon eine ziemlich lädierte Truppe, nur der Chef selbst, Kommissar Jennerwein, war mit einer angeknacksten Schulter davongekommen. Und Ludwig Stengele, ja Stengele …

Hölleisen machte sich wieder an die Arbeit. Er musste endlich die Identität des verstorbenen Bistrobesuchers herausfinden. Er griff zum Telefon und rief ein paar Einheimische an. Er beschrieb ihnen das Aussehen des gutgekleideten Toten. Eine genaue Beschreibung, das hatte er von Jennerwein gelernt, funktionierte weniger durch einzelne Merkmale als mehr durch ein treffendes Vergleichsbild. Also nicht: hohe Wangenknochen, Triefaugen und Doppelkinn, sondern: Er schaut aus wie ein Seemann. Wie Popeye. Oder Jack Sparrow. Oder Käpt'n Iglo.

»Ein Seemann?«, hakte der Schmid Toni ein, als Hölleisen den Fremden so geschildert hatte. »Ein älterer Mann, dem man ansieht, dass er viel an der Sonne war und oft aufs Meer hinausgeschaut hat? Das klingt ganz nach dem Leon Schwalb. Käpt'n Iglo ohne Rauschebart.«

»Ein Einheimischer?«

»Ein Zugezogener. Der wohnt draußen am Sonnenhang. Recht nobel, verstehst. Pensionär, hat Kohle ohne Ende, das sieht man gleich. Warum, was ist mit dem?«

»Er ist tot.«

»Das habe ich mir schon gedacht. Wenn du anrufst, Hölli, dann ist gern einer tot.«

»Kennst du ihn näher?«

»Nein, ich nicht, aber die Prenn Elisabeth kennt ihn besser, die wohnt in seiner Nähe.«

Hölleisen fragte die Prenn Elisabeth, die verwies auf den Dufter Schorschl, der auf das Ehepaar Kasparek und so wei-

39

ter. Er erfuhr einiges über den Mann namens Leon Schwalb. Er war Ober in verschiedenen Gaststätten gewesen, dann hatte er wegen Rückenbeschwerden damit aufhören müssen. Er bekam eine karge Rente, hatte aber komischerweise ein schmuckes Häuschen mit Garten im Ort. Fast eine Villa. Er schien komfortabel gelebt zu haben, trat aber nie protzig auf. Keine besonders engen Kontakte im Ort, keine Verwandten. Aber wovon hatte er bei dieser kargen Rente gelebt? Hölleisen forschte in der polizeilichen Datenbank nach. Keine Vorstrafen, keine besonderen Einträge. Vor zehn Jahren in den Ort gezogen. Hölleisen wählte die Nummer des Bekleidungsfachmannes Perschl.

»Was ist denn jetzt schon wieder? Ich habe alles gesagt.«

»Eine Frage noch, Perschi.«

»Dann frag schnell, Hölli. Ich habe gerade einen Kunden, dem ich eine vollständige Tracht verkaufe. Lederhose, original Pfoad-Hemd, Gamshut mit Feder, bestickte Hosenträger, Haferlschuhe, Pfosen, und und und.«

»Das klingt nach einem Chinesen.«

»Nein, du wirst es nicht glauben, aber es ist ein Einheimischer.«

»Was! Da bin ich aber jetzt gespannt, wer das ist!«

»Geheim, Hölli, streng geheim. Also, was willst du wissen?«

»Es geht um die Kleidung des Toten. Würdest du die als geschmackvoll bezeichnen? Oder eher protzig?«

»Meine Meinung: Der wollte nicht auffallen. Es sollte schon was Besseres sein, aber man sollte es nicht auf den ersten Blick sehen. So einer war das.«

»Kein Neureicher?«

»Auf keinen Fall. Sei mir nicht böse, aber jetzt muss ich wieder zu meinem einheimischen Trachtler.«

Hölleisen legte auf. Dann hörte er draußen Schritte. Langsame, bedächtige Schritte. Der Mann, der jetzt zur Tür hereinkam, zauberte ein breites Lachen auf Polizeiobermeister Hölleisens Gesicht. Der Mann, der langsam die Tür schloss, war zwar der, den es am schlimmsten von Jennerweins Team erwischt hatte, aber er lebte. Er bewegte sich mühsam und ruckartig, eine Spätfolge der schweren Erfrierungen. Eine Hand war nicht mehr zu retten gewesen, er trug eine Prothese.

»Es ist schon grotesk«, sagte Ludwig Stengele. »Da wollte uns der Kerl mit dem Brain-Computer-Interface in die Luft sprengen, und jetzt funktioniert meine Hand mit genau diesem neumodischen Zeugs.«

Er hob den ramponierten Arm und bildete mit den künstlichen Fingern das V-Zeichen.

»Es freut mich, dass es Ihnen wieder bessergeht, Stengele«, sagte Hölleisen schmunzelnd.

Beide dachten daran, wie knapp Stengele an der Katastrophe vorbeigeschrammt war. Damals, vor acht Monaten …

6

Es war Johann Ostler gewesen, der ehemalige Polizeihauptmeister und jetzige Primo Capitano des Vatikanischen Geheimdienstes, der Ludwig Stengele vergangenen Winter, beim
letzten Fall, das Leben gerettet hatte. Ostler hatte vorgehabt,
das Team Jennerwein um Mitternacht mit seinem Besuch zu
überraschen, er hatte einen langen Fußmarsch hinter sich,
war auch schon in Sichtweite von Jennerweins Hütte, wo
alle beim Feiern zusammensaßen. Dann jedoch hatte er sich
anders besonnen und wieder kehrtgemacht, weil er die bren-
nende Hütte für ein lustig loderndes Anastasiafeuer und die
Explosionen für ein historisches Feuerwerk hielt. Da waren
doch sicher auch Zivilisten dabei. Er hatte es nicht für gut gehalten, sich jemand anderem als den Mitgliedern seines frühe-
ren Teams zu zeigen, so war er wieder umgekehrt. Doch nach
wenigen hundert Metern durch den verschneiten Wald war er
stehen geblieben. Das feste Gefühl, dass dort droben etwas
nicht stimmte, hatte sich in ihm verstärkt.

Ostler zurrte seinen Rucksack fest und drehte um. Zielsicher
durchquerte er das Tal, durch das ein ver-
eister Bach floss, und langsam kam er
der glatten, quadratischen Felswand
näher. Oben an der Felskante konnte er
deutlich ein loderndes, mehrfarbiges Feuer
sehen, doch keinerlei Juchzer und Freu-

denschreie erklangen, und das schien Ostler sehr seltsam bei einem historischen Anastasiafeuer. Wenn der Schützenverein den Jahrestag der Sendlinger Mordweihnacht vom 25. Dezember 1705 feierte, hätten begeisterte Rufe von dort oben erschallen müssen. Doch nichts von alledem war zu hören. Schließlich erreichte er die hohe Felswand. Das Gestein war eisfrei und trocken, das matte Mondlicht beleuchtete es leicht und zauberte geheimnisvolle Schatten auf die Wand. Ostler befühlte einen etwas hervorspringenden Stein. Herrlich, wieder einmal harten, bayrischen Kalk zu fühlen, an einer Wand zu stehen, die sich kühn nach oben in die Lüfte schraubte. Das war das Einzige, was ihm in den römischen Tuffsteinhügeln der Vatikanstadt fehlte. Klettern war dort kein großes Thema. Es gab zwar eine Boulder-Halle, manche Priester versuchten sich in dieser Sportart, darunter sogar sein Chef, der Kurienkardinal Pascoli, aber es war nur ein schwacher Abklatsch. Johann Ostler zog sich an dem hervorspringenden Stein hoch und war bald, ohne sich darüber bewusst zu werden, was er da trieb, ein paar Meter in die Höhe geklettert. Sollte er die Wand ganz erklimmen? Sie war schätzungsweise vierzig oder fünfzig Meter hoch und technisch gesehen nicht eben anspruchsvoll. Ostler kletterte noch ein bisschen weiter. Dann hielt er an einer kleinen Trittkanzel inne, setzte sich darauf und blickte auf das Tal. Er erschnupperte die im kalten Wind wabernden Rauchschwaden, die von dem Anastasiafeuer (oder was da oben auch immer abbrannte) herwehten. Ostler drehte den Kopf. Seitlich von seinem Standpunkt bemerkte er einen großen, schwarzen Fleck am Boden, den er nicht so recht zu bestimmen vermochte. Er kniff die Augen zusammen. Es konnten ein paar zusammengenagelte schwarze Bretter sein. Es passte jedenfalls ganz und gar nicht in die winterliche Idylle. Schnell kletterte er wieder ab und lief zu der Stelle. Tatsächlich. Es waren Teile eines Holzverschlags, es war bei näherem Hinsehen eine ganze Holzwand, die von dort oben heruntergestürzt und auf dem Boden aufgeschlagen sein musste. Und etwas weiter im Schnee machte er eine andere beunruhigende Entdeckung. Dort lag ein zerborstener Rollstuhl. Es war so einer, wie ihn die Gerichtsmedizinerin fuhr. Unwillkürlich schaute er nach oben, von hier aus konnte er das Feuer nicht sehen. Aber aus diesem Blickwinkel sah er in den Zweigen einer hohen Tanne etwas aufleuchten. Etwas Gelbes, das nicht zur Tanne gehören konnte. Ostler kletterte auf den Baum.

Und dann der Schock. Der Mann in der gelben Strickjacke, der sich mühsam in einer Astgabelung verkeilt hatte, war blutüberströmt und aschegeschwärzt. Sein Gesicht war nicht mehr zu erkennen. Ostler griff zum Handy, aber es gab absolut keinen Empfang. In seinem Rucksack hatte Ostler ein 20-Meter-Seil, das für kleinere Klettertouren gedacht war. Damit schlang er einen Rettungsknoten um die Brust des Mannes. Dann der Abstieg vom Baum. Der Verletzte konnte sich nicht mehr bewegen, er konnte nicht mithelfen, und es war eine unbändige Kraftanstrengung für Ostler, ihn hinunterzulassen.

Endlich in Sicherheit, auf dem Boden liegend, flüsterte der Mann:

»Feuer … dort droben … Explosion … alle tot …«

Ostler zuckte zusammen. Aber die Stimme kannte er doch! Das war der Allgäuer, Ludwig Stengele! Was war dort oben geschehen?

»Stengele, hören Sie mich?«

»Finden Sie Prokop …«

Der Verletzte musste schnellstens in ein Krankenhaus. Ostler erinnerte sich, an einem kleinen Dorf vorbeigekommen zu sein, von da aus konnte er Hilfe holen. Er bastelte aus ein paar Zweigen einen Schlitten und zog den inzwischen bewusstlosen Mann durch den Schnee.

»Als ich im Krankenhaus aufgewacht bin und mir unser alter Polizeihauptmeister Ostler ins Gesicht geblickt hat«, sagte Stengele und setzte sich mühsam auf einen Stuhl, »da dachte ich, jetzt ist es so weit. Jetzt bin ich im Himmel.«

7

Als Alina Rusche, die quicklebendige Alina Rusche, nach drei Stunden mit dem Säubern des Gebäudes der KurBank fertig war, trieb sie die Neugier wieder hinunter in den Kellerraum, in dem die Schließfächer untergebracht waren. Dort sah sie auf den ersten Blick, dass das bewusste Fach № 240 noch nicht repariert war. Sie schaute auf die Uhr. Bis der Filialleiter Schelling herunterkam, hatte sie noch eine Viertelstunde. Von Tomislav war abermals eine SMS gekommen: Ich hab dich wirklich lieb. Das war süß. Alina knipste die Taschenlampe an und leuchtete hinein in den dunklen Schacht. Sie konnte einen Fleck an der Stelle erkennen, an der sie die Unebenheit gespürt hatte. Die Beschaffenheit des Flecks war wegen des seitlich ins Fach ragenden Rahmens wirklich schwer einzuschätzen. Alte akademische Reflexe kamen zum Vorschein. Das musste sie genauer untersuchen. Alina zog ihren Schminkspiegel aus der Kittelschürze und hielt ihn so, dass sie die Erhebung genauer betrachten konnte. Es war kein vertrockneter Kaugummi, wie sie vermutet hatte, sondern eine Aufwölbung, einem kleinen metallischen Krater ähnlich, an dessen spitzen Kanten sie sich am Zeigefinger verletzt hatte.

»Doch nicht gar ein Arbeitsunfall?«, hatte der Filialleiter vorhin lächelnd gefragt, als er das Pflaster gesehen hatte.

»Nein, Pit. Eher die Neugier«, hatte sie verschmitzt geantwortet.

46

Was war das für eine Öffnung? Vielleicht ein leeres Schrauben- oder Hakenloch, das dazu diente, die Schublade zu arretieren. Hinter der Öffnung, noch näher am Rahmen und für einen gewöhnlichen Schließfachbenutzer nicht mehr sichtbar, waren einige metallische Bügel an die Wand geschraubt, wahrscheinlich Halterungen oder so etwas. Aber in keinem der anderen leeren Schließfächer hatte sie je so etwas bemerkt. Sie leuchtete den Rest des Innenraums ab. Nichts. Keine weitere Auswölbung. Halt, da! Fast hätte sie es übersehen. Gegenüber des Kraters, aber etwas weiter unten, war ein kleines Löchlein zu sehen. Es war glatt, hatte keine Aufwölbung und glich eher einem ganz normalen Schraubenloch. Die beiden Unregelmäßigkeiten lagen nicht genau gegenüber. Das konnte keine Arretierung sein. Hier hatte jemand ungeschickt gebohrt! Sie steckte den Spiegel wieder ein. Sollte sie Pit Schelling darüber informieren? Oder den Hausmeister? Den Sicherheitsdienst? Sie zögerte. Es war vielleicht doch keine so gute Idee. In dieser Bank hatte sie schon einmal ein auffälliges Vorkommnis gemeldet, war dann nicht ernst genommen worden. Was sie sich denn einbilde. Das müsse sie schon den Bankangestellten überlassen. Sie solle sich gefälligst um ihre eigenen Angelegenheiten kümmern. Eine kleine Wut stieg in ihr auf. Fast wäre ihr damals herausgerutscht, dass sie schon zwei Drittel ihrer Doktorarbeit fertiggeschrieben hatte. Der altmodische Intel 386 DX, den sie seitdem nicht mehr angerührt hatte, stand immer noch auf ihrem Speicher. Was eigentlich, wenn sie das Manuskript fertigstellte und einfach bei ihrem Professor einreichte? Was, wenn sie später in die Personalblätter für geringfügig Beschäftigte im Niedriglohnsektor ihren vollen Namen Dr. Alina Emilia Rusche eintragen würde?

Alina riss sich von ihren Gedankenspielen los und knipste die Taschenlampe aus. Dann warf sie noch einen Blick in den Rückzugsraum. Ja, hier war alles in Ordnung. Sie setzte sich auf das große, bequeme Büffelledersofa, lehnte sich zurück, schloss die Augen und versuchte, sich zu entspannen. Doch die beiden seltsamen Öffnungen in № 240 ließen ihr keine Ruhe. Warum waren sie so unterschiedlich geformt? Und plötzlich fiel es ihr ein. Tomislav bastelte viel in seinem Keller, dort lagen auch angebohrte Metallwerkstücke herum. Und da hatte sie so etwas schon einmal gesehen: Das erste Löchlein war von der anderen Seite der Wand gebohrt worden, deshalb die Ausbuchtung. Das zweite, glatte Löchlein wiederum war in Richtung des benachbarten Schließfachs gebohrt worden. Auf der einen Seite rein, auf der anderen Seite raus. Was hatte das zu bedeuten? Jetzt hörte sie Schritte im Gang. Der Chef, wie immer.

****

Eine knappe Stunde später betrat Alina Rusche den Raum mit den sensiblen Kundendaten im ersten Stock der KurBank. Auch hierfür genügte ihr Oma-Geburtstags-Code. Informationen über Bankbewegungen der Kunden waren natürlich digital erfasst und deswegen für sie nicht zugänglich. Aber die Liste mit den Schließfachkunden hatte sie schon mal offen daliegen sehen. Und tatsächlich: In einem Aktenschrank stand ein schmaler Ordner mit ebendieser Aufschrift. Sie stutzte einen Moment. Warum stand dieser Ordner so ungeschützt da? Na ja, warum eigentlich nicht. Dass jemand ein Schließfach hier hatte, musste ja nicht geheim gehalten werden. Mit dieser Information allein konnte niemand etwas anfangen. Wie von selbst griff ihre Hand zu dem Ordner. In diesem Raum war, wie auch im Schließfachraum, keine Überwachungskamera installiert, hier konnte sie der Filialleiter Schelling nicht sehen. Sie schlug den Ordner auf und fuhr die Liste mit dem Finger ab. Schnell wurde sie fündig. Das kaputte Schließfach № 240 gehörte einem Menschen, dessen kompliziert langer Name auf arabische Wurzeln hinwies. Über ihn gab es keine weiteren Informationen, wenigstens in diesem Ordner nicht. Das Schließfach links daneben, von dem aus gebohrt worden war, gehörte einem Mann, den sie ebenfalls nicht kannte. Geschäftsmann in der Soundsostraße. Aber das rechts daneben, in das gebohrt wurde, gehörte Herrn Ostertag. Den kannte sie gut, es war einer ihrer Putzkunden, er wohnte in einem noblen Viertel, mit Frau, Hund und Kindern. Der Hund machte am meisten Schmutz, die Kinder machten den meisten Ärger. Nur die Frau machte was her. Wovon Herr Ostertag eigentlich lebte, wusste sie nicht. Sie nahm die fünf Seiten mit den Schließfachkunden aus dem Leitz und kopierte sie. Vierundzwanzig Stunden später war sie tot.

8

Eine ganze Woche später neigte sich der heiße Sommertag seinem Ende zu. Gleißend spiegelte sich die unbarmherzige Sonne in der vereisten Steilwand, die sich majestätisch hoch ins wolkenlose Blau schob. Fünf scharfe, unregelmäßig gewachsene Gipfelzacken bildeten die weiße Krone des einsamen, unbezwingbaren Riesen. Ein ferner Gießbach schoss in weiten Sätzen von der Höhe, sprang über eine scharfe Kante und verlor sich im Abgrund. Hell und getragen verklang ein Lied im Tal. Kraftvolle, schmiegsame Töne der Zither hallten ihm nach, bis sich zwei tiefbraune, faltenreiche und wetterharte Hände behutsam auf die summenden Saiten legten.

Die Familienähnlichkeit zwischen den beiden Musikern, einem alten Mann und einem jungen Mädchen, war verblüffend. Man sah auf den ersten Blick, dass es Opa und Enkelin waren. Sie hatten die weite Reise von Reit im Winkl gemacht, um hier ihre besinnlichen und erdverbundenen Weisen aufzuspielen. Alina Rusche schien sich in ihrem Vermächtnis ausdrücklich diese beiden und sonst keine anderen Musiker gewünscht zu haben. Der Opa und seine Enkelin strahlten vor Freude über jeden Ton, der hinaufstieg in die Lüfte. Aus ihren Augen blitzte das wilde Vergnügen über das Echo, das der Jodler an den gegenüberliegenden Wänden wachrief.

Beide Älpler waren schlanke, doch kräftige Erscheinungen. Ihre Gesichter verrieten festen Willen, aber auch von Herzen kommende Güte. Das schokoladenbraune Haar der Enkelin war in zwei lange, schwere Zöpfe geflochten. Der Opa trug einen dicken Wolljanker und steckte in zwei original Reit-im-Winkler-Haferlschuhen.

»Opa, das ist die schönste Leich', bei der wir je gezithert haben«, rief die Enkelin, nachdem das ergreifende Lied vom strahlend blühenden Edelweiß ausgeklungen war.

Der Opa nickte versonnen. Die meisten der Trauergäste lächelten über ihre herrlich erfrischende Bemerkung. Sie waren ganz froh über das kleine Intermezzo. Die anfängliche steife Beklommenheit war einer tröstlichen, fast heiteren Besinnung auf alles Vergängliche gewichen. Sogar vereinzelter Applaus ertönte.

Eine stattliche Frau mittleren Alters nutzte die Pause, um sich dem Sarg von Alina Rusche mit schnellen, geschäftigen Schritten zu nähern. Sie war eine herbe, üppige Schönheit mit vollen Lippen und vor Intelligenz blitzenden, blauen Augen. Jetzt blies sie sich ein Schläfenlöckchen aus dem Gesicht. Dabei rückte sie unauffällig Alinas verrutschte Perücke wieder zurecht, an der der wilde Wind gezupft hatte. Dann trat sie einen Schritt zurück, betrachtete die Tote mit professionell prüfendem Blick, wiegte unzufrieden den Kopf, holte einen Schminkpinsel aus ihrer Tasche und führte damit einige Korrekturen im bleichen Gesicht von Alina Rusche durch. Bei einer Aufbahrung in freier Natur war das durchaus nötig, noch dazu bei diesen Windstößen, die in unregelmäßigen Abständen von allen Seiten wehten. Die Trauergäste wandten sich diskret ab, sammelten sich an der Metallbrüstung, von der aus man einen herrlichen Blick auf die ewigen Eisriesen hatte. Die junge Sängerin kam neben der Weibrechtsberger Gundi zu stehen.

»Habt ihr denn eigentlich schon eine CD mit eurer Musik herausgebracht?«, fragte die Weibrechtsberger Gundi. »Die würde ich nämlich sofort kaufen.«

Die Enkelin schüttelte energisch den Kopf.

»Nein, das könnte ich mir gar nicht vorstellen, in einem engen Tonstudio irgendwo in Berlin zu sitzen und dort unsere alplerischen Weisen aufzunehmen. In Kreuzberg oder Tegel oder Berlin-Mitte geht das nicht. Zum Singen brauchen wir schon die schimmernden Bergesrücken und die steil aufragenden Gipfel. Da brauchen wir die Gießbäche und Tondernschluchten, da müssen Gamsen, Gunzböcke und andere Höhenviecherln umeinanderspringen. Das geht nur mit dem Duft der Pratzenkralle, die an den Wegrändern blüht. Daraus schöpfen wir unsere Lebensfreude. Alles andere schnürert mir doch glatt die Kehle zu.«

»Alles live«, murmelte der Opa. »Wir machen alles live. Und unplugged.«

Der athletische Mann mit der Basecap lauschte der Unterhaltung nervös. Er hatte dem Wetterbericht vertraut, der kalten Dauerregen angekündigt hatte, sogar von vereinzelten Windböen in Orkanstärke war die Rede gewesen. Dementsprechend hatte er sich gekleidet, solch einen herrlichen und heißen Sommertag hätte er nicht erwartet. Auf sein Gesicht traten kleine Schweißperlen. Auch er war von weit her angereist, das war unbedingt nötig gewesen, er hatte zu Alina eine besondere Beziehung unterhalten. Ein wenig erstaunt betrachtete er die aufragenden Berge. Über einige der Gipfel zogen jetzt hauchdünne Grauschleier, die sie kurz einhüllten und gleich wieder freigaben. Der sportliche Mann hielt die Hand vors Gesicht, so war er geblendet von der gleißenden Pracht des Gebirges.

»Schön, gell«, sagte die Weibrechtsberger Gundi zu ihm. »Man möchte am liebsten alles stehen und liegen lassen und raufsteigen auf den Gipfel. Wie hoch wird der da drüben sein? Ob man bei dem Schnee und dem Eis überhaupt raufkommt?« Sie trat einen Schritt näher zu ihm. »Und Sie, so dick angezogen, gell! Viel zu dick. Sie sind wohl für alles gerüstet, wie? Woher kennen Sie denn die Alina?«

Der Mann antwortete auf keine der Fragen. Er kniff die Augen zusammen.

»Da, sehen Sie«, rief er plötzlich. »Da klettert einer!«

»Wo?«

»Na, da!«

Er streckte den Arm aus, doch der Kletterer war zu weit entfernt, als dass man den Punkt bestimmen konnte, auf den er zeigte. Mehrere aus der Trauergesellschaft kamen neugierig näher und versuchten, den Bergsteiger in der Steilwand auszumachen.

»Das ist ja ein Ding!«

»Bei der Hitze!«

»Hat jemand ein Fernglas?«

Der blasse Pfarrer besaß eines und holte es aus seiner großen Ledertasche, die er etwas seitlich abgestellt hatte. Es gab verwunderte Gesichter. Von ihm hätte man das am allerwenigsten gedacht. Man hatte Messgewänder und Kerzen, Weihrauchkessel und einen Satz Liederbücher für einen katholischen Singkreis in der abgeschabten Ledertasche vermutet. Ein silbernes Taufbecken. Oder ein Fläschchen geweihtes Öl für die Letzte Ölung.

»So kann man sich täuschen«, sagte die Hofer Uschi.

Das Fernglas wurde herumgereicht. Es war ein modernes Marine-Fernglas, wasserdicht und mit integriertem Kompass, mit Phasenvergütung und hoher Transmission.

»Es ergibt auf jeden Fall ein knackscharfes Bild!«, sagte der Pfarrer stolz.

Unter allgemeinem *Ah!* oder *Oh!* vergaß man kurz, weswegen man hier war, und bewunderte die Künste des kühnen Kletterers. Immer wieder fuhr sein Eispickel in die weiße Haut des Berges. Immer wieder schoss eine Garbe von feinstem Pulverschnee aus der Wunde und stürzte lautlos in die Tiefe. Höher und höher stieg er. Weit und breit war kein Bergkamerad zu entdecken. Der einsame Obersteiger wollte den Berg wohl alleine bezwingen.

Als der Pfarrer abermals durchs Fernglas blickte, sagte er leise, aber eindringlich:

»Wie wenn die Seele der Verstorbenen dort aufsteigen würde, immer höher und höher –«

»Mit einem Eispickel?«, sagte die Weibrechtsberger Gundi. »Wenn das der Alina ihre Seele ist, dann steigt die doch eher mit Eimer und Putzlappen da hinauf in die Wolken.«

Mühsam zurückgehaltenes Gekicher. Aber auch vorwurfsvolle Blicke.

Die jungen Augen des Zithermädchens hatten kein Fernglas nötig, schnell entdeckte sie den Bergsteiger und stieß einen kleinen Juchzer aus.

»Komm, Opa«, rief sie, »dazu müssen wir einen aufspielen!«

Der Alte setzte sich folgsam an sein Holztischchen, und bald erklangen wieder die herrlichen Lieder der Alpen:

♪ *Wer nennt mir jene Blume*
(Opa solo: *Die allein*)
Auf steiler Höh erblüht
(Opa solo: *Im Sonnenschein*) …

Die Bestatterin hatte das Schminken beendet und steckte den buschigen Pinsel wieder in ihre Thanatologentasche. Sie lächelte zufrieden. Der Oberkiefer der Verstorbenen war gebrochen und leicht seitlich verschoben, was ihr ungeschminkt einen spöttischen, wenn nicht sogar hämischen Zug verliehen hatte. Sie aber hatte ihr fast ein Lächeln ins Gesicht gezaubert.

»Ein schwerer Job, den Sie da haben«, sagte der kleine, stille Mann, der plötzlich neben ihr aufgetaucht war.

»Eigentlich nicht«, erwiderte Ursel Grasegger leichthin. »Beim Schminken darf man nur nicht übertreiben. Ein bisschen Rouge, ein bisschen Lipgloss, aber tot soll sie schon noch aussehen.«

9

Als Swiff Muggenthaler durch die winzig kleine Bohrung ins Innere des Schließfachs № 240 blickte, traf ihn fast der Schlag. Nicht nur, dass die Kassette entfernt worden war, in dem leeren Schacht fuchtelte jemand mit einem dunklen Gegenstand herum, dann erschien auch noch das Gesicht einer Frau, die wohl versuchte, die Öffnung näher zu betrachten. Aber wie war das möglich? So groß war № 240 doch gar nicht, dass man da mit dem Kopf reinkam! Es war ein flaches 10-Liter-Schließfach. Aber vielleicht hatte die Frau ja einen Spiegel verwendet. Sie war so um die Mitte dreißig, trug ihr schwarzes, welliges Haar nach hinten gekämmt, und hatte, soweit er das auf den ersten Blick erkennen konnte, eine ausgeprägte Hakennase und eine Narbe auf der Stirn. Instinktiv zuckte er zurück und hielt den Atem an. Sein Herz klopfte rasend. Ganz blöd gelaufen. Er war aufgeflogen. So lange war es gut gegangen, jetzt war der Zeitpunkt gekommen, den er schon lange befürchtet hatte.

Swiff Muggenthaler kannte die Frau nicht. Er hatte sie noch nie gesehen. Sie war keine der Bankangestellten. Die waren im Prospekt der KurBank alle aufgeführt. War es vielleicht eine Polizistin? Oder eine Bankkundin? Er musste unbedingt herausfinden, wer diese Frau war. Und wie viel sie wusste. Nach der ersten aufflammenden Panik zwang er sich zur Ruhe. Er musste einen Plan fassen.

Swiff Muggenthaler war ein richtiger Ureinheimischer, einer aus einer alteingesessenen Familie von Bauern, Köhlern und anderen erdigen Berufen. Sein Urgroßvater hatte noch den altbayrischen Namen Suivo (›der aus dem Osten Eingewanderte‹) getragen, seine Eltern fanden nichts dabei, ihn ebenfalls so zu nennen. Aus Suivo war irgendwann einmal Swiff geworden. Doch Swiff war aus der Familie geschlagen. Er war kein Bauer, Jäger und Sammler geworden wie viele seiner Sippe, er war mehr der Bastler, Schrauber und Tüftler. Sein diesbezügliches Erweckungserlebnis hatte er in der Schule gehabt. Dort hatte er den Wahlkurs ›Metallbearbeitung‹ besucht, die Faszination für dieses doch recht kühle Fach hatte ihn von der ersten Stunde an gepackt. Der Lehrer hatte gleich ganz am Anfang ein dickes, glänzendes Werkstück in eine Schraubzwinge eingespannt, als grandios plausibles Symbol für die Beherrschung der spröden Materie.

»Diese dicke Blechplatte wollen wir nun durchbohren. Aber wie?«

Und was dann in den nächsten Minuten für Ausdrücke gefallen waren! Da war die Rede von einem Durchtreiber, einer Punze und einem Wendelnutbohrer aus Hochleistungsschnellschnittstahl.

»Bevor mit dem Bohren überhaupt angefangen werden kann«, hatte der Lehrer gesagt, »ist es ratsam, mit einem sogenannten Körner auf der glatten Metalloberfläche zu körnen. In diese Körnung kann dann der Bohrer gesetzt werden.«

Swiff kaufte sich einen Körner. Bevor er sich einen Bohrer, einen Fräser und einen Schlaghammer besorgte, kaufte er sich einen Körner. Und er körnte alles, was ihm in die Quere kam.

Seine Schulbank, geparkte Autos, Haustüren – Swiff Muggenthaler hinterließ seine Visitenkarte in Form eines kleinen, scharfen Punktes, der etwas gleichzeitig Vorläufiges, Vorbereitendes und abschließend Endgültiges hatte.

Aber, Moment mal, dachte Swiff jetzt in seiner abgedunkelten Kammer. War das Loch, das er gebohrt hatte, vielleicht nicht genug entgratet? Hatte es die Frau mit den zurückgekämmten Haaren deshalb entdeckt? Metallbohrungen hatten die Eigenschaft, dass sie sowohl auf der Bohrereintrittsseite als auch auf der Austrittsseite einen Grataufwurf aufwiesen. Das sah unschön aus und barg Verletzungsrisiken. Während die Entfernung des Grates auf der Vorderseite meistens durch Abschleifen möglich war, gab es bei der oft schwer zugänglichen Rückseite Probleme. Aber genau dafür hatte Swiff doch ein spezielles Verfahren entwickelt! Er hatte einen Bohrer so konstruiert, dass er die Wölbung nach dem Bohren glatt und sauber abschliff. Das war ja der Clou an der ganzen Unternehmung. Etwas musste schiefgegangen sein.

Und jetzt verstand er. Die Frau hatte das Löchlein nicht gesehen, sondern vielmehr gespürt. Der schwarze Gegenstand, mit dem sie herumgefuchtelt hatte, war ein Wischlappen. Es war die Putzfrau. Sie hatte die Seitenwände geputzt und die Bohrung dabei entdeckt. Aber was um alles in der Welt hatte denn eine Putzfrau in einem Schließfach zu schaffen? Die komische Box war mitsamt der Kassette verschwunden, der Besitzer hatte sie herausgenommen und dann vielleicht dieser Putze den Auftrag gegeben, die Innenfläche zu säubern. Aber warum? Eine Katastrophe, dachte Swiff. Zwei Jahre Arbeit in den Sand gesetzt. Er musste diese Putze finden.

Noch in seiner Schulzeit hatte Swiff Muggenthaler mehrmals bei ›Jugend forscht‹ mitgemacht und dort einiges an Preisen gewonnen. Sein bestes Ranking (Platz sieben bei ›JF Oberbayern‹) schaffte er mit verfeinerten Laserbohrtechniken bei Edelmetallen. Dann hatte er seine Erfindung in der Sendung ›Die Höhle der Löwen‹ vorgestellt, dort war ihm allerdings kein Erfolg beschieden. Er hatte den Eindruck gehabt, dass man für jede Sendung einen Loser brauchte, und das war nun mal er gewesen. Der eine oder andere erinnert sich vielleicht an die Sendung, als ein schüchterner, linkischer Mann vor Judith Williams und die anderen Löwen getreten ist und einen Bohrer vorgestellt hat, der nicht nur ein Loch in die Wand bohrte, sondern zusätzlich den Dübel in die Wand klopfte und die Schraube hineindrehte. Diese Erfindung würde sich nie auf dem Markt durchsetzen, sagten die Löwen übereinstimmend. Das funktionierte zu einfach, da ginge der ganze Spaß am Komplizierten und Heimwerkerischen verloren. Es war wirklich enttäuschend. Seitdem bastelte Swiff für sich in der Wohnung. Und dann begann er, die Supermaschine zu entwickeln, mit der er jetzt extrem feine und quasi unsichtbare Löcher bohren konnte. Bloß dass wir uns richtig verstehen: Swiff war kein Badekabinen- oder Toilettengucker. So etwas interessierte ihn nicht. So etwas hatte er nie gemacht. Sein Voyeurismus ging tiefer. Er wollte in wirklich unbekannte Welten vordringen. Aber jetzt war etwas schiefgelaufen. Swiff prägte sich das Bild der Frau ein. Er musste wissen, was diese Putze vorhatte. Unbedingt.

10

Als Alina Rusche, die quicklebendige Alina, am Nachmittag wieder nach Hause kam, war Tomislav gerade dabei, den Hühnerstall im Garten zu reparieren und zu erweitern. Er hatte vor, ihn so fuchs-, marder- und überhauptsicher zu machen, dass sie ihn im Herbst vielleicht mit noch mehr Kroatischen Zwergsperbern, den prächtigsten der Welt, bestücken konnten.

»Hallo, Alina«, begrüßte er seine Frau lächelnd. »Schon fertig in der Bank?«

»Ja, klar. Wie lange brauchst du noch?«

»Dieses eine Brett nagele ich noch an, dann mache ich Pause.«

Alina sah sich im Garten um. An den Wildwuchs schloss sich ein kleiner Kiefernwald an, der sanft anstieg und sich in den Hügeln des Kogelpitzplateaus verlor. Die Rückseite des Häuschens war behängt mit allerlei Gerät: mehrere Holzleitern, zwei alte Dreschflegel, ein großes Wagenrad von einer alten Kutsche, einige Hufeisen, die das Glück auffangen sollten. Der Garten selbst war malerisch ungepflegt, wilde, unbekannte Blumen schossen empor, viele Vogelhäuschen boten Schutz und Nahrung. Ein Biotop.

»Ich habe heute eine merkwürdige Beobachtung gemacht«, sagte Alina, als sie kurz darauf in der Küche beim Kaffee saßen. »Jetzt weiß ich nicht, ob ich das melden soll.«

»Was denn?«

Alina erzählte ihrem Mann von den sonderbaren Beschädigungen im Schließfach № 240. Tomislav hörte sich die Geschichte lächelnd an. Es war ganz normal, dass sie sich solche außergewöhnlichen Begebenheiten bei ihren jeweiligen Putzkunden erzählten. Tomislav war sogar indirekt in einen Kriminalfall verwickelt gewesen. Ausgerechnet Tomislav, der keiner Fliege etwas zuleide tun konnte und den man sich nie und nimmer in einem Kriminalfall vorstellen konnte. Eines Tages war die Polizei im Autohaus Schuchart erschienen, wo er einen Halbtagsjob hatte, und hatte gefragt, wer die Innenreinigung des Autos von Herrn Mühlfenzl durchgeführt hätte.

»Innenreinigung?«, fragte die Rezeptionistin betont verständnislos, obwohl sie genau verstand. »Ach, Sie meinen, wer das Auto von Herrn Mühlfenzl *aufbereitet* hat. Da müsste ich mal schnell in der detailing-Abteilung nachfragen.«

Der Polizist namens Hansjochen Becker hatte sich als Spurensicherer vorgestellt, er wollte den Staubsaugerbeutel sehen, mit dem Tomislav in Mühlfenzls Auto gesaugt hatte.

»Den Beutel habe ich schon längst gewechselt«, sagte Tomislav. »Ich gebe die vollen Beutel in die Lagerhalle, da werden sie einmal im Monat abgeholt.«

»Und wie viele sind das?«

»So zwanzig oder dreißig kommen da schon zusammen, Herr Inspektor. Pro Woche!«

»Kommissar. Inspektor gibts bei uns nicht. Und Sie wissen nicht, welcher Beutel das war?«

In der Lagerhalle steckten die Staubsaugerbeutel in einer Box, sie waren prallgefüllt mit Brotkrumen und Keksbröseln aus Dutzenden, wenn nicht Hunderten von Autos. Tomislav zuckte die Schultern.

»In welchem Beutel sich Mühlfenzls Schmutz befindet, das weiß ich beim besten Willen nicht mehr.«

Becker hatte grob geflucht, Tomislav war ein wenig zusammengezuckt. Dann hatte Becker alle Beutel in seinen Landrover gepackt und war mit grimmiger Miene davongefahren.

»Soll ich es dem Sicherheitsdienst in der Bank nun melden oder nicht?«, fragte Alina.

Tomislav zog die Augenbrauen hoch und wiegte den Kopf.

»Das musst du selbst wissen, Alina. Aber eigentlich geht uns das nichts an, findest du nicht? Vielleicht wurde das Schließfach ja gar nicht wegen einer kaputten Tür repariert, sondern gerade wegen dieser Innenbeschädigung.«

»Das wirds sein, Tommy.«

Sie gab ihrem klugen Mann einen Kuss auf die Nase. Wenn die Schließfachtür auch nur ein winzig kleines Kratzerchen aufwies, dann wurde sie ausgewechselt. Wie sähe das denn aus, eine zerschrammte Schließfachtür. Wie bei den siffigen Bahnhofsschließfächern sähe das aus. »Wir sind eine Bank, wir verkaufen Sicherheit, eine verkratzte Tür passt da überhaupt nicht hin. *Sicher ist sicher! Durch die Bank gut!*«

So hörte sie Schelling gerade reden. Vielleicht hatte Tomislav ja recht. Der arabische Besitzer des Schließfachs, der mit dem unaussprechlichen Namen, hatte sich nicht etwa über das Aussehen der Tür beschwert, sondern über die Unebenheiten innen. Und jetzt wurden die Beschädigungen repariert. So einfach war das vielleicht.

Als Tomislav wieder hinausgegangen war, um weiter an den Hühnerstallbrettern herumzuhämmern, fielen Alina die Listen, die sie kopiert hatte, wieder ein. Am besten, sie schredderte sie gleich. Sie kramte die Blätter aus der Tasche, ergriff sie mit beiden Händen und begann, sie auseinanderzureißen. Nach einer Daumenlänge hielt sie inne, legte die angerissenen Kopien auf den Wohnzimmertisch und strich sie glatt. Sie kannte viele der Namen, die darauf standen. Es waren angesehene Bürger, Lokalpolitiker, Rechtsanwälte, Privatiers. Und bei manchen arbeitete sie auch. Die eine, die rechte Öffnung im Fach № 240 führte direkt in das Fach von Herrn Ostertag. Dem wollte sie davon erzählen. Sie putzte heute am frühen Abend bei ihm.

Die Familie Ostertag wohnte in einem besseren Viertel, wenn es im Kurort überhaupt so etwas wie ein schlechteres gab. Aber hier in der Henriette-von-Ketz-Straße wimmelte es von Villen, gepflegten Gärten, vergitterten Fenstern und hohen, abweisenden Mauern. Es waren meist Zweitwohnungsbesitzer, die man selten im Ort sah. Auch zum Haus der Ostertags besaß Alina Rusche einen Schlüssel, was von großem Vertrauen zeugte. Manchmal machte sie Botengänge für die Familie, man hatte ihr auch schon angeboten, exklusiv für sie zu arbeiten, als Hausmädchen, aber die beiden arroganten Kinder stießen Alina ab. Das waren schrecklich verzogene Gören. Deshalb hatte sie höflich abgelehnt. Bei einem dieser Botengänge für Ostertag musste sie sogar eine größere Summe Geld zu einer bestimmten Adresse bringen, so groß war das Vertrauen gewesen. Und dann hatte ihr Herr Ostertag eines Tages richtig aus der Patsche geholfen, ganz selbstlos, ohne etwas dafür zu verlangen. Tomislav, der gute Tomislav wusste davon gar nichts. Alina war Herrn Ostertag etwas schuldig.

Aber wie sollte sie ihm das sagen? Als sie das Haus betrat, saß er in seinem Ohrensessel, hatte ein Notebook auf dem Schoß, in das er angestrengt starrte. Er begrüßte sie flüchtig, aber doch freundlich.

»Darf ich Sie kurz sprechen, Herr Ostertag?«

Er nahm seine Brille ab und stellte das Notebook beiseite, schien auch über die Störung nicht weiter verärgert zu sein.

»Was gibts, Alina? Haben Sie es sich doch überlegt, das mit der Festanstellung? Oder wollen Sie eine Lohnerhöhung?«

Alina antwortete nicht gleich. Sie war ein bisschen verlegen.

»Nein, es geht um etwas anderes.« Wieder zögerte sie. Eigentlich ging es sie wirklich nichts an, aber jetzt hatte sie schon damit angefangen. »Ich weiß, dass Sie ein Schließfach in der Bank haben, in der KurBank. Dort putze ich ebenfalls. Und mir ist was an Ihrem Schließfach aufgefallen.«

Sie blickte ihn jetzt direkt an. Hatte da etwas in seinen Augen aufgezuckt? Oder war er bloß überrascht? Verwundert? Verärgert?

»Was ist mit dem Schließfach?«, fragte er schließlich interessiert. Und dann, etwas misstrauisch: »Woher wissen Sie eigentlich davon?«

Das war jetzt ganz blöd, daran hatte sie nicht gedacht. Natürlich stand außen kein Name auf dem Schließfach. Natürlich konnte sie offiziell gar nichts davon wissen. Ein kalter Schauer jagte über ihren Rücken.

»Sie haben es mir mal gesagt«, antwortete sie schnell, aber so selbstverständlich wie möglich. »Erinnern Sie sich nicht mehr, Herr Ostertag? Wir haben über den Schmuck Ihrer Frau in der Vitrine geredet. Und ob ich den abstauben soll.

Sie haben mir damals gesagt, dass das nicht der echte Schmuck ist. Der echte würde in einem Schließfach liegen. In der Kur-Bank.«

Herr Ostertag blickte sie mit einem unergründlichen Gesichtsausdruck an. Wieder durchfuhr sie ein kalter Schauder. Das war ja jetzt noch blöder! Sie redete sich um Kopf und Kragen. Ostertag hatte das zwar gesagt, aber er hatte ihr natürlich nicht die Nummer genannt. Sie versuchte es anders.

»Sie haben mir damals sehr geholfen«, sagte sie leise und mit gesenkten Augen. »Ich bin Ihnen ausgesprochen dankbar, und jetzt dachte ich –«

»Ja, schon gut«, winkte er ab. »Ist ja egal, woher Sie das wissen. Beim Saubermachen sieht man viel. Also, was ist mit meinem Fach?«

Gott sei Dank. Das war gerade noch einmal gutgegangen. Alina atmete hörbar aus. Sie erzählte ihm von ihren Beobachtungen, noch ausführlicher, als sie es bei Tomislav getan hatte. Ostertags Reaktion darauf war jedoch sonderbar. Sie konnte sie zumindest nicht deuten. Er sah sie an, blickte aber durch sie hindurch. So etwas wie Enttäuschung, vielleicht auch Traurigkeit lag in seinem Blick. Er stieß einen Seufzer aus. Dann sagte er mit müder, aber jetzt furchtbar gleichgültiger Stimme:

»Ja, ja. Ich seh mal nach, was da los ist.« Und, nach einer Pause, in der sie nicht recht wusste, wie sie sich verhalten sollte: »Und danke, Alina, dass Sie mich darüber informiert haben. Sie sind eine gute Seele.«

Es hatte sehr mechanisch geklungen. Wie eine abgedroschene Höflichkeitsfloskel. Es hatte so geklungen, als ob Ostertag an etwas ganz anderes denken würde. Jetzt nahm er sein Notebook wieder auf den Schoß und tippte eifrig weiter. Mit gemischten Gefühlen verließ Alina Rusche das Haus. Aber sie waren doch jetzt quitt, oder? Sie hätte auf Tomislav hören sollen.

11

Der kleine Dicke namens Sancho und der große Hagere waren zum Bistro zurückgekehrt und hatten sich dort auf der Terrasse niedergelassen. Sancho deutete zu dem Platz, an dem Leon Schwalb vorher gesessen hatte.

»Er scheint weg zu sein«, sagte er erleichtert. »Ob wir denn je erfahren werden, ob er wirklich tot war oder ob er das nur glaubhaft gespielt hat?«

»Wir haben bisher so unendlich viel erfahren von Land und Leuten«, sagte der Hagere, »von der bayrischen Volksseele, von den reizenden Sitten, Gebräuchen und Allüren dieser Gegend. Wer weiß, was wir in dieser Straßenschenke noch zu sehen bekommen.«

Plötzlich sprang er auf und stieß dabei den Plastikstuhl um. Die Fronitzer Karin war auf die Terrasse geschlurft und hatte begonnen, die Tische abzuwischen.

»O edle Dame mit dem süßesten Antlitz, das die Sonne je beschienen hat!«, rief der Hagere und riss sich den Hut vom Kopf. »Euer Haupt ist von köstlichem Feingold und Eure Locken sind den Dattelrispen gleich.«

Jetzt vollführte er eine ausladende Verbeugung, dabei drückte er einen Arm vor den Oberkörper, während er den anderen mit dem Hut leicht vom Körper weghielt und gleichzeitig einen Fuß nach hinten über den Boden zog, wobei das typische kratzende Geräusch zu hören war, das der ehrerbietigen höfischen Geste ihren Namen verliehen hatte. Er vollführte einen Kratzfuß.

»Rabenschwarz sind Eure Augen, wie Tauben an Wasserbächen, badend in Milch, am Teiche sitzend«, fuhr er fort. »Das Haar wie eine Herde Ziegen, die vom Gebirge herabwallt. – Ich bitte Euch, Unvergleichliche: Tragt uns etwas von den Früchten der Region auf.«

Doch als er aufblickte (beim Kratzfuß, wie man ihn am Hofe Philipps des II. zelebrierte, verlangte es das Protokoll, während des Sprechens auf den Boden zu schauen), als er also endlich aufblickte, war die Fronitzer Karin schon wieder im Inneren des Bistros verschwunden, um sich einen neuen Putzlappen zu holen.

»Ich werde sie gegen jeden Unhold verteidigen, der es wagt, sie zu beleidigen«, rief der Hagere und setzte sich wieder. »Aber an welch edlen landestypischen Früchten und Spezereien könnte man sich hier wohl ergötzen?« Er streifte seinen mit vielen Verzierungen bestickten Lederhandschuh ab und deutete ins Innere des Bistros. »Dort in der Auslage ist ein wunderbarer Glasteller mit edlen Speisen angerichtet, deren Duft mir in die Nase steigt. Der Teller strahlt die urwüchsige Lebensfreude dieses einfachen Volkes hier aus, aber auch die Mühen und Plagen, mit denen die Früchte der steinigen Almwiese entrissen worden sind.«

Sancho deutete auf eine Tafel.

»Dort sind die Angebote des Tages notiert.«

»Dann lies.«

»Ich kann nicht lesen, Herr. Ich bin ein ungebildeter Bauer aus La Mancha.«

»Ich weiß doch, dass du das lesen kannst. Du bist nur zu faul. Nun gut, ich will heute Gnade walten lassen. Ich lese.«

Der Hagere kniff die Augen zusammen und las.

»Heute gibt es sogenannte Würscht. Und zwar Weiß-würscht, Regensburger Würscht, Schweinswürscht, Praxen, Schuxen, Rinftln, Eselswürscht –«

Jetzt war es an Sancho, aufzuspringen und erschrocken zu unterbrechen.

»Nein, Herr, lasst uns sofort gehen. *Eselswürscht* möchte ich auf keinen Fall!«

12

Hölleisen und Stengele saßen immer noch ganz allein im Besprechungsraum des Reviers. Der Allgäuer hatte sich mühsam auf einem Holzstuhl niedergelassen, seine Gelenke hatten fast hörbar gekracht.

»Die hundert Meter schaffe ich nicht mehr in dreizehnfünf«, sagte er mit einem grimmigen Zug um den Mundwinkel. »Dabei war ich mal Dritter bei den südschwäbischen Meisterschaften.« Er reckte seine behandschuhte Piratenhand in die Höhe und ballte die Faust. »Das sieht doch schon ziemlich natürlich aus, finden Sie nicht?«

Hölleisen nickte anerkennend.

»Aber wie funktioniert dieses Brain-Computer-Interface jetzt genau? Geben Sie insgeheim den Befehl *Faust ballen*? So wie *Kleinhirn an alle* in dem Otto-Sketch?«

Stengele lachte.

»Nein, so computermäßig geht das nicht. Worte lösen die Bewegung nicht aus. Ich muss mir im Kopf plastisch und ziemlich intensiv vorstellen, die Hand zu öffnen oder zu schließen, dann bewegt sie sich. Beim ersten Mal war es richtig gruselig. Fast Frankenstein-mäßig. Als ob die Hand nicht zu mir gehören würde. Aber dann gewöhnt man sich daran.« Stengele stützte die BCI-Hand auf die Stuhllehne und begann sich zu erheben. »Aber ich will Sie nicht länger aufhalten,

Hölleisen. Sie sind im Dienst. Und ich muss zur Kranken-
gymnastik –«

»Nein, Sie halten mich überhaupt nicht auf, ganz gewiss
nicht. Ich hätte sowieso noch eine Frage zu dem Mann mit
dem Panamahut, von dem ich Ihnen erzählt habe. Ich komme
da nicht so recht weiter.«

Stengele lächelte zufrieden.

»Man hilft, wo man kann.«

Hölleisen kratzte sich am Kinn.

»Als ich Leon Schwalbs Anzug im Bistro flüchtig durchsucht habe, ist mir aufgefallen, dass er überhaupt nichts bei
sich getragen hat, keinen Schlüssel, keine Brieftasche, kein
Kleingeld, nichts. Nicht einmal ein Taschentuch.«

Stengele grunzte nachdenklich.

»Hm. Vielleicht hat er das alles in die geheimnisvolle Plas-
tiktüte gesteckt, die verschwunden ist. Vielleicht ist sie ihm zu
Boden gefallen, als ihm unwohl geworden ist. Dann hat ein
Passant sie aufgehoben, einen Blick hineingeworfen und den
Geldbeutel entdeckt. Gelegenheit macht Diebe. Das würde
auch erklären, warum die Plastiktüte verschwunden ist.«

»Na gut, dann gehen wir mal davon aus, dass Leon Schwalb
sie irgendwo verloren hat, als ihm schlecht wurde. Aber Stengele, überlegen Sie doch: Sind Sie schon mal aus dem Haus gegangen und haben Ihre gesamten Habseligkeiten in eine Tüte
gesteckt?«

Stengele schüttelte den Kopf.

»Ich habe schon bei meinen Zeugen nachgefragt, ob die
Tüte eine Marotte von Leon Schwalb war. So was gibt es ja.
Doch niemand hat was davon gewusst. Er wäre immer gutge-
kleidet gewesen, hätte oft so einen komischen Hut getragen.
Das war wohl seine Marotte. Aber mit einer Plastiktüte hat
ihn vorher noch keiner gesehen.«

Beide schwiegen und dachten nach. Keiner kam zu einem Ergebnis. Irgendwie fehlte Jennerwein, der Chef. Viele Indianer, kein Häuptling. Hölleisen seufzte. Stengele knurrte.

Auch die Fronitzer Karin, die Bedienung des Bistros nahe dem Bahnhof, seufzte. Das Seufzen ging ins Fluchen über. Zornig wischte sie einen Terrassentisch ab und stieß einen gläsernen Aschenbecher auf den Asphalt, wo er in tausend Stücke zerbrach. Wie sie befürchtet hatte, waren die Kunden seit dem Vorfall ausgeblieben. Erst wurde noch gepostet und getwittert wie verrückt, dann war das Interesse schlagartig erloschen. Kaum hatte sie den Toten in die Speisekammer gezogen, hatte ein Gast nach dem anderen gezahlt, neue waren nicht mehr gekommen. Vielleicht hatte auch der Geist des Verstorbenen noch keine Ruhe gefunden und irrlichterte hier umher. Wie auch immer, die Fronitzer Karin war prozentual am Umsatz beteiligt. Sie verdiente normalerweise nicht schlecht in diesem Bistro. Wenn sie nicht gerade einen Toten in der Speisekammer hatte. Aber jetzt setzte sich ein junges, preußisches Paar mit zwei Kindern an einen der Tische draußen. Vier Apfelkuchen. Immerhin. Aber die Apfelkuchen musste sie aus der Speise holen. Beherzt öffnete sie die Tür und versuchte, die Leiche zu ignorieren. Aber es ging nicht anders, sie musste einfach hinsehen. Der Panamamann saß noch so da wie vorher. Keine Spur von Zombie. Sie stellte die Teller beiseite und wischte sich die Hände an der Schürze ab. Der Kopf des Mannes war auf die Brust gesunken, der Hut war immer noch oder schon wieder tief ins Gesicht gerutscht. Vorsichtig und mit einem leisen Schauer nahm sie dem gutgekleideten Mann den Hut vom Kopf. Wer hatte ihm eigentlich die Augen geschlossen? Oder waren sie ihm inzwischen von alleine zugefallen? Ging das überhaupt, rein medizinisch?

Der Mann war ganz weiß im Gesicht, jetzt wusste sie, woher der Ausdruck leichenblass kam. Er schien irgendwie bekümmert, nein, eigentlich eher verblüfft. Die Fronitzer Karin hatte noch nie zuvor einen Toten gesehen, deshalb bekreuzigte sie sich und machte die Andeutung eines Knickses, so wie man ihn im Mittelgang der Kirche macht. Dann kam sie sich lächerlich vor. Am vernünftigsten war es bestimmt, ihm den Hut wieder vorsichtig und möglichst pietätvoll aufzusetzen. Ihr Blick blieb am Schweißband auf der Innenseite der edlen Kopfbedeckung hängen. Eine Stelle war auffällig verdickt, so, als ob etwas drinsteckte. Sie bekreuzigte sich nochmals. Unwillkürlich fiel ihr Blick auf die Glatze des Mannes. Tatsächlich war dort eine dunkelblaue Druckstelle zu sehen.

Aber die preußischen Apfelkuchenfresser warteten draußen und mussten versorgt werden. Nicht dass da noch jemand reinkam. Sie legte den Hut beiseite, griff sich die vier Teller, stieß die Tür mit dem Fuß auf und eilte zu der Familie auf der Terrasse, die sie mit einem Ah! und Oh! empfing. Sie wünschte guten Appetit und wandte sich schon zum Gehen, da fragten ihr die Piefkes noch ein Loch in den Bauch. Wo man bei der Hitze wandern könnte. Ob der Kuchen selbstgemacht sei. Ob sie denn eine original Einheimische sei. Warum es hier so viele Wespen gäbe. Mit jeder Frage stieg bei der Fronitzer Karin das Bedürfnis, wieder zurückzueilen und den Hut genauer zu untersuchen. Den glatzköpfigen Toten mit unbedecktem Haupt in der Speisekammer sitzen zu lassen kam ihr zudem nicht sehr pietätvoll vor.

»Wo kann man denn mit Hunden wandern?«, fragte eines der Kinder gerade und deutete unter den Tisch.

Jetzt fiel ihr erst die mächtige Dogge auf, die etwas vom

Boden aufleckte. Sie hoffte, dass es nicht die Glassplitter des Aschenbechers waren.

»Eigentlich überall«, antwortete sie. »Alle unsere Wanderwege sind auch hundegeeignet. Der Kurort hat letztes Jahr sogar einen Preis dafür bekommen. Es gibt sogar Wege, auf denen Hunde allein wandern können.«

Die vier Nordlichter fragten weiter und weiter, aber sie musste ständig nur an den Toten denken. Sie hatte einmal gehört, dass sich Jesuiten nagelbeschlagene Gürtel um den Oberschenkel zurrten, um auf Schritt und Tritt an die Schwäche des Fleisches erinnert zu werden. Vielleicht war der kalte Herr da drinnen gläubig gewesen und hatte sich so etwas Ähnliches angewöhnt, nur eben am Kopf. Endlich rissen alle vier Kurgäste die Mäuler vogelkinderähnlich auf und hielten sich die Apfelkuchenstücke vors Gesicht. Die Fronitzer Karin konnte deshalb so etwas einwerfen wie:

»Tja, ich muss dann mal wieder.«

Sie kam atemlos zurück in die Speisekammer, nahm den Hut nochmals auf und fingerte in der Verdickung des Schweißbandes herum. Jetzt stieß sie einen überraschten Pfiff aus. Es waren keine jesuitischen Folternägel. Der Grund für die Ausbeulung war ein hart zusammengerolltes Bündel Geldscheine. Sie konnte nicht anders, sie zog es ein Stück weit heraus. Es waren nicht eben übermäßig viele, vielleicht fünfzehn oder zwanzig Lappen, bei näherer Betrachtung amerikanische Ein-Dollar-Scheine. Jetzt hatte sie das Geld schon ganz herausgezogen. Sie setzte dem Mann den Panamahut wieder auf und ließ das Geld in ihrem Bedienungsgeldbeutel verschwinden. Da gab es kein Zögern und Überlegen. Für sie war es eine kleine Entschädigung für den Verdienstausfall. Schon etwas gruselig. Aber er hatte ja nichts mehr davon. Die Türglocke schellte. Sie schrak zusammen. Rasch verließ sie die Speise-

kammer, ohne sich umzublicken. Sie strich sich die Schürze
glatt, trat aus der Tür und erschrak abermals. Das schlechte
Gewissen fuhr ihr mehrmals den Rücken hinauf und wieder
hinunter. Im Türrahmen stand Polizeiobermeister Hölleisen.
Ihr Gesicht glich einer glühenden Herdplatte, so knallrot war
sie geworden.

»Ja, holst du ihn endlich ab?«, fragte sie, nur, um irgendetwas zu sagen. »Zeit ist es geworden! Magst du einen Kaffee?«

Sie hoffte, dass ihr Hölleisen den Schrecken nicht ansah.
Die Fronitzer Karin ging zur Kasse und tat so, als müsse sie
etwas unendlich Wichtiges erledigen. Etwas, was keinen Aufschub duldete. Überhaupt keinen Aufschub. Zum Beispiel die
Kassenschublade auf- und wieder zuspringen zu lassen.

»Darf ich?«

Hölleisen zeigte Richtung Speisekammer. Sie nickte. Er
ging wortlos an ihr vorbei, sie hörte am Geräusch, dass er die
Tür geschlossen hatte.

Hölleisen betrachtete die Leiche von allen Seiten, dann untersuchte er nochmals deren Kleidung. Wieder fand er nichts,
auch keine eingenähten Geheimtaschen. Hölleisen nahm
Leon Schwalb den Hut ab, für ihn war es ein normaler Strohhut, schnell in einem Souvenirladen um die Ecke erstanden.
Wie die Fronitzer Karin durchsuchte auch Hölleisen das
Schweißband, fand aber nichts. Natürlich nicht. Das Etikett
mit der Inschrift Montecristi Superfino las er wohl, aber er
konnte damit nichts anfangen. Er legte ihn beiseite und betrachtete den glatzköpfigen Schädel von Leon Schwalb. Ein
paar Zentimeter über der rechten Augenbraue bemerkte er
eine kleine Druckstelle, eine bläuliche Verfärbung. Rund um
den Schädel verlief eine Linie, die vom Hut herrühren musste.
Eigentlich waren es zwei Linien, die sich überschnitten. Es

75

sah ein bisschen so aus wie die schematische Zeichnung von zwei Umlaufbahnen aus der Astronomie. Zwei Druckstellenstreifen umkreisten leicht gegeneinander versetzt einen Planeten namens Leon Schwalb. Hölleisen fotografierte alles mit seinem Handy. Auch den Hut fotografierte er. Den Fleck an der Krempe, das Etikett am Schweißband. Merkwürdig war er schon, der Hut. Er war irgendwie – total neu und gleichzeitig total alt. Hölleisen verfolgte diesen Gedanken nicht weiter. Der Herrenoberbekleidungsfachverkäufer Ansgar Perschl hätte ihm sofort sagen können, was das Besondere an diesem Hut war. Montecristi Superfino – diese Worte hätten sein textiles Weberherz höher schlagen lassen. Hölleisen verabschiedete sich von der Fronitzer Karin. Er wollte sich, bevor er nach Hause ging, die Wohnung von Leon Schwalb ansehen. Jennerwein war es früher mehrfach gelungen, aus einem tragischen, aber doch natürlich scheinenden Todesfall einen richtigen Mord herauszuermitteln. Jetzt war Hölleisen mal dran.

Die Frau mit den kurzen, blonden Locken, die die Plastiktüte von Leon Schwalb aus dem Container gefischt hatte, saß in ihrem Auto und beobachtete die Villa des Toten. Den Inhalt der Tüte hatte sie überprüft. Alles in Ordnung. Nichts fehlte. Die Lieferung war perfekt. Aber sie hatte jetzt ein großes Problem. Wirklich übel. Sie musste sich einen anderen Partner suchen. Und zwar dringend. Es standen weitere Lieferungen an. Für einen Kunden, der auf Verzögerungen ausgesprochen ruppig reagierte. Sozusagen verletzend. Seufzend stieg die Frau aus und umkreiste das Haus, in dem Leon gewohnt hatte, in weitem Bogen. Sie musste jemanden organisieren, der reinging und nachprüfte, ob er noch was Verdächtiges gebunkert hatte. Vielleicht war Leon so dumm gewesen, Ware bei sich zu Hause zu verstecken. Oder sollte sie selbst –?

Aber verdammt, da war ja schon wieder dieser ungehobelte Polizist, der überall herumschnüffelte und Fragen wegen der verschwundenen Plastiktüte stellte. Ahnte er wirklich etwas? Er sah nicht so aus. Und wenn schon. Er war ein grobes, unbedarftes Landei, die Dienststellen waren chronisch unterbesetzt, die Polizei hatte nicht die Möglichkeiten, die sie hatte. Josy Hirte lächelte zufrieden. Ihr Gesicht strahlte Ruhe und Gemütlichkeit aus, nur die kleine, fast stupsige Nase gab ihr etwas Schelmisches. Sie gab sich den Anschein einer biederen Hausfrau, keiner bemerkte in ihren Augen die Lust am Verwegenen und am Abenteuer. Ihr bürgerliches Aussehen war eine ideale Tarnung für ihre hochbrisanten Aktivitäten. Josy Hirte war die perfekte Botin.

Ludwig Stengele überquerte mühsam und Schritt für Schritt den Parkplatz des Polizeireviers. Wie oft war er hier schon frisch entlanggelaufen und in seinen Jeep gesprungen! Wie lange würde das dauern, bis er wieder so fit war! Er machte sich auf den Weg in die neue bewegungstherapeutische Praxis. Hölleisen hatte geunkt, dass ihn dort sicher mehrere hübsche Krankengymnastinnen erwarteten. Von wegen! Es war ein Computer, der ihn begrüßte, und zwar keiner mit ruckartigen Bewegungen und abgehackter Sprache:

»Hal / lo / Herr / Sten / ge / le / Wie / geht / es / Ih / nen?«

Nein, es war einer jener superbeweglichen japanischen Medizinroboter, der die krankengymnastischen Übungen mit ihm durchführte und ihn mit tiefer, wohlklingender Chefarztstimme ansprach:

»Hallo, Herr Stengele, wie ist das werte Befinden? Ich habe das Gefühl, es geht Ihnen gut. Heben Sie mal die Hand und machen Sie folgende Übung ganz langsam nach –«

Die Faust ballen, das Victory-Zeichen und den langsam hochgeschraubten Stinkefinger konnte Stengele schon. Was brauchte man eigentlich mehr.

13

Swiff Muggenthaler starrte immer noch auf das Foto der Putzfrau mit der kleinen Narbe auf der Stirn und der leichten Andeutung einer Hakennase. Wenn die komische Nase nicht wäre, könnte man das Gesicht schön nennen, dachte er. Er legte das ausgedruckte Bild auf den Tisch und sah sich in seiner Werkstatt um, die er sich in seiner Wohnung eingerichtet hatte. Die Werkstatt hatte die Wohnung aufgefressen. Zunächst war es bloß ein Tisch am Fenster gewesen, aber dann hatten die Schraubstöcke, Bohrmaschinen und Fräser den Raum immer mehr in eine vollgestopfte Bastelstube verwandelt. Und natürlich die vielen Punzen und Körner. Warum Werkstätten und Labore immer in den dunklen Keller verbannen, hatte er gedacht. Hier oben im zweiten Stock war viel mehr Platz. Und die Nachbarn waren alt und schwerhörig, sie bekamen von alldem nichts mit. Weil die Wohnung mitten im Kurort lag, hatte er einen herrlichen Ausblick auf die Berge, auf die Sehenswürdigkeiten, auf die knorrigen Einheimischen, geschäftigen Zweitwohnungsbesitzer und mürrisch durchfahrenden Touristen. Das heißt: Er hätte den Ausblick gehabt. Denn Swiffs Interesse galt in erster Linie den Werkstücken, die er eingespannt hatte. Und den vielen Instrumenten, mit denen er sie bearbeiten wollte. Mit dem Keilwinkelschneider, dem Schwingläppel und der Kugelpunze, dem beidseitigen Ab-

schlagsbohrer und dem Löffellagerschredder ... Nur dafür
hatte er Augen. Zufrieden betrachtete er all seine Werkzeuge.
Es war eine wirklich wertvolle Sammlung von raren Kostbarkeiten! Und das alles war durch diese Putzfrau bedroht.

Auch der Tüftler Swiff hatte schon mit dem Gedanken gespielt, den jesuitischen Bußgürtel alltagstauglich und somit
zu Geld zu machen. Der Ausgangspunkt war eine Statistik,
die er einmal gelesen hatte. Wovor fürchtete sich ein Drittel
der Bevölkerung panisch? Etwa vor Krankheit, qualvollem
Siechtum, dem Tod oder dem Weltuntergang? Nein, an erster
Stelle stand die Angst vor ein paar Pfund Übergewicht. Warum also nicht eine intelligente Korsage basteln, die bewusst
und gezielt unbequem ist, die überall zwickt und zwackt und
den Träger mit kleinen Stromstößen dauernd an die lästigen
Rundungen und kleinen Fettwülste erinnert! Diese Weight-
watcherunterwäsche hatte er den Löwen gar nicht angeboten,
weil er die Idee zu abwegig fand. Was aber wurde ein paar
Monate später von einem chinesischen Start-up-Unterneh-
men angeboten? Bingo! In der Vergangenheit war er überhaupt für viele seiner Ideen belächelt worden. Das hatte jetzt
ein Ende. Für das Projekt, das er momentan durchzog, lachte
ihn niemand mehr aus. Ganz im Gegenteil. Er hatte jetzt die
Seiten gewechselt. Er konnte über die anderen lachen.

Wieder fiel sein Blick auf das Foto. Eine Putzfrau. Nein, die
hatte er wirklich noch nie gesehen, obwohl er sämtliche Be-
legschaftsmitglieder der KurBank kannte. Aber so war es in
jeder Firma. Von allen möglichen Mitarbeitern gab es Fotos
auf der Homepage, vom Hausmeister, vom Pförtner, vom
Kantinenpersonal – aber von den Reinigungskräften nie.
Vielleicht schämten sich die Firmen dafür, dass überhaupt

geschmutzt wurde und geputzt werden musste. Gerade das Bankimage bestand aus Sauberkeit, im übertragenen wie auch im wörtlichen Sinn. *Schmutzige Welt. Sauberes Geld. KurBank.* Hatte er diesen Slogan nicht irgendwo im Foyer gelesen? Swiff unterbrach seine Gedankengänge. Ausgerechnet jetzt musste das passieren. Sollte er gleich zur KurBank gehen und sich umsehen? Vom ersten Stock des gegenüberliegenden chinesischen Restaurants hatte man einen hervorragenden Blick auf den Eingangsbereich. Da sah man zum Beispiel, wer sich beim Verlassen des Gebäudes noch schnell die vermutlich frisch gefüllte Geldbörse aus der Gesäßtasche zupfte und vorsichtshalber in die Jackeninnentasche steckte. Wer mit einer dünnen Aktentasche hineingegangen war und jetzt mit einer prallen herauskam. Aber er hielt es für zu gefährlich, sich so oft in der Nähe der Bank sehen zu lassen. Einem der chinesischen Ober war es vermutlich schon aufgefallen, dass er immer auf einen Platz am Fenster bestand, lustlos in dem 41a-Süßsauren herumstocherte und ständig zum Bankgebäude hinüberstarrte. Nein, sich da draußen herumzutreiben war nicht nur gefährlich, sondern auch ziemlich überflüssig. Swiff brauchte nämlich seine Wohnung gar nicht zu verlassen, um einen Blick in die Bank zu werfen. Er hatte seine Kugerln. Die waren viel sicherer und unauffälliger.

Auf die Idee mit den Kugerln war Swiff vor zwei Jahren gekommen, als er sich einer Operation wegen seines Leistenbruchs unterziehen musste.

»Das ist heutzutage keine große Sache mehr«, hatte der Arzt gesagt. »Am selben Tag können Sie schon wieder nach Hause gehen, Herr Muggenthaler. Wir machen das mit einem sogenannten minimalinvasiven chirurgischen Eingriff. Wir schneiden ein winzig kleines Löchlein in Ihre Bauchdecke, einen Zentimeter groß, und über dieses Löchlein führe ich meine Skalpelle, Haken, Netze und sogar eine Videokamera ein.«

Die Operation hatte er gut überstanden. Das Video, das der Arzt von der Operation angefertigt hatte, hatte Swiff als medizinisches Give-away mit nach Hause bekommen. Er hatte es sich immer noch nicht angesehen.

Aber dieser minimalinvasive Eingriff in unbekannte und ungesehene Welten hatte ihn fasziniert. Er studierte die Technik der Operation, kaufte sich Material und zog sich monatelang in seine Werkstatt zurück. Er magerte merklich ab. Schließlich funktionierte ein erstes Kugerl. Er nannte es so, weil die Minikamera und das Werkzeug zum Bohren in einer erbsengroßen Kugel untergebracht waren. Das Kugerl zog ein hauchdünnes Glasfaserkabel hinter sich her, es bekam seine Anweisungen und seine Energie vom angeschlossenen Computer, den Swiff steuerte. Er führte seinen ersten Versuch an der Wand durch, die sein Wohnzimmer von der Küche trennte. Das klappte hervorragend, das Loch hatte nicht einmal einen halben Zentimeter Durchmesser, nur an den lauten Bohrgeräuschen musste er noch arbeiten. Er bestückte die Kugerln mit weiteren Funktionen. Am Ende konnten die winzigen Körper im Raum umherkrabbeln, sich an Wänden hochziehen, kleine Werkstücke schneiden und Abstände messen. Die Anwendungsbereiche dieser Nanobots, wie sie offiziell genannt wurden, schienen ihm enorm vielfältig. Man würde Innenaufnahmen von schadhaften Atomreaktoren machen können, diverse militärische und polizeiliche Anwendungen durchführen, Bomben entschärfen und und und. Er musste damit zum Militär oder zu den Bullen gehen, die würden sich hundertpro dafür interessieren. Swiff verfeinerte seine Ku-

82

gerln. Er ließ sie dicke Holzbretter, Betonmauern, schließlich Stahlwände durchbohren, bei Metall klappte es sogar am besten. Ohne Zweifel kam ihm einmal der Gedanke, auf diese Weise einen Blick in die Wohnung seiner Nachbarin zu werfen. Doch so etwas interessierte Swiff eigentlich nicht. Er war kein Voyeur, der durch Löcher in Badekabinen guckte. Ihn interessierte keine nackte Haut, sondern die tieferen Geheimnisse der Menschen. Und nach und nach wurde ihm bewusst, dass er dadurch große Macht über sie erlangte.

Er hatte schon einen Termin mit einem US-amerikanischen Militärtechniker vereinbart, der in der technischen Entwicklungsabteilung arbeitete. Aber dann kam die Geschichte mit Onkel Jeremias dazwischen. Der Großonkel Swiffs war alt und unbeweglich und bat ihn deshalb, ab und zu Gegenstände aus seinem Schließfach in der KurBank zu holen und andere wieder hinzubringen. Soweit Swiff das beurteilen konnte, versteckte Onkel Jeremias nichts Besonderes in seinem Schließfach, keine Juwelen oder Edelmetalle, eher ein paar handschriftliche Zettel, das Testament, ein paar Gedenkmünzen von zweifelhaftem Wert, eine vertrocknete Rose und einen ungeöffneten Brief. Swiff sah sich die Dinge nie genauer an, er hätte es indiskret gefunden, darin herumzuwühlen. Onkel Jeremias schrieb ihm eine Vollmacht, und Herr Schelling, der damals stellvertretender Filialleiter war, akzeptierte das. Als Swiff das Schießfach № 608 das erste Mal aufschloss, wäre er fast nach hinten umgekippt, so rasch bildete sich der Plan, was er damit anstellen könnte. Die Idee ergriff so zwingend Besitz von ihm, dass ihm heiße Schauer über den Rücken liefen. Er musste sich auf das große Büffelledersofa im Panic-Room setzen und verschnaufen, so erschlagen war er von dem Einfall. Kühlen Kopf bewahren, alter Suivo, dachte er. Er untersuchte das Schließfach genau. Die Kassette lag lose in dem Schacht, sie hatte auf allen Seiten einen guten Zentimeter Spielraum. Beim nächsten Bankbesuch maß Swiff alles genau aus, prüfte die Dicke der Wände, analysierte das Material, erkundete per Ultraschall, wo sich Hohlräume befanden. Ganz vorne, gleich hinter der Schließfachtür befand sich eine Art Rahmen, einer Theaterkulisse nicht unähnlich. Hinter diesem Rahmen war allerhand Schraubwerk angebracht, das wohl zur Sicherheit diente. Er sah im Netz nach: Es war eine Tasselli-Bolzenverriegelung, die es fast unmöglich machte, ein Schließfach mechanisch aufzubrechen. Darauf hatte auch die Bankangestellte hingewiesen, die ihn heruntergeführt hatte.

»Fort Knox ist ein offenes Einkaufskörbchen gegen das da«, hatte Frau Weißgrebe gesagt.

Mensch, Suivo, alter Tscheche! Hier eine Basisstation reinstellen und dann die Kugerln per Mausklick ins Nebenfach marschieren lassen! Swiff bekam diese Idee nicht mehr aus dem Kopf.

Damals war ihm auch sofort klar, wo genau er bohren musste. Ein Loch in der Mitte der Stahlfläche anzubringen, war zu auffällig, und sei es noch so sauber entgratet und noch so schräg nach hinten gebohrt. Es gab eine viel bessere Möglichkeit. Nämlich sich in der Nähe des Rahmens durch das Gewusel von Schrauben und Bohrungen zu arbeiten. Wenn da jemand zufällig hingriff, würde ihm eine weitere kleine Aufwölbung nie und nimmer auffallen. Es war schon komisch. Ausgerechnet diese aufwendige Sicherheitsverschraubung bildete die größte Sicherheitslücke. Aber so war es immer. Das Anti-Viren-Programm verbreitete die meisten Viren. Das eigene Heer schützt das Land am allerwenigsten. Der erste Ausspruch war von Julian Assange, der zweite von Helmuth

Graf von Moltke. Die meiste Gefahr ging jedenfalls von der Sicherung aus. Darum waren die Löchlein bisher niemandem aufgefallen. In den ganzen zwei Jahren nicht. Und er war davon überzeugt, dass es so gut wie unmöglich war, sie zu entdecken.

Aber diese verdammte Putze war trotzdem auf eines gestoßen.

14

Marcel Ostertag strahlte etwas Windiges und Unsicheres aus. Seine linkischen, ruckartigen, fast marionettenhaften Bewegungen verstärkten den Eindruck. Viele Leute nahmen ihn deshalb nicht ernst. Das war ihm eigentlich ganz recht. Er war Honorarkonsul eines Inselstaates im Pazifik, der wegen seiner unbedeutenden Abgelegenheit am ehesten in Quizshows eine Rolle spielte. Sind die Cookinseln a) Bestandteile des Elektroherdes, b) eine Zellansammlung in der Bauchspeicheldrüse, c) ein Hotelgebäudekomplex des gleichnamigen Tourismuskonzerns oder eben d) besagter Inselstaat. Marcel Ostertag blickte durch die getönte Glasscheibe seines Wohnzimmers hinaus in den weitläufigen Garten. Unter den Bäumen tollten seine Frau und die zwei Kinder mit dem Hund herum. Die Sonne verschwand hinter einem dieser komischen Berge. Am Pool arbeitete der Gärtner, das Wasser darin glitzerte träge, und eine unbemannte Luftmatratze trieb ziellos auf der glatten Oberfläche.

Marcel Ostertag blickte auf die Uhr. Die KurBank schloss bald. Er wählte Pit Schellings Nummer.

>>Kann ich noch kurz vorbeikommen? Ich muss an mein Schließfach.<<

>>Ja, klar. Klingle an der Hintertür<<, sagte Pit Schelling.

Sie waren Tenniskameraden. Schelling hatte allerdings keinen so großen Garten.

86

Ostertag ließ sich von seinem Fahrer zur KurBank bringen, schickte ihn aber danach wieder nach Hause. Er hatte vor, zu Fuß zurückzugehen. Das tat auch mal ganz gut. Er bückte sich unter der Parkplatzschranke durch und stellte fest, dass das früher auch flotter gegangen war. Er klingelte und fuhr mit dem Lift hinauf in Schellings Büro, das für einen Bankfilialleiter lächerlich klein und auch ziemlich unaufgeräumt aussah. Ostertag unterhielt sich kurz mit dem bedrückt wirkenden Schelling und ließ sich von ihm № 241 freischalten. Als er vor dem Fach stand, fiel sein Blick auf das darüber. Es gehörte Roger Bruyn, der ein paar Häuser neben ihm wohnte. Sie waren locker befreundet, kannten sich aber nicht vom Tennis, sondern wegen einiger Aktiengeschäfte, bei denen ihn Bruyn beraten hatte. Konsul Ostertag kannte die Lage von Bruyns Fach, weil sie sich mal den Spaß erlaubt hatten, die Schlüssel zu tauschen, um jeweils mit dem Schlüssel des anderen zu versuchen, in den Schließfachraum zu kommen. Sicherheitslücke oder so. Aber tatsächlich. Der eine kam mit dem Schlüssel des anderen nicht rein. Brave KurBank. *Bei uns ist Ihr Geld in guten Wänden.* Das war auch einer ihrer Slogans. Schelling hatte müde gelacht, als sie ihm vom Schlüsseltausch erzählt hatten.

Ostertag öffnete sein Fach, nahm die Stahlkassette heraus und stellte sie auf den Tisch. Dann leuchtete er mit seinem Zippo-Feuerzeug in den Schacht. Er spähte in jedes Eck, konnte aber nichts Verdächtiges finden. Jetzt fuhr er die Ränder mit dem Zeigefinger entlang, prüfte auch die Seitenverstrebungen. Doch solch eine Aufwölbung, wie sie Alina beschrieben hatte, fand er nicht. Auf beiden Seiten nicht. Er wiederholte die Prozedur nochmals. Er war sich sicher, dass in seinem Fach nicht gebohrt worden war. Alina musste sich geirrt haben. Trotzdem. Kurz entschlossen und seufzend leerte er die Kassette und verstaute den Inhalt in den Innentaschen seines Jacketts. Gab es hier irgendwo einen Spiegel? Natürlich, im Rückzugsraum hinter der Tür. Dort betrachtete er sich. Nicht eitel und stolz wie die meisten aus der 50-Plus-Generation, sondern linkisch und eher prüfend. Fiel es auf, wenn er so bepackt war? Zog die eine Seite des Jacketts nicht unübersehbar nach unten? Er wollte auf keinen Fall, dass man auf die Idee kam, er könne das Schließfach entleert haben. Vor allem Schelling sollte es nicht bemerken. Natürlich auch seine Frau nicht. Er hätte den Fahrer doch nicht heimschicken sollen. Aber jetzt war es zu spät. Er warf noch einen letzten Blick auf das leere Fach, dann verschloss er die Stahltür. Draußen auf dem Kellergang erwartete ihn Schelling.

»Alles in Ordnung?«, fragte der Filialleiter.

»Ja, klar, sowieso«, antwortete Ostertag bemüht locker. Er machte eine Bewegung, von der er selbst wusste, dass sie eckig aussah.

Ostertag machte sich auf den Weg nach Hause. Er fühlte sich nackt wie ein Einsiedlerkrebs beim Wechseln des schützenden Gehäuses. Die Papiere, die er sich in die Taschen gesteckt hatte, brannten wie Feuer. Es wäre besser gewesen, eine Aktenmappe mitzunehmen. Aber auch dafür war es jetzt zu spät. Er ging an der Metzgerei Kallinger vorbei, dann an dem Bistro, in dem es ziemlich guten Apfelkuchen gab. Endlich bog er auf die Straße, die ins bessere Viertel führte. Die Sache mit dem Schließfach nervte ihn. So etwas konnte er jetzt gar nicht brauchen. Aber so war es immer. Wenn, dann kam alles auf einmal. Er schrak zusammen. Ein Passant hatte ihn um Feuer gebeten. Er bog schließlich in seine Straße ein, dort vorn war das Haus von Roger Bruyn, der hatte sein Geld mit irgendwelchen Finanztricksereien gemacht. Aktienleerverkäufe, Cum-Cum- und Cum-Ex-Geschäfte, so etwas in der Art. Bruyn hatte sein juristisches Examen in Amerikanisch-Samoa gemacht, jetzt behauptete er von sich, Unternehmensberater zu sein. Ostertag klingelte. Bruyns zunächst erfreutes Gesicht verdüsterte sich, er hatte wohl jemand anderen erwartet.

»Und?«, fragte Roger Bruyn.

»Und auch?«

Durch die Tür, durch die ganze Wohnung hindurch, dann wieder durch die Terrassentür sah Ostertag, dass draußen auf dem Rasen gerade eine Gartenparty lief. Er war nicht eingeladen worden und deshalb ein bisschen beleidigt. Bruyns Rasen war noch größer als seiner.

»Die Familie«, sagte Bruyn entschuldigend und deutete nach hinten. »Du kannst ja aber trotzdem reinkommen.«

»Später vielleicht«, sagte Ostertag.

Eine Pause entstand. Niemand sagte etwas. Die Pause war ziemlich peinlich. Gelächter drang vom Garten zu ihnen her. Sollte er überhaupt hier zwischen Tür und Angel mit Bruyn über die Sache reden?

»Ist bei dir im Schließfach alles in Ordnung?«, platzte er schließlich heraus und machte eine linkische Kopfbewegung. Bruyn tat erstaunt.

»Ja, warum?«

»Ich hab da was gehört. Ich wollte es dir nur sagen. Ich schulde dir noch was.«

»Der Aktientipp? Nicht der Rede wert. Was sagen?«

»Jemand hat mir erzählt – «

Ostertag unterbrach. Jetzt erst bemerkte er, dass es ein schwerer Fehler gewesen war hierherzukommen. Was, wenn Bruyn etwas mit den Manipulationen am Fach zu tun hatte?

Aber nun war er schon mal da. Er nahm sich vor, die Reaktionen von Bruyn genau zu beobachten. Betont ruhig legte er los.

»Jemand hat mir erzählt, dass in ein Schließfach der Kur-Bank Löcher gebohrt worden sind. Es könnte sein, dass es da Sicherheitslücken gibt.«

»Löcher gebohrt? Von wem hast du das? Ist die Quelle denn vertrauenswürdig?«

»Die Quelle ist sicher. In dem Fach neben meinem Schließfach ist gebohrt worden.«

»Und wem gehört das?«

»Keine Ahnung. Das spielt jetzt auch keine Rolle. Nebenbei: Diese Alina Rusche, die putzt doch auch bei dir, oder?«

»Ja, das tut sie. Ist sie die Quelle?«

Ostertag nickte unmerklich.

Grillgerüche wehten zu ihnen her. Gelächter stob auf und versickerte wieder. Jemand war mit einem Platsch in den Pool gesprungen.

»Na schön«, sagte Bruyn. »Danke, dass du mich informiert hast. Und wenn du Lust auf Cocktails verspüren solltest –«

Ostertag verabschiedete sich. Er war beruhigt. Der Aktienspekulant hatte nichts damit zu tun.

Bruyn sah ihm lange nach. Dann griff er zum Telefon.

15

Die Sonne senkte sich über das kalt glitzernde Eisgipfelmassiv, momentan brannte sie nicht mehr gar so wütend herunter auf die kleine, etwa fünfundzwanzigköpfige Trauergesellschaft. Ursel Grasegger tupfte sich den Schweiß von der Stirn. Sie war hochnervös, war es doch die erste Bestattung nach einer Zwangspause von zehn Jahren. So lange waren sie und ihr Mann mit einem Berufsverbot belegt worden. Doch kaum dass es abgelaufen war, hatte sich das Ehepaar Grasegger vor Aufträgen gar nicht mehr retten können. Aus ganz Europa, sogar aus Übersee waren Anfragen hereingeschneit. Aber dass ihre erste Leich' nach der langen thanatologischen Abstinenz gleich so eine komplizierte und außergewöhnliche Veranstaltung werden sollte, das hatten sie nicht vorhergesehen. Tomislav Rusche hatte sich hilfesuchend an die Graseggers gewandt, und er war Ursel von Anfang an sympathisch gewesen. Auch Ignaz mochte den bescheidenen, bodenständigen Polsterritzenreiniger. Das renommierte *Beerdigungsinstitut Grasegger (gegr. 1848)* hatte den Auftrag schließlich angenommen. Sie wussten von Alina nur, dass sie Putzfrau gewesen war, eine, die hauptsächlich in den Villengegenden des Kurorts arbeitete. Tomislav hatte auf einer offenen Aufbahrung bestanden, die musste erst behördlich genehmigt werden, und sie war unter den jetzigen Witterungsumständen gar nicht so leicht durchzuführen. Der Wind pfiff, er trug kleine Wasserperlen mit sich, die die Haut Alinas benetzten, sie musste schon deshalb immer wieder nachgeschminkt werden. Die Verletzungen am Kopf waren so schwerwiegend (Schädelfraktur am Hinterkopf im Bereich des visuellen Cortex bis hin zur Sehnervenkreuzung, vollständige Durchtrennung des Hypothalamus), dass Ursel sich wunderte, warum das Gesicht nicht mehr in Mitleidenschaft gezogen worden war. Das herabhängende rechte Augenlid war allerdings nicht mehr zu kaschieren gewesen, es hatte dem gutmütigen Gesicht von Alina etwas leicht Verschlagenes, Hinterlistiges gegeben.

»Das passt ganz und gar nicht zu ihr«, hatte Tomislav gesagt. »So habe ich sie noch nie gesehen.«

Deshalb hatte Ursel die Haut mit einem Klebeband nach oben gezogen, das Tape selbst war durch die Perücke verdeckt, das sichtbare Band hatte sie mit etwas Puder abgetönt.

»Wollen wir die Narbe auf der Stirn auch gleich überschminken?«, hatte sie Tomislav gefragt. »Ich meine, wenn wir schon dabei sind –«

»Nein«, hatte der trauernde Witwer leise seufzend geantwortet. »Die Narbe bleibt. So kenne ich Alina. Mit Narbe und Hakennase. So will ich sie in Erinnerung behalten.«

Der uralte Zitherer und das blutjunge Mädchen stimmten ein behutsames Trauerlied an, der athletische Mann, der seine Basecap abgenommen hatte, schaute geradeaus zum fernen Horizont, er schämte sich seiner Tränen nicht. Ursel wandte sich um, ein Lächeln erschien auf ihrem Gesicht. Ein paar Meter entfernt war ihr Ehemann Ignaz aufgetaucht, diesmal im wörtlichen Sinn, denn zuerst erschien sein grüner Trachtenhut, dann der markante Kopf, schließlich der lodenumspannte massige Körper. Es wirkte so, als ob er mit einem gläsernen Lift hochgefahren kam. In Wirklichkeit stieg Ignaz langsam und schnaufend die Eisentreppe empor, stellte sich schließlich neben Ursel und betrachtete die Ergebnisse ihrer Schminkkünste. Er nickte anerkennend.

»Die erste Leich' seit zehn Jahren, und dann gleich eine Aufbahrung«, murmelte er nicht ohne einen Anflug von Stolz.

»Ist unten alles fertig?«, fragte Ursel.

»Aber sicher«, erwiderte Ignaz.

In dem kleinen Raum, aus dem er gekommen war, wartete der Einäscherungsofen, der den geschlossenen Sarg samt Inhalt in kürzester Zeit in einen kleinen, unscheinbaren Rußhaufen von zwei oder drei Kilo verwandeln und Alina Rusches Körper bereit für die Urne machen sollte.

»Schade um den schönen Rock und die Schuhe«, sagte die Hofer Uschi am Tischchen mit dem Kondolenzbuch. »Und um die Naturhaarperücke.«

»Du kannst ja fragen, ob du sie haben kannst –«, erwiderte die Weibrechtsberger Gundi.

Der Jurist im Trenchcoat zischte: »Psst! Jetzt reichts aber!«

Für die Verbrennung selbst war kein genauer Zeitpunkt vorgesehen.

»Wenn Sie das Gefühl haben, dass es an der Zeit ist«, hatte Tomislav zu den Graseggers gesagt, »dann fangen Sie an. Ich verlasse mich ganz auf Ihre Erfahrung.«

»Sie müssen aber bedenken«, hatte Ursel erwidert, »dass die Asche ganz abkühlen muss, bevor wir sie umfüllen können. Das dauert etwa –«

»Ersparen Sie mir bitte Details. Machen Sies einfach.«

Das Zitherduo wechselte die Tonart. Dem molligen und

schwermütigen Jodler folgte eine fast schon heitere, landlerische Weise. Tomislav löste sich aus der Gruppe der Trauernden, trat zu Ignaz und flüsterte ihm ins Ohr:

»Können wir wirklich nicht die andere Urne nehmen? Das wunderbare Edelmetallgefäß, das ich extra mitgebracht habe? Ich habe es selbst vergoldet!«

»Nein«, erwiderte Ignaz leise, aber unnachgiebig. »Ich habe es Ihnen doch schon erklärt. Das ist Vorschrift, dass wir eine Urne aus Zellulose nehmen müssen. Jetzt kommen Sie, wir haben schon so viele Augen zugedrückt bei dieser Bestattung. Lassen Sie es mal gut sein, Tomislav. Wir tun wirklich unser Möglichstes.«

Der Witwer hob resigniert die Arme und ließ sie seufzend sinken.

»Warum muss sie überhaupt verbrannt werden?«, fragte der athletische Mann mit der Basecap seinen Nachbarn.

»Ich glaube, das ist Vorschrift«, entgegnete der Jurist. »So ist es halt nun mal: fremde Länder, fremde Sitten.«

Jetzt spiegelte sich die Sonne in einer der Eiswände. Alle blickten hoch zu der Stelle, kniffen aber sofort die Augen zusammen. Die Gespräche verstummten. Der Pfarrer trat das erste Mal in seiner eigentlichen Funktion auf. Er stellte sich breitbeinig vor den Sarg und räusperte sich mehrmals.

»Der schaut ja hübsch blass aus«, flüsterte die Weibrechtsberger Gundi.

»Die jungen Pfarrer vertragen eben nichts mehr«, flüsterte die Hofer Uschi zurück.

Starker Wind kam auf. Der Pfarrer zögerte, mit seiner Rede zu beginnen. Ihm war elendiglich übel. Und dabei hatte er sich solche Mühe gegeben. Er hatte in der Bibel lange nach Stellen gesucht, die das Thema Putzen und Saubermachen behandelten. Gut hatten ihm die Worte im 2. Buch der Chronik 29,16 gefallen, wo es so schön hieß:

> »Die Priester aber gingen hinein inwendig ins Haus des Herrn, zu reinigen und taten alle Unreinigkeit, die im Tempel des Herrn gefunden ward, auf den Hof – – –«

Aber er brachte die Worte einfach nicht heraus. Er holte Luft und atmete schwer aus.

Einer der Beerdigungsgäste, der sich bisher an keinem der Gespräche beteiligt hatte, musterte die Anwesenden scharf. Niemand bemerkte seine Blicke. Das lag daran, dass er selbst so unauffällig aussah. Er fasste jeden ins Auge und wandte sich wieder ab. Kriminalhauptkommissar Hubertus Jennerwein dachte darüber nach, was hier nicht stimmte. Und es stimmte einiges nicht bei dieser Trauerfeier.

16

Ein paar Tage zuvor saß Alina Rusche zusammen mit ihrem
Ehemann noch wohlgemut zu Hause, in ihren bequemen
Fernsehsesseln. Das Gerät lief jedoch nicht, Tomislav und
Alina waren beide in dieser Hinsicht altmodisch, sie gestalteten
die Feierabende gänzlich glotzenlos. Alina las ein Buch, Tomis-
lav war über sein neuestes Hobby gebeugt, er vergoldete einen
Bilderrahmenrohling mit hauchdünnem Blattgold. Alle halbe
Jahre, in jedem VHS-Semester besuchte er einen neuen Kurs:
Marionettenbau, Arabisch, Schach für Anfänger. Doch er blieb
nie lange bei einer Sache. So hing eine einzige Marionette über
dem Esstisch (sie sollte Alina darstellen), er beherrschte eine
Liebeserklärung und einen Fluch auf Arabisch und bald würde
ein prächtiger vergoldeter Barockrahmen die Toilette der Rusches zieren. Seine Freischwimmer- und Fahrtenschwimmer-
urkunden sollten so eine würdige Umgebung erhalten.

Alina las. Sie blickte vielmehr starr in ein Buch. Erst nach
einiger Zeit bemerkte sie, dass sie gar nicht weiterkam, dass
sie immer wieder dieselbe Stelle las, immer wieder denselben
Satz, dass sie immer wieder dieselbe Stelle
las, immer wieder denselben Satz, dass
sie immer wieder dieselbe Stelle las,
immer wieder denselben Satz … Der Name
Ostertag drängte sich in ihre Gedanken,
so dass sie immer wieder Ostertag dieselbe

Stelle las, immer wieder Ostertag, immer wieder Ostertag …
Was war da los? Sie ließ das Buch sinken und blickte auf den
großen Barockrahmen, der auf der einen Seite schon in voller
mattgelber Pracht erstrahlte. Sollte sie Tomislav nochmals
daraufhin ansprechen? Nein, lieber nicht, sie hatte ihn doch
schon genug genervt damit. Und er hatte vermutlich recht. Es
war wahrscheinlich nichts. Und wenn, dann ging sie die Sache
überhaupt nichts an.

Plötzlich sagte Tomislav, ohne aufzublicken, in die Stille hin-
ein:
»Hast du in der Sache Ostertag weitergeforscht?«
»Wie kommst du darauf?«
»Ich kenn dich doch. Du gibst solange keine Ruhe, bis du
weißt, was da los ist.«
Jetzt erst blickte Tomislav sie an. Sie saßen sich ein paar
Atemzüge großäugig und erwartungsvoll gegenüber.
»Wenn ich ganz ehrlich sein soll: ja«, sagte sie. »Ich bin bei
Ostertag gewesen. Und habe ihm davon erzählt.«
»Und, was hat er dazu gesagt?«
»Er hat sich bedankt. Und mir einen Hunderter für den
Tipp gegeben.«
»Immerhin.«
»Und noch einen weiteren Hunderter dafür, dass ich die
Sache vergesse.«
»Dann vergiss sie, die ganze Sache«, sagte Tomislav und
wandte sich wieder seinem Rahmen zu. »Das Vergessen wird
nicht immer so gut bezahlt.«
Auch Alina nahm das Buch wieder auf. Doch wieder blickte
sie nur starr auf die Zeilen. Sie war zu weit vorgeprescht. Bei
Ostertag, und in der Bank sowieso. Und jetzt zog sie Tomis-
lav auch noch mit hinein. Was war dieser Ostertag doch für

97

ein undurchsichtiger Typ. Sie hatte mit seinen Reaktionen überhaupt nichts anfangen können. Hatte sie sich durch diesen Besuch in Schwierigkeiten gebracht? War er womöglich gefährlich?

»Was hältst du eigentlich von ihm?«, fragte sie in die Stille hinein.

»Von Ostertag?«, erwiderte Tomislav wie nebenbei. »Ich habe ihn ja nur einmal gesehen. Wenn man nicht wüsste, dass er Konsul ist, könnte man glauben, dass er nicht ganz dicht ist. Das nervöse Auftreten. Dieses ständige Gezucke. Dann wieder blickt er einen an wie ein winselnder Hund. So stellt man sich keinen Konsul vor. Der Konsul Breisam in der Korffstraße, der macht was her!«

Alina dachte, dass das Thema damit beendet wäre, doch Tomislav fing erneut an.

»Du hast mir erzählt, dass du mit dem Finger eine Aufwölbung rund um das Bohrloch gespürt hast, die sich so angefühlt hat wie Blei beim Silvestergießen.«

»Ja, genau. Warum fragst du?«

Tomislav legte seinen Rahmen beiseite und reichte ihr eine kleine Metallplatte, die die ganze Zeit auf dem Tisch gelegen hatte.

»Hat es sich so angefühlt?«

Alina schloss die Augen und betastete das Werkstück.

»Ja, genauso.«

Tomislav lachte kurz und trocken.

»Ich dachte mir doch, dass dich das nicht in Ruhe lässt. Das ist eine unsaubere Bohrung. Wenn du so etwas beim Messebau abliefern würdest, dann kostet dich das eine Runde Bier. Ein typischer Anfängerfehler. Ein Profi macht die unschönen Grate, die beim Bohren entstehen, auf jeden Fall weg.«

»Vielleicht war es ein Lehrling?«

Tomislav schüttelte den Kopf.

»Bei einem Bankschließfach? Da prüfen ein halbes Dutzend Leute vom TÜV und von den Versicherungen alles mehrfach nach!«

»Ist solch eine Bohrung eigentlich schwer?«

»Durchaus nicht. Die Spezialwerkzeuge, um solche Spuren wegzumachen, kannst du heutzutage in jedem Baumarkt kaufen. Du bohrst, schiebst sofort eine Röhre nach, dann wird die frische Aufwölbung vereist, damit sie spröde wird und leicht mit einem speziellen Saughobel abgetragen werden kann.«

Genau über diese Prozedur dachte auch Swiff Muggenthaler in seinem Wohnlabor nach. Er war kein Anfänger. Er hatte nirgends einen Grat zurückgelassen, er hatte alle Löcher sauber abgeschliffen, da war er sich sicher. Er bohrte und forschte immer nur nachts und zog am Morgen vor den Öffnungszeiten die Glasfaserkabel zurück in das sichere Onkel-Jeremias-Fach. Tagsüber blieb nur das hochempfindliche Kugelkopfmikrophon angeschaltet, mit dem man ›Milben husten hören konnte‹, wie der Hersteller versicherte. Swiff bekam dadurch alle außergewöhnlichen Ereignisse im Kellerraum der Kur-Bank mit, so auch die Öffnung und Reparatur des Schließfaches № 240 heute Vormittag. Nach einem weiteren Alarm hatte er wieder eines der Kugerl aktiviert, um zu sehen, was da los war. Beim Anblick der Putzfrau hatte er den Schlauch wieder zurückgezogen, und dabei war genau an dieser Öffnung Widerstand zu spüren gewesen. Im ersten Schrecken und in der Eile hatte er nicht weiter darauf geachtet, aber jetzt wusste er, dass es von Graten herrühren musste. Warum hatten seine Bohrungen immer sauber funktioniert, nur dort nicht? Na egal, das Ding war ja sonst noch niemandem aufgefallen, sonst stünden die Bullen schon längst vor der Tür. Swiff besah sich seine Aufzeichnungen von den Schließfächern, die er bisher ausgespäht hatte. Es waren schon über neunzig. Bei manchen wusste er genau, was sie enthielten, bei anderen nicht. Denn wenn in der Kassette ein verschlossener Umschlag lag oder ein abgesperrter Behälter, dann war mit seinen Nanobots nichts auszurichten. Er konnte mit dem Kugerl fotografieren, filmen, beleuchten, zwischen lose Blätter kriechen, aber in einen verschlossenen Koffer kam er damit nicht. Das waren jedoch die Ausnahmen. Die meisten Schließfachbesitzer waren zum Glück ziemlich sorglos. Sie legten Waffen, Bargeld oder Schmuck einfach offen in die Kassette. Warum auch nicht. Sicherer als im Schließfach gings nicht. Glaubten sie. Swiff jedoch hatte jeden Zentimeter fotografiert und gefilmt. Die Aufnahmen hatte er auf einem USB-Stick abgespeichert, den er an einer Kette um den Hals trug. Es war sein größter Schatz. Mit den Informationen, die in diesem kleinen Ding verborgen waren, fühlte er sich inzwischen verdammt mächtig und überlegen.

Da Swiff nicht wie Alina im Besitz einer Kundenliste war, konnte er manchmal den Schließfachinhalt keiner konkreten Person zuordnen. Es sei denn, der Fall war so klar wie in № 579, dort lag ein verschlossener, offenbar prallgepackter Koffer, und am Griff baumelte wie selbstverständlich ein Schild mit Name und Adresse. Swiff recherchierte im Netz. Dipl. Ing. Peppi Walch hatte im Kurort wohl seinen Zweitwohnsitz, es war ein Landhaus mit Garten und Blick auf die Berge. Er hatte früher als technischer Direktor eines der bayrischen Atomkraftwerke geleitet. Jetzt war er Chef des mächtigen Interessenverbandes deutscher AKW-Betreiber. Ein verschlossener, prallgefüllter Koffer in einem Schließfach roch immer ein bisschen nach dunklen Geschäften, bei denen eine Exit-Möglichkeit dringend erforderlich war. Peppi Walch sah im Fernsehen aus wie ein Saubermann, in den Interviews wies er unermüdlich auf die hundertprozentige Sicherheit der Anlagen hin. Sonderbar, dass ausgerechnet der sich ein großes, sündhaft teures Schließfach für einen Exit-Koffer leistete. Bei näherer Beleuchtung des Koffers bemerkte Swiff, dass einer der Reißverschlüsse nicht ganz zugezogen war, auf diese Weise konnte er ein Kugerl hineinkriechen lassen. Die Sichtung ergab diverse Ausweise, Bargeld und Goldmünzen. Das ließ zunächst tatsächlich auf den Exit-Koffer eines Kriminellen schließen. Doch weitere Funde wie ein Esbitkocher, massenweise Jodtabletten, eine genaue Karte der Umgebung, ein analoger Kompass, ein multifunktionaler Klappspaten und diverse einschlägige Broschüren wiesen darauf hin, dass es sich um den Fluchtrucksack eines Preppers handelte, also einer Person, die jeden Augenblick eine große Katastrophe erwartete und für diese gerüstet sein wollte, sei es ein totaler Stromausfall, ein Bürgerkrieg oder der Angriff von Aliens. Die vielen Jodtabletten ergaben aber eigentlich nur bei einem radioaktiven Fallout einen Sinn. Dass der Chef des Atomkraftwerkverbands mit so etwas rechnete und dafür vorgesorgt hatte, wäre ja noch hingegangen. Dass er jedoch eine Mitgliedskarte für geheime Atombunker im ganzen Land besaß, die für Privilegierte gedacht waren, ließ wirklich tief blicken. Swiff erfuhr von einer öffentlichen Veranstaltung über das Thema Reaktorsicherheit, zu der auch Dipl. Ing. Walch eingeladen war. Auch das Fernsehen war bei der Podiumsdiskussion anwesend. Normalerweise interessierte sich Swiff nicht für solches Gequatsche, saßen doch da meistens nur Leute mit geringem technischen Sachverstand in der Runde. Doch aus einem unbestimmten Drang heraus kaufte er sich ein Ticket und fuhr hin.

»Hundertprozentige Sicherheit von deutschen AKWs – Würden Sie sich dafür verbürgen?«, fragte der Moderator.

Walch blickte jovial und herablassend drein.

»Aber natürlich, selbstverständlich. Verbürgen ist gar kein Ausdruck.«

Swiff sah, dass Walch die Hand zitterte. Oder bildete er sich das nur ein? Du verlogenes Schwein!, dachte er. Am liebsten hätte er das laut ausgerufen, wütend in den Saal hineingeschrien. Aber Swiff spürte, dass neben dem Zorn auch ein wohliges Gefühl in ihm aufstieg. Das war ein noch besseres Gefühl, als das erste Mal in eine Schließfachbox zu spähen. Er wusste etwas, was alle anderen nicht wussten. Es war nicht nur das Gefühl der puren Überlegenheit über die paar hundert Zuhörer. Es war die pure Macht, an der Swiff geschnuppert hatte. Dieses Spiel wollte er weitertreiben. In der Pause beim kalten Büfett kam er sogar neben Ingenieur Walch zu stehen. Er gab sich einen Ruck und sprach ihn an.

»Ihre Argumente haben mich überzeugt, Herr Walch. Aber ich habe trotzdem ein paar Schachteln Jodtabletten eingekauft.«

»Jodtabletten? Kaliumiodid?«, versetzte Walch.

»Ja, Jodolax forte. Die Großpackung.«

»Vergessen Sies, junger Freund. Das ist rausgeworfenes Geld.«

Swiff lächelte den verlogenen Kerl vieldeutig an. Er kostete dessen Verunsicherung aus. Ein großartiges Machtgefühl überkam ihn, als er das verwirrte Flackern in Walchs Augen sah. Der würde heute Nacht schlecht schlafen.

Allerdings verbarg nicht jede Box ein Geheimnis. Mit manchen Schließfächern konnte Swiff überhaupt nichts anfangen. In № 820 zum Beispiel befanden sich dicht an dicht mehrere Holzkästchen gleicher Größe. Auf dem obersten entdeckte er einen Zollstempel: *Montecristi, Ecuador*. Swiff machte es sich hier zu einfach, er recherchierte nicht weiter. Das werden eben Zigarrenkistchen mit teuren Zigarren sein, dachte er. Er war sich ganz sicher, er glaubte, den Zigarrenduft an seinem Bildschirm quasi zu riechen. Da er zudem nicht wusste, wem das Schließfach gehörte, hakte er es als uninteressant ab und kümmerte sich nicht weiter darum. Viele Leser werden nun aufschreien: Ecuador! Montecristi! Da kommen doch keine Zigarren her! Montecristi ist doch bekannt für etwas ganz anderes! Es ist bekannt für … Es braucht hier gar nicht genannt zu werden, die meisten wissen es ohnehin. Swiff wusste das eben nicht.

Und plötzlich fiel Swiff ein, warum sich in der verdammten № 240 Grate an den beiden Bohrungslöchern befanden. Der Inhalt dieses Schließfachs war eine stabile Metallbox mit Griffen gewesen, der Inhaber war ihm nicht bekannt. Die Box war verschlossen, auf der Unterseite hatte er hinter einer Schutzlamelle einen leistungsstarken Ventilator entdeckt. Es sah so aus, als würde im Inneren der Box ein Kühlaggregat laufen. Der Ventilator hatte jedenfalls Wärme nach außen abgestrahlt, im Fach selbst war es bullenheiß geworden. Warum er nicht gleich darauf gekommen war! Dadurch hatte die Vereisung und damit die Entgratung nicht sauber funktioniert. Und das war letztendlich der Grund, warum die Putzfrau die unsaubere Stelle entdeckt hatte. Doch das konnte man jetzt nicht mehr ändern. Swiff warf eine leichte Sommerjacke über und machte sich ausgehfertig. Nachts bekam er immer Lust, fri-

103

sche Luft zu schnappen, irgendwo ein paar Bier zu trinken und zwei, drei Zigaretten zu rauchen. Vielleicht konnte er dabei einen Plan entwickeln, was er bezüglich der Putzfrau unternehmen sollte. Als er die Treppe seines Hauses hinunterstieg, blieb er nochmals kurz stehen. Was war eigentlich so wertvoll, dass es in ein Schließfach gestellt, und gleichzeitig so empfindlich, dass es gekühlt werden musste? Ein elektronisches Gerät? Ein kleiner Humidor für eine einzelne uralte Flasche Wein? Auch Sprengstoff musste kühl gelagert werden. Swiff erschrak. Sprengstoff im Keller einer Bank, die im Zentrum des Kurorts lag. Schauderhafte Idee. Aber was gab es noch für Stoffe, die unbedingt gekühlt werden mussten? Er zückte sein Handy und befragte Siri. Sie schlug ihm zwei Dutzend Möglichkeiten vor. Darunter waren auch menschliche Organe, die für Transplantationen vorgesehen waren. Das war noch schauderhafter als Sprengstoff. Und jetzt war das Fach leer.

17

Das Beste an einem echten Panamahut ist, dass man ihn auf Faustgröße zusammenknüllen kann, ohne dass er Schaden nimmt. Man kann ihn in die Tasche stecken, ihn flach zusammenpressen, er springt immer wieder in die ideale Form zurück. Der wirklich echte Superfino-Hut aus feinster, handgeknüpfter Toquilla-Faser wird für den Transport seitlich zusammengeschlagen, dann über die Mittelachse gefaltet, schließlich so eingerollt, bis er nicht viel größer ist als ein Kochlöffelstiel. Er findet Platz in einem Holzkistchen, das klassischerweise die Maße 10 mal 8 mal 18,21 Zentimeter hat, eine kleine numerische Anspielung auf den ecuadorianischen Nationalfeiertag, den Tag der Unabhängigkeit von Spanien am 10. August 1821. Denn der Panamahut wird in Ecuador hergestellt, er wurde früher lediglich in Panama verschifft. Diese falsche Namensgebung müssen die vielen Hutflechter in Ecuador kummervoll zur Kenntnis nehmen. Ein echter Panama ist fast unzerstörbar. Die reichen Großgrundbesitzer setzen sich in der Bodega sogar auf die teuren Hüte, damit sie nicht geklaut werden. Deren zuverlässige Wiederauffaltung vergleichen viele mit der Entstehung des Universums. Das Universum war vor dem Urknall ein singulärer, zeit- und raumloser Punkt, die Welt lag zusammengeknüllt darin, erst der Urknall hat sie zum jetzigen Zustand aufgefaltet. *El mundo es*

105

un gran sombrero de Panamá, Die Welt hat die Form eines Panamahuts, heißt es im Volksmund, wenigstens im ecuadorianischen.

Franz Hölleisen wusste von solchen Feinheiten freilich nichts. Er sah sich mit polizeilicher Gründlichkeit im Haus von Leon Schwalb um, entdeckte keine Auffälligkeiten, wunderte sich bloß, als er ein schmales Regal fand, in dem breitkrempige, helle Hüte aufgestapelt waren. Er hielt auch sie für schlichte Strohhüte.

»Ein bisserl gesponnen hat er schon, der Leon«, murmelte Hölleisen, als er die sommerlichen Kopfbedeckungen zählte. Es waren Dutzende. Hölleisen hatte natürlich keinen richterlichen Beschluss und auch keine Anweisung von irgendeinem Chef, hier ins Haus einzudringen, genauer gesagt eine Fensterscheibe einzuschlagen und hineinzusteigen in die geräumige Villa Leon Schwalbs. Aber er fand nichts dabei, er konnte sich im Notfall mit dem Verdacht rechtfertigen, dass sich ein Haustier, ein Kind oder eine hilflose Person im Haus befunden hatte, von einem angeschalteten Herd oder einer lodernden Wandfackel ganz zu schweigen. Das ganze Haus wirkte fast unbewohnt, persönliche Gegenstände waren rar, er konnte sich kein rechtes Bild von dem Glatzkopf Leon Schwalb machen. Ja, Jennerwein, der Chef, der wenn jetzt hier wäre, dem würde vielleicht was auffallen! Der hätte auch die Scheibe nicht eingeschlagen, der wäre eleganter reingekommen. Und der hätte sicher jetzt schon erste wichtige Schlussfolgerungen gezogen. Hölleisen seufzte. Er trat näher an das Regal und griff nach einem der Hüte. Flauschig weich war er, so weich wie der andere Hut, den Leon Schwalb im Bistro von Karin Fronitzer getragen hatte. Er besah sich das Schweißband, dort war ein Stofffetzen mit den Initialen E. H.

eingenäht. Er setzte ihn auf und suchte nach einem Spiegel. Im ganzen Raum war keiner zu finden. Jetzt, Mensch, Hölleisen! Ein Hutsammler und kein Spiegel neben den Prachtstücken – was schließt du daraus? Nichts? Gar nichts? Hölleisen ging ins Bad von Leon Schwalb, um sich mit Hut zu betrachten. Der Panama stand ihm gar nicht schlecht. Er drehte sich hin und her, tippte sich lässig an die Hutkrempe, wie er es bei Humphrey Bogart gesehen hatte. Vielleicht sollte er sich auch so einen Strohhut zulegen. Für die Gartenarbeit.

Hölleisen legte den Schattenwerfer wieder zurück ins Regal. Kurz schoss ihm der Gedanke durch den Kopf, ob er auf Fingerabdrücke achten musste. Aber nein, es war ja kein Kriminalfall, den er da untersuchte. Er wollte bloß sichergehen, dass hier alles in Ordnung war. Er setzte noch einen zweiten, etwas kleineren Hut auf. Im Schweißband standen die Initialen Ch. Sh., in einer anderen, moderneren Schrift. Leon Schwalb hatte auf jeden Fall einen Hut-Tick. Gehabt. Hölleisen fotografierte die Sammlung, einfach nur so zur Gaudi. Dann verließ er das Haus. Schwalb hat halt Hüte geliebt, da war ja nichts dabei.

Später am Abend saß er mit Stengele zusammen in Lankls Weißbierkeller. Sie hatten an der Bar Platz genommen, das hatte den Polizisten zwar nicht gepasst, weil sie dadurch nicht den ganzen Raum im Blick hatten, aber sonst war nichts mehr frei gewesen. Ludwig Stengele griff sich das frisch gezapfte Pils, zog das Glas langsam und konzentriert zu sich her, hob es jetzt zitternd hoch, um Hölleisen zuzuprosten.

»Soll ich Ihnen nicht doch lieber dabei helfen?«, fragte Hölleisen.

»So weit kommts noch«, erwiderte Stengele.

Doch im selben Augenblick zerbarst das Glas auch schon, krachend flogen die Splitter im Raum umher und das Bier ergoss sich über Stengeles Hose.

»Ganz hundertprozentig funktioniert das Brain-Computer-Interface eben noch nicht«, sagte er trocken.

Die Fronitzer Karin hatte abends noch einen anderen Bedienungsjob, nämlich im Mayer's Finest, einer gutbesuchten Bierschwemme, in der sich der Wirt manchmal selbst ans Klavier setzte und Jazz-Standards spielte. Satin Doll, Take The A-Train, gelernt ist gelernt. Im Mayer's Finest ging es wesentlich lebhafter zu, nicht so klein-klein wie im Bistro, hier trug sie die Getränke palettenweise raus. Noch drei Pils, noch sieben Guinness, Fräulein, stellen Sie gleich nochmals eine Runde Obstler dazu. Sie hatte hier so viel zu tun, dass sie keine Zeit mehr hatte, über die Aufregungen des heutigen Tages nachzudenken. Die Leiche des unseligen Mannes war schließlich auch noch aus der Speisekammer abgeholt worden, hatte sie doch zunächst befürchtet, dass sie über Nacht dort bleiben würde, gleich neben dem Regal, zwischen den frisch gebackenen Apfelkuchen und der Schlagsahne. Zu guter Letzt hatte sie beim Ordnungsamt angerufen, hatte lebensmittelhygienische Gründe angeführt, ein paar Paragraphen aus ihrer Gastronomieschulung hingeworfen, mit der Presse gedroht, das hatte schließlich gefruchtet. Sie hatte den Abtransport der Leiche sicherheitshalber noch beaufsichtigt, jedenfalls war der tote Glatzkopf jetzt weg.

Mayer's Finest wurde von vielen Amerikanern besucht, die von der nahegelegenen Garnison und dem George C. Marshall Center für Strategische Studien kamen. Gegen Mitternacht hielt ihr ein junger Mann mit kurzgeschnittenem Haar und GI-Uniform nach acht Pils und einem Cheeseburger einen amerikanischen Geldschein entgegen und fragte sie, ob sie auf den rausgeben konnte. Normalerweise tat sie das mit Euro, aber dann fielen der Fronitzerin die Dollarscheine wieder ein, die sie eingesteckt hatte. Sie schämte sich jetzt ein wenig dafür, sie an sich genommen zu haben, und aus einem Impuls heraus, sie wieder loszuwerden, gab sie dem GI auf diese Weise heraus. Der junge Mann wunderte sich nicht und steckte zwei Dollarscheine ein. Dann kamen unendlich viele Pilsgläser, die sie starrschaumig servierte, sie selbst trank nichts, auch nicht, wenn sie von Gästen eingeladen wurde.

Weit nach Mitternacht ging sie nach Hause. Der Nachmittag war zwar umsatzmäßig öde gewesen, der Abend umso saftiger. Der Mond stand am Himmel wie ein blasses Hühnerei, das eine Riesenhenne in ein blauschwarzes Nest gelegt hatte. Sie blickte kurz hoch, war geblendet durch die Straßenlaterne, unter der sie jetzt durchging. Ihr eigener, stämmiger Schatten vor ihr auf dem Bürgersteig wurde länger und länger, der lange Lulatsch eilte ihr jetzt schon zehn Meter voraus. Wenn man im wirklichen Leben so abnehmen könnte! Die nächste Straßenlaterne war noch weit entfernt, der Schatten wurde länger, ein zweiter Schatten mischte sich in ihren. Sie bemerkte ihn zunächst noch gar nicht, dachte sich auch nichts dabei, hielt es für einen Effekt der flackernden Illumination, die die verschiedenen funzeligen Straßenlaternen nun mal erzeugten. Als sie den zweiten Schatten genauso lang werden sah wie ihren, begriff sie zuerst nicht gleich, was das bedeutete, dann wurde ihr ziemlich mulmig, schließlich schoss ein heißer Strahl Angst durch ihre Adern. Sie hörte immer noch keine Schritte, doch da ging jemand hinter ihr her. Sie ballte die Fäuste, wollte sich gerade umdrehen, aber da war es schon zu spät. Ein dumpfer, heftiger Schlag auf die Schläfe schickte sie auf den Asphalt.

Der Schatten beugte sich über sie, die liegende Gestalt, die jetzt eins geworden war mit ihrem Schatten. Eine Hand legte sich langsam auf ihren Hals, umfasste ihn, Zeige- und Mittelfinger blieben ein paar Pulsstöße auf ihrer Halsschlagader liegen. Dann wanderte die Hand langsam den Körper der Fronitzer Karin hinunter und fand endlich das, was sie gesucht hatte, nämlich den prallen Bedienungsgeldbeutel, der in der Innentasche ihres Sommermantels steckte. Die Fronitzer Karin stöhnte. Die Finger hielten kurz inne, dann zogen sie den Geldbeutel heraus, öffneten und durchwühlten ihn, durchblätterten die Scheine, zogen lediglich die amerikanischen Dollars heraus und steckten sie in die eigene Jackentasche. Jetzt geschah etwas Seltsames. Die Finger griffen in das eigene Portemonnaie, holten andere Dollarscheine heraus und steckten sie der Fronitzer Karin in den Geldbeutel. Die Finger verschwanden, und auch ein Schatten entfernte sich lautlos.

Als sie eine halbe Stunde später langsam zu sich kam, mit brennenden Kopfschmerzen, galt ihr erster Griff dem Geldbeutel. Alles war noch da, sogar die Dollarscheine. Gott sei Dank. Die Fronitzer Karin konnte nicht ahnen, dass sie kurzzeitig Millionärin gewesen war.

18

Swiff ging um Mitternacht aus dem Haus. Dabei schlug er den Jackettkragen hoch und rauchte seine erste Zigarette heute. Swiff rauchte nur draußen. Er fand zwar keinen Genuss daran, glaubte aber, dadurch härter und stählerner zu wirken im Falle eines möglichen Angriffs, mit dem er eigentlich jederzeit rechnete, vor dem er sich aber durch sein wachsendes Wissen immer geschützter fühlte. Es war jetzt zwei Jahre nichts passiert, und wenn, dann würde er eben damit drohen, die eine oder andere Bombe platzen zu lassen. Das war es, was ihn am Auftauchen der Putzfrau zutiefst verunsicherte. Sie griff ihn nicht an, sondern ließ ihn zappeln. Das musste er beenden. Und zwar schnell. Swiff ging langsam durch die Straßen und schüttelte sich, als ob es kalt wäre. Es war aber nicht kalt. Es war eine schwüle Sommernacht.

Swiff Muggenthaler war im Grunde seines Wesens eine typische Indoor-Existenz, ein Hikikomori, der seine Wohnung ungern verließ und dem seine Mutter früher die Pizza unter der Tür durchgeschoben hatte. In den ersten Monaten seiner Karriere als Schließfachschnüffler hatte er nur zu Hause vor dem Computer gesessen und hatte alles von dort aus beobachtet. Nur ab und zu besuchte er seinen Onkel Jeremias, dem er dieses spannende neue Leben zu verdanken hatte. Nachdem

111

er seine Basisstation in dessen Schließfach praktiziert hatte, ging er nur noch selten zur KurBank. Der Onkel schickte ihn zwar alle paar Wochen immer noch dorthin, aber Swiff hatte den ganzen Plumpaquatsch mit zu sich nach Hause genommen und den Onkel im Glauben gelassen, dass er brav und regelmäßig seine Botendienste tat. Swiff wunderte sich manchmal selbst über die Tatsache, dass er nicht die geringste Neugier bezüglich Onkel Jeremias' Angelegenheiten zeigte. Er hatte sich dessen Dokumente und Wertgegenstände noch kein einziges Mal näher angesehen, das war irgendwie Ehrensache. Er, der keine Hemmungen zeigte, in den vielen Geheimnissen des Kurorts herumzuschnüffeln, hätte es absolut indiskret gefunden, in des Onkels Sachen zu wühlen. Hätte er es doch nur getan.

Der Steuerungscomputer in Onkel Jeremias' Fach funktionierte tadellos, Swiff bediente ihn von zu Hause aus, er schickte die Schläuche mit den Kugerln aus, wie ein Luftwaffenoffizier das mit seinen Aufklärungsflugzeugen zu tun pflegte. Es lief perfekt. Nur ab und zu musste er in die Bank, um den Computer mit neuen Schläuchen und noch funktionstüchtigeren Kugerln zu bestücken. Aber es wäre ja auch auffällig gewesen, wenn er sich dort überhaupt nicht mehr sehen ließ. Die Sache mit den Schließfächern lief jetzt schon zwei schöne und aufregende Jahre so. Und Swiff war wild entschlossen, dass es so weitergehen sollte. Er war auf brisante Geheimnisse gestoßen und betrachtete manche politischen Entwicklungen im Kurort und auch auf der Welt mit anderen Augen. Nur am Anfang war er der klassische Einsiedler gewesen, der versponnene Tüftler. Nur am Anfang war er als schrulliger Metallbearbeiter verlacht worden. Jetzt lachte niemand mehr über ihn.

Swiff blickte auf. Er war am Kirchhof angekommen, den er, ohne zu zögern, durchschritt. Er hatte keine Angst vor dunklen Schatten, die da und dort auftauchten. Nicht nur, dass bisher nichts passiert war, was Anlass zur Sorge gegeben hätte, er fühlte sich mit seinem Wissen auch auf eine seltsame und aufregende Weise unangreifbar. Es war besser als jedes Adventurespiel. Er konnte sich noch genau an den Tag erinnern, als er das erste Mal in der Bank gebohrt hatte, von № 608 nach № 609. Kaum war er durchgekommen mit seinem ferngesteuerten Nanobot, kaum hatte er den Grat vereist und weggekratzt, kaum hatte er die Scheinwerfer eingeschaltet und sein erstes Kugerl loskriechen lassen, da war die konzentrierte Forscherspannung einem nie dagewesenen Hochgefühl gewichen. Er hatte es geschafft. Er war am Südpol angelangt, er hatte das Penicillin entdeckt und die Mona Lisa zu Ende gemalt. Diese Euphorie drängte auch jegliches Unrechtsbewusstsein an den Rand. Swiff hatte keine Ahnung, ob es sich bei seinem Tun um Hausfriedensbruch oder vielleicht sogar Landfriedensbruch handelte. Vermutlich schon irgendwie, aber der Gedanke kam ihm selten. Hausfriedensbruch über zwei Jahre hin? War das überhaupt ein solcher? Und handelte es sich denn um Hausfriedensbruch, wenn sich die Schließfachbesitzer überhaupt nicht in ihrem Hausfrieden gestört fühlten? Für Swiff gab es solche Überlegungen ohnehin nicht. Er hätte auch dann weitergebohrt, wenn darauf die Todesstrafe gestanden hätte. Swiff schwelgte in dem Gefühl, eine Grenze überschritten zu haben, in einem Bereich zu sein, in dem man sich nicht aufhalten durfte. Dabei war sein erstes Fach rein vom Inhalt her furchtbar langweilig gewesen, er hatte nichts Kriminelles entdeckt, keine Intimitäten oder gar Abartigkeiten. Das sollte später kommen. Aber das war auch nicht der Kick. Der Kick war der, sich an dem Gefühl zu

berauschen, überhaupt irgendwo zu sein, wo er nicht hinge-
hörte. Das erste Fach war ein 1-Liter-Fach, im Schubfach lag
eine Klarsichthülle, in der wiederum ein handgeschriebenes
Testament steckte. Datum, Name, Adresse, Ich verfüge hiermit … Aber allein das jagte ihm schon einen Schauer über den
Rücken. Das Kugerl krabbelte über die Schrift … ich vererbe
meiner Frau Anna-Luise das gesamte …

Swiff konnte sich noch ganz genau daran erinnern: Es war
vier Uhr nachts gewesen, als er den gesamten Text auf seinem Computer zu Hause zusammengesetzt hatte. Er bohrte
natürlich ausschließlich nachts, da fielen die unvermeidlichen
Geräusche niemandem auf. Obwohl das Testament im ersten
Schließfach das stinknormalste der Welt war, eigentlich viel
zu normal, um fast hundert Euro pro Jahr für ein 1-Liter-
Schließfach zu bezahlen, konnte Swiff die ganze Nacht nicht
schlafen. Er war in die Intimsphäre eines Menschen eingedrungen, er gehörte zum engen Kreis der Lauscher und Lurer,
Voyeure und Écouteure. Er hätte sich nie getraut, jemanden
zu stalken oder anderweitig zu belästigen. Manchmal hatte er
die Taschen seiner Eltern durchwühlt, einfach so, ohne besonderen Grund. Und das Prickeln, das er dabei verspürt
hatte, war unbeschreiblich gewesen. Aber das hier war mehr
als Taschendurchwühlen. Das war oberfeinste Sahne. Nach
wenigen Stunden Dechiffrierarbeit wusste er, dass Fridolin
Augschell, der einen kleinen Schreibwarenladen in der Katzenkopfgasse führte, seine Frau zur Alleinerbin gemacht
hatte. Anna-Luise erbte alle drei Häuser in bester Lage, ein-
schließlich der Villa am Gardasee, von der sie offensichtlich
zur Zeit der Testamentsabfassung gar nichts wusste. Da hatte
sich Herr Augschell eine stattliche posthume Überraschung
für seine Frau ausgedacht! Swiff konnte damals nicht anders.

114

Gleich am nächsten Tag machte er sich auf zu *Schreib- und Malbedarf Augschell* in der Katzenkopfgasse. Als er vor den Schaufenstern stand, zitterten ihm die Knie, ihn überkam der wohlige Schauer der Macht. Drinnen werkelte ein älteres Paar hinter der Ladentheke, die Frau redete auf den Mann ein, er bedachte sie mit skeptischen, unfreundlichen Blicken. Das mussten die Augschells sein. Sie runzelte die Stirn, er schüttelte den Kopf. Sie beugte sich vor, und aus ihrem angespannten Gesicht sprach Zorn. Jäh wandte der Mann der Frau den Rücken zu, sie schlug wütend auf den Tisch. Swiff überlegte. Sollte er dem Ehestreit ein Ende bereiten und den Laden betreten? Nein, er wollte die Szene noch ein wenig beobachten. Wieder durchfuhr ihn ein angenehmes Kribbeln. Die beiden beachteten ihn gar nicht, sondern keiften sich weiter an. Der Autolärm auf der Straße kam einen Moment zum Erliegen, so dass er so etwas verstand wie:

»Und ich habe dir doch gesagt, dass du diese Glückwunschkarten nicht bestellen sollst! Die müssen wir alle wieder zurückschicken. Nie hörst du mir zu.«

Der Mann machte eine wegwerfende Handbewegung. Swiff musterte ihn. Die Schrift, mit der das Testament verfasst war, passte überhaupt nicht zu dieser verhärmten Gestalt. Jetzt aber trat eine junge Frau aus dem Nebenzimmer, das mit einem billigen Stoffvorhang vom Laden abgetrennt war. Der alte Mann drehte seinen Kopf und warf ihr einen freundlichen, fast liebevollen Blick zu. Um Gottes willen!, dachte Swiff. Das wird doch jetzt nicht Anna-Luise sein, die der alte Augschell an seiner Frau vorbei in seinem Testament bedacht hat! War das möglich? Doch wohl kaum! Die junge Frau nahm etwas vom Ladentisch auf und verschwand wieder nach hinten. Sollte er jetzt hineingehen? Ihm fiel ein, dass er gar nicht überlegt hatte, was er hier kaufen wollte. Swiff brauchte nichts von dem, was in dem Laden angeboten wurde, keine Bleistifte und Papiere, keine Ringhefte und Spitzer, natürlich nicht. An einem neuen Level-1-Cache-Prozessor oder einer Edelstahlpunze wäre er wohl interessiert gewesen, aber so etwas gab es hier sicherlich nicht. Swiff war auch schon lange nicht mehr in einem realen Laden gewesen, er besorgte sich alles übers Internet, und wenn man Cola und Hamburger hätte herunterladen können, dann hätte er auch das gemacht. Die Frau schaute jetzt in seine Richtung, unwillkürlich trat Swiff einen Schritt zurück. Ihr Blick war hasserfüllt gewesen. Wie konnte man so reich und gleichzeitig so grantig sein! Vielleicht wusste Anna-Luise Augschell aber auch noch nichts von diesem Testament, das ihr Gatte aufgesetzt hatte. Swiff spürte einen heißen Adrenalinstoß. Jetzt reingehen und sagen:

»Sie werden sich eines Tages noch schämen dafür, dass sie so eklig zu Ihrem Mann waren! Treiben Sies nicht zu bunt. Sonst ändert er sein Testament noch.«

Das Adrenalin kochte immer noch in ihm. Er riss die Tür auf und trat in den Laden.

»Ich – äh –«, stotterte Swiff. »Bleistifte. Ich bräuchte Bleistifte. Was empfehlen Sie mir denn für welche?«

Die Frau wies mit einer nachlässigen Geste zu einer Stellage mit Bleistiften. Swiff nahm einen heraus. Er hatte schon lange keinen Bleistift mehr in der Hand gehabt und besah ihn neugierig.

»Was solls denn für eine Härte sein?«, fragte die Frau.

»Mittelhart«, sagte Swiff. »Zehn Stück.«

Sie stieß einen undefinierbaren Laut aus, packte die Bleistifte wortlos in eine Tüte und schob sie über den Ladentisch.

»Neun fünfzig.«

»Danke, Frau Augschell«, rutschte es Swiff heraus.

Sie warf ihm einen bösen und verständnislosen Blick zu.

»Ich bin nicht Frau Augschell«, sagte sie feindselig.

»Ach so, entschuldigen Sie«, sagte Swiff. »Und wo –?«

»Die Augschells haben den Laden schon lange nicht mehr«, sagte die Frau. »Keine Ahnung, wo die sind. Ausgewandert. Vielleicht auch schon tot. Wirklich keine Ahnung. Noch was?«

Swiff kaufte ein paar Filzer. Und Lineale. Und lustige Geburtstagsservietten. Ein Gefühl von Scham wallte in ihm auf. Fluchtartig verließ er den Laden. Das war vor zwei Jahren gewesen. Inzwischen traute er sich mehr zu.

An dieses erste Erlebnis musste er jetzt denken. Wie aufgeregt er damals gewesen war! Er verließ den Kirchhof und strebte dem Ortskern zu. Aus den Kneipen drang Gelächter. Nun lenkte er seine Schritte wieder Richtung Wohnung. Er wollte anhand der Videos ganz sichergehen, dass auch alle Schläuche sauber herausgezogen waren. In den Schließfächern hinterließ er keine Spuren. Sie durften ihm nur nicht auf Onkel Jeremias' Fach kommen. Nicht jetzt, wo er dieses große Ding laufen hatte! Technisch. Finanziell. Machtmäßig.

Swiff kam an einer hell erleuchteten Kneipe vorbei, aus der Blechmusik dröhnte. Happy Midnight Hour in Lankls Weißbierkeller. So stand es auf einem Schild. Swiff verspürte auf einmal enormen Durst, er trat kurz entschlossen ein. In der hinteren Fensternische saß eine Frau inmitten einer Gruppe von fröhlichen Zechern. Er kannte sie, sie war Besitzerin des Schließfachs № 033. Sie hieß Maja. Auch sie hatte ein Geheimnis. Irgendwann einmal würde er sie ansprechen.

19

Drinnen in Lankls Weißbierkeller ging es wirklich hoch her. An einem etwas erhöhten Tisch saßen auch die beiden auffälligen Gestalten in altmodischer Kleidung, der kleine Dicke und der große Hagere. Sie hatten den Platz gerade noch ergattert.

»Oh, wie ich dies pralle, echte Leben in den Kaschemmen und Bodegas liebe!«, rief der Hagere, der die um ihn Sitzenden um Haupteslänge überragte. »Alles ist so authentisch, so echt. Wie in meiner kastilischen Lieblingsschänke, der Taberna Toboso.«

»Im Ernst, Herr?«

»Hier findet das wirkliche alpenländische Leben statt, denn hier versammeln sich die Einheimischen aus dem ganzen Ort, so wie sie das schon seit Jahrhunderten getan haben. Sancho, mich weht der Atem der Historie an!«

»Warum denkt Ihr, dass es Einheimische sind, Herr?«

»Sie tragen die Tracht der Region, sie essen die fetten Speisen, ihr Dialekt ist unverwechselbar, ihre Physiognomien und Mienen gleichen denen, die wir von den Gemälden her kennen.«

»Da muss ich Euch widersprechen, edler Herr. Ich kann hier drinnen keinen einzigen Einheimischen entdecken. Und es würde mich auch wundern. Kein Ortsansässiger geht in eine Kneipe, in der ein

118

Schweinebraten fünfundzwanzig Euro kostet. Und kein Einheimischer isst nachts um zwölf Uhr Weißwürste. So etwas machen nur Touristen.«

Der Herr blickte seinen Diener erstaunt an.

»Alles Touristen? Aber warum fällt das niemandem auf?«

»Jeder denkt, dass er der einzige Tourist ist, der in diese authentische Schwemme geraten ist. Und er will als solcher nicht auffallen.«

»Pah! Ich, der sinnreiche Junker und fahrende Ritter von der melancholischen Gestalt, irre nicht. Mich dünkt, ich kenne das Echte jederzeit heraus!«

»Ihr, Herr? Einer, der Windmühlen für Riesen und eine Hammelherde für eine Hundertschaft Soldaten hält?«

»Es *waren* Soldaten, Sancho.«

»Ich weiß, aber die Geschichte klingt einfach besser so. Authentischer.«

Der Hagere machte eine abschließende Handbewegung.

»Wir sollten uns auf jeden Fall Lederhosen besorgen, Sancho. Und Wolljanker. Und Haferlschuhe. Ich bin auf dem Herweg eines Trachtenmodengeschäftes ansichtig geworden, dort will ich mich einkleiden.«

»Wenn Ihr meint, Herr.«

»Aber jetzt dürstet mich nach diesem unvergleichlichen Gerstensaft.«

Der Dicke hob die Hand, doch der Kellner ging an ihrem Tisch vorbei.

»Es ist grade so, als ob wir unsichtbar wären«, brummte er mürrisch.

»Glaub mir: Wenn wir erst einmal die hiesige Tracht tragen, werden wir sicherlich bedient wie die Könige.«

20

Eine breite, lebhafte Verkehrsstraße trennte die KurBank von der kleinen bewaldeten Grünfläche, die ihr gegenüberlag. Dort bezog Swiff in aller Früh Stellung, indem er auf einem der öffentlichen Drahtstühle Platz nahm. Das war auf Dauer reichlich unbequem, aber das chinesische Restaurant hatte noch nicht geöffnet. In das Bankgebäude hineinzugehen, um die Putzfrau dort zu beobachten, war viel zu gefährlich. Er fiel sicher auf, wenn er sich so lange da drinnen aufhielt. So las er hier, einen Axtwurf von der Bank entfernt, ein Buch, oder er tat zumindest so, als ob ihn der Schmöker Werkstoffkunde II brennend interessierte. Er hoffte, wie ein Student auszusehen. Immer und immer wieder las er den Satz: Wie kann man eine Eisen-Nickel-Legierung ferromagnetisch so veredeln, dass sich nach einem Kipptiegelguss in einer Hochtemperaturschmelztonne nicht automatisch brandgefährliche Lunker und Färsen bilden?

Swiff blickte auf und blinzelte in die Sonne. Bei Tageslicht ging er ungern nach draußen. Allerdings gab es Ausnahmen, wenn ihn die Neugier übermannte. Dann konnte es schon passieren, dass er den Kurort auch einmal verließ, um einen der Schließfachbesitzer auszukundschaften. Einmal war er deswegen sogar bis in die Landeshauptstadt gefahren. Der Grund war der Inhalt des Schließfachs № 422, das wieder einmal aus einem schlichten, handgeschriebenen Testament bestand, das in einer schmutzigen Klarsichtfolie steckte. Der Verfasser war Xaver Woisetschläger, Bergstraße 4.

... verfüge ich hiermit, dass meine Bankguthaben sowie die Erlöse aus meinen Immobilien und Grundstücken in Ermangelung von Verwandten im engeren Sinn ...

Auch der Woisetschläger Xaver war kein ganz armer Schlucker, so viel war sicher, darüber hinaus war er einer Leidenschaft erlegen, die man ihm, dem pensionierten Baggerfahrer, gar nicht zugetraut hätte. Er war Theaterfan und hatte ein Abonnement im altehrwürdigen Staatstheater der Landeshauptstadt. Diesem Kunsttempel vermachte er sein gesamtes, beträchtliches Vermögen. Offensichtlich schwärmte er, der alte Depp, für ein paar junge Schauspielerinnen, die hätten ihm ›glückliche Stunden‹ bereitet, wie auch immer. Für die großzügige Spende in den maroden Kulturbetrieb forderte er allerdings eine Gegenleistung:

... dass mein Lieblingsstück, nämlich der Hamlet von William Shakespeare, mindestens einmal im Jahr dort aufgeführt wird und dass mein Schädel in der Totengräberszene allabendlich zum Einsatz kommt. (Mein eigener Schädel und keine Attrappe!) Selbstverständlich bestehe ich auf der Erwähnung meines Namens im Programmheft ...

Als Swiff in der Onlineausgabe des Lokalblatts vom Tod Woisetschlägers erfuhr, war er dann doch gespannt, wie das international bekannte, aber permanent klamme Staatstheater darauf reagierte. Und siehe da: Sie setzten den Hamlet tatsächlich schnell auf den Spielplan. Swiff buchte umgehend ein Ticket. Er kaufte sich ein Programmheft, und wirklich stand da, auf der letzten Seite, bei den üblichen Danksagungen:

>Der Totenschädel im fünften Akt, erste Szene, wurde uns freundlicherweise von Herrn Xaver Woisetschläger zur Verfügung gestellt ...«

Der Vorhang hob sich zur Premiere, Swiff saß auf der Galerie. Er erwartete, dass bei der fraglichen Stelle ein Raunen durchs Publikum ging. Es war allerdings eine postmoderne, alle Traditionen in den Staub tretende Inszenierung eines rasend jungen Regietalents. Hamlet trat selbstverständlich nackt auf, Polonius wurde von einer Gruppe von Schulkindern gespielt, ab und zu liefen Schweine quiekend über die Bühne, das Kunstblut floss eimerweise, die riesigen Videoinstallationen im Hintergrund zeigten Panzerschlachten aus dem Zweiten Weltkrieg. Der eigentliche Skandal, der bröckelige Schädel des alten Xaver Woisetschläger, ging dabei sang- und klanglos unter. Niemand bemerkte den Schädel. Keiner raunte. Stattdessen verließen die Zuschauer reihenweise den Saal. Ein Desaster für Woisetschläger, eine echte Enttäuschung für Swiff.

Plötzlich fuhr Swiff zusammen. Da vorne ging sie, die Putze! Er erkannte sie sofort, auch auf diese Entfernung von zwanzig oder dreißig Metern. Bis hierher fiel ihm die markante Hakennase auf. Fast wäre er aufgesprungen und hingelaufen, aber er beschloss abzuwarten. Sie schien in Eile zu sein, warf einen Blick auf die Uhr, beschleunigte ihre Schritte, lief am Bankgebäude vorbei, bog um die Ecke und strebte dem Hintereingang zu, den Swiff von dieser Position ebenfalls gut im

Blick hatte. Sie blieb vor der Tür stehen, tippte etwas in das digitale Schloss, die Tür öffnete sich sofort. Endlich hatte er dieses Miststück gefunden, das sein ganzes Lebenswerk zu vernichten drohte! Wieder überkam ihn der Impuls, aufzuspringen und sie zu packen und zu schütteln, doch abermals unterdrückte er diese tollkühne und unsinnige Eingebung. Wie lange putzte sie wohl dort drinnen? Eine Stunde? Oder zwei? Das Gebäude war nicht eben groß, und es herrschte momentan kein Schmuddelwetter. Vielleicht kam sie ja nach wenigen Minuten wieder heraus.

Jetzt war Swiff schon gar nicht mehr fähig, in seinem Buch Werkstoffkunde II weiterzulesen. Er nahm eine Stellung ein, von der er fand, dass sie ausgesprochen locker und müßiggängerisch aussah. Er steckte sich EarPods an, die Hits aus den Neunzigern lenkten ihn ab. Dann nahm er die kleine Edelstahlpunze, die er immer bei sich trug, in die Hand und körnte damit eine mäusewinzige Vertiefung in den Sitz des Drahtstuhls. Das beruhigte ihn. Swiff nahm die EarPods wieder ab, Baby One More Time von Britney Spears lief somit ins Leere. Der Kurort wachte langsam auf, die Touristen strömten vorbei, um zu ihren Wanderungsausgangspunkten zu kommen. Und dann, nach langer Zeit des betont lockeren Dasitzens, sah er die Putzfrau wieder. Es waren tatsächlich fast drei Stunden vergangen. Sie verließ die Bank durch den Nebeneingang, jetzt band sie sich im Gehen ein helles Kopftuch um, was ihr etwas seltsam Seriöses und fast Hochherrschaftliches gab. Und dann die riesige schwarze Sonnenbrille, die sie aufsetzte! Sie verwandelte sich schlagartig in Jackie Kennedy oder Grace Kelly, nur mit Hakennase! Eine weite Stofftasche baumelte von ihrer Schulter, sie ging beschwingten Schrittes über den kleinen Parkplatz und überquerte die Straße. Verdammt, sie kam direkt auf ihn zu! Swiff war so fasziniert von ihrer Verwandlung gewesen, dass er nicht daran gedacht hatte, sich abzuwenden. Er zwang sich, sitzenzubleiben und nicht einfach davonzulaufen. Sie kam wirklich genau auf ihn zu, holte jetzt ihr Handy heraus, wohl, um einen Anruf anzunehmen. Vielleicht hatte sie in der Tasche aber auch eine Nummer gedrückt und sprach jetzt ins Telefon: Da vorne sitzt er. Ich sehe ihn, etwa fünfzehn Meter von mir entfernt. Glaub mir, er ist noch völlig arglos. Was sollen wir machen? Aha. Am besten, ich lenke ihn ab, und du erschießt ihn. Kannst du das von deinem Parkplatz aus? Ich gehe jetzt an ihm vorbei, warte, bis ich aus der Schusslinie bin.

Swiff brach der Schweiß aus. Unwillkürlich sah er schnell zum Parkplatz hin und genauso unwillkürlich duckte er sich. Dort stand ein knallroter Ferrari, dessen Seitenscheibe sich gerade öffnete. Aber warum sollten sie ihm etwas tun, sie und ihr Komplize? Sie wollten ihn doch wahrscheinlich erpressen, und dazu brauchten sie ihn lebend! Sie hatten seine Schließfachmanipulationen entdeckt und wollten ihn nun hopsnehmen. Grace Kelly war noch fünf Schritte von ihm entfernt. Noch drei. Sie sprach immer noch ins Telefon:

»… und im Arbeitszimmer diesmal nicht, ja, verstehe. Alle Blätter so liegen lassen. Nur Blumen gießen, klar. Ich bin gleich da. Nein, bis Sie wiederkommen, bin ich fertig.«

Sie blieb kurz stehen, fast direkt vor ihm, er hielt die Luft an, als sie ihn mit einem Blick streifte. Dann ging sie weiter, vorbei an dem drahtigen und unbequemen Stuhl, auf dem er schweißgebadet hockte. Swiff wagte schließlich, sich umzudrehen und ihr nachzublicken. Sie war auf dem Weg zu ihrem nächsten Putzjob. Er entschloss sich, ihr nachzusteigen.

21

Gut drei Stunden zuvor, in aller Frühe, hatte Alina Rusche die KurBank betreten, wie immer durch die Seitentür, die den Angestellten vorbehalten war. Sie war heute etwas im Verzug und hoffte, dass sie ihren Zeitplan einhalten konnte. Zuerst war der Kundenbereich dran, der bis zur Öffnung der Bank fertig sein musste.

Als sie in einem entlegenen Winkel der großen Schalterhalle noch die letzten Brotzeitbrösel zusammenkehrte, wurden die Eingangstüren geöffnet und die Kunden strömten herein. Ihr Blick fiel auf einen kleinen, freistehenden Schalter, hinter dem sich eine junge Bankangestellte verschanzt hatte, die heute Informationsdienst hatte. Wo ist dies, wo ist das, kann ich bei Ihnen alte Markstücke umtauschen? Ein Kunde trat zu der Auszubildenden, schob seinen Schließfachschlüssel über den Tresen, beugte sich vor, sagte aber seinen Namen so leise, dass Alina ihn nicht verstehen konnte. Dadurch flammte ihre Neugier wieder auf. Die junge Bankangestellte entschuldigte sich, dazu müsse sie ihre Chefin holen, die Frau Weißgrebe, die würde die Schließfachkunden kompetent betreuen. Die beiden entfernten sich. Alina überlegte kurz. Den Namen dieses Schließfachkunden könnte sie leicht herausbekommen. Wieder spürte sie den aufsteigenden Forscherdrang, dem sie nach-

125

geben musste, egal, wie gefährlich es war. Sie brauchte bloß später in der Eingangsliste nachzusehen, wer um 9.15 Uhr in den Kellerbereich gelassen worden war. Alina konzentrierte sich wieder auf ihre Arbeit, wischte die Gänge und reinigte die Toiletten. Ein Blick auf die Uhr verriet ihr, dass es schon gleich zehn Uhr war. Sie eilte zum Schalter von Frau Weißgrebe und fragte sie, ob der Schließfachraum gerade frei wäre.

»Ja, Frau Rusche, Sie können dort saubermachen. Vor allem im Rückzugsraum. Da sieht es oft aus wie nach einer Party!«

Alina nickte. Als Frau Weißgrebe ihren Platz verließ, wischte Alina ein wenig an ihrem Pult herum und warf dabei einen Blick in das Besucherverzeichnis für die Schließfächer. Fridolin Augschell, № 609. Der Name sagte ihr nichts. Oder doch! Augschells Schreibbedarf. War das nicht ein kleines, ziemlich heruntergekommenes Schreibwarengeschäft? Als sie ein paar Minuten später den Oma-Sicherheitscode eintippte und den Raum im Untergeschoss betrat, bemerkte sie auf den ersten Blick, dass das Fach № 240 schon wieder repariert und verschlossen worden war. Das war das Fach von dem Araber, der sich wahrscheinlich beschwert hatte. Sollte sie zu Herrn Unaussprechlich Kontakt aufnehmen? Aber nein, Schluss, aus, Ende. Sie musste diese Sache endlich vergessen. Trotzig strich sie über ihre zurückgekämmten Haare. Und da hörte sie auch schon wohlbekannte Schritte von draußen.

****

Beschwingt und völlig entspannt verließ Alina Rusche die Bank, um sich auf den Weg zu ihrem nächsten Putzjob zu machen. Sie band sich ihr Kopftuch um und setzte ihre riesige Sonnenbrille auf, dann überquerte sie zielgerichtet die Straße

Richtung Feldbergweg. Den jungen Mann, der ihr in gebüh-
rendem Abstand folgte, bemerkte sie nicht. Er blieb manchmal
stehen, steckte die Hände in die Taschen und betrachtete die
Auslagen in einem Schaufenster. Dafür, dass Swiff kein aus-
gebildeter Nachschleicher war, machte er seine Sache ziemlich gut. Der Grund war vielleicht der, dass Swiff ein Amateur
war, der nicht tausend Regeln gelernt hatte, wie man eine of-
fene oder geschlossene oder halboffene Beschattung durchführte. Swiff machte es einfach so wie die Jägermenschen vor
dreißigtausend Jahren, die instinktiv und ohne jeden Fortbil-
dungskurs dem Wild nachstellten. Das gab Swiff die gewisse
Natürlichkeit. Jetzt blieb er stehen und verbarg sich hinter
einem Mauervorsprung. Die Putzfrau hatte einen Schlüssel-
bund herausgezogen und war damit in einem verwinkelten
und unübersichtlichen Gebäudekomplex verschwunden. Er
hoffte, dass sie nicht den Hinterausgang nahm. Oder dass sie
ihn von einem gardinenverhangenen Fenster aus beobachtete,
sich jetzt ganz hundertprozentig sicher war, dass sie verfolgt
wurde und den Mann im Ferrari anrief, der ihn ausschalten
sollte.
»Siehst du den Typen mit den strähnigen Haaren?«
»Das windige Bürschchen?«
»Ja, genau. Mach ihn fertig.«
Aber nein, Entwarnung, kein roter Ferrari mit herunter-
gekurbelter Scheibe, sie kam nach zwanzig Minuten wieder
raus, das war wohl die Blumengieß-Sache gewesen, die Swiff
vorhin bei dem Handygespräch mitbekommen hatte.

Jetzt schlug sie eine andere Richtung ein, sie verließ den Ortskern, und nach wenigen Minuten waren beide in der Villenge-
gend des Kurorts angelangt. Dort war es schon schwerer, sich
unauffällig zu bewegen, aber Swiff hatte Glück. Als Grace

Kelly eines der hochumzäunten Grundstücke betrat, konnte er sich ganz in der Nähe des Eingangs auf eine Holzbank setzen, vor der ein übermannshoher Geländewagen parkte. Dadurch saß er nicht so ganz auf dem Präsentierteller. Niemand beachtete ihn, er war quasi mit der Holzbank verschmolzen. Wieder zog er seine Punze heraus und körnte ein paar Löcher in das Holz. Dieses Anwesen verließ die Putzfrau nach einer halben Stunde, er nahm die Verfolgung wieder auf, den Namen ihres Auftraggebers würde er später herausfinden. Es folgten noch zwei weitere Hausbesuche, alle in dieser feinen Gegend. Aha, so eine war sie, dachte Swiff. Banken, Rechtsanwälte, Notare, Zweitwohnungsbesitzer. Und dann hatte sie ein Loch in einem Schließfach entdeckt. Das erzählte sie jetzt jedem, und alle machten gemeinsam Jagd auf ihn. Swiff blieb erschrocken stehen, doch dann schnaufte er durch und riss sich wieder zusammen.

Sie verließen das Villenviertel ortsauswärts, kamen schließlich zu einem der vielen Häuser, die durch die Talkessellage des Kurorts an einem Hang lagen. Auch zu diesem schlichten, frei stehenden Holzhaus hatte sie einen Schlüssel, wie bei allen anderen verschwand sie darin, ohne sich umzusehen. Swiff platzierte sich diesmal, jetzt schon fast wie ein Profi stalkend, hinter einer Baumgruppe und spähte ab und zu hinüber. Das Haus war nicht so hermetisch umzäunt und mit sichtschützenden Bäumen umstellt wie die Villen, man konnte teilweise ins Innere sehen. Ah!, rief Swiff halblaut, denn jetzt erschien sie in einem der Fenster. Doch sie machte nicht sauber, wie er erwartet hatte. Sie zog sich um. Sie drehte sich vor dem Spiegel hin und her, betrachtete sich von allen Seiten, setzte die Sonnenbrille auf und wieder ab. Erst langsam begriff er, dass das ihre eigene Wohnung war. Was für ein Glück aber auch!

Jetzt hatte er ihre Adresse. Er würde ihren Namen herausbekommen, würde sie dann einfach mit einem Prepaidhandy anrufen und aus der Anonymität heraus fragen, was sie wollte. Er hatte auch schon eine Idee, wie er das anstellen würde.

In dieses Glücksgefühl hinein trat die sonnenbebrillte Nobelputze wieder aus dem Haus. Swiff duckte sich. Bravo. Nach vier Stunden Verfolgung hatte sie ihn immer noch nicht bemerkt. Er verzog den Mund zu einem lässigen Grinsen und klopfte sich innerlich auf die Schulter. Als sie um die Ecke verschwunden war, konnte sich Swiff nicht beherrschen, er schritt rasch zur Gartentür und las: Alina und Tomislav Rusche. Sehr gut. Er wollte schon fast wieder gehen und diese Alina weiter durch den Tag verfolgen, da hielt er erneut inne. Unauffällig sah er sich um. Der Hauseingang war nicht einsehbar, von nirgendwo. Es sei denn, jemand stünde dort oben auf der fernen Runserkopfspitze und starrte mit einem sehr guten Fernglas herunter. Aber das war eher unwahrscheinlich.

Swiff öffnete die Gartentür, durchschritt den einfachen, aber schmucken Vorgarten und klingelte an der Haustür, nur so zur Sicherheit. Dann ging er um das Haus herum. Am Rand des Rasens, in der Nähe des Hauses, stand ein Hühnerstall, der wohl erst im Bau begriffen war. In einem kleineren Käfig stolzierten drei schwarzweiß gesprenkelte Hennen. Die Hinterfront des Hauses war sehr hübsch dekoriert, mit alten Dreschflegeln, getrockneten Blumengebinden, verbeulten Milchkannen und Wagenrädern in unterschiedlicher Größe. Das wuchtigste davon musste einmal zu einer Kutsche gehört haben. Er ging die Terrasse entlang, trat an eines der Fenster und warf einen Blick in die Küche der Rusches. Sie war ebenfalls sehr schmuck eingerichtet, eigentlich etwas zu schmuck für eine Putzfrau. Viele neue Haushaltsgeräte, bunte Fliesen, viel Marmor. An dem großen, metallicgrauen Kühlschrank hing eine Excel-Tabelle. Er konnte die Überschrift DIENST-PLAN erkennen.

Als ein Auto draußen auf der Straße vorbeifuhr, entschloss er sich, das Grundstück wieder zu verlassen. Schnell schoss er noch ein Handyfoto von dem Dienstplan. Er war ein hohes Risiko eingegangen, einfach mitten am Tag hier in den Garten einzudringen. Er brauchte jetzt einen Plan. War seine Wohnung überhaupt noch sicher? Hatte ihn diese Alina Rusche doch an der Nase herumgeführt? Aber nein, sie wusste ja nicht, wer er war. Oder vielleicht doch? Wut kochte in ihm auf. Dieses Miststück konnte sein ganzes Lebenswerk über den Haufen werfen. Was also tun? In den zwei Jahren seiner Forschertätigkeit hatte er viel von den Schließfachbesitzern gelernt. Er hatte von einigen Möglichkeiten erfahren, wie man jemanden zum Schweigen brachte. Swiff ging jetzt die Hauptstraße entlang. Plötzlich blieb er stehen und drehte sich wieder um. In seinem Kopf breitete sich große Klarheit aus.

22

Die Wetterumschwünge in diesem Winkel der Erde waren enorm. Gerade noch strahlender Sonnenschein, plötzlich trauergrauer Himmel. Der blasse Pfarrer trat erneut vor den offenen Sarg, stellte sich breitbeinig auf und hob trotzig den Kopf. Die Trauergäste nickten ihm aufmunternd zu: Auf gehts, du packst es schon! Doch es half alles nichts, der Geistliche brach nach ein paar Sätzen ab. Er würgte, hustete, krümmte sich, drehte sich weg, hob entschuldigend die Arme und verschwand nach unten in die kleine Kajüte, aus der Ignaz Grasegger vorhin gekommen war.

Die Weibrechtsberger Gundi stupste die Hofer Uschi an.

»Da schau her. Ein Pfarrer, dem während einer Leich' schlecht wird! Das hab ich auch noch nie erlebt.«

Die Hofer Uschi wisperte und kicherte zurück.

»Dabei hat er noch gar keine Weißwürscht gegessen!«

»Was? Es gibt Weißwürscht? Wo denn?«

»Die Graseggers haben sicher welche mitgebracht. Wenn die eine Leich' ausrichten, dann gibts immer Weißwürscht.«

»Pst!«, sagte der Mann im Trenchcoat.

Das wirkte. Sofort kehrte wieder Ruhe ein. Lediglich das leise Pfeifen des Windes war zu hören und das Knacken der Holzplanken. Auch das ungleiche bayrische Sängerpaar hatte sich erhoben und nahm an der Andacht teil, beide machten keine Anstalten, ein neues Lied anzustimmen. Doch alle mussten zugeben: Schon ihr bloßes Dastehen war schiere Volksmusik.

Kommissar Jennerwein blickte erneut in die Runde. Manche der Trauergäste kannte er allzu gut, wie etwa das Ehepaar Grasegger und die beiden Ratschkathln, andere nur vom Sehen. Einige waren ihm ganz fremd. Was hatte zum Beispiel die elegant gekleidete Dame, die sich immer im Hintergrund hielt, hier verloren? Er hätte es besser gefunden, aus der Anonymität heraus zu beobachten, aber ihn kannte hier natürlich jeder. Die Polizei war mit an Bord, da verhielten sich die Leute anders. Und er konnte diesen Einsatz keinem anderen zumuten. Weder Ludwig Stengele noch Nicole Schwattke.

Jetzt bemerkte Jennerwein, dass sich ein Mann vordrängte, der bisher noch kein einziges Wort gesprochen hatte. Er kannte ihn nicht. Auch die anderen Trauergäste tauschten fragende Blicke. Vielleicht hatte allein Ursel Grasegger den Überblick über die Zusammensetzung der kleinen Gruppe, sie hatte die Feier schließlich organisiert. Jennerwein betrachtete den Mann genauer. Er trug eine kleine, randlose Brille und einen pechschwarzen, städtisch wirkenden Mantel, der fast bis zum Boden reichte. Als er am Sarg stand, räusperte er sich, griff in die Manteltasche und holte einen Zettel heraus. Dann blickte er sich nochmals um, als hätte er nicht damit gerechnet, jetzt schon sprechen zu müssen. Die Weibrechtsberger Gundi linste zur Hofer Uschi: Kennst du den? Die schüttelte den Kopf.

»Sie war eine äußerst fleißige Studentin«, begann der Mann unvermittelt. Seine Stimme zitterte. Vermehrt fragende Blicke. Wie jetzt: Studentin?

»Sie hat Zusammenhänge schnell und intuitiv begriffen, sie hat komplizierte Strukturen, die sich andere erst mit viel Fleiß erarbeiten mussten, blitzartig durchschaut. Liebe Trauergemeinde, als ich von ihrem Tod erfahren habe, erinnerte ich mich sofort an eine Episode mit ihr im Hörsaal. Ich steckte mitten in der Vorlesung, es ging um das komplizierte Modell der Harris-Matrix, es ging darum, ob man besser drei, vier oder gar fünf Schichten freilegte, da hob unsere Verstorbene die Hand, ich nahm sie selbstverständlich dran. Sie deutete auf die Wandtafel hinter mir und wies mich auf einen gravierenden Schlussfolgerungsfehler hin. Niemand hatte ihn bemerkt. Nur sie. Ruhe in Frieden, Alina Rusche.«

Der Mann mit der randlosen Brille faltete den Zettel jetzt sorgfältig und ernst dreinblickend zusammen und legte ihn zu Alina Rusche in den Sarg. Das hatte was. Alle nickten anerkennend. Eine wunderschöne Geste. Ein letzter Gruß. Es waren wohl Worte, die nur sie beide etwas angingen. Der Hofer Uschi kamen die Tränen. Was stand auf dem Zettel? War es eine letzte Sympathiebezeugung? Eine Entschuldigung? Oder vielleicht sogar eine Liebeserklärung? Der Mann mit der kleinen randlosen Brille trat jedenfalls zurück und senkte den Kopf. Es hatte fast etwas Heroisches. Der Zettel und sein Inhalt sollten mit Alina in den Flammen aufgehen. Alle Anwesenden schienen diesen und ähnlichen Gedanken nachzuhängen. Doch dann kam wieder Wind auf, eine Bö fuhr senkrecht in den offenen Sarg und trug den weißen, geheimnisvollen Zettel hoch in die Luft, bis er nicht mehr zu sehen war. Ein entrüstetes, schockiertes Murmeln ging durch die Gruppe.

Auf Ursels Gesicht erschien ein besorgter und verärgerter Zug. Schon wieder eine Panne. Ursel Grasegger hasste Pannen bei Beerdigungen. Bei Hochzeiten, ja, da waren Pannen und Peinlichkeiten das Salz in der Suppe. Aber hier? Ursel blickte sich um. Ignaz kam wieder die Treppe herauf und trat unauffällig zu ihr. Die Trauergruppe löste sich etwas aus ihrer Erstarrung, einige husteten und murmelten sich etwas zu. Tomislav trat weiter vor. Er war bleich, wie wenn er etwas von der wächsernen Farbe Alinas angenommen hätte. Seine blauen Augen lagen in den Höhlen, er sah müde und ausgezehrt aus.

»Wer ist denn das?«, fragte die Hofer Uschi.

»Wen meinst du? Den Mann von der Rusche? Oder den komischen Professor mit dem Zettel?«

»Aber nein, den Bodybuilder da drüben, mit der Basecap! Gut sieht der aus!«

»Kennst du den nicht? Das ist der Pit Schelling, der Filialleiter von der KurBank.«

»Ach so, ich hab mein Konto bei der Kreissparkasse, darum kenne ich ihn nicht. Und warum ist der da?«

»Wahrscheinlich hat sie in der KurBank auch geputzt.«

»Ja, weswegen sonst.«

Ignaz flüsterte Ursel ins Ohr:

»Ich hab den Verbrennungsofen jetzt angeworfen. In zehn Minuten wären wir dann so weit.«

Ursel lächelte. Auf ihren Gatten konnte sie sich verlassen.

Tomislav trat noch etwas näher an den Sarg. Tapfer neigte er den Kopf und blickte zum leblosen Körper seiner Frau hinunter. Dann sah er unsicher zu Jennerwein hin. Der nickte ihm aufmunternd zu. Tomislav holte tief Luft, legte seine Hand auf die von Alina, doch bevor er mit seiner Rede beginnen konnte, war ein überraschter, spitzer Schrei zu hören, der von der bisher so schweigsamen, eleganten Dame kam. Alle drehten sich zu ihr um. Sie hatte die behandschuhte Hand gehoben und zeigte in eine bestimmte Richtung.

»Da, sehen Sie nur! Der Zettel!«

Die Trauergäste liefen zur Reling und starrten ins Wasser. Dort schwamm tatsächlich das Papier, das der Wind aus Alinas Sarg davongetragen hatte. Gischt spritzte auf, ein paar Möwen schossen herunter, um das weiße Etwas in Augenschein zu nehmen. Nur Jennerwein und Tomislav waren am Sarg stehen geblieben, der in der Mitte des Oberdecks des Passagierdampfers stand. Das Wasser beruhigte sich wieder, der Zettel tanzte auf den Wellen des Meeres.

Beim Zurückgehen flüsterte die Weibrechtsberger Gundi kopfschüttelnd:

»Dass es unbedingt eine Seebestattung hat sein müssen! Was sich die Alina dabei gedacht hat! Ich käme im Leben nie auf die Idee!«

»Vielleicht hat sie ja einen Bezug zum Wasser gehabt.«

»Freilich hat sie das. Sie und der Tommy haben sich ja auf einem Schiff kennengelernt. Sie hat auf dem Oberdeck geputzt, er im Maschinenraum. Die Tochter aus gutem Haus und der Mann mit den ölverschmierten Händen.«

»Romantisch.«

»Richtig Titanic-mäßig.«

Jetzt begann Tomislav mit leiser Stimme seine Trauerrede. Er erzählte vom Lebensweg Alinas, wie sie sich kennengelernt hatten, nämlich ebenfalls auf einem Schiff, von ihrer glücklichen Ehe und von ihrem abgebrochenen Studium bei Professor Heuning-Berchthold, dem er für seine pietätvollen

Worte dankte. Die meisten hatten von dem Fach, das sie studiert hatte, noch nie gehört.

»Paläo-was?«, fragte die Hofer Uschi.

»Na ja, auf diese Weise kommen wir jedenfalls einmal an die Nordsee, und sogar auf die Lofoten.«

Tomislav führte seine Rede zu Ende. Das kleine Bestattungsschiff drehte bei, andere Eisriesen kamen in den Blick, die Sonne ging jetzt hinter einem besonders bedrohlich aufragenden Gipfel unter. Das Mädchen mit den langen Zöpfen jodelte zu den Zitherklängen ihres Opas. Kommissar Jennerwein stand wieder im Hintergrund. Er massierte seine Schläfen mit Daumen und Mittelfinger. Langsam fügte sich das Bild zusammen. Er wusste, wie und warum Alina Rusche ums Leben gekommen war. Doch er war auch hier, um zu verhüten, dass ein weiteres Verbrechen geschah.

23

Beim Designen ihrer Visitenkarte hatte Alina lange nach einem passenden Zitat gesucht. Als Erstes war ihr der Anfang von Christian Enzensbergers *Größerer Versuch über den Schmutz* eingefallen:

>»Sauber ist schön und gut. Sauber ist hell, brav, lieb. Sauber ist oben und hier. Schmutzig ist hässlich und anderswo. Sauber ist doch das Wahre, schmutzig ist unten und übel, schmutzig hat keinen Zweck. Sauber hat recht.«

Das war vielleicht etwas zu akademisch. Empfindliche Putzkunden könnten eine gewisse Überheblichkeit darin sehen. Kurz liebäugelte sie mit den bekannten Zeilen aus Wolfgang Amadeus Mozarts *Bäsle-Briefen*:

>»Dreck! – o dreck! – o süsses wort! – dreck! – schmeck! – auch schön! – dreck, schmeck! – dreck, leck – o charmante! – dreck, leck! – das freüet mich! – dreck, schmeck und leck! – schmeck dreck, und leck dreck!«

Das war aber eine Idee zu ruppig. Ihr Klientel könnte das abstoßen. Schließlich hatte sie sich für ein Zitat von William Shakespeare entschieden. Shakespeare passt immer. Vor allem *King Lear*:

137

»Weisheit und Tugend scheint dem Schlechten schlecht; Schmutz riecht sich selber nur.«

Momentan war sie auf dem Weg zu ihrem nächsten Schmutzjob. Sie wurde das Gefühl nicht los, dass sie heute ein ganz bestimmtes Gesicht mehrmals gesehen hatte. Ein Gesicht, zu dem sie keinen Namen hatte. Unvermittelt blieb sie stehen, um sich darauf zu konzentrieren. Um ein Haar wären die zwei Männer, die hinter ihr hergegangen waren, auf sie aufgelaufen.

»So in Gedanken, Señora?«, sagte der Größere von beiden und vollführte einen völlig aus der Zeit gefallenen Kratzfuß. Der andere schaute ziemlich genervt drein und rollte mit den Augen. Dann trabten die beiden komischen Vögel an ihr vorbei. Alina blinzelte in die Sonne. Heute morgen, da war doch ein junger Bursch auf einem der Drahtstühle gesessen, in dem Grünbereich, der der KurBank gegenüberlag. Sie hatte ihn als einen Typen mit strähnigen Haaren in Erinnerung, und er hatte ein zugeschlagenes dickes Buch auf dem Schoß gehabt. Hatte sie dieses Gesicht im Lauf des Tages nicht noch öfter gesehen? Trotz angestrengten Nachdenkens verschwand das Bild des jungen Mannes so schnell, wie es gekommen war. Alina schüttelte den Kopf und machte sich wieder auf den Weg. Die Füße und das Kreuz schmerzten sie heute höllisch, aber bald konnte sie in den wohlverdienten Feierabend gehen. Nur noch drei kleinere Termine hatte sie zu erledigen, einmal staubsaugen, einmal Geschirr spülen, zu dem dritten schloss sie gerade die Wohnungstür auf. Das war das Reich von Herrn Leverenz, ein pensionierter Generalleutnant der Bundeswehr mit großem Bücherregal, dessen Inhalt er alle paar Wochen komplett abgestaubt haben wollte, ja, auch die Buchschnitte, nicht nur die Rücken der Bücher, wie er immer wieder ausdrücklich betonte. Das durfte auch nur mit einem speziellen Marderhaarpinsel geschehen. Alina war allerdings an merkwürdige Wünsche ihrer Kunden gewöhnt und nahm sie gelassen hin.

Swiff Muggenthaler zückte zur gleichen Zeit sein Handy und wählte die Nummer, die er herausgefunden hatte.

»Hallo, spreche ich mit Alina Rusche?«

Er vernahm keine Straßengeräusche im Hintergrund, sie war wohl gerade bei einem Kunden in der Wohnung.

»Ja. Wer spricht denn?«

»Mein Name ist Müller.«

Ein anderer Name wäre vielleicht besser gewesen. Ein weniger naheliegender. Aber jetzt war er schon raus.

»Ja, Herr Müller, was gibt es? Eigentlich habe ich im Moment gar keine Zeit. Ich bin gerade bei der Arbeit.«

»Deswegen rufe ich an. Ich habe ein kleines Anwesen, etwas außerhalb des Ortes. Nun habe ich gehört, dass Sie eine gute Reinigungskraft wären. Eine sehr gute sogar. Vielleicht die beste.« Swiff versuchte ein kleines, schelmisches Lachen. »Was ist Ihr Stundenlohn?«

»Wer hat mich Ihnen denn empfohlen?«

Diese Frage hatte Swiff nicht erwartet.

»Jemand aus der Bank«, sagte er schnell.

»Aus der KurBank? Wer?«

Ja, wer nun? Swiff kam ins Schwitzen.

»Der Direktor. Das ist ein Bekannter von mir.«

Swiff war stolz auf seine Schlagfertigkeit. Alina setzte sich auf den Lesestuhl der Bibliothek von Herrn Leverenz. Der Direktor? Damit meinte er wohl den Filialleiter, also Pit Schelling. Das war jetzt komisch. Das war gar nicht Pits Art. Sie teilten miteinander ein Geheimnis, das nur sie beide etwas

139

anging. Und durch das sie sozusagen aneinandergeschmiedet waren:

****

Konnte es sein, dass Pit so unvorsichtig war, Dritte mit hineinzuziehen? Sie würde mit ihm reden müssen.

»Müller war Ihr Name, ja? Also, Herr Müller, haben Sie mit Herrn Schelling gesprochen? Hat der mich empfohlen?«

Alina biss sich auf die Lippen.

Blöde Frage. Natürlich sagt er jetzt ja.

»Ja, klar, der Herr Schelling war das. Er hat total von Ihnen geschwärmt.«

»Wirklich?«

Der skeptische Ton Alinas entging Swiff Muggenthaler.

»Ja, Sie wären die Allerbeste, hat er gesagt.«

»Das freut mich zu hören, aber ich bin komplett ausgelastet.«

»Ich zahle gut, wissen Sie.«

»Ich bin trotzdem ausgelastet. Ich darf mir mal Ihre Nummer aufschreiben, Herr Müller? Ich rufe Sie dann gerne nach der Arbeit zurück.«

Verdammt, das hatte er sich nicht gut überlegt.

Alina kritzelte die Nummer auf einen Zettel. Dann legte sie auf. Sonderbar. Sie würde mit Pit reden müssen, gleich morgen. Das Handy, das sie noch in der Hand hielt, schnodderte sein übliches SMS-Schnoddern. Schon wieder eine Nachricht von Tomislav. Hab dich lieb. Alina lächelte. Als sie die Wohnung verließ, dachte sie noch kurz daran, den Araber aufzusuchen, den Besitzer des Fachs № 240. Sie hatte sich seinen schier unaussprechlichen Namen eingeprägt, und sie hatte eine Idee, wo er sich aufhielt. Er musste einer aus dem Gefolge des Scheichs sein, der seine Residenz im Kurort hatte. Viele der arabischen Angestellten trafen sich in einem Café in der Nähe des Hallenbads. Das Café lag auf dem Weg. Sollte sie da mal einen Blick durch die große Auslagescheibe werfen? Nein, warum eigentlich. Schluss mit dem Unsinn. Sie änderte abrupt die Richtung und schlug einen anderen Weg nach Hause ein.

Als Alina Rusche die Haustüre hinter sich geschlossen hatte, warf sie ihre Schuhe in die Ecke und zog sich bequemere Kleidung an. Dann ging sie in den Garten, um die Hühner zu füttern. Das tat sie immer nach der Arbeit. Sie stach mit der Schöpfkelle in die Tüte mit der Super-Zucht-Mix-Mischung und holte sie gefüllt wieder heraus. Dann schritt sie zum alten Stall, in dem sich zurzeit drei Tiere befanden, ging auf die Knie und öffnete den kleinen Verschlag. Sie spürte die Wärme der untergehenden Sonne in ihrem Rücken, sie hörte das Ächzen der großen Weide, die sich im Wind bog, und sie hörte ein scharfes Zischen und Sausen durch die Luft.

Tomislav Rusche hatte heute zwei Stunden später als Alina Dienstschluss, er verließ das Autohaus Schuchart mit seinem Hausmeister-Pritschenwagen und fuhr sofort und ohne Umwege zu seinem kleinen Häuschen. Dort öffnete er als Erstes den Kühlschrank und goss sich ein Glas Milch ein. Dabei warf er einen Blick auf den Dienstplan, der an der Kühlschranktür hing. Der morgige Tag war für beide prallgefüllt, ein Termin jagte den anderen. Eine Spalte in der Excel-Tabelle war für die jeweiligen Stundenlöhne reserviert, die Schwarzjobs waren diskret mit Bleistift eingetragen. Tomislav stellte das Milchglas auf den Küchentisch und sah aus dem Fenster. Still war es dort draußen, kein Lüftchen regte sich, wie gemalt stand der große Weidenbaum da, der den Garten überwucherte. Langsam, fast schlendernd ging Tomislav zur Terrassentür und öffnete sie. Er sah Alina auf den ersten Blick. Ein entsetzliches Gefühl der Kälte erfasste ihn. Alina lag bäuchlings mitten auf dem Rasen, eine Hand war zum Hühnerstall hingestreckt, daneben lag eine Schöpfkelle. Ihr Kopf bestand nur noch aus einer blutigen Masse. Tomislav wandte sich ab, dann atmete er tief durch und sprang die zehn, zwölf Schritte zu ihr hin. Atemlos beugte er sich über sie und fühlte ihren Puls. Hier kam jede Hilfe zu spät.

24

Polizeiobermeister Hölleisen sah sich die Bilder, die er gestern in Leon Schwalbs Haus geschossen hatte, noch einmal genau auf dem Computerbildschirm an, er vergrößerte das eine oder andere (ja, diese Kunst beherrschte er inzwischen!), er entdeckte jedoch nichts Neues. Dieser Leon Schwalb war halt ein spinnerter Sonderling gewesen. Er hatte eine teure Villa gekauft, doch die meisten Räume standen vollkommen leer, die übrigen waren spartanisch eingerichtet, aber das Wenige, was da herumstand und an der Wand hing, war vom Feinsten. Hölleisen hatte in Erfahrung gebracht, dass die Leiche gestern am späteren Nachmittag aus dem Bistro abgeholt worden war. Die gerichtsmedizinische Untersuchung hatte nichts Ungewöhnliches ergeben. Über den Hitzschlag kam man einfach nicht hinaus. Ein paar Polizeikollegen hatten den Tag über noch herumtelefoniert und in Melderegistern nachgesehen, ob es Verwandte gab, auch Hölleisen selbst hatte sich diesbezüglich erkundigt, doch es hatten sich nicht einmal Freunde oder engere Bekannte gefunden. Er war offenbar ein einsamer Wolf gewesen. Das kam manchmal vor, jedoch eher bei Personen am unteren Ende der gesellschaftlichen Pyramide, weniger bei Villenbesitzern. Wenn sich in den nächsten Tagen niemand meldete, würde Leon Schwalb, der Mann in dem feinen Zwirn, auf Staatskosten beerdigt werden, erben würde ebenfalls der Staat. Das war eben so. Schade war es schon, dass nicht die Gemeinde erbte, die Villa und das Grundstück waren nicht von Pappe, das Heimatmuseum hätte neue Räumlichkeiten gebraucht.

Das Telefon klingelte. Die Fronitzer Karin war dran.

»Kannst du vorbeikommen, Hölli?«

»Ja, ich habe sowieso gleich Dienstschluss.«

Ein paar Minuten später saß er ihr im Bistro gegenüber und trank einen Latte. Nach ein paar Worten über das heiße Wetter dieses Jahr sagte sie:

»Die Leiche ist ja gestern dann doch noch abgeholt worden. Danke dafür.«

»Dafür nicht.«

»Kurz bevor ich ins Mayer's Finest gegangen bin, sind endlich welche vom Bestattungsnotdienst gekommen. Sonst säße er immer noch da. Was geschieht denn jetzt mit ihm?«

Hölleisen schilderte die übliche behördliche Vorgehensweise, doch die Fronitzer Karin hörte gar nicht richtig zu und schweifte mit den Gedanken ab. Sollte sie ihm jetzt von dem nächtlichen Überfall erzählen oder nicht? Eigentlich hatte sie Hölleisen deswegen angerufen. Aber sie müsste ihm ja dann verraten, dass sie die Dollarscheine aus dem Schweißband des Hutes genommen hatte.

»Was druckst du denn so herum, Fronitzerin?«, fragte Hölleisen.

»Ich und herumdrucksen? Wie kommst du denn da drauf? Ich hab ja gar nichts gesagt.«

»Dein Gesicht druckst so herum. Das seh ich doch.«

»Nichts siehst du. Woran willst du das denn sehen?«

»Polizeiroutine. Was meinst du, was ich schon alles gesehen habe, nur in Gesichtern.«

Die Fronitzer Karin dachte angestrengt nach. Vielleicht sollte sie nur von dem missglückten Überfall erzählen. Der Täter war vielleicht gestört worden, oder er war einfach zu blöd gewesen, um die Geldbörse zu finden. Oder es gab gar keinen Täter und ein Stein war vom Himmel gefallen. Sie war hin und her gerissen. Als Hölleisen zahlte und gegangen war, hatte sie ihm immer noch nichts erzählt. Er hatte auch nicht weitergefragt. Die Fronitzer Karin versuchte, ihre Miene einzufrieren. Sie ging damit auf die Toilette mit dem großen Spiegel und betrachtete sich darin. Sie konnte in ihrem Gesicht nichts Verdruckstes erkennen.

Das große Bekleidungsfachgeschäft, in dem Ansgar Perschl arbeitete, lag auf Hölleisens Heimweg. Als er es betrat, war der umtriebige Herrenoberbekleidungsfachverkäufer schon wieder dabei, eine Tracht zu verkaufen, diesmal wirklich an einen Chinesen. Hölleisen wartete geduldig ab und musterte die Regale mit den neuesten Kollektionen. Er wusste, dass er so etwas nie tragen würde.

»Was willst denn du schon wieder?«, sagte Perschl komisch genervt, als der Chinese schließlich in Richtung Kasse verschwunden war.

Hölleisen zückte sein Smartphone (ja, auch das besaß Hölleisen inzwischen, nachdem er vor ein paar Jahren noch auf einer mechanischen Schreibmaschine mit einem defekten »e« herumgehackt hatte) – Hölleisen zückte also sein Smartphone, wischte routiniert herum wie ein Zwölfjähriger und zeigte Perschl das Foto mit dem gutbestückten Hutregal. Perschl pfiff durch die Zähne.

»Ui, das sind ja lauter echte Panamahüte! Als er gestorben ist, hat er auch einen getragen. Aber dass er so viele hat!«

»Sind Panamahüte etwas Besonderes?«

145

»Das kannst du laut sagen. So viele auf einem Haufen habe ich noch nie gesehen.«

»Gibt es denn im Ort einen Laden, wo man die kaufen kann?«

»Hier im Ort jetzt gerade nicht, aber in der Stadt sicher. Du kannst dir ja auch einen schicken lassen, Hölli. Würde dir gut stehen. Du hast ein Hutgesicht.«

»Was immer das ist. Und was kostet der dann so?«

»Zwei-, dreihundert Euro schon.« Jetzt pfiff Hölleisen durch die Zähne. »Und wenn es einer aus Montecristi ist, dann kommen wir schon sehr schnell in Bereiche von sechshundert oder siebenhundert Euro«, fuhr Perschl mit verkäuferischer Kennermiene fort. »Montecristi ist für den Panamahut markenmäßig das, was München für die Weißwurst ist.«

Hölleisen schüttelte ungläubig den Kopf.

»Sechs- oder siebenhundert für einen einzigen Strohhut?«

»Aber für *was* für einen Strohhut! Und aus welchem Stroh!«

Perschl zählte die vielen Vorzüge eines echten Panamas auf. Waschfest, reißfest, knitterfest, praktisch unkaputtbar. Sechshundert Stunden Handarbeit, edel, nobel, herrschaftlich, von der anderen Seite der Welt … Hölleisen lachte und hob abwehrend die Hände. Das Smartphone, das immer noch auf dem Tisch lag, winselte. Hölleisen meldete sich. Der Besitzer des Schuhhauses Mayser klang aufgeregt.

»Du hast gesagt, ich soll mich melden, wenn mir noch was einfällt. Wegen dem Mann mit der Plastiktüte. Da hätte ich noch ein kleines Detail. Vielleicht ist es ja auch unwichtig, aber –«

»Raus damit.«

»Ich habe ihn doch an meinem Geschäft vorbeigehen sehen, und meine Auszubildende, Fräulein Schlagober, ebenfalls.«

»Fräulein Schlagober?«

»Ja, aber ohne ›s‹ am Schluss.«

»Nein, ich meine eher: Man sagt nicht mehr Fräulein.«

»Willst du jetzt das Detail wissen oder nicht, Hölli?«

Hölli knurrte.

»Das Fräulein Schlagober hat mir das jetzt erst erzählt. Sie hat den Mann mit dem Hut auch gesehen, aber schon vorher. Er ist die Straße heruntergekommen mit der verhauten Plastiktüte. Und sie hat ihn aus der Bank herauskommen sehen.«

»Aus der KurBank?«

»Ja, daran kann sie sich genau erinnern. Er ist in der Kur-Bank gewesen. Das ist vielleicht ein Detail, das du brauchen kannst.«

»Ich kann jedes Detail gebrauchen«, entgegnete Hölleisen, inzwischen etwas genervt, denn wofür war diese Information gut? Da war der halt aus der KurBank gekommen, ja gut. Hölleisen dachte kurz darüber nach, wie sich Jennerwein in so einem Fall verhalten würde, kam aber zu keinem rechten Ergebnis. Er bedankte sich und ließ dem Fräulein Schlagober einen schönen Gruß ausrichten. Dann legte er das Smartphone wieder auf die Ladentheke des Trachtenhauses, über die normalerweise nur Lederhosen und Mieder gingen. Vielleicht sollte er morgen früh in die KurBank gehen und nachfragen, ob der Herr Schwalb ein Konto dort geführt hatte. Vielleicht ergaben sich daraus weitere Informationen. Manchmal war ermitteln wirklich mühselig.

In diese Überlegungen hinein klingelte es erneut. Jennerwein war dran. Hatte der das gespürt?

»Hallo, Chef, das ist ja toll, dass Sie anrufen, ich habe grade an Sie gedacht. – Kommen Sie ins Revier? – Ach, so, es geht gar nicht um –«

147

Doch Jennerwein hatte schon aufgelegt. Er sollte in die Untere Kleestraße kommen. Zum Haus der Familie Rusche. Sofort.

»Erst monatelang nichts«, sagte Hölleisen zu Perschl, »und dann gleich Schlag auf Schlag.«

Perschl nickte.

»Wem sagst du das, Hölli, wem sagst du das.«

25

Kommissar Jennerwein steckte sein Mobiltelefon wieder ein und betrat den Vorgarten der Familie Rusche. Die Leitstelle hatte ihn gebeten, hier eine Delikt- und Fremdeinwirkungsprüfung durchzuführen, nachdem die Kollegen von der Spurensicherung den Gartenbereich so ziemlich durchhatten.

»Es ist höchstwahrscheinlich ein Unfall«, hatte der Kollege gesagt. »Ich würde Sie aber bitten, trotzdem hinzuschauen, um alles andere auszuschließen.« Nach einer Pause hatte er hinzugefügt: »Ich meine: Sie mit Ihrem legendären Blick.«

Jennerwein ging um das Haus herum, hob das Absperrband und grüßte den letzten Mitarbeiter der Spurensicherung, der gerade seine Sachen zusammenpackte. Es war eine riesige Fototasche, die er sich jetzt über die Schulter warf. Er tippte mit der Hand an die Stirn und grüßte lässig.

»Besonderheiten?«, fragte Jennerwein.

»Überhaupt keine«, antwortete der junge Mann. »Außer der Frau ist heute niemand im Garten gewesen, wir haben nur ihre Spuren gefunden. Und natürlich die ihres Mannes. Er ist zu ihr hin- und wieder ins Haus zurückgelaufen.«

»Wo ist er jetzt?«

Der junge Spurensicherer, einer von Hansjochen Beckers Mitarbeitern und bestimmt von ihm ausgebildet, antwortete:

149

»Psychologische Betreuung.«

Er sagte ›Betreuung‹ in einem Ton, der besser zu ›Hinrichtung‹ gepasst hätte.

Die verunglückte Frau lag am seitlichen Ende der Terrasse, halb auf den Steinen, halb auf dem Rasen, einen knappen Meter von der Umzäunung entfernt, in der sich wohl Kleintiere befanden, von denen man aber momentan nichts sah. Das Türchen zu der Umzäunung stand offen. Eine schwarze Leichenabdeckfolie war über das Opfer gebreitet. Jennerwein schritt langsam auf die verhüllte Gestalt zu, musterte dabei das niedergetretene Gras. Es war sicher schon alles fotografiert worden, trotzdem wollte er sich wie immer sein eigenes Bild vom Ort des Geschehens machen. Er lüftete die Folie ein wenig und wich zunächst zurück. Der Hinterkopf der Gestalt war vollkommen zertrümmert. Der eine Arm war nach vorne ausgestreckt, als ob sie etwas greifen wollte. Er wies in Richtung der Hühnerstalltür. Neben der anderen Hand lag eine Schöpfkelle, die noch halb mit Körnern gefüllt war. Jennerwein deckte die Frau wieder zu.

Direkt neben der Leiche war noch einmal eine Plane ausgebreitet. Jennerwein lüpfte auch sie. Darunter lag ein hölzernes, eisenbeschlagenes Wagenrad von gut eineinhalb Meter Durchmesser. Es war an vielen Stellen mit Blut bespritzt. Jennerwein betrachtete es genauer. Der Eisenreifen war wellig und wies spitzzackige Beschädigungen auf. Im Inneren des Radlaufs waren metallene Steckhalter an den Speichen befestigt. Zudem war das Holz an manchen Stellen rußgeschwärzt. Jennerwein war sich sicher, dass es sich um ein Feuerrad handelte, das Hauptrequisit für einen alten Brauch, der bei den Sonnwendfeiern im Mittelpunkt stand. Dabei wurden

schwere eisenbeschlagene Wagenräder den Berg hinuntergerollt, die zwischen die Speichen gesteckten ölgetränkten Lappen oder Fackeln brannten auf dem Weg nach unten ab. In
vielen Gegenden waren diese Umtriebe verboten worden, da
verirrte Räder Brände verursacht oder Wanderer erschlagen
hatten. Heute wurde der Brauch nur noch auf ausgewiese-
nen Strecken durchgeführt, meist am 21. Juni oder auch am
21. Dezember. Er ist in vielen bergigen oder auch bloß hügeli-
gen Gegenden Europas zu finden, es liegt einfach allzu nahe,
die Sonne damit zu symbolisieren. Einzig und allein die Bewohner zwischen Spessart und Karwendel bestehen darauf,
dass das ›Feuerradeln‹ ein typisch bayrischer Brauch zu sein
hat.

Jennerwein deckte auch das Rad wieder zu. Er trat einen
Schritt zurück, um zu sehen, von wo aus das Rad herunter-
gefallen war. Die gesamte Hinterfront des Hauses war über
und über behängt mit bäuerlichen und almerischen Arbeits-
geräten, von der Milchkanne bis zum Dreschflegel, nur eine
Stelle unter dem Dachgiebel war frei, da musste das Unge-
tüm gehangen haben. Jennerwein schirmte die Augen mit der
Hand ab und blinzelte. Steckte der Haken noch in der Wand
oder war er herausgebrochen? Das wollte er sich genauer ansehen. Genau über der schadhaften Stelle war ein kleines, ovales Guckfensterchen. Von dort konnte er die fragliche Stelle
sicher besser untersuchen. Jennerwein ging wieder auf die
Terrasse. Eines war schon einmal sicher: Frau Rusche war aus
der Wohnküche in den Garten gekommen, hatte die Terrasse
seitwärts überquert, war zum Kleintiergehege gegangen und
hatte das Gatter geöffnet, um die Tiere zu füttern. Genau in
diesem Moment hatte sich das Rad gelöst. Solche Zufälle gab
es natürlich.

151

»Vielleicht war es damals in Dallas auch so, dass ein Scharf-schütze von einem Hochhaus auf den Dealey Plaza geschos-sen hat, und drunten ist zufällig John F. Kennedy in einem offenen Wagen vorbeigefahren.«

Das hatte sein Ausbilder immer gesagt, Herr Vogelsang. Jennerwein hatte sich sowohl den Namen gemerkt wie auch diese anekdotische Veranschaulichung. Kommissar Vogelsang hatte damit sagen wollen, dass es keine Zufälle gab. Jedenfalls nicht aus polizeilicher Sicht.

Jennerwein schritt abermals um das Haus herum, um es durch die Eingangstür zu betreten. Die Leitstelle hatte ihm den Schlüssel bringen lassen, dazu eine von Tomislav Rusche unterschriebene Erlaubnis, Haus und Garten betreten zu dür-fen und nach Spuren abzusuchen.

Im Haus sah sich Jennerwein nur flüchtig um. Er rührte nichts an. Aufmerksam betrachtete er den Dienstplan der Rusches, der am Kühlschrank hing. In der penibel und mehrfarbig aus-gefüllten Excel-Tabelle waren nicht nur die Zeiten, sondern sogar die jeweiligen Einkünfte eingetragen. Er schritt auch die anderen Zimmer ab und versuchte, sich einen Eindruck von den Personen zu machen, die hier lebten. Er wusste, dass beide im Reinigungsgewerbe arbeiteten. Die Wohnung wirkte jedoch gutbürgerlich, viele nicht ganz billige Geräte und Mö-belstücke standen herum. Aber war es nicht ein Vorurteil, hier einen Widerspruch zwischen Beruf und Einrichtung zu kon-struieren? Nicht immer waren Putzkräfte am unteren Ende der Einkommensskala zu finden. Jennerwein kannte sich in dieser Beziehung allerdings nicht so gut aus. Er, der seit über zwanzig Jahren alleine lebte, war noch nie auf den Gedanken gekommen, eine Putzfrau zu engagieren.

Als er den Gang des ersten Stocks betrat, fiel sein Blick sofort auf die Speichertür. Er öffnete sie und ließ die Klappleiter herunter. Dann stieg er hinauf. Dumpf und muffig roch es hier, es war nicht so aufgeräumt wie unten, seine Taschenlampe fuhr über eine Vielzahl von Kisten und Tüten, die ziemlich unsystematisch abgestellt worden waren. An einer einigermaßen freien Stelle bückte er sich. Deutliche Schuhspuren im Staub zeigten, dass sich hier vor kurzem jemand aufgehalten hatte. Vielleicht waren es auch mehrere Spuren. Jennerwein fotografierte die Abdrücke aus verschiedenen Winkeln. Als er sich weiter vorwärtstastete, bemerkte er ein Foto, das auf dem Boden lag. Es zeigte eine junge Frau im blaugeblümten, sommerlichen Rock, der leicht im Wind flatterte. Sie trug eine übergroße Sonnenbrille. Ohne Alina Rusche je lebend gesehen zu haben, wusste er, dass sie es war. Er steckte das Foto ein.

Jennerwein tappte und balancierte weiter, wich kleinen Kisten und herumliegenden Gegenständen aus, trat auch prompt auf eine Keramikfigur, die knirschend auseinanderbrach. Er fotografierte sie. Im Blitzlicht erkannte er, dass es eine Krippenfigur war, vielleicht einer der Hirten. Er hatte vor, dies im Protokoll zu vermerken. Der Freistaat Bayern musste dem Witwer die Figur ersetzen. Schließlich stand Jennerwein vor dem ovalen Guckfenster. Er ging in die Knie. Die Schuhspuren führten deutlich zu diesem Fenster und auch wieder zurück. Jennerwein erhob sich und musterte die Scheibe. Sie war vor kurzem abgewischt worden. Wenn sich jemand wirklich heraufgeschlichen hatte, um das Fenster aufzumachen und die Radhalterung zu lösen, warum sollte er vorher das Fenster abwischen? Jennerwein öffnete die Verriegelung, die sich leicht lösen ließ. Er stieg auf eine einigermaßen sta-

153

bile Kiste, steckte seinen Kopf hinaus ins Freie und schnupperte die frische, leicht bewegte Luft des Sommerabends. Der Haken steckte noch. Jennerwein warf einen kurzen Blick auf die abgedeckte Leiche. Als er die Holzwand und den Haken genauer betrachten wollte, betrat ein Mann den Garten. Es war eine große, knochige Gestalt. Jennerwein hielt den Atem an. Der Mann sah sich um, setzte einen Schritt langsam vor den anderen, wie um keine Spuren zu hinterlassen. Auch er lüftete die Folie von der Leiche und wandte sich schnell und mit verzerrtem Gesicht ab. Dann begutachtete er das Feuerrad, rieb mit dem Finger an einer Stelle, roch an seinem Finger und wischte ihn im Gras ab. Daraufhin verließ der Mann schnell den Garten. Jennerwein beugte sich vor, um noch einmal einen Blick auf den Haken zu werfen. Er zog sein Handy aus der Tasche, zwängte die Hand durch den Fensterrahmen nach außen, um ihn zu fotografieren. Gerade, als er abdrücken wollte, klingelte das Handy. Jennerwein nahm ab. Es war Polizeiobermeister Hölleisen.

»Ich war gerade im Garten und stehe jetzt vor der Haustür, Chef. Sind Sie schon drinnen?«

26

»Am besten, Sie achten gar nicht darauf, Herr Rusche«, sagte Maria Schmalfuß im Besprechungsraum des Polizeireviers und deutete beiläufig auf ihre Hand. »Es handelt sich um einen neurasthenischen Tremor, den ich mir wegen eines Traumas zugezogen habe. Früher hat man das als *reizbare Schwäche* bezeichnet, den Ausdruck finde ich eigentlich hübscher. Der Volksmund sagt Zitterer dazu, und das trifft es wiederum am genauesten. Sie können es sich auswählen.«

Tomislav starrte interessiert, jedoch auch ein wenig befremdet auf Marias Hand, die flach auf dem Tisch lag und in unregelmäßigen Abständen leicht zitterte, als wäre sie ein von Maria unabhängiges eigenes Wesen, das dezent versuchte, sich zu Wort zu melden. Tomislav neigte sich ein wenig vor und betrachtete die Hand genauer. Wenn Maria nichts gesagt hätte, wäre es ihm gar nicht aufgefallen.

»Sie schauen so skeptisch, Herr Rusche. Es hat nichts mit meinem Geisteszustand zu tun, glauben Sie mir. Oder mit meiner sonstigen Verfassung. Ich bin fit wie eine Sporttasche.«

»Nein, es macht mir nichts aus«, sagte Tomislav leise.

Er saß blass und klein auf seinem Stuhl, strahlte jedoch auch tapfere Gefasstheit aus.

»Ich bin froh, dass ich mit jemandem reden kann, Frau Dr. Schmalfuß. Ich würde es alleine gar nicht aushalten.«

»Das verstehe ich vollkommen. Das ist ganz normal. Ich bewundere Sie übrigens wegen Ihrer Tapferkeit.«

»Hat man Alina schon weggebracht?«, fragte Tomislav und sah dabei zu Boden.

»Ja, sicher hat man das, machen Sie sich keine Sorgen deswegen.«

Maria musterte ihn. Seine Augen waren gerötet. Er hatte Beruhigungsmittel abgelehnt, er schien sich den Umständen entsprechend in einem relativ stabilen Zustand zu befinden. Wieder blickte sie auf ihre eigene Hand. Das Zittern hatte sich deutlich verstärkt, aber sie ließ sie auf dem Tisch liegen.

Tomislav gab sich einen Ruck.

»Hat Kommissar Jennerwein schon herausbekommen, wann genau der Unfall passiert ist?«

»Glauben Sie mir, er ist sicher gerade dabei, den Zeitpunkt einzugrenzen. Das gehört zur üblichen Vorgehensweise.«

»Ich will natürlich wissen, ob sie sofort –«

»Das werden *Sie* als Erster erfahren, Tomislav. Die Gerichtsmedizin ist heutzutage imstande, das auf die Minute genau festzustellen.«

Maria bemerkte, dass Tomislav die Tränen zurückhielt.

»Ich kenne Kommissar Jennerwein flüchtig, wissen Sie«, fuhr er fort. »Ich erledige einige Hausmeisterarbeiten draußen am Knick, wo er wohnt. Da habe ich ihn ein paarmal gesehen. Ich habe sogar mal bei ihm geklingelt und ihn gefragt, ob er eine Gartenhilfe benötigt. Im Knick haben alle Richter, Staatsanwälte und Polizisten einen Hausmeister oder eine Gartenhilfe.«

»Jennerwein hat abgelehnt?«

Maria schmunzelte unmerklich.

»Er hat gesagt, er macht alles selbst.«

»Ja, das passt zu unserem Chef.«

Wieder entstand eine Pause. Obwohl sie sich ganz entspannt fühlte, wurde das Zittern ihrer Hand immer stärker. Der Tremor kam in Schüben, sie konnte nichts dagegen unternehmen. Sie verschränkte die Arme vor der Brust.

»Es wäre leichter für mich, wenn ich bald wüsste, wann genau es passiert ist«, fuhr Tomislav fort. »Ich war den ganzen Tag auf Arbeit. Einige Male habe ich an sie gedacht. Ich habe ihr auch gesimst. Ich wüsste so gerne, ob sie die Nachrichten noch gelesen hat.«

»Das bekommt Jennerwein sicher heraus. Es ist Bestandteil der normalen Ermittlungen. Genau genommen kann man aber gar nicht von Ermittlungen reden. Der Kommissar will lediglich sicherstellen, dass es nichts anderes als ein Unfall war.«

Tomislav nickte.

»Das große Wagenrad. Ich habe es mir nie genauer angesehen. Wir haben fünf Jahre dort gewohnt, wissen Sie. Ich habe im Garten alles Mögliche erneuert und repariert, aber um das verdammte Rad habe ich mich nie gekümmert. Ich fühle mich schuldig. Ausgerechnet ich als Hausmeister hätte doch nachsehen müssen, ob die Sachen ordentlich befestigt sind. Es waren lauter Brauchtumsgegenstände. Sensen, Kübel, Leitern und eben das Wagenrad. Ich kenne mich mit den hiesigen Bräuchen nicht so aus, ich komme ursprünglich aus Kroatien.« Auf den fragenden Blick Marias fügte er hinzu: »Ich habe den Namen meiner Frau angenommen.«

»Aus Kroatien!«, warf Maria überrascht ein. »Respekt, Herr Rusche. Ich kann gar keinen Akzent heraushören.«

»Ich kann aber auch mit Akzent sprechen«, sagte Tomislav

mit einem kleinen Lächeln. »Und mit Grammatik mangelhaftes. Manchmal ist nötig sich.«

Auch Maria lächelte.

»Wie würden Sie Ihren momentanen Zustand beschreiben?«

»Schon wieder etwas gefasster, jetzt, wo ich mit Ihnen reden kann. Danke dafür. Ich habe das Gefühl, dass es schlimmer wird, wenn ich nur dasitze und nichts tue.«

»Sie liegen mit Ihrem Gefühl völlig richtig. Erzählen Sie mir von Ihrer Frau.«

Tomislav Rusche skizzierte mit leiser, aber gefestigter Stimme die Stationen ihres so abrupt beendeten Lebens. Wehmütig schilderte er ihre beruflichen Träume und ihren gemeinsamen Werdegang.

»Haben Sie Verwandte, Bekannte oder Freunde, an die Sie sich in nächster Zeit wenden können?«

»Ja, klar. Gleich morgen früh werde ich allen die traurige Nachricht mitteilen.«

»Und die Verwandten Ihrer Frau?«

Über Tomislavs Gesicht huschte ein verärgerter Zug.

»Mit ihren Geschwistern und auch mit ihren Eltern war sie schwer zerstritten. Und dann gibt es da noch eine gewisse Tante Mildred. Die ist die Schlimmste von allen. Eine furchtbare Frau. Ich weiß gar nicht, ob ich das freche Miststück überhaupt benachrichtigen soll.«

»Überlegen Sie es sich in aller Ruhe.« Maria spürte, dass ihr Tremor stärker wurde. Auch Tomislav bemerkte das. Er machte Anstalten aufzustehen. Sie erhob sich von ihrem Stuhl. »Rufen Sie mich an, wenn Probleme auf Sie zukommen. Jederzeit, wann immer Sie wollen.«

Tomislav verabschiedete sich von der Psychologin. Er ging die engsten Verwandten von Alina einzeln durch, alle hatten sie wegen ihrer Existenz als Putzfrau verachtet und verspottet. Diese Idioten. Und dann noch Tante Mildred. Tomislav schüttelte sich. Wieder trat ihm das Bild vor Augen, wie er Alina gefunden hatte. Und wieder verspürte er eine unbestimmte Mischung aus Trauer und Wut. Sollte er jetzt schon nach Hause gehen? Nein, das war keine gute Idee. Sicherlich hatten Jennerwein und die Beamten von der Spurensicherung ihre Arbeit noch nicht beendet. Trotz der fortgeschrittenen Stunde entschloss sich Tomislav dazu, heute noch einige Putzkunden von Alina zu besuchen, um ihre Termine abzusagen.

Zunächst lenkte er seine Schritte in die Henriette-von-Ketz-Straße. Dort wohnte Ostertag.

»Tut mir leid, wenn ich störe«, sagte er, als der Konsul geöffnet hatte. »Ich bin der Ehemann von Alina Rusche, die bei Ihnen arbeitet. Ich muss Ihnen leider eine traurige Nachricht mitteilen.«

Tomislav hatte aus irgendeinem Grund einen Diener erwartet, der ihm öffnete, nicht Ostertag selbst. Noch im Türrahmen erzählte Tomislav von dem Tod seiner Frau. Ostertag zuckte zusammen. Seine unsicheren Bewegungen, seine fahrigen Blicke verstärkten sich. Er schien ernsthaft schockiert. Oder war das bloß Show?

»Nein, das darf nicht wahr sein. Herzliches Beileid, Herr Rusche. Das tut mir – aber kommen Sie doch rein.«

Marcel Ostertag war so windig und zappelig, wie ihn Alina beschrieben hatte. Sie hatte ihn sogar einige Male parodiert. Tomislav schluckte schwer.

»Das ist ja eine furchtbare Geschichte. Ein Unfall? Und wie? Im eigenen Haus?«

Konsul Ostertag bot ihm einen Platz auf der Wohnzimmer-couch an. Tomislav sah durch das große Fenster den sauber geschnittenen Rasen. Da gab es keinen Anflug von Unkraut, keinen Löwenzahn, keine Silberdistel, keine Maulwurfshügel. Er konnte sich nicht vorstellen, dass Ostertag sich selbst um den Garten kümmerte. Der Hausherr kam mit einer Wasser-flasche und Gläsern zurück und stellte alles auf den Tisch. Ihm schien die Situation sehr unangenehm zu sein.

»Wenn ich Ihnen irgendwie helfen kann –«

»Ja, Sie können mir helfen. Ich weiß, dass meine Frau in der nächsten Woche wieder bei Ihnen geputzt hätte, und zwar am Dienstag«, sagte Tomislav. »Ich biete Ihnen an, dass ich für sie einspringe.«

Ostertag richtete sich erschrocken auf.

»Nein, um Gottes willen! Herr Rusche, das will ich nicht, Sie sollten sich doch –«

Der Konsul brach ab, denn eine Frau trat ins Zimmer, die man früher als Sexbombe bezeichnet hätte. Vollschlank, in engen Jeans, maßlos überschminkt. Das musste Lakmé, die Frau von Ostertag, sein. Ihre imposante Gestalt passte über-haupt nicht zu der windigen ihres Mannes. Es sah fast so aus, als hätte diese Frau den Mann im Lauf der Ehe ausgemergelt, ausgesaugt und geschrumpft.

»Was gibt es? Willst du mir den Herrn nicht vorstellen?«

Ostertag erzählte die Geschichte nochmals. Und dass To-mislav einspringen wollte. Auch die Frau erschrak bei der schlimmen Nachricht, lehnte zunächst Tomislavs Ansinnen ab, gab aber dann nach, als Tomislav betonte, dass ihm diese Ablenkung sehr helfen würde.

»Also gut, dann kommen Sie vorbei«, sagte Frau Ostertag. »Am Dienstag sind wir aber immer außer Haus. Dienstag ist unser Venedigtag. Morgens hinfliegen, abends wieder zurück.

Auf diese Weise hatte Alina sturmfreie Bude. Zum Putzen.«
Sie vollführte eine fast entschuldigende Geste. »Ich zeige Ihnen alles. Wann ist denn die Beerdigung, steht der Termin schon fest?«

Tomislav zögerte.

»Ja, die Beerdigung –«

Frau Ostertag lehnte sich auf dem Sofa zurück. Sie wirkte, als wäre sie einem Pin-up-Kalender der siebziger Jahre oder einem Russ-Meyer-Film entstiegen. Tomislav seufzte. An die Beerdigung hatte er noch gar nicht gedacht.

»Alina hatte sich ausdrücklich eine Seebestattung gewünscht«, sagte er leise.

»Warum denn das? Hatte sie entsprechende Vorfahren?«

»Keine Ahnung. Aber sie fand es eine schöne Vorstellung.«

»Sich langsam über alle Weltmeere zu verteilen?«

»Ja, vielleicht.«

Tomislav brach ab. Sie hatten sich einmal beim Frühstück darüber unterhalten. Das war zu einer Zeit gewesen, als noch eine kleine Chance bestanden hatte, dass sie die Putzerei nur als Studentenjob machen würde. Sie hatten am Abend sogar noch nachgesehen, wie solch eine Seebestattung funktionierte. Er richtete seinen Blick auf Ostertag. Tomislav hatte den Eindruck, dass er zusammenfuhr.

»Ich finde, das ist eine gute Idee, dass sie ein paar Alltagsaufgaben übernehmen«, sagte Ostertag und vollführte wieder eine jener Zuckungen. Die Pin-up-Konsulin schlug die Beine übereinander, ihre Armreifen klimperten. Ein unpassender Hauch von lasziver Eleganz breitete sich im Zimmer aus.

»Sie könnten mir noch einen Gefallen tun«, sagte Tomislav. »Herr Roger Bruyn wohnt doch auch hier in der Straße. Wissen Sie, ob er zu Hause ist?«

»Ja, ich denke schon«, sagte Ostertag.

Er schien jetzt nachdenklich, war vielleicht mit den Gedanken ganz woanders.

»Kommen Sie, ich gehe mit Ihnen rüber«, sagte die Frau Konsulin.

Sie nahm Schwung, schnellte vom Sofa hoch und kam auf den hochhackigen Hauspantoletten zu stehen, die fast vollständig in den dicken Teppich einsanken. Tomislav verabschiedete sich von Ostertag und verließ mit dessen Frau das Haus.

Der Konsul der Cookinseln wartete, bis die beiden durchs Gartentor verschwunden waren. Dann eilte er in sein Arbeitszimmer und sperrte die Schublade seines orangefarbenen Cocobolo-Schreibtisches auf. Er nahm die Papiere heraus, die er aus der Bank geholt hatte, sie brannten immer noch in seiner Hand. Die Gefahr war noch nicht gebannt, trotz allem. Er schnupperte daran. Sie rochen leicht nach Parfüm. Er wedelte mit der Hand in der Luft, doch der Duft ließ sich nicht so leicht vertreiben. Wohin mit diesen Briefen? Er sah sich im Zimmer um. Ostertags Gedanken schweiften ab. Nur wegen Alinas Hinweisen hatte er doch überhaupt das sichere Bankschließfach geleert. Sie hatte das alles angestoßen. Und jetzt war sie tot. Unwirsch steckte er die Briefe zurück in die Schublade. Er dachte daran, wie er ihr damals geholfen hatte. Ob ihr Mann davon wusste? Ein Tennisfreund von ihm, Herr Leverenz, ein pensionierter Generalleutnant der Bundeswehr, in dessen Haus sie ebenfalls saubermachte, war fest davon überzeugt gewesen, dass Alina Schmuck gestohlen hatte. Was heißt schon Schmuck, es handelte sich um irgendein blödes Ehrenkreuz der Bundeswehr, die Goldene Nahkampfspange Erster Klasse, er wusste es nicht so genau.

»Es ist doch lächerlich, dass Alina die an sich genommen hat! Gerd, überleg mal! Was sollte sie damit?«

»Und ihr kroatischer Mann? Wir hatten Einsätze in Kroatien –«

»Lass es, Gerd. Sie war das nicht. Ich verbürge mich für sie.«

Der General hatte schließlich nachgegeben. Eine gute Tat, die sich jedoch nicht ausgezahlt hatte.

27

Der junge amerikanische GI kam aus Oakland / Kalifornien und hieß Chuck, momentan saß er in seiner kleinen Bude und betrachtete die Dollarscheine, die er der Fronitzer Karin aus dem Geldbeutel geklaut hatte. Vor ein paar Jahren hatte er eine Banklehre angefangen, deshalb waren ihm die außergewöhnlich großen Dollarscheine aufgefallen. Er tippte auf die Zeit um den Ersten Weltkrieg herum. Hundert Jahre alte Geldscheine, die mussten doch etwas wert sein! Chuck legte die Scheine vorsichtig auf den Tisch und streifte die Plastikhandschuhe ab. Er hatte keine Ahnung, wie viel sie genau einbringen würden, er hatte im Netz nachgesehen, dort war von fünfzig oder hundert Dollar pro Stück die Rede gewesen. Das war jedenfalls Grund genug, um dieser dummen Nuss, bei der er ewig auf sein Bier hatte warten müssen und die ihn auch noch, soweit er es verstehen konnte, blöd angeredet hatte, einen kleinen K.-o.-Schlag zu versetzen. Es war ihr ja weiter nichts passiert. Er hatte noch eine Weile hinter einem Mauervorsprung gewartet, bis sie sich wieder aufgerappelt hatte, dann war er davongeschlichen. Als er gestern Nacht beim Bezahlen in der Jazzkneipe bemerkt hatte, dass im Geldbeutel der Bedienung noch weitere historische Scheine steckten, hatte er den Plan gefasst. Er war überzeugt davon, dass sie keine Ahnung hatte, wie viel sie wert waren. Er hatte auch kurz überlegt, sie einfach zu bitten, die Scheine zu tauschen. Aber dann hätte sie vielleicht den Braten gerochen. Und außerdem beherrschte Chuck die deutsche Sprache nicht so besonders. Ein kleiner Schlag auf die Fontanelle, das war eine klarere Ansage als das verdammte Deutsch. Es war für beide die beste Lösung. Denn andere als er, brutalere Kaliber, schlugen vielleicht fester zu. Oder mordeten sogar dafür. Chuck schüttelte sich. Er hielt einen der Scheine hoch. Die Vorderseite zeigte den unentschieden und leicht blasiert blickenden Theodore Roosevelt, den 26. Präsidenten der USA. Der war ihm auch schon im dunklen Kneipenlicht von Mayer's Finest ins Auge gefallen. ›Teddy‹ Roosevelt hatte um den Ersten Weltkrieg herum gelebt, nach ihm war auch der Teddybär benannt worden.

Es klingelte. Das war Jimmy, ein Sprengstoffexperte der U. S. Army, der sich mit Münzen und Scheinen angeblich bestens auskannte.

»Setz dich, Jimmy«, sagte der junge GI.

»Was gibts?«, fragte der ältere Mann.

»Ich brauche deinen Rat. Was sagst du zu diesem Geldschein?«

Der Ältere wechselte seine Brille und studierte die Dollarnote aufmerksam. Er schwieg dazu. Dann blickte er auf und zeigte ein fast erschrockenes Gesicht.

»Wo um Gottes willen hast du den her?«

»Das spielt keine Rolle.«

»Das soll keine Rolle spielen? Der Schein ist 1905 gedruckt worden, hier schau mal, da steht es. Also, wo hast du den her?«

Chuck war elektrisiert. 1905. Also tatsächlich über hundert Jahre alt.

»Du sagst mir einfach, ob er echt ist oder nicht.«

Jimmy lehnte sich zurück und hielt den Schein ins Licht.

»Ich glaube, ich werde verrückt. Ein Dollarschein aus dieser Zeit!«

»Wie viel ist der Schein wert? Sag schon.«

»Er ist noch dazu gut erhalten«, sagte Jimmy ausweichend.

»Hundert Dollar? Oder hundertfünfzig?«

Abermals hielt Jimmy den Schein gegen das Licht.

»Ich würde sagen, mehr als hundert Dollar. Viel mehr. Einige hundert. Aber auf offiziellem Weg kannst du diesen Lappen nicht zu Geld machen. Den müsstest du schon auf dem Schwarzmarkt anbieten. Also, wo hast du ihn her?«

Chuck, der GI, entschloss sich, bei der Wahrheit zu bleiben.

»Ich habe den Dollar beim Wechseln bekommen. In einer Kneipe.«

Jimmy brach in Gelächter aus. Chuck wusste auch so, dass das reichlich unwahrscheinlich klang.

»Das ist ja das Blödeste, was ich je gehört habe! Der Schein ist wie neu, der ist kaum in Umlauf gewesen. Wenn, dann nur ein paar Wochen. Er stammt aus einer Sammlung. Und nicht aus einer Kneipe.«

Der Ältere schloss die Augen und schnüffelte jetzt an der Banknote, wie ein Weinkenner.

»Sag, wo hast du den großen Grünen her?«

Der junge GI zögerte. Er hatte sich vorgenommen, auf keinen Fall zu verraten, dass er mehrere davon hatte.

»Wirklich wahr! Ich war in einer Kneipe und habe es erst zu Hause bemerkt.«

»In einer Kneipe, wie?«

Abermals lachte der Ältere. Er legte den Schein auf den Tisch und strich ihn sorgfältig glatt.

»Hast du mehr davon?«

Der GI schwieg. Der Sprengmeister wies auf den Schein.

»Hast du gesehen, dass da was draufgekritzelt worden ist? Da unten, über der Unterschrift des Finanzministers?«

»Nein, hab ich nicht gesehen.«

»Wenn das Gekritzel auch noch aus der Zeit von 1905 ist, dann hast du dir mit dem Lappen ein großes Problem an Land gezogen.«

»Wieso ein Problem?«

»Du kriegst ihn nicht so leicht los, den Schein. Der ist ein richtiges Museumsstück. Das ist so wie bei der blauen Mauritius. Die kannst du auch nicht einfach auf den Tisch legen und zu Geld machen.«

Chuck riss die Augen auf.

»Blaue Mauritius?«

»So viel ist der Schein auch wieder nicht wert. Aber auf dem Schwarzmarkt bringst du ihn für tausend Dollar los.«

Chuck schluckte.

»Wie bitte?«

»Sei froh, dass du an mich geraten bist. Andere schlagen dich einfach nieder und verschwinden damit.«

»Tausend Dollar!«

»Jetzt sag ehrlich. Hast du mehrere? Und wenn ja, wie viel?«

»Ich habe nur den einen.«

»Schau her, Chuck, dummer Hund. Lüg mich nicht an. Der Fetzen hat eine S-förmige Wölbung. Er hat also bis vor kurzem noch in einem Bündel gesteckt. Jetzt zeig mir das Bündel, dann kann ich dir mehr sagen.«

Dem konnte man nichts vormachen. Zerknirscht holte Chuck die restlichen Scheine. Jimmy betrachtete jeden Einzelnen genau. Sein Atem ging schneller.

167

»Alle aus der Roosevelt-Zeit. Wirtschaftsaufschwung, Ragtime, Charlie Chaplin, Mafia. Die stammen bestimmt aus einer Sammlung, und ich glaube dir nicht, dass du sie beim Wechseln bekommen hast. Jeder dieser Scheine ist mehrere Tausend Dollar wert. Wenn du an einen anderen als an mich geraten wärst! Meine Güte.«

Chuck hüstelte nervös. Es war an der Zeit, Jimmy die ganze Wahrheit zu erzählen. Die Sache mit dem Überfall. Alles eben. Nachdem er mit der Geschichte fertig war, sagte Jimmy ungläubig:

»Du Idiot hast deine Banknoten stattdessen reingesteckt! Schon mal was von Fingerabdrücken gehört?«

Jimmy stand auf und blickte Chuck lange ins Gesicht.

»Gib mir einen von den Dollarnoten«, sagte Jimmy. »Es ist ein Schweigedollar. Im Gegenzug will ich versuchen herauszubekommen, wo man die alten Flebben unterbringen kann.«

»Was ist einer von denen wirklich wert?«, fragte Chuck.

Jimmy flüsterte ihm die Summe ins Ohr. Chuck musste sich setzen.

28

Die Spurensicherer hatten das Haus von Alina und Tomislav Rusche schon verlassen, deshalb musste Kommissar Jennerwein, als er den Anruf erhalten hatte, seine Erkundungen im Speicher unterbrechen. Seufzend stieg er die Treppe hinunter, um Franz Hölleisen zu öffnen.

»Hallo Chef!«, begrüßte ihn der Polizeiobermeister. »Schön, dass Sie die Untersuchung übernommen haben. Ich habe mir den Garten schon angesehen.«

»Ich weiß«, erwiderte Jennerwein lächelnd. »Ich habe Sie vom Fenster aus beobachtet. Fast hätte ich die Polizei gerufen.«

Hölleisen stutzte. War das ein Scherz von Jennerwein gewesen? Oder hatte er sich falsch verhalten?

»Ich hatte erwartet«, fuhr Jennerwein ungerührt fort, »dass Sie gleich nach oben schauen, nachdem Sie das heruntergefallene Rad erblickt hatten. Nach oben zum Haken.«

Hölleisen schnitt ein peinlich verzagtes Gesicht.

»Ja, Chef, klar, das hätte ich machen sollen, aber die Leiche war für mich ein so schauerlicher Anblick, dass ich gar nicht –«

»Ja, ist schon gut. Ich habe es nicht so ernst gemeint.«

»Haben Sie sich das Feuerradl angesehen, Chef?«, fragte Hölleisen, um abzulenken. »Das ist ein wichtiger Bestandteil

169

eines alten bayrischen Brauches. Ich kenne mich da ein bisserl aus. Ich habe das als Bursch nämlich auch gemacht. Die Feuerradln werden angezündet und den Berg hinuntergerollt. Sonnensymbolik, Kältegeister vertreiben, Fruchtbarkeit beschwören, Sie wissen schon. Und damit nichts passiert, ist die Feuerwehr auch gleich dabei.«

»Und es hat nie Brände gegeben?«

»Der letzte Brand im Werdenfelser Land, der durch ein Feuerradl verursacht wurde, war angeblich achtzehnhundertsoundsoviel. Beim Mangoldt Bauern. Da hat man aber vermutet, dass er den selbst gelegt hat. Er wurde verdächtigt, eine Schneise im Wald so geschlagen zu haben, dass das Feuerradl auf seinen Hof gelenkt wurde, und zwar genau auf die Scheune, in der das knochentrockene Stroh gelagert worden ist.«

»Versicherungsbetrug?«

»Ja, schon, freilich, was sonst. Eine heiße Sanierung. Aber man hat es ihm nie nachweisen können. Sein Anwesen ist bis auf die Grundmauern niedergebrannt. *Wir* hätten halt damals ermitteln müssen! Dann hätten wir den Mangoldt schon überführt, oder?«

Jennerwein lächelte. Dann trat ein entschlossener Zug in sein Gesicht.

»Es ist nur eine Routineuntersuchung. Trotzdem, Hölleisen, ich habe das Gefühl, dass hier etwas nicht stimmt. Ich will mir den Hühnerstall und vor allem den Speicher nochmals genauer ansehen. Ich bitte Sie, die Liste zu überprüfen, die am Kühlschrank in der Wohnküche hängt. Notieren Sie sich die Namen der Kunden, vor allem die von Frau Rusche. Vielleicht kennen Sie jemanden.«

Jennerwein trat hinaus in den Garten, direkt zum Hühnerstall. Die Leiche von Alina Rusche war inzwischen abgeholt worden. Er zückte die Taschenlampe und untersuchte die Tür des Stalls. Er öffnete und schloss sie mehrmals, betrachtete sie dabei von allen Seiten. Dann leuchtete er hinauf zum Haken, der nackt und bloß aus der Wand ragte. Jennerwein ging durch das Haus hinauf auf den Speicher.

Langsam dämmerte es. Jennerwein warf einen Blick hoch zum Himmel. Der Mond hing am Horizont wie eine halbe Zitronenscheibe, bei der nur noch das Wiener Schnitzel fehlte. Er beugte sich weit aus dem Fenster und untersuchte die Stelle, an der das schwere Feuerradl, wie es Hölleisen nannte, befestigt worden war. Ein großer, schwarzer Eisenhaken steckte in der Wand, er ragte etwa eine Handbreit heraus. Soviel Jennerwein erkennen konnte, steckte er waagrecht in der Wand, war also nicht nach unten gebogen, wie er vermutet hatte. Die schwarze Farbe auf der Oberseite des Hakens war erwartungsgemäß abgekratzt. Als sich Jennerwein noch weiter hinausbeugte, konnte er sehen, dass der eigentliche Haken nicht wie üblich nach oben zeigte, sondern nach unten, das Rad war also nicht durch ihn gesichert gewesen. Jennerwein streifte sich Handschuhe über und rüttelte am Haken. Er saß fest im Holz, mit dem die Fassade verkleidet war, vermutlich reichte er bis in die Mauer. Das deutete darauf hin, dass er nicht erst vor kurzem umgedreht worden war. Ein unvorsichtiger Hausbewohner hatte das Rad vor langer Zeit so aufgehängt und sich nichts weiter dabei gedacht. Irgendwann war es heruntergerutscht. Ein Unfall eben.

»Im Falle eines Fremdverschuldens kann ich mir folgendes Szenario vorstellen«, sagte Hölleisen, als ihm Jennerwein von seinen Beobachtungen erzählt hatte. »Jemand dringt ins Haus ein und geht schnurstracks auf den Speicher. Er weiß von dem ungesichert aufgehängten Wagenrad, er weiß auch, dass Frau Rusche genau darunter immer die Hühner füttert. Er öffnet das Fenster und stößt das Rad über den Haken.«

»Hört sie nicht, wenn er es öffnet? Es knarzt ziemlich.«

»Er hat es vielleicht vorher aufgemacht.«

»Besteht nicht die Gefahr, dass sie das offenstehende Fenster vom Garten aus bemerkt? Oder dass es ein Nachbar bemerkt? Man kann den Garten gut einsehen.«

Hölleisen kratzte sich am Kopf wie Stan Laurel.

»Ja, das stimmt. Das Szenario ist ziemlich unwahrscheinlich.«

»Und vor allem: Wer hat etwas vom Tod einer Putzfrau?«

»Und jetzt komme ich ins Spiel«, sagte Hölleisen mit einem Anflug von Stolz. »Ich habe mir die Liste angesehen, wo sie überall gearbeitet hat. Die meisten davon kenne ich.«

»Das dachte ich mir schon«, warf Jennerwein ein. »Wen kennen Sie nicht. Also, wo hat sie überall geputzt?«

»Na ja«, sagte Hölleisen. »Die Liste von ihr ist deshalb ungewöhnlich, weil das lauter Gespickte sind. Also alles wohlhabende Bürger, soweit ich das sehe. Der Mnich in der Klaisstraße zum Beispiel, dem gehört die Modekette Mnich. Beim Herbert Geschonnek war sie sogar zweimal in der Woche, das ist ein Altbürgermeister mit einem stattlichen Politikersalär. Weitere Kunden: der ehemalige Generalleutnant Leverenz, der sich als Pensionist im Ort niedergelassen hat. Konsul Ostertag in der Henriette-von-Ketz-Straße. Ingenieur Walch, der die Atomkraftwerke beaufsichtigt, und und und. Die Stundenlöhne hat sie übrigens auch hingeschrieben, es ist einiges zusammengekommen in der Woche –«

Jennerwein unterbrach.

»Es heißt zwar: Stör die feinen Leute nicht. Aber ich würde mich mit diesen Herrschaften gerne mal unterhalten. Machen Sie eine Kopie von der Liste.«

»Hab ich schon.«

»Sehr gut. Wir besuchen einige von denen. Wie viel sind es denn etwa?«

»Fast zwanzig.«

»Gut, dann nimmt jeder von uns zehn, das schaffen wir an einem Tag. Vielleicht können wir sogar heute noch bei einem oder zwei vorbeischauen.«

»Auf was konzentrieren wir uns?«

»Wenn es lauter ›Gespickte‹ sind, wie Sie sagen, lauter einflussreiche Persönlichkeiten, dann könnte Alina Rusche etwas erfahren haben, etwas gesehen haben, was sie nicht sehen sollte. Wenn es ein Tötungsdelikt ist, dann ist es professionell gemacht, nämlich als Unfall getarnt.«

»Wir fragen also bloß und zeigen Präsenz?«

»Genau. Durch unsere Fragen kommt auch der Verdacht auf, dass es kein Unfall war. Vielleicht treten wir irgendetwas los. Mehr können wir nicht tun.«

»Wenn wir am Abend da auftauchen, schaut es viel dringlicher aus.«

»Dann mal los.«

Jennerwein klingelte bei Gerd Leverenz, dem pensionierten Generalleutnant. Ach, das ist ja schrecklich, sagte Leverenz zu Kommissar Jennerwein. Der beobachtete ihn genau. Er konnte keine Auffälligkeiten entdecken. Hölleisen suchte Ingenieur Walch auf. Ach, das ist ja schrecklich, sagte der Chef des Interessenverbandes deutscher AKW-Betreiber. Er kaute noch. Er war wohl beim Abendessen gewesen. Dann will ich nicht weiter stören, sagte Hölleisen. Ach, das ist ja schreck-

173

lich, sagte Haschberger, der bekannte Kunstmaler und Restaurator.

»Durch ein heruntergefallenes Kutschenrad!«

»Woher wissen Sie das, Herr Haschberger?«

»Der Mann von Alina, Tomislav, war schon bei mir. Der arme Kerl. Ich habe einen Kaffee mit ihm getrunken. Aber er hat alles in allem sehr gefasst gewirkt.«

29

Hotelier Demmel, ein ehemals bekannter Bussibussi-Gastronom, war Besitzer des Schließfachs № 199 der KurBank. Sein Testament steckte in einem unverschlossenen Briefumschlag, in das eines von Swiffs Kugerln bequem kriechen konnte. Swiff hatte einen speziellen Mechanismus entwickelt, um Manuskripte und andere aufeinanderliegende Blätter lesen zu können. Das Kugerl krabbelte zwischen die Blätter, spreizte seine vier Paar Spinnenbeinchen und fuhr Zeile für Zeile mit dem Miniscanner ab. Der Notar, der später einmal das Unglück haben würde, dieses Testament zu eröffnen, musste zunächst einen üblen Schwall von ausgesucht derben, obszönen und gehässigen Beschimpfungen für jeden einzelnen Erbberechtigten vortragen. Swiff fragte sich, ob sich denn ein Notar in solchen Fällen nicht weigern konnte weiterzulesen. Selbst für einen wie Swiff, der jetzt schon einige Male in Abgründe der menschlichen Seele geblickt hatte, war dieser Gewittersturm von unappetitlichen Injurien abstoßend. Es waren abscheuliche Auswürfe von Menschenhass, schmutziger sprachlicher Schleim, an dem Bussibussi lange und verbissen gearbeitet haben musste. Aber so ein Notar war ja vermutlich hart im Nehmen, er würde die ekelerregende Kaskade sicher professionell und ohne jede emotionelle Regung herunterschnurren, was das Ganze aber vielleicht noch schlimmer machte. Nach diesem ausgesprochen gemeinen Vorspiel kam es dann noch dicker. Die gedemütigte Gesellschaft erfuhr jetzt, dass die erhoffte Erbschaft bis auf den letzten Cent aufgebraucht war, dass alles verschenkt, versenkt, verprasst und in nicht mehr nachzuvollziehenden Schlünden versunken war. Genüsslich beschrieb Demmel, wie er im Garten seinen Grill angeworfen und eine enorme Summe Bargeld bündelweise abgebrannt hatte. So fahrt alle zusammen zur Hölle, ihr triefäugigen Gestalten, so schloss er das Testament, mögen Pest und Krätze über jeden von euch kommen, ihr verfluchten Schmarotzer und Tagediebe –

Als Swiff das las, weilte der Hotelier natürlich noch unter den Lebenden. Eine der Erben, Emily Demmel-Hertkorn, die von Bussibussi mit besonders üblen Schimpfworten bedacht worden war, hatte ihren Wohnsitz im Kurort. Swiffs Jagdfieber erwachte. Diese Frau musste er unbedingt kennenlernen. Schon als er von zu Hause aufbrach, brannte in ihm das Feuer der Leidenschaft. Es war so, wie mit bangen Schritten zu einer Angebeteten zu gehen, die ihn endlich zu sich nach Hause eingeladen hatte. Emily Demmel-Hertkorn war Goldschmiedin, betrieb ein kleines Schmuckgeschäft in der Ortsmitte. Als Swiff den Laden betrat, loderte das honigsüße Gefühl der Macht über andere Menschen satanisch in ihm auf. Er ließ sich von ihr ein paar Ringe zeigen, erzählte von seiner bevorstehenden Verlobung, log plötzlich hervorragend, kam in Schwung, beobachtete sie dabei genau. Was hatte das arme, unscheinbare Pflänzchen dem Bussibussi-König nur getan, um sich einen derartigen Hass zuzuziehen?

»Ich an Ihrer Stelle würde den schmaleren Ring nehmen«, sagte die Goldschmiedin. »Er passt besser zu Ihren gelenkigen Fingern. Sie arbeiten in einem handwerklichen Beruf, stimmts?«

»Ja, da haben Sie recht«, versetzte Swiff maliziös lächelnd.

»Ich sehe das auf den ersten Blick.«

»Ich finde, ein Ring ist ein Symbol für den Familienzusammenhalt«, sagte Swiff. »Und Familie ist das Wichtigste überhaupt auf der Welt. Finden Sie nicht auch?«

War sie nicht eben zusammengezuckt? Nein, sie war offenbar völlig ahnungslos. Er verspürte so etwas wie Mitleid mit der Frau, die da klein und verletzlich zwischen den Seilen hing. Er kaufte den Ring. Als sie ihm das Päckchen übergab, sagte sie leise:

»Ein Ring, sie zu knechten, sie alle zu finden, ins Dunkel zu treiben und ewig zu binden …«

Swiff ging nach Hause. Ihm war das böse Glimmen in den Augen der Goldschmiedin völlig entgangen. Da er auch nicht verstanden hatte, was die Frau geflüstert hatte, wusste er nicht, welch teuflische Mächte sie da heraufbeschworen hatte.

Bisher hatte das immer gut funktioniert. Zwei ganze Jahre lang. Er war immer tiefer eingedrungen in üble Geheimnisse und hatte so manche Grenze überschritten. Seine ganze Existenz drehte sich inzwischen um das Wissen, das er sich so aufwendig beschafft hatte. Aber gestern Abend, da war etwas katastrophal schiefgelaufen. Swiff warf einen Blick auf die Uhr. Es waren jetzt genau sieben Stunden seit diesem entsetzlichen Moment im Garten vergangen. Er wusste gar nicht mehr, wie er danach heimgekommen war. Atemlos hatte er sich im Zimmer eingeschlossen, sich aufs Bett geworfen und die Decke über den Kopf gezogen. Doch das schreckliche Bild der leblosen Frau war nicht aus seinen Gedanken zu vertreiben.

Warum war er bloß noch einmal zurückgegangen zu ihrem Haus! Na klar, weil er eine Idee gehabt hatte. Eine furchtbar gute Idee, wie er zunächst gefunden hatte. Dann der grässliche Anblick. Er war starr stehen geblieben, unfähig, einen Finger zu rühren. Nach unendlich langer Zeit hatte er sich einen Ruck gegeben und sich gezwungen, ihren Puls zu fühlen. Kein Puls mehr. Keine Atmung. Die Augen starr und glasig. Der Hinterkopf eine blutige Masse. Hier war nichts mehr zu machen. Sein erster verrückter Gedanke war, die Polizei zu rufen und alles zu gestehen. Sein zweiter Gedanke: Er musste die Aufnahmen von ihr auf den Videos löschen. Er musste die Schuhe, mit denen er den Garten betreten hatte, wegwerfen, verbrennen, atomisieren. Er musste auch seine Kleidung vernichten. Aber er hatte doch DNA hinterlassen, verdammt nochmal! Andererseits: Wie sollten sie auf ihn kommen? Wer kannte ihn schon? Sie konnten doch nicht den ganzen verdammten Kurort zur DNA-Probe antreten lassen. Aber sie würden feststellen, dass die Putzfrau in der Bank gearbeitet hatte. Sie würden auf Onkel Jeremias kommen. Und so schließlich auf ihn. Oder etwa doch nicht? So analytisch Swiffs Verstand in Materialkunde und Nanotechnik arbeitete, so sehr versagte er jetzt. Alina Rusche war sein Würgeengel, sein Strafgericht. Durch sie stand seine ganze Existenz auf dem Spiel. Noch über ihren Tod hinaus. Er hatte immer gefürchtet, von hochgefährlichen Gangstern zur Strecke gebracht zu werden, aber an solch einer Putze würde sein Lebenswerk nicht scheitern.

Swiff Muggenthaler atmete durch und sprang aus dem Bett. Es gab noch eine Chance für ihn. Er musste morgen seinen Steuerungscomputer aus der KurBank holen. Aber was nützte das? Wenn jemand die Löcher entdeckte, dann führte die Spur zu Onkel Jeremias, dann zu ihm. Swiff Muggenthaler setzte sich im Schlafanzug an die Werkbank, zog eine kupferlegierte 17er Punze heraus und körnte ein tiefes Loch. Langsam keimte eine Idee in ihm auf.

30

Ich glaube, es regnet draußen. Pardon, ich sage immer noch ›draußen‹, obwohl der richtige Ausdruck eigentlich ›droben‹ lauten müsste. Ja, es regnet wieder. Nach der Hitze ist das auch ganz angenehm. Ein erfrischender Guss tut allen gut. Auch den Wesen unter der Erde. Ich liege momentan in einem preiswerten Gemeindegrab und mache mir meine Gedanken, wie das alles hat so kommen können. Moment, Entschuldigung, ich höre Schritte … … … Ach ja, es ist die Frau, die ihr Fahrrad um diese Zeit immer vorbeischiebt. Jetzt bleibt sie stehen, sie liest meinen Namen auf dem billigen Grabstein, sie liest ihn laut und deutlich und wirft wahrscheinlich einen mitleidigen Blick auf die mickrigen Blümchen, die der Gemeindegärtner lieblos eingepflanzt hat.

»Herrje, du armer Teufel in deinem billigen Armengrab! Ruhe sanft.«

Davonrollen des Rades, Gestackel seiner Besitzerin, sich entfernendes Knirschen von Kies. An diese Geräusche werde ich mich die nächsten Jahre gewöhnen müssen. Und das Kiesknirschendeuten wird zu meiner Wissenschaft werden. Aber mal ehrlich, dass es ein von der Gemeinde gestelltes Armengrab ist, stört mich eigentlich weniger. Grab ist Grab, schlichtes Fichtenholz oder feinstes Cocobolo, Auspolsterung oder nicht, Marmor oder Beton, das spielt doch nur für die

180

Besucher oben eine Rolle, unter der Erde juckt das weniger. Eher finde ich es immer noch äußerst bedauerlich, mitten in einem interessanten Auftrag aus dem Leben gerissen worden zu sein. Ich bin ein gewissenhafter Mensch, normalerweise beende ich das, was ich angefangen habe. Auch ein Hitzschlag ist da keine Ausrede. Und schon wieder ein nächtlicher Besucher, diesmal ohne Fahrrad. … … … Knirsch, kratz, knirsch, kratz. Ich glaube, er hinkt leicht. Er geht sehr langsam, er ist alt oder schlecht zu Fuß. Jetzt bleibt er stehen. Ein Feuerzeug ratscht, tiefes Einsaugen, noch genussvolleres Ausatmen. Ich schätze, der darf zu Hause nicht rauchen, der geht dazu auf den Friedhof. Ich habe mein ganzes Leben nie geraucht. Jetzt hätte ich Lust auf eine Zigarette.

Darf ich mich vorstellen: Mein Name ist Leon Schwalb, ich war mal Oberkellner in großen Häusern. Ja, jetzt nicht in den ganz großen wie dem Ritz oder dem Sacher, aber auf der Bocksgaiseralm, wo es auf 3000 Meter Höhe unvergleichliche Käsenudeln gibt, habe ich jahrelang bedient. Auch im Berliner Hotel Adlon war ich einmal Erster Stellvertretender Stationskellner, also *Demichef de rang*. Eines Abends habe ich dort einen echten Mafiaboss kennengelernt, er nannte sich Don Pedro. Wir sind gleich ins Gespräch gekommen, ich erzählte ihm, dass ich jedes Jahr in dem alpenumstellten Kurort Urlaub mache. Aha, sagte Don Pedro, das ist wirklich interessant. Er bat mich vor seiner Abreise, ein Schließfach in diesem Kurort zu eröffnen und ein paar Transaktionen durchzuführen. Das war auch so etwas Ähnliches wie Kellnern, aber ohne unfreundliche Gäste. Und besser bezahlt. Viel besser. Ich bekam ein fettes Honorar pro Transaktion und zog in den Kurort. Ich nahm noch einen kleinen Alibi-Job in einem Gasthaus an, schließlich schob ich eine Erbschaft vor und kaufte eine Villa. Na ja, fast eine Villa. Ich ahnte natürlich den halbseidenen, zwielichtigen Charakter dieser Transporte, obwohl ich mich um den Inhalt der Päckchen nie gekümmert habe. Manchmal musste ich sie in Müllcontainer werfen, manchmal in Autos mit offenen Fensterscheiben stecken, manchmal zu bergigen Forsthütten tragen. Als ich das erste Mal eine Rolle von 20 cm Länge und 5 Zentimeter Durchmesser transportieren musste, wusste ich sofort, dass damit die Grenze vom Halbseidenen zum Kriminellen überschritten war. Don Pedro hat es mir erklärt.

»Es ist eine altbewährte Mafiagepflogenheit, den Zahlungsverkehr über wertvolle Gemälde abzuwickeln, Leon. Bilder haben den Vorteil, dass sie große Werte auf kleinstem Raum darstellen. Eine Handzeichnung von Albrecht Dürer ergibt eine Rolle von 20 cm Länge und 5 Zentimeter Durchmesser. Für die entsprechende Menge Bargeld bräuchte man zwei oder drei große, auffällige Koffer.«

Ach, das ist aber nett, ein bisschen Weihwasser abzukriegen! Es ist eine liebe ältere Dame, die kenn ich jetzt schon, die geht immer zu den Gemeindegräbern und schaut ein bisschen danach, zupft auch manchmal Unkraut, stellt frische Blumen aufs Grab, füllt das Weihwasser auf, redet laut mit mir. In der Welt oben hält man sie wahrscheinlich für verrückt. Also: Mein Auftraggeber Don Pedro hatte dann eine neue Idee, die Gemälde durch etwas viel Unauffälligeres zu ersetzen, nämlich durch wertvolle Hüte. Panamahüte oder Jipijapas. Der ganz große Vorteil: Für den Laien schauen diese Hüte nach nichts Besonderem aus, er hält sie für ganz normale Strohhüte. Der Transport ist deshalb leicht. Man setzt sie auf und geht zum Empfänger. So geschehen bei Rocky Ferrante, der musste ausgezahlt werden, damit er ein paar Abgeordnete bestechen konnte. Ich bin einfach mit dem Zug nach Mailand gefahren. Auf dem Hinweg mit, auf dem Rückweg ohne Hut. Will man die Panamas nicht auf dem Kopf tragen, kann man sie zusammenknüllen und in die Jackentasche stecken. Ach, da sind sie ja wieder, die Skateboardkids, ich höre sie immer schon von weitem. Jeden Abend kommen sie, setzen sich auf die Bank gegenüber und köpfen eine Flasche. Vielleicht ist es auch bloß Mineralwasser. Die Musik ist nicht so mein Geschmack, aber vielleicht gewöhne ich mich noch daran. Und wenn nicht: Ich werde noch viele Musikstile miterleben. Wobei er*leben* jetzt schon wieder der falsche Ausdruck ist. Die Währungsabstufung bei Panamahüten ist furchtbar leicht. Auf der untersten Stufe stehen chinesische Fabrikate, hundertprozentig maschinell aus irgendeiner Kunstfaser hergestellt. Kostenpunkt etwa hundert Dollar das Stück. Das ist unser Kleingeld. Ist der Hut aber aus dem Originalland Ecuador, dann sind wir schon bei zwei- bis fünfhundert Dollar. Ist er speziell aus Montecristi, der Hauptstadt der Hutmacher, dem Rom der Kopfbedeckungen, geht nichts unter achthundert. Handelt es sich gar um ein Fabrikat von Juan de Espejo, der Familie Fiallos oder Don Caamaño, die alle an einem Hut bis zu einem halben Jahr knüpfen, dann kommen wir langsam schon in den Luxusbereich von zwei- bis dreitausend Dollar. Solche Hüte bewahre ich zu Hause auf. Es gibt aber noch viel wertvollere. Die kommen ins Schließfach. Was es mit denen auf sich hat, ahnt der eine oder andere schon, ich verrate es beim nächsten Mal. Aber ich schwörs, solch einen Hut, der auf eine fast unvorstellbare Summe kommt, so einen hatte ich auf, als ich aus der KurBank kam. Heiß wars, mir war nicht so recht wohl, und ich habe mich hingesetzt. Dann bin ich erst wieder hier aufgewacht. Hoffentlich hat sich Josy um alles gekümmert. ... ... Ist sie das? Ja, ich erkenne sie an ihrem forschen Gang. Sie kommt gerade den Weg herunter.

183

Josy Hirte näherte sich dem Grab von Leon Schwalb, doch sie blieb nicht daran stehen. Es war einfach zu gefährlich, es durfte absolut kein Zusammenhang zwischen ihr und ihm hergestellt werden können. Auch posthum nicht. So ging sie schweigend vorüber. Für den Fall, dass sie doch jemand beobachtete, bückte sie sich über ein anderes Grab. Auch Josy Hirte hatte einen bürgerlichen Beruf gehabt, in Bedburg-Hau an der holländischen Grenze. Sie war Ernte- und Hofhelferin in dem Biobauernhof einer Freundin gewesen und verheiratet mit einem Mann, der ein bisschen aussah wie der Schauspieler George Clooney. Also beinahe. Durch ihr seltenes Hobby war sie auch in die Dienste von Don Pedro geraten. Sie nahm für ihr Leben gern an Preisausschreiben teil. Schließlich kaufte sie Zeitschriften und Zeitungen nur noch, um Rätsel auszufüllen und an Gewinnspielen teilzunehmen. Im Internet betrieb sie einen Rätselblog, in dem sie nach neuen Herausforderungen suchte. Einmal hatte sie ihr Touristenitalienisch ausgepackt und geschrieben:

Sto cercando una competizione interessante!

Ich suche nach interessanten Preisausschreiben. Was Josy damals nicht wusste, war die Tatsache, dass der Satz ein Mafiakürzel war: Suche Job als Bote. Eines Tages stand ein Herr im Maßanzug vor ihrer Tür. Er machte ihr ein Angebot … Und seitdem verrichtete sie zusammen mit Leon Schwalb Botendienste. Es war ganz einfach. Er holte ein Paket aus der KurBank, gern in einer abgeratzelten Plastiktüte, sie brachte es mit ihrer unübertroffenen Tarnung als unschuldige Mittsechzigerin über die holländische Grenze, über die italienische oder über eine andere. Jetzt war Leon tot, und sie hatte keinen Partner mehr. Der Auftraggeber hatte schon einige ungeduldige Botschaften geschickt. Das letzte Geld aus Leons Plastiktüte hatte sie an den Mann gebracht, aber wie ging es jetzt weiter? Sie musste Don Pedro überzeugen, dass sie es auch allein schaffte. Seufzend verließ sie den Friedhof. Es sah so aus, als ob Leons Marotte, mondäne Hüte zu tragen, ihn ins Grab gebracht hatte.

Nein, mach dir keine Sorgen, Josy, die verdammte Hitze hat mich ins Grab gebracht. Ich bin an dem Tag furchtbar früh aufgestanden, habe noch eine kleine Wanderung unternommen, habe vergessen, Wasser mitzunehmen, habe mich ins Gras gelegt und bin in der prallen Sonne eingeschlafen. Bin dann in der KurBank gewesen, dann wieder draußen in der Hitze herumgelaufen, so muss es passiert sein. Ich frage mich aber schon die ganze Zeit, was aus dem Panamahut geworden ist. Leider kann ich mir nicht mehr an den Kopf greifen, um festzustellen, ob er noch da ist. Ich bin mir aber fast sicher, dass er nicht bei mir im Grab liegt. Bestimmt hat ihn Josy an sich genommen.

31

Hölleisen hatte für sich und Jennerwein einen Plan des Kurorts angefertigt und ihre Marschrouten vorgezeichnet. Jeder nahm sich nun seine Liste vor, Hölleisens erste Adresse war eine Zahnärztin. Er brauchte gar nicht zu klingeln, sie arbeitete im Garten, dort überbrachte er ihr die Todesnachricht. Bei ihr war Tomislav wohl noch nicht gewesen, sie zeigte sich erschrocken, streifte die Gummihandschuhe ab, bat Hölleisen hinein.

»Nein, das kann ich gar nicht glauben!«, sagte sie drinnen. »So eine tüchtige Person! Und so was von verschwiegen und diskret!«

Sie wohnte allein in einem bauerngartenumrankten Haus. Hölleisen unterhielt sich im Wohnzimmer ein wenig mit ihr, fragte dies und das, beobachtete sie dabei genau, wie er es bei Jennerweins Ermittlungen gelernt hatte.

»Ist Ihnen etwas Besonderes an ihr aufgefallen?«, fragte Hölleisen schließlich und kam sich dabei vor wie der Löwe, der sich schlafend gestellt hat und plötzlich mit der krallenstarrenden Pranke zuschlägt.

»Sie ermitteln aber doch nicht wegen einer unnatürlichen Todesursache!«, rief die Zahnärztin erschrocken.

»Nein, überhaupt nicht. Ich will sie nur völlig ausschließen. Routinemäßig.«

»Ja, natürlich. Ich verstehe.«

Dann gab sie freiwillig, ohne dass er sie danach gefragt hatte, ein lückenloses Alibi für den ganzen Tag. Doch es war ohnehin ein abwegiger Gedanke, dass diese kleine, zerbrechlich wirkende Frau mit dem blonden Pagenkopf etwas mit dem Tod von Alina zu tun haben sollte. Aber man hatte natürlich schon alles erlebt. Sie warf einen kurzen Blick auf seine Schulterstücke und sagte:

»Noch etwas Tee, Herr Polizeiobermeister?«

Sie redete ihn sogar mit richtigem Dienstgrad an. Hölleisen hakte sie auf seiner innerlichen Liste ab. Die hatte wahrscheinlich nichts mit Alinas Tod zu tun.

Jennerweins erster Weg führte zum Privathaus von Bäckermeister Schlundlinger, das etwas erhöht auf einem der dreizehn Hügel des Kurorts lag. Man erzählte sich, dass auf jeder dieser Erhebungen einst die Schwarzen Elefanten des urgermanischen Gottes Fuiffo gesessen hatten, um zu beratschlagen, wie es mit der Welt weitergehen sollte. Schlundlinger begrüßte Jennerwein etwas erstaunt, aber freundlich. Er war erkennbar erschüttert über die Todesnachricht, erkundigte sich gleich nach den Umständen und nach der Beerdigung. Seltsam sah Schlundlinger aus, so ganz ohne seine weiße Schürze, mit der man ihn immer in der Bäckerei sah. Er war ein ganz anderer Mensch. Auch er bat Jennerwein herein, Jennerwein setzte sich auf den uralten Stuhl vor dem uralten Tisch.

»Die Möbel sind bei meinem Großvater Vojtěch in der Backstube gestanden«, sagte Schlundlinger stolz, nachdem er Alina einen kleinen Nekrolog gehalten und ihre Vorzüge als exzellente, durch und durch zuverlässige Reinigungskraft hervorgehoben hatte. »Ich habe ihr angeboten, nicht nur bei mir zu Hause, sondern auch in der Backstube zu arbeiten.

Sie hat abgelehnt. Und hier, wo Sie sitzen, Kommissar, da hat der Opa immer seine Kolatschen, Dalken und Liwanzen geknetet.«

Jennerwein kannte die Familiengeschichte der Schlundlingers. Hölleisen hatte ihm davon erzählt. Die Žlučníkis waren vor mehr als zweihundert Jahren aus dem Böhmischen eingewandert, aus Žlučník war Schlulick, daraus Schlundlick, daraus Schlundlinger geworden. Jetzt war der Nachkomme des alten Tschechen ein Ureinheimischer.

»Es gibt übrigens noch ein paar Žlučníkis in Prag«, sagte der Bäckermeister. »Wir sind mal dort gewesen, bei einem von ihnen. Das müssen Sie sich einmal vorstellen, Kommissar. Ein Mann, der kein Wort Deutsch spricht, der noch nie aus Tschechien herausgekommen ist, der auch überhaupt nichts mit dem Bäckerhandwerk zu tun hat – der aber genauso aussieht wie ich! Uns beide hats fast umgehauen!«

Jennerwein war ganz froh, dass Schlundlinger in Plauderlaune war. In solchen Stimmungen konnte man Menschen am unauffälligsten beobachten. Er wirkte entspannt. Nachdem er ein lückenloses Alibi für den Tag vorweisen konnte, hakte Jennerwein wie Hölleisen diesen Kunden Alinas von der inneren Liste der Verdächtigen ab. Als er sich verabschieden wollte, sagte Schlundlinger:

»Und Sie armes Würstchen müssen heute die ganzen Kunden von Frau Rusche abklappern!«

»Das ist die normale Polizeiarbeit.«

»Dann grüßen Sie den Zankl von mir! Der wohnt zwei Häuser weiter, und dem hat sie auch –«

Schlundlinger unterbrach sich. Es zeigte sich sogar ein wenig verlegene Röthe in seinem Gesicht, eine richtig altmodische mit th, was bei dem Riesenmannsbild allerliebst aussah. Jennerwein stutzte. Zankl stand gar nicht auf der Excel-Liste, die ihm Hölleisen kopiert hatte. Dann begriff Jennerwein. Alina Rusche musste also dort schwarzgearbeitet haben. Dieser Gedanke war offenbar auch Schlundlinger gekommen, er war sich bewusst, dass er sich verplappert hatte.

»Ja, das werde ich machen«, sagte Jennerwein so selbstverständlich und leichthin wie möglich.

Doch Schlundlingers Röthe blieb.

Jennerwein klingelte bei Zankl, die Hausherrin öffnete. Jennerwein stellte sich vor. Vorsichtig übermittelte er die Todesnachricht. Frau Zankl erschrak, dann arbeitete es in ihrem Kopf, das sah Jennerwein.

»Ich wollte sie nächste Woche als Minijobberin anmelden«, sagte Frau Zankl unvermittelt und wischte ein fiktives Staubkorn von der Schulter. »Ich habe mir die Formulare schon heruntergeladen.«

»Ich interessiere mich nicht dafür, welchen Arbeitsstatus Frau Rusche bei Ihnen hatte«, sagte Jennerwein freundlich. »Das ist nicht der Grund meines Besuchs. Ich wollte nur fragen, ob Ihnen etwas Besonderes an ihr aufgefallen ist.«

»Etwas Besonderes? An ihr?«

»Ja, an ihr. Etwas außer der Reihe.«

»Außer der Reihe, so.«

Frau Zankl überlegte. Ja, jetzt fiel es ihr ein. Sie hatte ein hastig geführtes Telefonat mitbekommen. Dabei schien ihr Alina sehr verängstigt gewesen zu sein. Sie glaubte sich zu erinnern, dass der Name Ostertag gefallen war. Aber sollte sie dem Kommissar davon erzählen? Sie gab sich einen Ruck, öffnete schon den Mund, entschloss sich aber dann doch zum Schweigen.

»Ja?«, fragte Jennerwein nach.

Er war sich sicher, dass die Frau etwas sagen wollte. Jetzt

hatte sie es sich verkniffen. Vielleicht auch wegen seiner Ungeduld. Es hatte nichts mit der Schwarzarbeit zu tun. Sondern mit etwas Wichtigerem.

»Rufen Sie mich bitte an, wenn Ihnen doch noch etwas einfällt. Sie können dazu beitragen, jeden Verdacht, der nur in Richtung einer unnatürlichen Todesursache geht, auszuräumen.«

Er blickte Frau Zankl nochmals ins Gesicht. Ihm war klar, dass sie das, was sie zu sagen hatte, jetzt nicht sagen wollte. Er musste ihr Zeit lassen.

Draußen rief Jennerwein Ursel Grasegger an und fragte, ob sie die Beerdigung ausrichtete.

»Ja, Kommissar. Ihr Mann hat mich schon damit beauftragt. Sie werden es nicht glauben, aber er will eine Seebestattung.«

»Tatsächlich?«

»Kann ich Mitte nächster Woche einen Termin dafür machen? Ich muss das ja organisieren.«

»Bis dahin dürften die gerichtsmedizinischen Untersuchungen endgültig abgeschlossen sein. Hat sie sich denn einen bestimmten See ausgesucht?«

»Ja, und was für einen! Ich soll die Beisetzung vor der norwegischen Atlantikküste ausrichten, bei den Lofoten. Stellen Sie sich das vor!«

»Ich gebe Ihnen Bescheid, Ursel.«

Jennerwein schüttelte nachdenklich den Kopf. War eine Seebestattung nicht furchtbar teuer? Konnten sich Rusches das überhaupt leisten? War das verdächtig? Vielleicht hatte sie noch mehr Jobs wie den bei Frau Zankl. Jennerwein rief Ludwig Stengele an.

»Haben Sie meine Fotos bekommen, Stengele?«

»Ja, ich habe sie mir auch schon genau angesehen. Nach den Aufnahmen, die Sie mir geschickt haben, gibt es dort oben im Speicher nur Fußspuren einer einzigen Person.«

»Sind Sie sicher?«

»Ich müsste mir das nochmals vor Ort anschauen, aber ich bin mir eigentlich ziemlich sicher. Haben Sie denn Spuren von mehreren Personen erwartet?«

»Ja, eigentlich schon.«

»Haben Sie überprüft, ob es andere Wege in diesem Speicher gibt?«

»Ja, natürlich.«

»Ich meine: Kann sich jemand irgendwo ohne Bodenkontakt entlanggehangelt haben?«

»Auch diese Möglichkeiten habe ich überprüft.«

»Dann hat sich in den letzten Tagen nur eine Person dort oben bewegt, außer sie ist geflogen.«

»Danke, Stengele.«

Jennerwein fragte sich kurz, ob es überhaupt einen Sinn hatte weiterzuforschen. Er sah auf die Uhr. Um zehn wollte er sich mit Hölleisen vor der KurBank treffen.

Der Filialleiter Pit Schelling bat die beiden Polizisten in sein Büro. Es war winzig, bei einem Filialleiter hätten sie schon etwas Repräsentativeres erwartet. Er schien das Zimmerchen fast vollständig auszufüllen. Jennerwein sah auf den ersten Blick, dass Schelling viel Sport trieb, er tippte auf Bodybuilding. Auch das passte nicht zu dem kleinen Raum. Man musste befürchten, dass Schelling, sobald er den Trapezmuskel seines Stiernackens spannte, die Wände damit auseinanderschob.

»Ich habe Ihren Besuch schon erwartet«, sagte Schelling mit gedämpfter Stimme. »Die traurige Nachricht habe ich von Alinas Mann erfahren. Eine schreckliche Sache.«

Er zwinkerte und blinzelte in regelmäßigen Abständen. Er rutschte nervös auf seinem Stuhl hin und her. Ein Mann, der derart an seinem Muskelzuwachs arbeitete, dachte Jennerwein, sollte seinen Körper besser im Griff haben, selbst in dieser Situation. Hölleisen wiederum war der Mann schlichtweg unsympathisch. Doch er versuchte, professionell zu sein und seine Vorurteile hintanzustellen. Jennerwein und Hölleisen hatten sich im Foyer der KurBank kurz verständigt: Keiner von den Putzkunden Alinas war ihnen bisher verdächtig vorgekommen. Schelling war der Erste, der auffällige Reaktionen zeigte.

»Sie müssen schon entschuldigen, aber –«, fuhr Schelling mit zitternder Stimme fort.

Er brach ab und wandte sich um, als ob er seine Trauer nicht zeigen wollte. Jennerwein überlegte, ob das echt oder gespielt war.

»Ich bin wirklich etwas durcheinander«, fuhr Schelling fort. »Sie war eine so liebe, herzliche Frau. Ich habe sie ja kaum gekannt, aber die wenigen Male, die ich sie getroffen habe, hat sie großen Eindruck auf mich gemacht. Und eine wirklich zuverlässige Kraft war sie! Nie zu spät gekommen, kaum einmal krankgefeiert, alles immer picobello saubergemacht. Also mit einem Wort: Sie wird mir sehr fehlen. Wissen Sie, sie war jemand, dem man gar nichts sagen musste, wie und was. Frau Rusche sah die Arbeit und machte sie.«

Hölleisen und Jennerwein hofften, dass er freiwillig mit seinem Alibi herausrückte. Eine direkte Frage hätte doch zu sehr nach offizieller Ermittlung geklungen.

»Frau Rusche ist zwischen sechzehn und neunzehn Uhr ums Leben gekommen«, sagte Hölleisen.

Nach diesem deutlichen Steilpass entstand eine Pause. Schelling schwieg. Der Ball des Alibis blieb auf dem Spielfeld des Ungewissen liegen.

»Ich habe noch eine ganz andere Frage«, sagte Hölleisen in die Stille hinein. »Kennen Sie einen Herrn namens Leon Schwalb? Genauer: Hat der ein Konto bei Ihnen?«

»Ja, da müsste ich mal nachsehen. Soll ich?«

»Ja, freilich«, sagte Hölleisen eifrig. »Das wäre schön.«

Schelling wirkte, als wäre er wegen des überraschenden Themawechsels erleichtert. Er tippte etwas in den Computer.

»Leon Schwalb, sagen Sie? Schwalb wie die Schwalbe? Ja, der hat hier ein Girokonto. Und ein Schließfach.« Schelling blickte auf. »Sie sehen mich so erwartungsvoll an, meine Herren! Über den Kontostand darf ich Ihnen ohne richterlichen Beschluss nichts sagen. Und den Schließfachinhalt kenne ich sowieso nicht.«

»Das weiß ich«, sagte Hölleisen. »Darüber will ich auch gar keine Auskunft. Ich will nur wissen, ob er vorgestern da war. Ob, wann und wie lange.«

Schelling nickte.

»Da kann Ihnen Frau Weißgrebe weiterhelfen. Ich führe Sie zu ihr. Was ist denn mit ihm?«

»Sie wissen es nicht? Er ist leider verstorben.«

Auf Schellings Gesicht zeigte sich ein Anflug von Verwirrung. In dieses offensichtliche Gefühlschaos hinein fragte Jennerwein in beiläufigem Ton:

»Herr Schelling, wo waren Sie gestern zwischen sechzehn und neunzehn Uhr?«

Hölleisen blickte Jennerwein bewundernd an. Der Chef hatte die Gabe, etwas wirklich nebenbei zu sagen, ohne jeden Druck, und er traf damit zielsicher ins Schwarze!

193

»Die ganze Zeit hier im Haus, wie jeden Tag«, antwortete Schelling, genauso nebenbei. »Ich komme morgens um sieben und gehe abends um acht. Das können meine Mitarbeiter bestätigen.«

Jetzt erst schien Schelling zu begreifen, worauf Jennerweins Frage hinauslief. Er riss entsetzt die Augen auf.

»O Gott, ich verstehe«, murmelte er. »Sie denken an das Schlimmste.«

Sie verabschiedeten sich von Schelling. Als sie im Foyer auf Frau Weißgrebe warteten, sagte Jennerwein leise:

»Hochachtung, Hölleisen! Ihr Ablenkungsmanöver war vom Feinsten! Leon Schwalb! Das ist wahrscheinlich ein Kumpel von Ihnen, oder?«

Hölleisen sah Jennerwein ratlos an. Ein Lob von seinem Chef, aber wofür? Dann hellten sich seine Gesichtszüge auf. Er berichtete Jennerwein von dem Fall Leon Schwalb, der eigentlich gar kein Fall war, sondern eher eine vage Ahnung, dass da etwas nicht stimmte.

32

Der große Hagere und der kleine Dicke spazierten im Kurort durch eine der millionenfach fotografierten Straßen, deren Hausbesitzer allesamt hofften, den jährlichen Wettbewerb um den schönsten Garten zu gewinnen. Der Hagere blieb stehen und breitete begeistert die Arme aus. In seinem Antlitz erschien schon wieder das beseligte Gleißen und Glitzern.

»Sancho, sieh dir nur diesen wunderbar gepflegten Rasen an! So klein er auch ist, so gleicht er doch den königlichen Lustgärten von Aranjuez. Und dazu dies Holzhäuschen! Eines ist gewiss, dass dort drinnen ein stolzer und edler Landsknecht wohnt, denn es ist über und über behängt mit Waffen und Kriegsgerät. Sieh nur den Morgenstern!«

»Es ist ein Dreschflegel.«

»Und dort den fürchterlichen Dreizack!«

»Es ist eine Heugabel.«

»Und dann eine Vorderladerkanone! Sie steht für Macht und Einfluss!«

»Es ist ein Backtrog.«

Sie gingen um das Haus herum.

»Hallo? Ist jemand da?«

Niemand antwortete. Beider Blicke fielen schließlich auf das große Holzrad, das halb auf der Steinterrasse, halb auf dem Rasen lag. Wieder breitete der Hagere begeistert die Arme aus.

»In Dreiteufelsnamen! Das ist ein herrliches Rad von einer ehemals üppig ausgestatteten Kutsche, in der eine Jungfer gesessen haben muss, deren Schönheit der meiner unvergleichlichen Dulcinea de Toboso nur um weniges nachsteht.«

»Hm«, brummte Sancho.

»Sieh nur die kupfernen Beschläge und die mit aufwendigen Schnitzereien geschmückten Speichen!«

»Es sind Eisenbeschläge und in den Speichen sitzt der Holzwurm«, sagte Sancho. »Es ist ein gewöhnliches Bauernkutschenrad. Aber ein einzelnes? Das sieht mir ganz nach einem Brauch aus.«

Sancho zückte sein Handy und rief den Custom-Finder, eine Brauchtums-App auf, die ihm schon bei vielen Reiseabenteuern nützlich gewesen war. Er tippte die Suchbegriffe >Rad< und >Alpenland< ein.

»Hier habe ich was!«, rief Sancho. »Es geht um das *Rädern*. Das war eine besonders fiese Hinrichtungsart, die in Bayern noch bis 1813 durchgeführt wurde. Der Bayerische Hiasl zum Beispiel wurde 1771 als Bandenführer zum Tode verurteilt. Er wurde zunächst erdrosselt, sein Körper dann gerädert, enthauptet und schließlich geviertelt und die Körperteile in den vier Städten, in deren Gebiet er geraubt hatte, öffentlich aufgesteckt.«

»Welch herrliche Bräuche!«, rief der Hagere.

»Es könnte sich aber auch um ein sogenanntes Feuerradl handeln«, sagte Sancho.

»Und wie geht jenes vonstatten?«

Sancho las vor.

»Da gefällt mir das *Rädern* wesentlich besser«, sagte der Hagere.

33

Dunkle Wolken zogen auf, alles deutete auf Sturm hin. Donar und seine sämtlichen nordischen Götterkollegen hatten ein übles Süppchen vor der Westküste Norwegens angerührt. Das Bestattungsschiff, ein alter, ausgemusterter Hochseekutter aus den Sechzigern, rollte und schlingerte, er war ein Spielball der nordatlantischen Wellen. Die vereisten Berge versteckten sich hinter tiefhängenden Nebelschleiern, bei dieser trüben Stimmung war selbst dem kreuzfidelen Zitherduo das Jodeln vergangen. Ursel Grasegger deckte Alina mit einer Plane zu, ein Regenguss hätte sie in einen unschönen Zustand versetzt. Die meisten aus der Trauergemeinde harrten noch auf dem Deck des schwankenden Seelenverkäufers aus, wie um der rauen Witterung zu trotzen. Sie scharten sich dicht um die dramatisch verhüllte Alina.

Kommissar Jennerwein stand etwas abseits. Seit gestern wusste er, wer für den Tod von Alina Rusche verantwortlich war. Der Mörder war mit an Bord der M/S Last Journey. Der Kommissar hatte sich deshalb entschlossen, an der Beerdigung teilzunehmen, er hatte sich gestern ins Flugzeug gesetzt und war nach Oslo, dann auf die Lofoten geflogen. Es bestand der dringende Verdacht, dass der Mörder Alinas sich nach der Beerdigung ins Ausland absetzen könnte. Auch hoffte

197

Jennerwein auf dessen Geständnis. Er hatte beim aufwühlenden Akt der Feuerbestattung schon einige Male erlebt, dass selbst hartgesottene Bösewichte zusammengebrochen und mit der Wahrheit herausgerückt waren. Doch nicht nur der Mörder war an Bord, sondern sozusagen auch das Mordmotiv. Und das Mordmotiv befand sich in höchster Lebensgefahr. Jennerwein sah jeder der Personen, die sich um die Leiche Alinas geschart hatten, ins Gesicht. Er achtete darauf, bei dem des Mörders nicht allzu lange hängenzubleiben. Er achtete aber auch darauf, nicht auffällig kurz darüber hinwegzusehen.

Der norwegische Kapitän und Schiffseigner hatte sich darauf spezialisiert, Seebestattungen vor der Küste Norwegens zu unternehmen, er hatte die Graseggers bei einem Urlaub im Kurort kennengelernt, man hatte aus professionellem Interesse den Kontakt gehalten. Alina Rusche hatte sich genau solch eine Seebestattung gewünscht, in Erinnerung an ihre erste gemeinsame Reise mit Tomislav, in der ewigen Nacht des Polarkreises. Beide hatten auf dem Kreuzfahrtschiff einen Job als Reinigungskräfte gehabt, sie als Lurchkatz auf dem feinen Promenadendeck, er als Lurchkater im Maschinenraum. Sie und Tomislav hatten mehrere Male darüber geredet. Beim Recherchieren hatten sie erstaunt festgestellt, dass ein *sjømann grav* gar nicht so aufwendig und teuer war, wie gemeinhin angenommen. Die Kosten für die Grabpflege fielen schon einmal weg. Keine Blümchen, keine Kerzchen, keine Grabgebühren, die man der Gemeinde zwölf Jahre im Voraus bezahlen musste, kein teurer Grabstein. Dafür ging man dorthin zurück, wo alles begonnen hatte, vor dreieinhalb Milliarden Jahren, irgendwo an einer unscheinbaren Stelle auf dem Meeresgrund. Tomislav hatte von den Graseggers erfahren, dass es im europäischen Raum Vorschrift war, die Leiche dabei vorher zu verbrennen und in eine Seeurne aus gepresstem Sand, Zellulose oder Salzkristallen zu geben.

»Ja, eine Seebestattung ist etwas ganz Besonderes«, hatte Ursel gesagt. »Es ist uns eine große Ehre, dass Sie uns damit beauftragen. Sie brauchen sich um nichts zu kümmern.«

»Wir überqueren jetzt den achtundsechzigsten Breitengrad«, sagte der Kapitän gerade.

Er gefiel sich in der Rolle des Fremdenführers.

»Werden wir auch Eisberge sehen?«, fragte die feine, elegante Dame, die vorhin den davonfliegenden Zettel bemerkt hatte. »Und Wale? Was ist überhaupt mit den Walen?«

Jennerwein beobachtete sie genau. Warum war sie überhaupt zur Beerdigung gekommen? Aus schlechtem Gewissen? Bevor der Norweger auf ihre Frage antworten konnte, tauchte Ignaz Grasegger wieder aus der Versenkung auf. Er war vollkommen außer Atem.

»Ich habe eine schlechte Nachricht.«

Alle drehten sich zu ihm um und starrten ihn an. Einige schüttelten den Kopf. Was sollte es hier auf dem Totenschiff für eine schlechte Nachricht geben? Ursel war besorgt. War schon wieder etwas schiefgegangen? Ignaz trat ganz nahe an die aufgebahrte und zugedeckte Verstorbene.

»Der Ofen«, sagte Ignaz zerknirscht. »Der Verbrennungsofen hat seinen Geist aufgegeben. Die Zündspule, die das Gas ausstößt, funktioniert – ja, jetzt hätte ich fast gesagt: ums Verrecken nicht mehr – sie ist jedenfalls im A – ich komme da einfach nicht weiter. Befindet sich zufällig ein Ingenieur unter Ihnen?«

Alle schüttelten den Kopf. Schließlich trat ein junger Mann vor, der bisher kaum in Erscheinung getreten war.

»Ein Ingenieur im engeren Sinn bin ich nicht«, sagte er schüchtern, aber mit auffallend wohlklingender, tiefer Stimme. »Ich kenne mich jedoch ein bisschen mit Technik aus. Ein Verbrennungsofen? Ich probiers mal.«

Er stieg mit Ignaz nach unten. Der norwegische Kapitän und Tomislav Rusche folgten den beiden.

Der junge Mann erschauderte ein bisschen, als er den offenen Ofen sah, in den der Sarg hineingeschoben werden sollte. Bedrohlich ragten die acht Düsen, die wohl die Flammenwerfer waren, ins Innere der Röhre.

»Ich habe den Ofen erst vor ein paar Jahren einbauen lassen«, sagte der Norweger mürrisch. »Er hat ein Schweinegeld gekostet. Und bisher hat er immer funktioniert.«

Der junge Mann gab sich einen Ruck und kroch in den Schacht. Auf diese Weise war sein erschrockenes Gesicht nicht mehr zu sehen. Seine Füße zappelten nach allen Richtungen, bald legte er sich auf den Bauch, bald auf den Rücken.

»Hier oben ist eine Abdeckklappe!«, rief er, und seine Bassstimme klang hallig. Sie schallte aus der Röhre wie aus dem Totenreich. »Haben Sie einen Schraubenzieher für mich?«

Der Kapitän stapfte wortlos davon, kam mit einem verrosteten Schraubenzieher wieder und reichte ihn dem jungen Mann. Der lag jetzt auf dem Rücken und stocherte wie ein Kfz-Mechaniker in den Innereien des Ofens herum.

»Hier ist der Verteiler für die Gaszufuhr!«, rief er gerade. »Ich glaube, ein Druckkolben ist defekt. Ich versuche, ihn abzuklemmen. Ich bräuchte dazu eine Zange, und –«

Mitten in seinen Satz hinein fauchten die acht Düsen laut auf, die das Feuer ins Innere der Kassette brachten. Sie spuckten Gas, böse und schweflig zischte die brennbare Substanz von allen Seiten auf den jungen Mann ein. Man hörte seine

200

entsetzten Schreie. Geistesgegenwärtig packten ihn Ignaz und der Norweger an den Füßen und rissen ihn heraus. Jaulend und sich windend lag er auf dem Boden, den verrosteten Schraubenzieher immer noch fest umklammert. Ignaz knallte die schwere Eisentür zu und lehnte sich dagegen.

»Grade nochmal gutgegangen.«

Sie lauschten an der Tür. Der Gasstrom war wieder versiegt.

»Das ist mir jetzt aber zu riskant«, sagte der Norweger. »Wir können die Verbrennung so nicht durchführen. Ich muss den Ofen an Land reparieren lassen.« Er warf dem jungen Mann, der sich am Boden aufgesetzt hatte, einen vorwurfsvollen Blick zu. »Du hast ihn mit deinem Gestochere wahrscheinlich ganz kaputtgemacht.«

Der junge Mann sandte einen wütenden Blick zurück.

»Gehts noch? Ich wäre hier beinahe draufgegangen.«

»Beruhigen Sie sich«, versetzte Ignaz. »*Sie* leben ja noch.«

Eine Pause entstand.

»Wir können Alina also nicht verbrennen?«, fragte Tomislav schließlich.

Ignaz schüttelte den Kopf.

»Nein, das ist zu gefährlich für uns alle.«

»Wir müssen wieder zurück aufs Festland?«

Alle wussten, dass es eine weitere Möglichkeit gab. Die war allerdings nach europäischem Recht verboten.

201

34

»Entschuldigen Sie, dass Sie warten mussten, meine Herren! Ich bin Frau Weißgrebe, ich zeige Ihnen jetzt die Schließfächer.«

Hölleisen und Jennerwein stiegen mit ihr hinunter in das Allerheiligste der KurBank.

»Hat Frau Rusche in diesen Räumen auch geputzt?«, fragte Jennerwein.

»Ja, natürlich, sie hat überall geputzt. Sie war unsere beste Reinigungskraft. So eine nette Frau, und dann diese Tragödie!«

Die beiden Beamten ließen sich erklären, wie die Schließfächer funktionierten und wie sie gesichert waren. Und was für ein Prozedere die Kunden durchlaufen mussten, wenn sie an ihre Wertgegenstände und Dokumente wollten. Hölleisen fragte:

»Und wenn ich jetzt bei einem nächtlichen Einbruch den Schließfachschlüssel finde und gleich morgens bei Ihnen vorspreche? Die Schließfachnummer steht ja brezelbreit auf dem Schlüssel.«

»Sie müssen Ihren Namen nennen, sonst lassen wir Sie nicht durch.«

Hölleisen schüttelte skeptisch den Kopf.

»Aber wenn ich irgendwo einbreche, dann kenne ich doch den Namen des

202

Schließfachbesitzers. Er steht an der Haustür. Wieder brezelbreit.«

»Ach so, ja.« Frau Weißgrebe war ein wenig nervös geworden. Sie nestelte an ihrer Brille herum. »Aber Sie müssen
ja auch noch auf meiner Liste unterschreiben. Diese Unterschrift vergleiche ich dann mit der Unterschrift des Besitzers.«

Hölleisen ließ nicht locker.

»Frau Weißgrebe, wenn ich einbreche und finde den
Schließfachschlüssel, dann werde ich doch irgendwo im Haus
ein Dokument mit einer Unterschrift des Besitzers finden.«

»Aber die Unterschrift müssten Sie fälschen. Geht das so
schnell?«

»Wenn ich Übung habe, dann liefere ich in wenigen Minuten eine perfekte Fälschung von jeder Unterschrift.«

Jetzt zeigte Frau Weißgrebe ein erschrockenes Gesicht.

»Ja, äh, das ist aber noch nie vorgekommen. Ich kann ja mal
mit Herrn Schelling darüber sprechen.«

Jennerwein räusperte sich und sandte Hölleisen einen fragenden Blick zu: War das wirklich nötig? Deswegen waren sie
doch nicht hier.

»Aber Chef«, flüsterte Hölleisen eifrig und zog Jennerwein
in eine Ecke. »Wenn unsere Tote hier Zugang hatte, dann
könnte das doch mit einem Verbrechen zu tun haben. Und
wenn sie von etwas Illegalem gewusst hätte, wäre sie doch ein
typisches Mordopfer.«

Jennerwein schaute skeptisch.

»Wir müssen schließlich alle Möglichkeiten in Betracht ziehen!«, setzte Hölleisen nach.

Frau Weißgrebe schaltete sich wieder in das Gespräch ein.

»Sie sollten noch einen Blick in unseren Rückzugsraum
werfen«, sagte sie, sichtlich um Ablenkung bemüht.

»Wer ist der Herr dort oben?«, fragte Jennerwein und deutete auf das mit groben Strichen gemalte Ölbild an der Wand.

»Das war der erste Bankdirektor unserer KurBank«, sagte Frau Weißgrebe stolz. »Von ihm ist der Slogan: *KurBank – So sicher wie das Amen in der Kirche.*« Verschwörerisch fügte sie hinzu: »Was der schon alles gesehen hat! Im Guten wie im Schlechten!«

Jennerwein verzog das Gesicht kurz zu einem Lächeln, ging aber nicht weiter darauf ein. Hölleisen war etwas abgelenkt. Sein Hörgerät hatte sich mit einem leisen, aber unangenehmen Pfeifen gemeldet. Er nahm es ab, schüttelte es leicht und setzte es wieder auf.

»Einmal ganz direkt gefragt«, fuhr Jennerwein fort. »Kann jemand von Ihnen ein Schließfach öffnen? Gibt es so etwas wie einen Generalschlüssel?«

»Nein, so etwas gibt es nicht. Das Personal kommt da nicht dran.«

»Auch der Direktor nicht?«

»Nein.«

»Und wenn jemand von den Kunden verstirbt und sein Schlüssel nicht mehr aufzutreiben ist?«, fragte Hölleisen.

»Dann muss, natürlich unter Vorlage einer richterlichen Verfügung und unter Aufsicht eines Notars, aufgebohrt werden.«

»Ist das in letzter Zeit geschehen?«

Man sah Frau Weißgrebe an, dass sie fieberhaft überlegte, ob sie diese Information so ohne weiteres weitergeben durfte.

»Ich will nur wissen, ob es das Fach unseres verstorbenen Herrn Leon Schwalb war«, sagte Hölleisen.

Frau Weißgrebe schüttelte den Kopf.

»Aber Leon Schwalb ist vorgestern hier gewesen?«

Sie nickte.

»Gleich nach der Öffnungszeit?«

Abermals nickte sie.

»Wollte er in den Schließfachraum?«

»Ja.«

»Ist Ihnen etwas Besonderes an ihm aufgefallen?«

Jetzt hellte sich ihr Gesicht auf.

»Aber ja, sein Hut. Aber den hatte er ja meistens auf.«

»Ich meine eher: Sah er angeschlagen aus?«

»Nein, daran kann ich mich nicht erinnern. Oder doch, vielleicht, ja. Er schien mir recht müde. Er wirkte so, als ob er einen längeren Fußmarsch hinter sich hätte.«

»Dazu passt der Hitzschlag«, murmelte Hölleisen.

Als sie wieder draußen vor der KurBank standen, sagte Jennerwein:

»Mensch, Hölleisen, Sie haben sich ja echt ins Zeug gelegt. Aber die Bank ist nicht der Tatort. Wir gehen nochmals in die Untere Kleestraße, ich will mir das Gebäude genauer ansehen. Herr Rusche arbeitet heute bestimmt nicht.«

Der Kroate begrüßte sie kurz, aber gefasst. Jennerwein hatte den Eindruck, dass er ganz froh war, dass sie kamen. Er erkundigte sich nach dem Fortschritt der Untersuchungen. Jennerwein fasste das wenige, was sie hatten, zusammen.

»Wenn Sie mich brauchen, dann rufen Sie mich einfach«, sagte Tomislav schließlich. »In einer halben Stunde muss ich allerdings wieder weg. Ich werde einige Jobs von Alina übernehmen.« Als er die verwunderten Gesichter der beiden Polizisten sah, fügte er hinzu: »Dazu hat mir auch Ihre Polizeipsychologin geraten.«

»Dürfen wir nochmals auf Ihren Speicher?«, fragte Jennerwein. »Wir wollen uns das Dach ansehen.«

»Natürlich, gehen Sie nur. Aber passen Sie auf. Einige Ziegel sind lose.«

Als Jennerwein und Hölleisen auf das vielfach ausgebesserte Ziegeldach geklettert waren und sich vorsichtig darauf bewegten, untersuchten sie die Flächen als Erstes auf Fuß- und Trittspuren.

»Das wäre jetzt nichts für Frau Doktor Schmalfuß«, sagte Hölleisen.

»Durchaus nicht, da haben Sie recht.«

»Sehen Sie den Blütenstaub auf den Ziegeln, Chef? Keinerlei Spuren! Ich glaube nicht, dass hier in den letzten Tagen jemand herumgeklettert ist.«

»Außer es wäre zum Beispiel eine sehr leichte Person gewesen –«

Leichte Person?, schoss es Hölleisen durch den Kopf. Also vielleicht doch die Zahnärztin, die kleine, zerbrechlich wirkende Frau mit dem blonden Pagenkopf, die er heute Morgen befragt hatte. Jennerwein zeigte auf die Schneefangstangen aus Rundholz, die Dachlawinen im Winter verhüten sollten. Beide schätzten die Länge ab und krochen dann vorsichtig Richtung Dachrand.

»Ja, wenn man sich auf die Rinne stellt, könnte man theoretisch von hier aus das Rad mit der Stange erreichen und hinunterstoßen«, sagte Jennerwein. »Aber erstens wäre so ein Manöver äußerst riskant, zweitens müsste Alina in diesem Fall Geräusche gehört haben. Die Frage ist auch, wie der Täter aufs Dach und wieder runtergekommen ist.«

Sie stiegen wieder ab. Dann umrundeten sie das Haus mehrere Male. Vor allem für den erfahrenen Bergsteiger Hölleisen war klar, dass es keine Möglichkeit gab, ohne Kletterhilfe auf das etwa acht Meter hohe Dach zu gelangen.

»Sehen Sie her, was das für wacklige Haken sind, an denen das Zeugs aufgehängt ist, Chef. Da würde ich mich nicht trauen raufzuklettern. Und selbst wenn der Täter das ge-

206

schafft hätte, kommt noch eines dazu. Hätte er nicht fürchten müssen, dass Frau Rusche raufschaut und ihn sieht?«

»Sie haben mich auch nicht gesehen, Hölleisen, als ich mich aus dem Speicherfenster gelehnt habe.«

»Stimmt, aber wir hätten im Garten irgendwelche Brösel und Schuhspuren gefunden, wenn da jemand rauf- und wieder runtergeklettert wäre. Haben wir aber nicht.«

Anschließend untersuchte Jennerwein nochmals den Hühnerstall.

»Wollen die Herren etwas zu trinken?«, rief Tomislav aus der offenen Terrassentür.

Sie lehnten dankend ab. Jennerwein erinnerte sich, dass Alina mit einem ausgestreckten Arm vor dem Stall gelegen hatte. Sie hatte die Tür geöffnet oder geschlossen, in dieser Zeit war das Rad abgestürzt.

Nachdenklich blickte Jennerwein hoch zu der leeren Stelle an der Wand. Niemand hatte das Rad heruntergestoßen. Aber vielleicht heruntergezogen.

35

Honorarkonsul Marcel Ostertag stand im Wohnzimmer und
blickte hinaus auf seinen superglatten Rasen, der den von
Bruyn vielleicht nicht an Größe, aber doch ganz bestimmt an
Qualität und Kultur übertraf. Er hasste die Gartenfeste seiner
Frau, bei denen die Banausen die feinen Halme niedertram-
pelten und Ketchup darauf verschütteten. Der Konsul öffnete
die Verandatür, überquerte den feinen Carrara-Marmor und
kniete sich am Rand des Rasens nieder. Sanft streichelte und
tätschelte er die geschnittene Matte, das beruhigte ihn.

Hölleisen, der lange Lulatsch von Polizist, war gerade dagewesen, Ostertag hatte ihn sogar in ein Gespräch über den Rasen
verwickeln können. Wie man den so sauber hinbekäme, hatte
Hölleisen gefragt. Jeden Tag mähen. An manchen Tagen sogar
zweimal. Dann aber war Hölleisen ziemlich schnell zur Sache
gekommen. Er hatte ihn ausgequetscht, ob ihm was aufgefallen wäre an Alina Rusche. Wie oft sie in der Woche bei ihm
saubergemacht hätte. Ob sie zuverlässig gewesen wäre. Ob
sie sich diskret verhalten hätte. Mein Gott, ja! Natürlich. Sie
war perfekt gewesen. Die ganze Zeit war
Ostertag klar, was der Polizist wirklich wissen wollte. Um der unvermeidlichen Frage zuvorzukommen, hatte er es
schließlich selbst gesagt: Er hatte kein Alibi.
Beziehungsweise ein sehr lückenhaftes.

»Nein, machen Sie sich deswegen keine Gedanken, Herr Ostertag. Manchmal ist es ja eher verdächtig, wenn jemand ein gar zu lückenloses Alibi hat. Denn wer hat das schon! Kein Mensch. Wenn Sie mich fragen würden, was ich gestern den ganzen Tag so getrieben habe, glauben Sie mir, da würde es schon einige Lücken geben. Erhebliche Lücken!«

Ostertag war trotzdem beunruhigt. Waren das jetzt Ermittlungen wegen einer Todesursache mit Fremdverschulden oder nicht? Der Polizist hatte sich Notizen gemacht, am Ende sogar den Namen der Grassorte aufgeschrieben. *Gewöhnlicher Rot-Schwingel.*

»Ich gebe Ihnen ein Tütchen mit, Herr Hölleisen.«

»Nein, das darf ich nicht annehmen.«

»Nicht einmal Grassamen?«

»Nicht einmal das. Und wenn Ihnen noch etwas einfällt, Herr Konsul, dann rufen Sie mich an.«

Danach war Roger Bruyn vorbeigekommen.

»Ein Bier?«

»So früh noch nicht.«

»Wusstest du, dass Alina Rusche tot ist?«

»Ja, ich habe es eben erfahren.«

»Schlimme Sache.«

»Hast du ein Alibi?«

»Warum soll ich ein Alibi haben?«

Fing der auch noch mit dem Alibi an! Sie hatten sich noch über dies und das unterhalten, dann war Bruyn gegangen. Sollte er seinen Chauffeur, den er von den Cookinseln mitgebracht hatte, bitten, ihm für die fehlende Stunde ein Alibi zu geben? Das würde ihn einiges kosten. Und wenn es doch Mordermittlungen waren? Und sein Haus durchsucht wurde?

Er musste die Briefe unbedingt loswerden. Ostertag ging in sein Arbeitszimmer, öffnete die Schreibtischschublade und nahm das Bündel heraus, das jahrelang im Schließfach gelegen hatte. Die Briefe zu vernichten war ein schrecklicher Gedanke. Aber andererseits durften sie um keinen Preis in die Hände seiner Frau fallen. Wieder schienen die Papiere Feuer zu fangen und in seiner Hand zu brennen. Die teuflische Hitze breitete sich über seinen Körper aus. Bald stand der ganze Ostertag lichterloh in Flammen.

Als Swiff Muggenthaler genau diese Briefe mit seinem Scannerkugerl durchgelesen hatte, verspürte er solche Gefühle nicht. Überhaupt nicht. So etwas ließ ihn kalt. Der Name des Besitzers von Fach № 241 war nirgends angegeben, es handelte sich um schlichte Liebesbriefe, die zwischen einem gewissen Marcel und einer (oder einem) gewissen Gusti hin und her gingen. Swiff fand, dass Liebesbriefe die langweiligsten Funde waren, die es gab. Es war immer dasselbe: Briefe oder Fotos, die erst nach dem Tod rausgegeben werden sollten, Erinnerungen an längst vergangene Zeiten, die unbedingt vernichtet werden mussten ... Das Fach lag rechts neben dem ominösen und äußerst bedenklichen 10-Liter-Fach № 240, in dem die Kühlbox für menschliche Organe gestanden hatte und in dem die Putze durch ihren verfluchten Eifer das ganze Schlamassel losgetreten hatte.

36

Die Morgensonne stand am Himmel wie der abgerissene Kopf eines hitzköpfigen Engels. Auf dem Parkplatz der Autobahnraststätte war es noch ruhig. Jimmy, der Sprengstoffspezialist von der U. S. Army, hatte es sich nach dem Besuch bei Chuck nicht verkneifen können, noch jemanden anzurufen, der sich mit historischen Geldscheinen besser auskannte. Beziehungsweise, der Leute kannte, die die Kohle dafür hinblätterten. Er traf sich mit ihm, ganz klassisch, auf dem Parkplatz einer Autobahnraststätte. Jimmy saß auf dem Fahrersitz, der andere setzte sich auf den Beifahrersitz. Jimmy zeigte ihm den Schein. Der andere holte ein Okular aus der Tasche und betrachtete das Gekritzel rechts unten, das Jimmy selbst schon aufgefallen war.

»Haben Sie die anderen Scheine auch?«, fragte der Mann.

»Nein, nur diesen einen.«

»Und den Hut?«

»Welchen Hut?«

»Der Schein gehört zu einem Bündel Dollarnoten. Teddy Roosevelt, der Präsident, hatte die Angewohnheit, ein paar Dollar als Notgroschen in das Schweiß-band seines Panamahutes zu stecken.«

»Und Sie meinen –«

»Das alles ist aus den Erbschaftsbestän-den nach einem Einbruch verschwunden. Man hat immer gehofft, dass das Ensemble zusammengeblieben ist. Wenn Sie noch mehr haben, dann sagen Sies gleich.«

Als Jimmy instinktiv nach links in seine Tasche griff und sich dabei abwandte, schlug ihm der andere mit dem harten Lauf seiner Pistole auf den Kopf. Er horchte nach draußen. Nichts. Dann schraubte er den Schalldämpfer auf die Waffe.

37

Swiff Muggenthaler hatte sich trotz aller Spähaktionen, die er brauchte wie ein Süchtiger, im Lauf der zwei Jahre auch technisch weiterentwickelt. Er hatte sich superfeine und superkleine Geräte besorgt und die Kugerl damit bestückt. Jedes trug jetzt ein elektronisches Thermometer und einen Nano-Geigerzähler in sich – immerhin war in keinem Fach spaltbares Material zu finden gewesen. Ferner hatte er sein Onkel-Jeremias-Basisfach mit einem extrem empfindlichen Piezo-Richtmikrophon bestückt. Das war ein echter Gewinn gewesen. Damit konnte er hören, wenn jemand den Schließfachraum betrat, und war so gewarnt. Außerdem sprach Frau Weißgrebe manchmal die Schließfachkunden mit Namen an, dadurch konnte Swiff die Identität der Besitzer in Erfahrung bringen:

»Dann wünsche ich Ihnen noch viel Spaß, Herr Ostertag!«
»Ja, danke, Frau Weißgrebe. Ich komme allein zurecht.«

Aha! Der verliebte Marcel hieß also mit Nachnamen Ostertag, und es gab dazu irgendwo eine (oder einen) Gusti, die oder der auf ihn wartete. Einmal lauschte Swiff angestrengt –

****

– und er traute seinen Ohren nicht. Er hörte Stöhnen. Er hörte gemurmelte Worte. Das Quietschen von Leder. Waren das etwa Ge-

räusche von erotischen Aktivitäten? Sie kamen aus dem von innen absperrbaren Rückzugsraum. Gott, wie ekelhaft! Swiff kümmerte sich nicht weiter um die Sache, dieser Sorte gehörte er eben nicht an. Genauso wie er die Papiere von Onkel Jeremias ungesehen in seiner Schreibtischschublade verstaute, hörte er in diesem Fall weg und ließ absolute Diskretion walten. Swiff, Swiff! Besonders da hättest du genauer hinhören sollen, dann wäre dir viel Ärger erspart geblieben!

Es waren teure Tools, die er in die Kugerl einbaute, eine Schweinesumme verschlang zum Beispiel die Röntgenfunktion, mit der er Material prüfen konnte. Das angebliche Gold in № Weißgottwo war zum Beispiel nichts als kaschiertes Kupfer. Nicht gut gelaufen bei eBay! Und weil das alles unglaublich kostspielig war, brauchte Swiff Geld. Warum nicht die gespickten Schließfachbesitzer anzapfen! № 123 brachte ihm schließlich die erhofften Einkünfte. Hier lagerten Stöße von Papier, in Plastikhüllen geordnet, von denen immer mal wieder einer verschwand und ein anderer dazugelegt wurde. Nach flüchtiger Durchsicht mit einem Kugerl konnte er erkennen, dass es sich um Businesspläne handelte, mit Kalkulationen, Risikoeinschätzungen und anderen Elementen des Projektmanagements. Bei genauerer Prüfung waren es jedoch ganz spezielle Businessprojekte, und zwar keine, mit denen man sich bei Jugend forscht oder bei den Löwen bewarb. Eines der Projekte faszinierte ihn deshalb, weil es von betörender Schlichtheit war. Derjenige, der das entwickelt hatte, musste ein Mozart des Verbrechens sein. Außerdem ging es um ein für ihn interessantes Delikt, nämlich den Bankraub.

Kostenanalyse.

Material etwa 8000 Euro, operativer Personalaufwand gleich null. Der Bruch kann von zwei Personen durchgeführt werden, die Vorbereitungszeit beträgt wenige Tage, Risikoeinschätzung geht ebenfalls gegen null.

Swiff fragte sich schon, wie das gehen sollte. Fast kein Einsatz und hoher Gewinn? Er stoppte das Textanalyseprogramm und baute sich ein Nerd-Sandwich. Dann las er weiter.

Materialaufwand.

4–5 handelsübliche Drohnen, 1–2 Plastikpistolen mit Anscheincharakter, ebenso viele Laserpointer, schließlich 1 Handy mit guter Tonqualität.

Kurz vor Schalterschluss der Bank, wenn der letzte Kunde die Räumlichkeiten verlassen hatte, sollten vier bis fünf kleine Spielzeugdrohnen in den Schalterraum fliegen. Eine davon positionierte sich in der Mitte, sie war mit einem Handy bestückt, aus dessen Lautsprecher darauf hingewiesen wurde, dass es sich um einen Bankraub handelte und wie sich das Personal weiter zu verhalten hatte. Ein oder zwei Drohnen waren mit Spielzeugpistolen ausgestattet, die mit einem Laserpointer präpariert wurden. Der Strahl erfasste einen oder zwei Bankmitarbeiter und bedrohte sie. Zwei weitere Drohnen waren mit Transporthaken ausgestattet, die Bankmitarbeiter wurden angewiesen, Bargeld in eine Tüte zu stopfen, nach der Aktion die Türe zu öffnen und die Drohnen ins Freie zu entlassen.

Abbruchplan.

Sollte die Aktion an irgendeiner Stelle stocken oder gestört werden, sollte also zum Beispiel einer der Flugkörper vernichtet werden, werden die fünf Drohnen ausgeschaltet und verbleiben in der Bank. Die gerufene Polizei findet lediglich fingerabdruckloses Spielzeug vor.

Es war ein wasserdichter Plan. Die beiden Transportdrohnen flogen in verschiedene Richtungen davon, zum Beispiel zu leeren Güterzügen. Die restlichen Drohnen blieben in der Bank, sie waren für die Spurensicherung wertlos.

Swiff war begeistert. Diese Unternehmung versprach seine Geldprobleme zu lösen. Der Plan enthielt jede Menge nützliche Details, etwa den genauen Ort der Güterzugwaggons und den Termin. Swiff machte sich an die Arbeit. Er präparierte selbst eine Drohne, schickte sie zum abgelegenen Güterbahnhof, griff sich die Tüte mit dem Geld und verschwand damit. Risiko: null. Zwar war Swiff kurz darauf furchtbar nervös gewesen und hatte in den nächsten Tagen viele Löcher in Parkbänke gekerbt, aber es war alles ruhig geblieben. Der Bankraub wurde im ganzen Landkreis nicht gemeldet, die Bank hatte es vorgezogen, darüber Stillschweigen zu bewahren, aus welchen Gründen auch immer. Der Fischzug war sehr einträglich gewesen, aber nach einigen Monaten stellte Swiff fest, dass er noch mehr Geld brauchte.

Deshalb hatte er dieses nächste große Ding laufen. Aber das Problem Alina war eigentlich noch nicht gelöst. Was sollte er tun? Er konnte es jetzt einfach nicht riskieren, durch das Herumschnüffeln der Polizei aufzufliegen. Kurz entschlossen ging er mit zwei großen Computertaschen zur Bank. Er öffnete sein respektive Onkel Jeremias' Schließfach und räumte es vollständig aus. Die Schläuche hatte er schon gezogen. Er gab Onkel Jeremias' Habseligkeiten zurück in das Schließfach und versperrte es. Oben fragte er Frau Weißgrebe nach dem Filialleiter.

»Ist etwas nicht in Ordnung?«

»Ich will mit ihm selbst sprechen.«

Swiff Muggenthaler stieg mit Pit Schelling hinab ins Allerheiligste.

»Überzeugen Sie sich selbst, Herr Schelling. Hier stimmt etwas nicht.«

Der Filialleiter langte mit der Hand in das geöffnete Fach und tastete dort, wo Swiff die erste Bohrung gemacht hatte.

»Ich spüre nichts«, sagte Schelling. »Da ist kein Loch. Das würde mich auch wundern.«

Swiff war stolz. Furchtbar stolz.

38

»Aber wie hat der Täter nun das Feuerradl heruntergezogen?«, fragte Hölleisen im Garten. »Vielleicht mit einer langen Stange? Aber nein, dann müsste ihn Frau Rusche ja gesehen haben. Und außerdem: Wo hat er die Stange her? Und wie lässt er sie wieder verschwinden?«

Jennerwein deutete mit dem Kinn auf den Geräteschuppen, der das Grundstück am Rand des Gartens abschloss. Den Polizisten fiel sofort auf, dass man von beiden Seiten furchtbar leicht auf das Schuppendach klettern konnte. Jennerwein fragte Tomislav, der kurz aus dem Haus gekommen war, nach dem Schlüssel.

»Haben Sie eine Stange dort drin gelagert, die mindestens drei Meter Länge hat?«

Tomislav führte sie in den Schuppen und kramte in einer Ecke herum.

»Ja, natürlich, hier sehen Sie. Es ist eine Teleskopbaumschere, mit der man Äste schneiden kann, die sonst nicht zu erreichen sind.«

»Eine Frage, Herr Rusche«, begann Hölleisen. »Glauben Sie, dass diese Stange noch genauso dasteht, wie Sie sie abgestellt haben?«

»Ich selbst habe sie in letzter Zeit nicht benutzt«, erwiderte Tomislav nach längerem Nachdenken. »Wenn ich mich recht erinnere, hat Alina damit die hohen

218

Äste der Büsche dort drüben geschnitten. Und zwar vor etwa einem Monat.«

Hölleisen warf einen genaueren Blick auf die Stange. Nein, es war kein Staub zu sehen. Die Rusches achteten auf ihr Gerät. Sie bedankten sich, Tomislav Rusche ging wieder ins Haus.

Jennerwein wählte die Nummer der kriminaltechnischen Abteilung und ließ sich mit Hansjochen Becker verbinden.

»Hallo Chef, was gibts?«

»Hat jemand von Ihren Spurensicherern das große Holzrad angehoben? Zum Beispiel der junge Mann, den ich hier im Garten angetroffen habe?«

»Nein«, brummte Becker. »Nicht, dass ich wüsste. Und hier in den Protokollen habe ich auch nichts darüber gelesen. Hätten wir uns denn das Rad genauer ansehen sollen? Wir haben es nur oberflächlich auf Fingerabdrücke und Blutspuren untersucht. Ich dachte, es handelt sich nur um eine kurze Routineuntersuchung.«

»So ist es auch, Becker. Sie und Ihre Leute haben es schon richtig gemacht. Ich will nur ganz sichergehen. Wissen Sie inzwischen den genauen Todeszeitpunkt?«

Jennerwein hörte Blätterrascheln. Eine Kaffeetasse wurde umgestoßen. Leises Fluchen. Aufstehen, Schritte, entferntes Blätterrascheln. Wieder Schritte.

»Siebzehn Uhr, plus minus zehn Minuten.«

»Ich danke Ihnen. Wie geht es Ihnen und Ihren zahntechnischen Problemen?«

»Ich nuschle noch ein bisschen, wie Sie hören. Aber sonst – bestens.«

Jennerwein legte auf. Er ging langsam um das Holzrad herum und musterte das rostige Eisenband, mit dem es beschlagen war und dessen Kanten sich jetzt an mehreren Stellen in den Rasen gegraben hatten.

»Unsere Befragung der Kunden von Frau Rusche hat ja eigentlich nichts ergeben«, unterbrach Hölleisen Jennerweins Gedankengänge. »Die Hälfte der Leute hat ein Alibi für die Tatzeit, die andere nicht.«

»Bedenken Sie, dass wir die Befragung weniger wegen der Alibis gemacht haben. Der Täter – immer angenommen, es gibt einen solchen – hat sicher nicht damit gerechnet, dass wir Ermittlungen wegen Fremdverschulden anstellen. Und ein paar von denen haben durchaus nervös reagiert.«

Er bückte sich und packte das Holzrad an den Speichen.

»Ich lüpfe es ein wenig hoch«, sagte er zu Hölleisen. »Ich bitte Sie, den Boden darunter zu fotografieren. Ich will da etwas untersuchen und mit Stengele darüber reden.«

Ludwig Stengele war der beste Naturspurenleser des Alpenraums. Niedergetretene Gräser, abgeknickte Zweige, Ballenabdrücke von Wildtieren – nichts war vor ihm sicher. Einmal hatte der Allgäuer die Spur einer Horde Wildschweine über zwanzig Kilometer verfolgt und das Alter jedes einzelnen Tiers feststellen können. Dadurch konnte ein Jäger des Mordes überführt werden. Doch momentan wollte ihm Jennerwein wegen seiner noch nicht ganz perfekt funktionierenden Handprothese nicht zu viel zumuten. Er hob das Rad langsam an, Hölleisen fotografierte auch sofort den scharfen Abdruck der Eisenkante im Rasen. Hier waren die Gräser vollkommen durchschnitten und zerstört. Naturgemäß war der Abdruck auf einer Seite stärker, das Rad war erst auf Alina gefallen, dann umgekippt und mit einer Seite aufgeschlagen. Doch noch etwas war zu erkennen. Auch Hölleisen sah es auf den ersten Blick, denn er zeigte eifrig mit dem Finger hin.

Neben dem ersten Kreis zeigte sich ein zweiter, gleich großer, aber knapp versetzter.

»Öha!«, rief Hölleisen.

Er erinnerte sich sofort an Leon Schwalbs kahlen Schädel, da gab es auch solche nebeneinander versetzte Kreise, die an Zeichnungen von Planetenlaufbahnen erinnerten. Jennerwein setzte das Rad wieder auf den Boden.

»Gesehen?«, fragte Jennerwein.

»Ja, freilich«, versetzte Hölleisen eifrig. »Das Rad ist angehoben worden und nicht genau an derselben Stelle wieder niedergelassen worden. Wenn es keiner von der Spurensicherung war, dann muss es der Täter nach der Tat bewegt haben. Aber warum nur?«

»Ja, das ist wirklich merkwürdig. Denn auch wenn es ein Unfall war: Wer kommt zu der Unglücksstelle, hebt das Rad an, neben dem eine Tote liegt, und verschwindet wieder?«

»Vielleicht hat er etwas Wichtiges drunter hervorgeholt?«

»Da könnten Sie schon recht haben, Hölleisen. Aber ob es ein einzelner Gegenstand war? Oder vielleicht etwas ganz anderes?«

Jennerweins Blick richtete sich hinauf zu dem leeren Haken, der einsam im Holz steckte.

»Wäre es nicht denkbar, dass das Rad mit einer Schnur heruntergezogen wurde?«, überlegte er. »Der Täter benützt eine Leiter, befestigt das eine Ende der Schnur oben am Rad, entfernt die Leiter wieder, versteckt sich, wartet auf Frau Rusche und zieht es herunter, wenn sie sich am Hühnerstall zu schaffen macht. Er geht zum Rad, hebt es an, um die Schlaufe herauszuziehen oder den Knoten zu lösen, um keine Spuren zu hinterlassen.«

»Aber eine gespannte Schnur bemerkt das Opfer doch!«

»Nicht, wenn die Schnur durchsichtig ist.«

»Wie ein Glasfaserkabel?«

»Oder eine Angelschnur.«

Hölleisen blickte sich eifrig im Garten um.

»Neben dem Schuppen könnte man sich hinter das kleine Mäuerchen ducken, auf das Opfer warten, dann an der durchsichtigen Schnur ziehen, die über den ganzen Garten gespannt ist.«

Die beiden Beamten inspizierten neugierig das kleine hüfthohe Mäuerchen, das auch die Grundstücksgrenze bildete. Zum Haus waren es von hier aus etwa zwanzig Meter. Jennerwein beugte sich über die Mauer. Der Boden außerhalb des Grundstücks war übersät mit Laub, abgebrochenen Ästen und welken Gräsern.

»Keinerlei Fußspuren zu erkennen«, sagte Jennerwein. »Vielleicht haben Sie aber trotzdem recht, Hölleisen. Der Täter könnte hier auf der Lauer gelegen haben.«

»Mir ist noch etwas aufgefallen. Wir befinden uns hier in der Unteren Kleestraße.« Hölleisen zeigte zu der dem Haus abgewandten Böschung. »Wenn ich da hinaufkraxle, dann oben zehn Minuten ortsauswärts gehe und den Hügel wieder hinunterklettere, lande ich direkt in der Henriette-von-Ketz-Straße, in der Konsul Ostertag, Roger Bruyn und noch ein paar andere von unseren Kandidaten wohnen. Der Pfad führt durch Wald und Gehölz, ich kann unauffällig hierher- und wieder zurückgehen.«

»Das ist ein guter Hinweis, Hölleisen.«

Beide richteten sich wieder auf und klopften den Staub von der Kleidung.

»Was meinen Sie, Chef? Frau Rusche hat bei einem der Gespickten aus dem Villenviertel etwas gesehen oder erfahren, was sie nicht sehen oder erfahren sollte. Was dem Gespickten gefährlich werden könnte. Er weiß, wann sie nach Hause geht, um nach den Hühnern zu sehen. Er befestigt die Angelschnur an dem Rad über dem Stall, legt sich auf die Lauer, zieht, entfernt die Schnur und geht wieder zurück.«

»Ein durchaus plausibles Szenario«, sagte Jennerwein. »Und wen hätten Sie nach den bisherigen Befragungen im Blick?«

»Ich habe sogar zwei in der engeren Auswahl. Einmal die Zahnärztin. Die hat bei der Befragung bestimmt dreimal betont, wie verschwiegen Alina Rusche war. Vielleicht hat sie ja so einiges erfahren, was der Zahnärztin gefährlich werden konnte. Da müsste ich nochmals auf den Busch klopfen.«

»Und der zweite?«, fragte Jennerwein.

»Da tippe ich auf Lakmé Ostertag –«

»Die Sexbombe?«

»Ja, freilich. Die hat meiner Ansicht nach –«

Doch jetzt trat Tomislav Rusche wieder aus dem Haus und kam quer über den Rasen auf sie zu. Sie unterbrachen das Gespräch, sagten ihm, dass sie sich schon einen Eindruck gebildet hätten und ihn heute nicht weiter stören wollten. Natürlich kam es nicht in Frage, im Beisein des Witwers darüber zu reden, wer wo gestanden und den perfiden Plan durchgeführt hatte, das Seil zu ziehen.

Jennerwein ging ohnehin eine ganz andere Idee im Kopf herum. Nämlich die, dass Alina Rusche selbst an dem Seil gezogen haben könnte.

39

Nachdem sie sich von Tomislav verabschiedet hatten, wollte Jennerwein den Schleichweg abgehen, der von hier aus in die Henriette-von-Ketz-Straße führte.

»Ich bleibe an der Rusche-Sache dran. Hölleisen, Sie kümmern sich jetzt um Ihren Fall.«

Ein bisschen stolz machte sich Hölleisen auf den Weg. Sein Fall! Um den er sich nach allen Regeln der Kunst kümmern wollte. Er holte sich beim Gericht den Durchsuchungsbeschluss ab, den der Richter für das gewaltsame Öffnen des Schließfachs von Leon Schwalb ausgestellt hatte. Er war auch deshalb so rasch bewilligt worden, weil sich keine Verwandten oder gar Erben gefunden hatten.

»Zunächst zeige ich Ihnen einmal Herrn Schwalbs Konto«, sagte Pit Schelling, der muskelbepackte Filialleiter, in seinem Bürosessel, den er ebenfalls zu sprengen schien.

Hölleisen besah sich Schwalbs Kontostand auf dem Bildschirm. Es war nicht gerade wenig drauf, aber für einen Villenbesitzer war es andererseits auch nicht viel. Hölleisen runzelte die Stirn. Es gab auf den ersten Blick keine auffälligen Kontobewegungen, keine Transfers ins Ausland. Nur Überweisungen für Alltägliches wie Krankenversicherung, Strom und Müllabfuhr. Die meisten der Eingänge waren Bareinzahlungen, immer gerade so viel, dass das Konto gedeckt war. Das war nicht gerade verdächtig, aber woher kam das Geld eigentlich? Es schien so, als ob Leon Schwalb eine große Menge von Bargeld unterm Kopfkissen gebunkert hatte, die er nach und nach aufbrauchte. Hölleisen hatte allerdings im Haus nichts davon gefunden.

»Kann ich Ihnen sonst noch helfen?«, fragte Schelling, der immer nervöser zu werden schien.

»Nein, ich habe genug gesehen«, antwortete Hölleisen. »Keinerlei Hinweise auf illegale Transaktionen, soweit ich das beurteilen kann.«

Schelling erhob sich.

»Das will ich doch hoffen. So etwas würde dem Ruf der Bank ungemein schaden. Die Schließfachöffnung ist schon unangenehm genug. Ich darf mich in dieser Hinsicht doch auf Ihre Diskretion verlassen?«

»Ja, freilich.«

»Ich meine: auch der Presse gegenüber.«

Der arrogante Schnösel behandelte ihn wie einen Schuljungen. Hölleisen ging nicht darauf ein, sondern erhob sich seinerseits.

»Ja, gut, dann will ich jetzt einen Blick in das Schließfach werfen. Ist alles vorbereitet?«

»Wir haben ja nur noch auf Sie gewartet, Herr Hölleisen.«

Wirklich ein arroganter Typ. Und dann mit diesem Unterton. Noch nie hatte jemand den Namen Hölleisen so ironisch ausgesprochen.

Frau Weißgrebe hatte es bei ihrem letzten Gespräch schon angedeutet: Eine Schließfachöffnung ohne den Schlüssel und die Einwilligung des Kunden war nicht so ohne weiteres möglich. Und da der Schlüssel nirgends im Haus von Leon Schwalb gefunden worden war, blieb nichts anderes übrig als aufzubohren. Als Hölleisen und Schelling im Schließfachraum eintrafen, stießen sie auf ein gutes Dutzend von ernst und konzentriert dreinblickenden Leuten. Gesetzlich vorgeschrieben waren bei einer Aufbohrung schon einmal ein Notar und der diensthabende Staatsanwalt, das LKA hatte einen Beamten mit Drogenhund und einen anderen mit Videoausrüstung geschickt, von der KurBank selbst waren der Geschäftsführer aus der Zentrale und der Chef des Sicherheitsdienstes gekommen. Hölleisen war ein wenig stolz darauf, dass er das Ganze angestoßen hatte und dass er sozusagen den wachen und allzeit bereiten Staat repräsentierte, der sich auch in abgelegenen Kellerräumen um das Wohl seiner Bürger sorgte. Die Techniker, die die Öffnung durchführen sollten, waren zu dritt. Der Spezialbohrer sah wie das üble Gerät aus, das man vom Zahnarzt kennt.

»Und das Ausschalten des automatischen Alarms!«, sagte Schelling zu Hölleisen. »Wir haben alle Firewalls deaktivieren müssen. Wissen Sie, was das kostet? Hoffentlich lohnt es sich.«

Frau Weißgrebe nickte dem Geschäftsführer der Zentrale zu, der gab dem Bohrteam das Zeichen. Alle hielten sich instinktiv die Ohren zu, trotzdem zerriss einem das schrille Quietschen schier das Trommelfell. Nur die Techniker arbeiteten ungerührt mit dicken Ohrenschützern. Viel zu viel Leute standen in dem kleinen Raum, es wurde bullenheiß, dem Staatsanwalt und dem Notar liefen dicke Schweißtropfen von der Stirn.

»Wir müssen einige mechanische Sicherungen umgehen!«, schrie Schelling in das gellende Kreischen der Maschine hinein. »Zum Beispiel die –«

Er brach ab. Der hässliche Lärm war einfach zu laut geworden. Die Minuten schienen sich zu dehnen. Die quietschenden und röhrenden Geräusche der Bohrer gaben den Takt vor und beherrschten die Szenerie vollständig. Endlich waren die Techniker fertig mit ihrer Arbeit. Es roch nach Anisplätzchen.

Die drei Panzerknacker packten ihre Geräte zusammen und verließen den Raum. Der Notar stand am nächsten, deshalb öffnete er vorsichtig die Tür. Hölleisen leuchtete mit der Taschenlampe hinein. Das Schließfach war leer wie das Hirnkastel eines _____ (bitte selbst ausfüllen). Die Sicherheitsdienstler nahmen Proben für eventuelle DNA-Tests, sie pinselten die Innenflächen nach Fingerabdrücken ab, der Drogenhund schnüffelte, gähnte, trottete frustriert aus dem Raum.

»Bitte, Herr Hölleisen!«

Hölleisen trat näher, leuchtete abermals, griff mit der behandschuhten Hand hinein, tastete die Flächen ab, befühlte auch die Ränder, ob dort nicht eine zusammengefaltete Leiche oder zwölf Kilo Heroin versteckt waren. Und fand nichts Auffälliges. Swiff wäre schon wieder so stolz gewesen.

Pit Schelling und der Geschäftsführer der KurBank schienen angesichts dieses Ergebnisses eher erleichtert zu sein. Es gab keinen Fund, der den Ruf der Bank hätte beschädigen können. Alle strömten aus dem engen Kabuff, Hölleisen blieb mit Frau Weißgrebe allein. Er fand, dass jetzt eine gute Gelegenheit war, noch ein wenig mehr über den letzten Besuch Leon Schwalbs zu erfahren. Vielleicht war sie jetzt gesprächiger, so direkt nachdem sich das Schließfach als ganz unverdächtig erwiesen hatte.

»Sie haben Herrn Schwalb also aufgesperrt, er ist eine Zeit lang unten gewesen, dann wieder raufgekommen?«

»Ja, das habe ich Ihnen doch schon gesagt.«

»Hat er sich danach abgemeldet?«

»Nein, er hat nur von weitem gewunken, dass er fertig ist, dann hat er das Foyer verlassen und ist hinausgegangen.«

»Jetzt eine wichtige Frage, Frau Weißgrebe. Hat er eine Plastiktüte dabeigehabt?«

Sie überlegte lange.

»Ja, ich glaube schon. Er hat mit einer Hand gewunken, in der anderen hat er eine schwere Plastiktüte getragen.«

»Eine *schwere* Plastiktüte, sagen Sie?«

»Ja, sie muss voll gewesen sein. Eine leere sieht anders aus. Und jetzt fällts mir ein: Man hat die Umrisse von etwas Eckigem gesehen. Wie wenn Pralinenschachteln dringewesen wären.«

Hölleisen überlegte. Schwalb hatte wahrscheinlich das Schließfach leergeräumt. Dubios war das schon, aber nicht illegal. Die Plastiktüte war verschwunden. Auch das war merkwürdig. Aber nicht unbedingt verdächtig. War an seinem Fall vielleicht doch nichts dran?

Er ging zwei Schritte zum Rückzugsraum, um die Tür zu schließen, als er sich plötzlich ans Ohr fasste und das Gesicht schmerzhaft verzog. Frau Weißgrebe sandte ihm einen fragenden Blick zu.

»Es ist nur wieder mein Hörgerät«, sagte Hölleisen und zog sich den Stecker vom Ohr. »Es pfeift manchmal. Richtig scharf und unangenehm. Ich glaube, ich muss es mir besser einstellen lassen.«

»Ein Hörgerät?«, fragte Frau Weißgrebe mitleidig. »In Ihrem Alter schon? Ich habe es für einen coolen Bluetooth-Kopfhörer gehalten.« Sie machte große, abenteuerlüsterne Augen. »Das kommt wohl von einem Pistolenschuss, oder?«

Hölleisen sah ihr ins Gesicht und lächelte nachsichtig.

»Nein, schlimmer. Von einer Explosion.«

»Oh, das tut mir leid.«

Die beiden verließen den Schließfachraum, in dem sich nun eine herrliche, paradiesische Ruhe ausbreitete.

Swiff Muggenthaler genoss diese Ruhe. Er stoppte die Audioaufnahme und lehnte sich in seinem Schreibtischsessel zurück. Das war ja mal interessant gewesen. Die Aufbohrung eines Schließfachs hatte er noch nie belauscht. Und was für ein Aufgebot an Personal da zusammenkam! Als sein akustischer Melder angesprungen war, hatte es ihm fast die Ohren zerrissen. Sein superfeines Piezo-Kugelkopfmikrophon war solche Bohrgeräusche nicht gewöhnt. Soviel er mitbekommen hatte, war das Schließfach № 820 geöffnet worden, in dem sich nur ein paar Holzkistchen befunden hatten. Er hatte damals bei seiner eigenen Inspektion auf Zigarrenkisten getippt. Anscheinend war das Fach jetzt leer gewesen. Sie hatten mehrmals den Namen Leon Schwalb genannt. Wo war der Inhalt? Es musste was Wichtiges drin gewesen sein in den Kistchen mit der Aufschrift *Montecristi, Ecuador.* Swiff googelte. Keine Zigarren, sondern öde Panamahüte wurden dort hergestellt. Jetzt, Swiff Muggenthaler, google weiter! Du bist kurz vor der Lösung! Swiff tat das nicht. Denn Stolz schwellte seine Brust. Ein Riesenaufgebot von Offiziellen, angefangen von einem Staatsanwalt, einem Notar, mehreren Sicherheitsdienstlern, Frau Weißgrebe, sogar jemand von der Polizei. Und keiner von denen, aber auch wirklich keiner hatte etwas bemerkt! Selbst der Notar nicht, der ja ebenfalls ein Schließfach in der KurBank hatte, nämlich die № 518. Aber das war eine andere Geschichte. Swiff reckte die Faust in die Luft und stieß einen kleinen Siegesschrei aus. Niemand hatte die Löchlein entdeckt. Bravo! Und die Einzige, die etwas bemerkt hatte, war tot. Als er vor Tagen Alinas Gesicht im Schließfach gesehen hatte, schien alles vorbei zu sein. Er würde auffliegen, sie hatte seine ganze Existenz zerstört, dachte er. Aber jetzt, wo sie nicht mehr unter den Lebenden weilte, wusste er, dass niemand sonst sein Geheimnis kannte. Erst durch die Sache mit Alina war ihm klargeworden, dass er noch viel größere Dinger drehen konnte, nicht nur in diesem Kaff. Die Bühne, die er jetzt vor sich sah, war eine globale. Swiff grinste. Aber jetzt zurück zu den letzten Details in der Bank. Eines war ihm aufgefallen: Seit die Putze nicht mehr am Leben war, hatte er eigentlich keine ekstatischen Stöhngeräusche aus dem Rückzugsraum mehr gehört. Swiff überlegte. Das konnte eigentlich bloß heißen …

Franz Hölleisen war auf dem Weg zurück zum Revier. Er rüttelte an seinem Hörgerät. Jetzt pfiff es nicht mehr. Es funktionierte wieder tadellos. Woran konnte es wohl liegen? Es waren nur zwei Störungen gewesen. Merkwürdig. Wo hatte er die Störgeräusche gehört? Plötzlich fiel es ihm ein. Im Rückzugsraum. Immer, wenn er ihn betreten hatte, hatte es gotts-erbärmlich gepfiffen. Das konnte eigentlich bloß heißen …

40

Als Tomislav Rusche sah, wie großflächig und penibel Jennerwein und Hölleisen Haus und Garten inspizierten, war er heilfroh, dass er vorgestern die Liste vom Kühlschrank entfernt hatte, auf der seine und Alinas jeweiligen Schwarzjobs mit Bleistift notiert waren. Er hatte sie durch eine neue, steuerlich einwandfreie Excel-Tabelle ersetzt. Das musste nun wirklich nicht jeder wissen, dass Alina und er ein paarmal am Fiskus vorbeigearbeitet hatten. Er hatte vor, alle Kunden Alinas aufzusuchen, um ihnen anzubieten, Alinas Putzjobs zu übernehmen. Zumindest war das der plausible Vorwand, mit dem er seine Besuchsrunde machte. In Wirklichkeit brannte eine ganz andere Frage in ihm. Wer von denen war das verdammte Schwein gewesen? Tomislav hatte sich dazu entschlossen, auch die Schwarzkunden zu besuchen, von denen der unauffällige, aber zielstrebige Kommissar nichts wusste. Ein bisschen lief das auf eine Art Arbeitsteilung hinaus: Kommissar Jennerwein befragte die legalen Auftraggeber, er selbst würde sich darüber hinaus die Pfuschkunden vornehmen. Er würde sich die Reaktionen, die Jennerweins Befragung bei den Kunden auslöste, schon zunutze machen. Er würde es herausfinden. Das schwor er sich. Mit einem Anflug von Unzufriedenheit dachte er daran, wie er bei Ostertag, einem von Alinas ›sauberen‹ Kunden, reingestürmt war. In seinem Zorn hatte er sich da noch gar keinen Plan zurechtgelegt. Natürlich hatte Ostertag enorm nervös gewirkt. Als ihm der Honorarkonsul die Getränke gebracht hatte, wäre ihm fast das Tablett aus der Hand geglitten, so hatte er gezittert. Aber was bewies das schon? Tomislav war kein professioneller Ermittler wie Kommissar Jennerwein. Und denselben Fehler hatte er bei Roger Bruyn gemacht. Den Besuch bei ihm war er viel zu spontan angegangen, viel zu aufgeregt, viel zu unüberlegt. Bei Haschberger jedoch, einem einstmals bekannten Kunstmaler und Restaurator, war es besser gelaufen.

»Ach, das ist ja schrecklich!«, hatte Haschberger gesagt. »Wie geht es Ihnen?«

Anstatt einer Antwort hatte Tomislav ihn scharf angesehen. Wie hatte Haschberger auf die Todesnachricht reagiert? Schon erschrocken, aber doch nicht persönlich betroffen. Das war jedenfalls sein Eindruck.

»Wissen Sie, Tomislav«, fuhr Haschberger fort, »ich habe Ihre Frau nie von Angesicht zu Angesicht gesehen, die kam immer dann zum Putzen, während ich unterwegs war. Aber meine Frau hat mir viel von ihrer Sorgfalt und Diskretion erzählt.«

Der war es nicht gewesen, hatte Tomislav gedacht. Diesen alten Tattergreis konnte er aus dem Kreis der Verdächtigen getrost ausschließen. Und ab sofort musste er aufs genaueste verfolgen, welche Reaktionen die einzelnen Kunden zeigten.

Jetzt stand er vor der Haustür von Familie Zankl. Frau Zankl öffnete und wischte sich ein fiktives Staubkorn von der Schulter. Das machte sie etwa alle zwei Minuten, so dass die Marotte wie ein missglückter militärischer Gruß wirkte.

»Ihr Mann ist nicht zu Hause?«, fragte Tomislav.

Er hatte eigentlich gehofft, ihn anzutreffen.

»Nein, momentan nicht. Aber er müsste jeden Augenblick kommen.«

Frau Zankl war eine hundertprozentige Schwarzkundin. Sie bat ihn herein und warf ihm dabei einen undefinierbaren Blick zu. Es war jedoch nicht die Art von mitleidigem Blick, mit dem man einen trauernden Hinterbliebenen bedenkt, es war die Mitleidstaste auf der Klaviatur der Herablassung.

»Wollen Sie das Geld abholen, Herr Rusche?«, fragte sie, als sie im Wohnzimmer saßen.

Jetzt musterte sie ihn von oben bis unten. Tomislav hatte sogar den Eindruck, dass sie die Mundwinkel geringschätzig verzog.

Frau Zankl betrachtete Tomislav eingehend. Da saß er nun auf ihrem Kanapee, der arme Tropf. Sie überlegte sich auch bei ihm, ob sie mit der ganzen Wahrheit herausrücken sollte. Ob sie ihm von dem hastig geführten Anruf von Alina erzählen sollte, den sie belauscht hatte. Aber nein, das konnte sie nicht bringen bei einem, der gerade Witwer geworden war. Frau Zankl schenkte Tomislav noch Tee nach. Das angebotene Bier hatte er abgelehnt. Er war auch sonst kein rechtes Mannsbild, dachte sie. Ein Weichei. Eigentlich ein richtiger Lapp, wenn sie es sich genau überlegte. Gut, ihm war gerade etwas Schlimmes widerfahren. Sie wollte ihn nicht noch mehr belasten. Irgendwann, wenn er das Gröbste hinter sich hatte, würde sie es ihm sagen. Das mit Alina.

Tomislav hatte bemerkt, dass Frau Zankl mit irgendetwas hinter dem Berg hielt. Eigentlich war es ihm darauf angekommen, ihren Mann zu sehen, einen alteingesessenen Getränkegroßhändler, aber der ließ sich immer noch nicht blicken.

Tomislav behielt ihn auf der Liste der Verdächtigen. Wieder dieser herablassend mitleidige Blick der Frau. Er hatte das Gefühl, dass sie ihm etwas Wichtiges sagen wollte. Aufmunternd nickte er ihr zu. Doch da klingelte sein Telefon. Ursel Grasegger entschuldigte sich für die Störung.

»Ich könnte übermorgen einen Termin für eine Seebestattung bekommen. Ist Ihnen das zu früh, Herr Rusche?«

»Nein, keineswegs, vielen Dank.«

Frau Zankl hatte inzwischen diskret das Zimmer verlassen. Der Moment, etwas von ihr zu erfahren, war verpasst. Tomislav verabschiedete sich.

Er war unzufrieden mit dem, was er bisher herausgefunden hatte. Eine Ermittlung war schwieriger, als er gedacht hatte. Und jetzt musste er sie auch noch unterbrechen. Ihm stand etwas äußerst Unangenehmes bevor, nämlich ein Treffen mit Mildred, der schwierigen und bösartigen Tante von Alina. In ihrer üblichen herrischen Art hatte sie einfach bestimmt, wann er sie treffen sollte. Entsprechend ärgerlich wartete er in einem Café, aber sie kam natürlich zu spät. Sie trat auf, wie er sie von früher kannte, elegant gekleidet, mit einer zur Schau getragenen Extravaganz.

»Wir wollen den alten Streit angesichts der Ereignisse doch einmal ruhen lassen«, sagte Tante Mildred, nachdem sie sich gesetzt hatten. »Ihr beide habt diesen Weg gewählt, ihr habt diesen Beruf ergriffen, vielleicht ist es ja sogar so, dass ihr mehr verdient als ich in meinem.«

»Das glaube ich jetzt nicht«, erwiderte Tomislav ruhig. »Aber wir hatten unser Auskommen, und ich habe es immer noch.«

»Na, wenn das so ist!« Tante Mildred ging ins Hohlkreuz. Auf ihrem Gesicht erschien ein harter Zug. »Dann gib mir doch mein Geld zurück, das ich Alina für das Studium vorgeschossen habe.«

Tomislav ballte die Faust in der Tasche. Es war nicht ihr Geld. Es war eine Erbschaft von Alinas Großmutter, die Tante Mildred zu verwalten und zu verteilen hatte. Aber auf diesen Streit wollte sich Tomislav nicht einlassen. Ihn trieb etwas ganz anderes um. Seine Gedanken kreisten wieder um das verdammte Schwein, das er zur Strecke bringen wollte. Doch ihre nächste Bemerkung ließ ihn auffahren.

»Hat sie ein Testament gemacht?«

Irrte sich Tomislav, oder war das ein lauernder Blick, den sie ihm zuwarf? Es verstrich eine Minute mit eisigem Schweigen.

»Wann ist denn die Beerdigung?«, fragte sie.

»Warum interessiert dich das?«, fragte er zurück.

»Ich komme«, sagte sie.

Nach dieser unangenehmen Begegnung wandte er sich wieder seinem Hauptanliegen zu. Er besuchte mehrere Schwarzkunden, sprach mit ihnen, beobachtete sie aufmerksam, suchte nach verdächtigen Reaktionen, ganz sicher war er sich bei keinem. Tief in düstere Gedanken verstrickt, nahm er den steilen Waldweg, der aus dem Viertel Ostertags und Bruyns zur Rückseite seines Häuschens führte. Dabei kam er noch einmal am Grundstück von Konsul Marcel Ostertag vorbei. Lakmé, die Sexbombe, lag auf einem Liegestuhl vor dem beleuchteten Pool, die unmöglichen Kinder spielten gelangweilt Federball, Ostertag selbst kam zuckend und linkisch tappend aus dem Haus und brachte ein Tablett mit Getränken. Mit einer brüsken Geste schickte Lakmé ihn weg. Das war alles andere als ein Eheidyll. Sah er hier gerade den Grund für die Tat? Tomislav ging weiter.

Ich werde den verdammten Kerl aufspüren, dachte er. Oder die verdammte Schickse. Wobei Tomislav fast ausschloss, dass es eine Frau war.

Der Schuss in den Umzugskarton
Einakter mit offenem Schluss

41

Personen
Chuck, ein junger amerikanischer GI
Jimmy, ein Sprengstoffexperte der U. S. Army
Chief Percy, der Mann mit dem Schalldämpfer
Karin Fronitzer, Bedienung in Mayer's Finest
Franz Hölleisen, Polizeiobermeister
Kneipengäste

Jimmy erwachte mit dröhnenden Kopfschmerzen aus seiner
Ohnmacht. Chief Percy richtete die Pistole mit dem Schall-
dämpferaufsatz auf seinen Hinterkopf. Als er sich aufrap-
pelte und umdrehte, starrte er genau in die Mündung. Zuerst
begriff er nicht gleich und stotterte ein paar unzusammen-
hängende Worte. Dann aber senkte Chief Percy die Pistole,
schwenkte sie leicht und schoss in die Polsterung, zwischen
die gespreizten Knie von Jimmy. Das Geräusch des Schall-
dämpfers glich dem einer schnell ausgestoßenen Fahrradluft-
pumpe, nicht mehr und nicht weniger.

»Siehst du, Jimmy«, sagte Chief Percy heiser und mit ge-
fährlicher Langsamkeit. »So ergeht es dir auch, wenn du nicht
tust, was ich dir sage.«

Jimmy machte eine Bewegung zum Türgriff hin. Chief
Percy hob nur leicht die Pistole.

»Du verrätst mir jetzt, woher du die
Scheine hast. Ich bin mir sicher, dass es
noch mehr davon gibt.«

Kurz darauf standen sie vor Chucks Bude. Der junge GI sprang von seinem Sofa auf. Chief Percy hob seine Pistole abermals und schoss an ihm vorbei ein flauschiges Loch ins Kissen.

»Und wo arbeitet diese Bedienung?«, fragte Chief Percy.

»In dem Jazzclub«, antwortete Chuck ängstlich. »Jeden Abend.«

Chief Percy überlegte nicht lang.

»Ihr kommt mit. Beide. Heute Nacht. Und bis dahin keine Dummheiten. Ich erwische euch überall.«

Im Mayer's Finest war auch an diesem Abend Hochbetrieb. Sie fanden keinen Sitzplatz, Chief Percy wollte natürlich nicht auf die Tanzfläche gehen, also stellten sie sich in eine schummrige Ecke. Der geschürzte Wirt trat gerade ans Klavier und spielte dort stehend einen Jazzstandard von Duke Ellington.

»Das klingt nach Satin Doll«, sagte Jimmy wippend.

»Da ist sie«, sagte Chuck und deutete auf eine vorbeihuschende Bedienung.

Die Fronitzer Karin wuselte zwischen den Tischen hin und her, nahm da ein leeres Glas auf, stellte dort ein volles hin. Sie arbeitete blitzschnell und hochkonzentriert. Zwei Dutzend Mal hastete sie in den Gastraum und wieder zurück zur Bartheke. Dann tat sie das, worauf Chief Percy gewartet hatte. Sie ging in den angrenzenden Lagerraum, in dem sich der Nachschub an Spirituosen befand. Jedes Mal, wenn die Tür zu dem Raum geöffnet wurde, konnte Chief Percy ein vergittertes Fenster erkennen, das offenstand.

»Ihr bleibt hier«, sagte er und klopfte dabei auf die Stelle an der Jacke, wo die Pistole mit dem Schalldämpfer steckte. »Sonst: ffft!«

238

Die Fronitzer Karin betrat den dunklen Lagerraum. Von der Straße fiel spärliches Licht herein. Die eisernen Gitterstäbe, die Mayer hatte anbringen lassen, nachdem zu viele Spirituosen geklaut worden waren, warfen unheilvolle Schatten auf den Boden. Sie nahm zwei Whiskeyflaschen aus dem Regal, trat zum Fenster und hielt sie hoch, um das Etikett lesen zu können. Lautlos schlüpften zwei behandschuhte Hände von außen durch die Gitterstäbe, spannten einen dünnen Gürtel, warfen ihn ihr von hinten über den Kopf und zogen sie mit dem Rücken ans Fenster. Die Fronitzer Karin stand starr vor Schreck, keuchend und würgend. Sofort lockerte sich der Gürtel ein wenig.

»Sei ruhig, dann geschieht dir nichts«, hörte sie eine Stimme von draußen. »Ich will wissen, woher du die Dollarscheine hast! Und zwar ganz schnell, sonst …«

Aus dem Augenwinkel sah sie, wie ein dünnes Metallrohr erschien, sie hörte ein Klack und ein ffft. Die Kugel der Pistole war wohl in einem Pappkarton eingeschlagen, der in der Ecke stand. Die Fronitzer Karin rang nach Luft, hustete und stöhnte. Instinktiv hob sie die Arme Richtung Hals, dabei bemerkte sie, dass sie die beiden Whiskeyflaschen immer noch fest umklammert hielt. Panisch überlegte sie, ob sie sie fallen lassen oder eher in das prallgefüllte Flaschenregal schleudern sollte, um Lärm zu machen und dadurch Hilfe zu holen. Der Schmerz am Hals wurde unerträglich, sie musste sofort etwas tun, sonst wurde sie ohnmächtig. Dann die rettende Idee. Sie umfasste eine der Flaschen am Bauch und stocherte und zwängte den Flaschenhals unter den Gürtel. Der kantige Verschluss schmerzte höllisch an ihrer Kehle, aber es gelang ihr, die Whiskeyflasche vollständig zwischen Haut und Leder zu schieben. Wenigstens bekam sie jetzt etwas Luft. Aber sie musste sich beeilen. Das Glas konnte jederzeit zerbrechen.

Wollte der Typ sie umbringen? In ihrer Angst packte sie die andere Flasche noch fester, holte Schwung und stieß sie über die Schulter nach hinten in Richtung des Angreifers, durch die Gitterstäbe. Treffer! Der Mann jaulte vor Schmerzen auf und fluchte, dabei ließ er den Gürtel los und sie konnte sich endlich losreißen. Hustend und keuchend ließ sie sich zu Boden fallen.

»Was ist los? Wo bist du?«

Franz Hölleisen hatte es sich mit seiner Familie zu Hause schon gemütlich gemacht, als er den Anruf von der Fronitzer Karin erhielt.

»Von wo aus rufst du an? Aus einem Taxi? Was ist denn los? Warum willst du mir das am Telefon nicht sagen? – Fahr ins Revier. – Nein, hierher kannst du nicht kommen, das ist meine Privatwohnung.«

Ein paar Minuten später saß sie im Wohnzimmer der Familie Hölleisen, atemlos, die Haare zerzaust und zitternd. Der Film, den sich die Familie gemeinsam angeschaut hatte, war unterbrochen worden. Ein Schauspieler lag als eingefrorenes Standbild in der Luft. Hölleisens Frau und die Kinder starrten den unerwarteten Gast gebannt an, bis Hölleisen sie hinausscheuchte. Dann erzählte die Fronitzer Karin Hölleisen alles. Wirklich alles. Angefangen von den Dollarscheinen, die sie aus dem Hut genommen hatte, bis hin zu dem zweiten Überfall.

»Das sind ja saubere Geschichten, die du da ablieferst, Fronitzerin. Hast du den Angreifer gesehen? Ich meine, den von heute.«

»Nein, überhaupt nicht.«

»Wieder nicht, so. Lass einmal schauen. Hm, so recht kann ich keine Würgemale an deinem Hals erkennen. Kann es nicht sein, dass es nur eine dumme Gaudi war? Ein abgelegter Liebhaber, der dich erschrecken wollte?«

»Ich wäre fast draufgegangen«, fauchte die Fronitzer Karin. »Und er hatte eine Pistole, mit der er geschossen hat.«

Seufzend warf Hölleisen eine Jacke über. Im Lagerraum von Mayer's Finest ließ er sich von ihr beschreiben, wie sich die Szene abgespielt hatte. Er untersuchte den Raum und die leeren Kartons in der Ecke mehrmals genau. Nirgends hatte sich eine Kugel hineingebohrt. Er blickte die Fronitzerin skeptisch an.

42
Der Wörter sind genug gewechselt,
nun lasst uns endlich Täter sehn.

Der Sarg von Alina Rusche ruhte auf der hochgestellten, schiefen Schiffsplanke, bereit, in den Fluten des Nordmeers versenkt zu werden.

»Heute befindet sich ja ein leibhaftiger Polizeikommissar an Bord«, hatte der Kapitän gesagt, »der wird doch nichts gegen diese kleine Ordnungswidrigkeit einzuwenden haben, oder?«

Nein, der Kommissar hatte nichts dagegen. Im Gegenteil. Im Vergleich zur Urnenversenkung nach der Verbrennung war dies ein viel dramatischeres Spektakel. Jennerwein versprach sich viel von dem emotionalen Augenblick. Denjenigen, der für Alinas Tod verantwortlich war, wollte er, wenn nicht zu einem Geständnis, so doch zu einer gerichtsverwertbaren Reaktion treiben. Alinas offener Sarg war mit schweren Tauen und Eisenketten umwickelt, wie es seit Hunderten von Jahren Seemannsbrauch war. Ihr Kopf lugte aus dem Geflecht heraus, Ursel hatte ihr Gesicht für die allerletzte Strecke ihrer irdischen Existenz noch einmal nachgeschminkt. Das Klebeband, das ihr Augenlid nach oben gezogen hatte, hatte sich durch die Feuchtigkeit etwas gelöst, jetzt hatte sie wieder diesen verwegenen Gesichtsausdruck. Sie schien zu grinsen über die absurde Situation, in der sie sich befand.

Nachdem sich alle dafür ausgesprochen hatten, die Bestattung auf diese Weise durchzuführen, war der Norweger ein gutes Stück auf See hinausgefahren, in eine etwas neutralere Zone, wie er sagte. Sie kamen in ruhigeres Gewässer. Die schweren, prallgefüllten Regenwolken hatten sie hinter sich gelassen, doch der Himmel war immer noch depressionsgrau.

»Ein kleines Stück fahren wir noch hinaus«, sagte der Kapitän, »zu einer Stelle, wo der Schelf aufbricht.«

Jennerwein sah hin zu der eleganten Frau, die den spitzen Schrei ausgestoßen hatte, als der Zettel ins Wasser gefallen war. Nach und nach hatte er herausgefunden, wer alles zur letzten Reise von Alina gekommen war. Diese schweigsame und elegante Dame zum Beispiel war eine Verwandte von Alina. Maria Schmalfuß hatte ihm von ihr erzählt. Tante Mildred hatte ihrer Nichte wohl eine größere Summe Geld geliehen, danach war es, wie eigentlich immer unter Verwandten, zu einem langjährigen, bitteren Streit gekommen. Jennerwein hätte es auf den ersten Blick sehen können. Tomislav und Tante Mildred ignorierten sich nach Kräften. Wenn sich ihre Blicke doch einmal trafen, sprach pure gegenseitige Verachtung daraus. Und dann die Familienähnlichkeit zu Alina. Mildred hatte dasselbe schwarze, wellige Haar und die ausgeprägte Hakennase. Jennerwein wandte seinen Blick von der Tante ab und konzentrierte sich. Der Mann im Trenchcoat, der sich mehrmals über das Geflüster der beiden Ratschkathln beschwert hatte, war Roger Bruyn, ein undurchsichtiger Geschäftsmann, bei dem Alina ebenfalls geputzt hatte. Hölleisen hatte ihn befragt und war dabei mitten in eine Gartenparty geraten. Die Weibrechtsberger Gundi und ihre Ratschpartnerin, die Hofer Uschi, kannten Alina aus dem Pilateskurs. Ganz hinten stand der junge Mann, der versucht hatte, den Verbrennungsofen zu reparieren. Jennerwein beobachtete ihn. Er schien zu schmollen. Oder war das sein üblicher Ge-

243

sichtsausdruck? Wer war das? Jennerwein konnte sich nicht erinnern, ihn schon jemals gesehen zu haben. Er trat einen Schritt vor und sandte einen fragenden Blick Richtung Ursel. Sie schüttelte den Kopf. Nein, den kannte sie auch nicht. Und es war in dieser Situation nicht angebracht, die Personalien festzustellen. Das hätte Jennerwein, wenn schon, vorher tun sollen.

»Wo sind die Wale?«, fragte Tante Mildred. »Ich habe bisher noch überhaupt keine gesehen. Die hätten wenigstens etwas Tröstliches. Können wir nicht an eine Stelle fahren, wo es Wale gibt?«

»Nein, das tun wir nicht«, sagte der Kapitän. »Wo Wale sind, gibt es auch Touristen. Was meinen Sie, was die sagen, wenn sie eine solche Bestattung mitbekommen? Der Wind steht günstig. Wir machen es hier und jetzt.«

Tomislav nickte und riss an einem der Taue, die den Sarg fixierten. Die Planke senkte sich, bis sie ins Wasser tauchte, dann glitt der Sarg langsam in die Wellen. Er war mit Steinen und Platten beschwert worden, bald war er nicht mehr zu sehen. Der Kapitän betätigte die Schiffsglocke, es ertönten die acht Glasen, ein alter Seemannsbrauch, obwohl es gar nicht die Uhrzeit dafür war. Das Schiff neigte sich jetzt in die Kurve, die M/S Last Journey fuhr dreimal um die Stelle, an der Alina versunken war. Das Zitherduo passte sich dieser Stimmung leise und sorgfältig an, ein wehmütiger Seufzer erklang:

> ♪ *Muass i obi ins Tal,*
> *pfiat enk God scheene Alma,*
> *pfiat enk God tausendmal*
>   (Opa solo: *tausendmal*) ...

Nur die Wale fehlten. Und dem Pfarrer war immer noch schlecht.

Ignaz Grasegger stand gebückt in der winzig kleinen Kombüse und achtete streng darauf, dass das Wasser nicht kochte, sondern nur knapp unter dem Siedepunkt brodelte. Warum hatte sich Alina Rusche ausgerechnet Weißwürste als Leichenschmaus gewünscht? Er versuchte momentan, sechzig Stück davon schonend zu erwärmen. Es war gar nicht so leicht gewesen, sie in eine Welt zu bringen, wo nie zuvor eine Weißwurst gewesen war. Und es war gar nicht so leicht, die Wassertemperatur auf dem kleinen Gasherd und bei dem immer stärker werdenden Wellengang zu kontrollieren. Dass ihm bloß die Weißwürste nicht platzten! Bei dieser Beerdigung war schon genug schiefgegangen.

Jennerwein stand an der Reling und beobachtete die unruhige See. Er lehnte sich etwas darüber und kniff die Augen zusammen. Reine Angewohnheit. Ein Polizist starrt nie nur auf einen einzigen Punkt, er lässt den Blick immer nach allen Seiten schweifen, um das Terrain zu sondieren. Jennerwein beugte sich noch weiter vor. Jetzt entdeckte er etwas Kleines, Weißes, das am Schiffsrumpf klebte. Es war unverkennbar der Zettel. Und dann schob sich eine Rettungsstange aus der Zwischenetage des Schiffs. Das kleine Fangnetz näherte sich dem Zettel. Jennerwein sah nicht, wer die Stange führte. Er wandte kurz den Kopf zum Oberdeck, aber er konnte auf die Schnelle nicht feststellen, wer von den fünfundzwanzig Personen gerade fehlte. Wieder blickte er hinunter zum Schiffsrumpf. Der Zettel befand sich jetzt im Netz, der Fischer trat näher an die Reling, um die Beute hochzuziehen. Es war Mildred Rusche, die missgünstige Tante, die sich von der Gesellschaft entfernt

245

hatte und hinuntergestiegen war, als sie den Zettel bemerkt hatte. Sie schien sich unbeobachtet zu fühlen, griff jetzt ins Netz, holte das tropfnasse Blatt heraus, trocknete es ab und las es. Ihre Augen weiteten sich vor Schreck, sie schlug die Hand vor den Mund, als ob sie gerade etwas Furchtbares erfahren hätte.

»Der Mörder!«, schrie sie. »Aus diesen Zeilen geht hervor, wer der Mörder ist!« Sie riss den Kopf hoch, erblickte Jennerwein und wedelte mit dem Zettel in der Luft herum. »Kommissar, sehen Sie nur! Das müssen Sie lesen. Jetzt haben wir ihn. Schwarz auf weiß.«

Jennerwein war abgelenkt. Bei der Beobachtung von Tante Mildred war er ganz nahe an die Reling getreten und hatte das Geschehen hinter sich aus den Augen verloren. Und das hatte Folgen. Bisher hatte er immer in der Nähe des Hauptverdächtigen gestanden, um ihn im Notfall überwältigen zu können. Jetzt war es zu spät. Dieser stieß einen Schrei aus und brüllte:

»*Du* solltest dort im Meer versinken und nicht Alina!«

Alle standen starr da, unfähig, etwas zu unternehmen. Dann stürmte der Mörder quer über das Deck auf den großen Mann zu, der an der Reling stand. Offenbar wollte er ihn hinunterstoßen.

»Bleiben Sie stehen!«, schrie Jennerwein ihm nach, doch es war zu spät. Mit hasserfülltem Gesicht war der Berserker dabei, einen zweiten Mord zu begehen. Jennerwein rannte los.

Alles ist Zahl.
PYTHAGORAS

43

Swiff Muggenthaler genoss die Morgensonne. Abermals hatte er auf einem der öffentlichen Drahtstühle Platz genommen, die in der kleinen bewaldeten Grünfläche gegenüber der Kur-Bank standen. Die Luft war würzig, die fernen Berge glitzerten voller Verheißung. Doch das berührte Swiff nicht, er sah kaum hin. Die Sehnsucht wohnte für ihn nicht in den fernen Gipfeln und schneebedeckten Höhenzügen, die Musik spielte bei Swiff Muggenthaler im Inneren von ein paar kleinen, metallischen Stahlkassetten. Ganz am Anfang war es ja bloß pure Neugier gewesen, dann hatte er sich in der Macht gebadet, schließlich hatte er immer mehr Lust am Kriminellen bekommen. Er wollte bei den dunklen Geschäften seiner Mitbürger nicht immer nur zuschauen, er wollte mitmischen und mittendrin sein. Der Bankraub mit den Drohnen war gut gelaufen, und das Geld, das dabei abfiel, war auch nicht zu verachten. Er brauchte es sogar dringend, denn sein technisches Equipment, das immer komplizierter wurde und immer weniger Platz beanspruchte, verschlang Unsummen.

Swiff wandte sich wieder seinem Note-book zu, das er aus der Umhängeta-sche geholt hatte. Er sortierte Fotos aus. Momentan scrollte er sich durch die Bilder, die er im Garten von Alina und To-mislav Rusche geschossen hatte. Er blieb bei der Serie stehen, die den Kühlschrank mit der Excel-Liste zeigte. Darauf waren die Arbeitszeiten von Alina und Tomislav deutlich zu lesen. Na und? Diese Liste brachte ihm nichts, er löschte ein Foto nach dem anderen. Da wusste er über die Einwohner des Kurorts beileibe brisantere Geheimnisse als die Tatsache, wer bei wem wie lange schwarzarbeitete. Er warf noch einen letzten Blick auf die Liste, dabei fiel ihm ein Detail auf, das direkt auf Alinas Mörder hinwies. Aber auch das ging ihn nichts mehr an. Und überhaupt: Alles, was mit Alina Rusche zu tun hatte, musste jetzt vernichtet werden. Nur die Putze konnte ihm, quasi aus dem Grab heraus, noch ein Bein stellen. Nur ohne eine Verbindung zu ihr konnte er sich ganz sicher fühlen. Swiff blickte auf. Ein Obdachloser hatte sich zu ihm auf die Bank gesetzt, der Mann mit dem zerfurchten Gesicht beachtete ihn gar nicht, zog eine Pulle Wein heraus und nahm einen kräftigen Schluck.

Swiff konzentrierte sich wieder auf sein kleines Notebook. Er war dabei, nicht nur seinen Wohnsitz hier im Ort, sondern seine ganze Swiff-Muggenthaler-Existenz im Land aufzulösen. So sehr es ihn noch vor ein paar Tagen wütend gemacht hatte, von hier verschwinden zu müssen, so sehr empfand er es jetzt als Befreiung. Er war selbst erstaunt, wie einfach es war, alle Spuren seiner Existenz zu tilgen. Einige Schließfachkunden hatten ihm dabei gute Dienste geleistet. Den diskreten Abtransport und die rückstandslose Verschrottung seiner Arbeitsgeräte in der Werkstattwohnung erledigte der Alteisen- und Karosseriehändler Herbert Heilinger. Dessen Schließfach mit der № 189 war vollgestopft mit justitiablen Fotos. Es war wirklich sehr leicht gewesen, ihn davon zu überzeugen, dass es besser für ihn wäre, ihm zu helfen. Er musste nur zu

Heilinger auf den Schrottplatz gehen und ihm diskret ein paar Bilder aus seinem vermeintlich sicheren Banksafe hinblättern. Schon nach wenigen Minuten Gespräch ging der Händler zähneknirschend auf den Deal ein. Darüber hinaus brauchte Swiff einen neuen Pass. Den verschaffte er sich von einem Mitarbeiter des Einwohnermeldeamts, der ebenfalls leicht unter Druck zu setzen war. Aus seinem Schließfach № 356 ging hervor, dass er anderen Kandidaten schon ähnliche Hilfestellungen bezüglich gefälschter Papiere geleistet hatte.

»Können wir uns mal darüber unterhalten?«, hatte Swiff flüsternd gefragt.

»Um Gottes willen - nicht hier im Amt!«

»Was schlagen Sie vor?«

»Eine Wanderung. Morgen. Wir treffen uns auf der Gratkarspitze.«

»So viel Zeit habe ich nicht. Kommen Sie in einer Viertelstunde ins Café Schluss-Strich.«

Das war auch ganz leicht gegangen.

Und ein Computerkrimineller verschaffte ihm schließlich Zugang zu einer geschützten Cloud, in die er sich einloggen konnte, zu jeder Zeit, auf jedem billigen Handy. Auch hatte Swiff inzwischen mehrere Quellen, wo er Bargeld abzapfen konnte. Auf Swiffs Gesicht breitete sich ein zufriedenes Lächeln aus. Alina Rusche hatte ihn aus der KurBank vertrieben, aber die Schließfächer waren ohnehin schon fast vollständig abgegrast. Was er brauchte, um seine monströse Neugier zu befriedigen und seine dunklen Geschäfte am Laufen zu halten, befand sich auf seinem Stick, den er wie ein Amulett um den Hals trug und der die Form einer Edelstahlpunze hatte, was auch sonst. Der Penner neben ihm war eingeschlafen, kippte langsam nach hinten und schnarchte.

249

Swiff überlegte, ob er das kleine Kugelkopfmikro, das er im Rückzugsraum der Bank versteckt hatte, auch noch abmontieren sollte. An einer Stelle des Gemäldes, das den streng dreinblickenden Gründervater zeigte, war die Ölfarbe so dick aufgetragen worden, dass es das streichholzkopfgroße Ding mühelos integriert hatte. Richtig viel gebracht hatte diese Abhörstation allerdings nicht, eher hatte ihn das ewig gleiche Liebesgeseufze und Gestöhne aus dem Rückzugsraum genervt. Es war immer dasselbe Paar gewesen. Wie langweilig. Wenn deswegen sein akustischer Melder angesprungen war –

****

– hatte er immer sofort wieder abgeschaltet. Das, was die beiden mehrmals in der Woche trieben, lag zwar ein gutes Stück abseits vom zeitgenössischen Mainstream, aber es ging ihn ja wirklich nichts an. Swiff löschte das nervige pornographische Material, klappte sein Notebook zu und steckte es in die Umhängetasche. Es spielte ohnehin keine Rolle mehr, jetzt, wo es Swiff Muggenthaler bald nicht mehr gab. Nein, er wollte seine Konzentration ganz auf das große Vorhaben lenken.

Der Penner neben ihm kippte jetzt langsam zur Seite, direkt in Swiffs Richtung. Er stützte sich mit einer Hand an ihm ab, dabei entglitt ihm die Weinflasche und fiel polternd zu Boden. Der arme Teufel blickte erschrocken auf. Swiff half ihm, die Weinflasche unter dem Drahtstuhl hervorzuziehen, allein hätte das der Mann mit seinen steifen Knochen gar nicht geschafft. Swiff steckte ihm noch einen Geldschein zu, dann stand er auf und ging die Straße entlang, die von der KurBank wegführte. Das große Ding! Swiff fuhr ein wohliger Schauer durch den Körper, wenn er nur daran dachte. Ausgerechnet das Schließfach mit der Teufelszahl № 666 hatte ihm vor einigen Wochen die Möglichkeit eröffnet, noch viel mehr Macht auszuüben. Der Besitzer war ihm unbekannt, der Inhalt bestand aus einem Stoß Blätter, über und über bedeckt und beidseitig beschrieben mit Zahlen in fast unlesbar kleiner Schriftgröße. Swiff ahnte es schon. Nach eingehender Prüfung stellte er fest, dass es sich um *illegale Zahlen* handelte.

Illegale Zahlen werden in der organisierten Kriminalität häufig dazu benutzt, Firewalls, Virenfilter und andere Computersicherungssysteme zu umgehen und so mit einer einzigen Anweisungskette (Gib das Passwort X ein, gib Y als deinen Namen an, gib Z als weiteres Sicherheitspasswort ein, …) Zugriff auf den Rechner zu erhalten. Beispielsweise ist folgende harmlose achtunddreißigstellige Zahl –

13.256.278.887.989.457.651.018.865.901.401.704.640

– eine illegale Zahl. Sie leistet noch nichts Hochkriminelles, sie macht es lediglich möglich, einen bestimmten Kopierschutz zu umgehen. Dazu tippt man sie aber nicht in oben gezeigter dezimaler Schreibweise, sondern im computerkompatiblen Binärcode ein, in dieser Form hat die Zahl schon mehrere hundert Stellen. Da jeder beliebige Text und auch jedes Bild als binäre Zahl und somit auch als ganz normale Dezimalzahl dargestellt werden können, ist die Anweisung, etwas Illegales durchzuführen, nichts weiter als eine riesengroße Zahl. Im Teufelsfach № 666 waren nun Pläne für Transaktionen zu finden, gegen die die bisherigen Aktionen Swiffs nur Kindereien waren. Die Blätter waren beidseitig bedeckt mit Millionen von Nullen und Einsen, es handelte sich um illegale Zahlen, die von hier bis zum Mond reichten. Swiff

251

übersetzte ein paar der Monsterdezimalzahlen ins Binärische, dann ins Allgemeinverständliche.

Dann der erste Schock. Und darauf ein Schock nach dem anderen. Swiff wurde abwechselnd heiß und kalt, als er herausfand, welche Aktionen damit ausgeführt werden konnten. Es handelte sich um höchst akribische Handlungsanweisungen, mit denen man sicher, schnell und unerkannt in Behördencomputer und Firmenrechner eindringen und darin wichtige Schalter umlegen konnte. Für Swiff eröffnete sich die Möglichkeit, die Stromversorgung einer Großstadt lahmzulegen. Oder die Befehlskette eines militärischen Stützpunktes zu kontrollieren. Oder die Rezepturen eines großen Brauereikonzerns durcheinanderzubringen und Tausende von Hektolitern Bier zu verderben. Doch eine dieser Zahlen interessierte ihn besonders. Mit ihr konnte man ins geheime Innere eines international operierenden Onlineversand-Händlers vordringen und dessen streng geheime Strategien erkunden. Die marktbeherrschende, rasant wachsende Macht des Onlineriesen und dessen Tendenz, immer stärker in die Kauf- und Lebensgewohnheiten von Millionen von Menschen einzugreifen, ließ Swiff Muggenthaler vor Glück erzittern. Das war seine Firma! Er wollte diesen Konzern nicht etwa erpressen wie die anderen Hacker, er wollte hier ganz oben mitmischen. Denn was tat diese Firma schon anderes als er! Sie sandte ihre Kugerln aus, erforschte geheime Bedürfnisse und Sehnsüchte der Menschen und schlug daraus Kapital. Und zwar völlig legal. Es war so wie bei ihm: Handelte es sich um Hausfriedensbruch, wenn sich die Schließfachbesitzer überhaupt nicht in ihrem Hausfrieden gestört fühlten? Etwas Ähnliches war ihm schon bei dem Schließfach № 123 untergekommen, das Projektbeschreibungen für kriminelle Aktionen enthielt. Neben dem Bankeinbruch mit den Drohnen war ihm ein anderes Projekt aufgefallen. Dort ging es ebenfalls ums Belauschen und Bespitzeln, und das durchaus zum Wohle des Kunden.

Kundenbedürfnisanalyse in der Gastronomie.
Die meisten Kundenbefragungen, auch die der direkten Art (»Hats denn geschmeckt?«), führen selten zu ehrlichen Antworten, werden zudem nicht systematisch erfasst. Wir bieten scheinbar modisch gestylte Bistrotische an, in die Tischdekoration sind Mikrophone und Speicherchips integriert, die die am Tisch sitzenden Gäste belauschen. Unsere Zusatzleistung: Wir werten die Kundenmeinungen für Sie aus. Die Vorbereitungszeit beträgt wenige Tage, Risikoeinschätzung geht gegen null.

Hier war ein handschriftlicher Vermerk hinzugefügt: Für Karl Swoboda, Wien. Swiff musste lächeln. Eines Tages war die Klarsichtfolie mit diesem Projekt aus dem Schließfach verschwunden, und eine bestimmte Pizzeria im Kurort, das Sette Ponti blühte auf, konnte sich kaum mehr vor dem Zustrom seiner Gäste retten. Swiff besuchte die Pizzeria. Seine kundigen Finger ertasteten innerhalb von Sekunden die versteckten Kugerln. Hier geschah im Kleinen, was der international operierende Onlineversandriese im Großen machte.

Swiff verlangsamte seine Schritte und blieb stehen. Die Fußgänger hasteten an ihm vorbei. Fast jeder war heutzutage Kunde bei diesem Onlineriesen. Wenn er es schaffte, sich einzuklinken, würde er große Macht über die meisten dieser Menschen gewinnen. Wieder wurde ihm bei diesem Gedanken heiß und kalt. Er würde Informationen sammeln über all die Leute, die ihm auf der Straße entgegenkamen, die mit dem

Auto an ihm vorbeifuhren, die in den Häusern arbeiteten und lebten. Ein Schwindel erfasste ihn, er musste sich setzen. Die Terrasse des Bistros war schon geöffnet, er nahm an einem Tisch Platz und bestellte bei der Kellnerin Wasser. Er musste vorsichtig sein. Er durfte nicht übermütig werden, und hier im Ort nicht zu viel Geld ausgeben. Es bedient Sie: Karin. Das stand auf dem Schild, das die Kellnerin an der Bluse trug. Swiff musste nur noch kontrollieren, ob seine ehemalige Wohnung wirklich sauber war, dann würde er verschwinden. Das Wasser kam. Er trank das Glas in einem Zug aus.

»Wollen der Herr ein kleines Frühstück?«, hörte er die Bedienung durch seinen Durst hindurch sagen.

»Nein, danke«, stieß er hervor.

Er fuhr sich durch die strähnigen Haare. Die Bedienung interpretierte das wohl als Geste der Unschlüssigkeit.

»Eselswürscht hätten wir da«, sagte sie lockend. »Und frische noch dazu.«

»Nein, danke, ganz bestimmt nicht.«

Sie verschwand achselzuckend. Er sah ihr nach. Heilinger musste mit seiner Wohnung bald fertig sein. Und dann hatte er vor, an einen Ort zu verschwinden, an dem er ungestört operieren konnte. Er musste sich beeilen. Die Sicherheitsexperten des Onlineversand-Händlers wussten noch nichts, aber die Passwörter wurden sicher alle paar Tage geändert. Doch wenn er mal drin war im System und einige Schlüsselinformationen kannte, dann war er nicht mehr angreifbar. Dann würde er mitmischen. Die Geheimnisse von ein paar Dutzend zufällig zusammengewürfelter Bewohner eines kleinen Kurorts genügten ihm nicht mehr, er wollte alle Geheimnisse von allen Menschen erfahren. Sterne tanzten vor Swiffs Augen. Ihm wurde schwindlig.

Plötzlich beugte sich ein großgewachsener, breitschultriger Mann über seinen Tisch.

»Allgemeine Personenkontrolle. Zeigen Sie mir bitte Ihren Ausweis.«

Ohne dass Swiff hochsehen musste, wusste er, wer das war. Er erkannte ihn an der Stimme. Es war der Polizist, der bei der Öffnung des Schließfaches № 820 dabei gewesen war. Kein Grund zur Panik, es war eine allgemeine Personenkontrolle, nichts Besonderes. Nichts, worüber er sich Sorgen machen musste. Er brauchte sich nur weiter unauffällig zu verhalten.

»Aha, Herr – Tralisch – richtig?«, sagte der Polizist, nachdem er Swiffs neuen Pass gelesen hatte. »Manuel Tralisch?«

»Ja, was ist denn los?«, fragte Swiff.

Er versuchte, an die Macht zu denken, die er innehatte. Er versuchte, sich ganz groß zu machen gegenüber diesem kleinen Dorfpolizisten, der ja auch nur seine Pflicht tat.

»Erschrecken Sie nicht, Herr Tralisch. Mein Name ist Hölleisen. Ich habe grade einen telefonischen Hinweis bekommen auf unerlaubten Waffenbesitz. Wir müssen der Sache nachgehen. Ich würde Sie bitten, Herr Tralisch, Ihre Umhängetasche zu öffnen. Nur einfach der Ordnung halber.«

»Ja, klar«, sagte Swiff. »Da ist nur mein Notebook drin. Hier, sehen Sie.«

Swiff war beruhigt. Der Polizist prüfte die Personalien nicht weiter nach. Eine zufällig durchgeführte Routinekontrolle, weiter nichts. Er öffnete seine Stofftasche, der Polizist griff hinein. Doch dann glaubte Swiff seinen Augen nicht zu trauen. Der Polizist zog nicht etwa sein Notebook heraus, sondern eine Pistole. Der Penner von vorhin! Oder vielmehr der, den er für einen Penner gehalten hatte. Die Berührung. Die Ablenkung mit der Weinflasche. Swiff wurde schlagartig klar, dass er in die Falle gegangen war. Aber wer hatte sie ihm gestellt?

Swiff sah sich um. Der Polizist war allein, und vor allem nicht mehr ganz jung. Alles, was Swiff brauchte, war auf seinem Stick. Den Ausweis hatte er schon wieder in die Jackentasche gesteckt. Dann würde er eben nicht mehr in die Wohnung gehen. Dann würde er jetzt zu Heilinger rennen, der musste ihn fahren. Swiff sprang unvermittelt auf und spurtete los. Die Macht würde ihn beflügeln. Seine Zukunft, die er vor sich hatte, würde ihm ungeahnte Kräfte verleihen. Bei den ersten Schritten flog er mehr, als er lief. Doch er kam nur ein paar Meter weit. Ein zweiter Mann in Zivil verstellte ihm den Weg. Eine eiserne Hand packte ihn an der Gurgel.

44

»Sancho, mach dich bereit zum Gefecht«, schrie der lange Dürre erregt und deutete mit seiner zusammengeflickten Lanze den Reintalsteig hinunter, den sie gerade mühsam und keuchend hinaufgestapft waren. »Eine Legion von Soldaten stürmt auf uns zu! Rüste dich zum Kampf, es geht um Leben und Tod!«

Sancho blieb schnaufend stehen. Er hob das Fernglas. Doch er war zu sehr außer Atem, als dass er es ruhig halten konnte. Die Wanderung im Hochgebirge war anstrengender, als sie gedacht hatten.

»Soldaten? Wo? Wie kommt Ihr darauf, Herr?«

»Siehst du nicht die verwegenen fahrenden Ritter und ihre grell blitzenden Helme? Jetzt heben sie ihre messerscharfen Schwerter! Jeder der hünenhaften Gestalten hat zwei davon, in jeder Hand eines, mit der er die würzige Luft der Alpen zerteilt.«

Die Mitglieder des Nordic-Walking-Bergwandervereins stakten mit vor Anstrengung geröteten Gesichtern den steinigen Pfad hinauf. Immer wieder hoben sie ihre Stecken, um auf besondere Wolkenformationen, blinkende Gipfelkreuze und blühendes Edelweiß zu deuten. Der lange Hagere senkte seine Lanze, stieß einen grellen Schrei aus und rannte auf sie zu.

257

»Jetzt geht das schon wieder los!«, seufzte Sancho. »Ich dachte, das hätten wir hinter uns.«

Doch sein Herr hörte ihn schon gar nicht mehr. Im Laufen und Stolpern brüllte er:

»Wehe euch ehrlosen Bärenhäutern und Ohrenbläsern! Jetzt ist es, deucht mir, an der Zeit, meine angebetete Herrin, die holde Dulcinea de Toboso aus euren Klauen zu befreien. Seid eines raschen Todes gewärtig ob eurer bösen Taten –«

Als er bei der Gruppe angelangt war, holte er mit seiner jämmerlichen Pike aus und stieß auf die einzelnen Wanderer ein. Doch sie waren nicht zu treffen. Geschickt wichen sie seinen Stößen aus. Als er an einen hünenhaften Burschen in verschwitztem T-Shirt kam, hob er seine Lanzette mit beiden Händen, um sie auf dessen Kopf niedersausen zu lassen. Doch er strauchelte auf dem Geröll, so dass er lang hinschlug und von den Nordic-Walkern böse niedergetrampelt wurde.

»O Herr, was habt ihr wieder gemacht!«, rief Sancho.

»Ohne Zweifel hat mir auch dieses Abenteuer zur Ehre gereicht!«, rief der Hagere mit heiserer Stimme zurück und versuchte, sich vom Boden aufzurappeln. »Seht nur: Schon mein Anblick hat sie in die Flucht geschlagen. Als der hochmütige und grausame Herzog Felipe de Guadalajara, der Anführer der Truppe, seinen Kopf zu mir wandte, konnte ich das Entsetzen und die Angst in seinen Augen erkennen.«

Obwohl Sancho seinem Herrn die Hand reichte, um ihm aufzuhelfen, schwadronierte der Hagere vom Boden aus weiter.

»Auch nachdem ich meiner Lanze verlustig ging, kämpfte ich mit drei der Soldaten weiter und rang sie nieder –«

Der Hagere hielt inne. Er fasste sich an die Nase, wie um zu prüfen, ob sie unverletzt war. Das war sie. Doch sie schien gewachsen zu sein, und tat es immer noch. Sie hatte jetzt schon die dreifache Länge seiner normalen Nase angenommen.

»Wir sind in die falsche Geschichte geraten«, seufzte Sancho. »Wahrscheinlich durch die Höhenluft.«

45

Jennerwein saß im Büro von Hansjochen Becker und breitete die Fotos, die er in Alina Rusches Garten geschossen hatte, auf dem großen Schreibtisch des Spurensicherers aus.

»Ich habe mir Gedanken darüber gemacht, wie der Täter vorgegangen ist«, sagte Jennerwein und nahm einen Schluck von seinem Frühstückskaffee.

»Nicht nur Sie«, erwiderte Becker. »In der Zeitung von heute wird auch schon darüber spekuliert, ob es sich um ein Verbrechen handeln könnte.«

»Der Täter war jedenfalls nicht so unklug, sich zur Tatzeit im Garten sehen zu lassen. Ich glaube, dass er schon Stunden vorher den teuflischen Mechanismus präpariert hat.«

»Sie meinen, das Opfer selbst hat den Mechanismus unwissentlich ausgelöst?«

»Ich fürchte, ja. Der Täter hat ein Zugseil am Rad befestigt. Ich tippe auf eine durchsichtige und reißfeste Nylonschnur, wie sie Angler verwenden.«

Becker betrachtete die Fotos lange. Dann nickte er.

»Das würde auch erklären, warum der Haken keinen Millimeter nach unten abgebogen war. Das Rad ist nicht abgerutscht, sondern über den Nagel gezogen worden.«

»Die Nylonschnur war auch nicht quer über den Garten gespannt, wie Hölleisen und ich zuerst angenommen haben. Das wäre viel zu auffällig gewesen. Sie muss über einige Rollen und Ösen nach unten zur Terrasse geführt worden sein, vom Holzrad aus hoch zum Dachfirst, dann zu einem der seitlichen Balken. An der Wand und an den Balken sind viele Ösenschrauben für Dekorationen angebracht. An denen sind zwar keine Schleifspuren zu erkennen, aber ich denke, es ist kein Problem, Muffen hineinzustecken, die dann später wieder abgenommen werden können.«

»Sie haben im Prinzip recht, Chef. Obwohl ›Muffen‹ genau genommen der falsche technische Ausdruck ist.«

Becker machte eine Pause. Jennerwein sah ihn fragend an.

»So wie ich Sie kenne, Becker, haben Sie den richtigen Ausdruck sicher parat. Und Sie könnten heute Abend nicht ruhig schlafen, wenn Sie nicht damit rausrücken würden.«

»Es wird sich um sogenannte ›Spannbackenklemmen‹ gehandelt haben.« Becker deutete mit einem Bleistift auf eine Abbildung der Hausrückseite. »Die angenommene Nylonschnur könnte dann, hinter der Regenrinne verborgen, zum Boden führen.«

Jennerwein lächelte über Beckers Eifer.

»Am Boden habe ich einen weiteren Ringhaken entdeckt«, fuhr Jennerwein fort, »an dem wohl normalerweise Hunde angeleint werden.«

»Der ist sicher aus Edelstahl, da hinterlässt eine durchgezogene Nylonschnur sowieso keine Spuren.«

»Dann hat der Täter die Schnur an der Terrassenmauer entlanggeführt, quer über den Rasen durchs halbhohe Gras, schließlich von hinten durch den Hühnerstall bis zu der Stalltür. Die hat Frau Rusche aufgezogen und den tödlichen Mechanismus in Gang gebracht. Und jetzt kommt meine Frage an Sie, Becker.«

»Ich höre.«

»Frau Rusche muss beim Öffnen der Tür doch den großen Widerstand gespürt haben.«

Becker lächelte ein breites, wissendes Lächeln. Man sah seine Zahnlücken.

»Nicht, wenn man einen Flaschenzug verwendet, Chef.«

»Einen Flaschenzug? Das müssen Sie mir erklären.«

»Wenn ich ein Seil einen Zentimeter ziehe, dann bewegt sich die Last, die daran hängt, ebenfalls um einen Zentimeter. Schalte ich einen Flaschenzug dazwischen, habe ich zehn Zentimeter zu ziehen, um die Last einen Zentimeter zu bewegen. Ich brauche dafür aber im Endeffekt viel weniger Kraft. Es ist so wie bei einem Fahrrad mit Gangschaltung. Oder bei einer Kurbel. Oder bei einer Serpentine.«

»Aber das ist doch ein Riesengerät, so ein Flaschenzug.«

»Nicht, wenn es ein Ellington-Flaschenzug ist, der ohne Rollen funktioniert. Dabei knüpft man ein Seil so, dass sich der Rollknoten bei schnellem Zug festzurrt, bei langsamem Zug jedoch löst. In unserem Fall öffnet das Opfer die Tür langsam, um die Tiere nicht zu erschrecken.«

Jennerwein bewegte seine Hand so, als ob er eine Tür öffnete.

»Ich ziehe die Tür hier unten etwa fünfundzwanzig Zentimeter, durch den Flaschenzug werden daraus oben am Rad zwei bis drei Zentimeter. So etwas muss vorher natürlich ausgetestet oder ausgerechnet werden. Wir haben es beim Täter wohl mit einem sehr technikaffinen Menschen zu tun?«

»Er kennt sich jedenfalls mit Knoten, Seilen, Umleitungen und so weiter gut aus. Aber so schwierig ist das auch wieder nicht. Es ist Technik und kein Vodoo. Jeder kann sich das aneignen, wenn er lange genug Zeit hat.«

Jennerwein bedankte und verabschiedete sich. Auf dem Heimweg ließ er alle Putzkunden Alinas, die sie befragt hatten, nochmals Revue passieren. Generalleutnant Leverenz, Bäckermeister Schlundlinger, Marcel Ostertag, Lakmé Ostertag … Wer von denen war zu solch einer technischen Leistung fähig? Und darüber hinaus: Ein richtig zwingendes Motiv hatte auch keiner. Hängengeblieben war bei Jennerwein nur die Begegnung mit Frau Zankl. Bei ihr hatte er den Eindruck gehabt, dass sie ihm etwas verschwieg. Er hatte diese Art von Gesprächsverweigerung bei Zeugen schon öfter erlebt, diesen speziellen Blick, diese etwas verlegene, ganz speziell abwehrende Körpersprache. So etwas wie: Ich glaube nicht, dass einer wie Sie, der sich Tag und Nacht mit Mord und Totschlag beschäftigt, so etwas versteht … Jennerwein blieb mitten auf dem Gehweg stehen, drehte sich zu einem der Schaufenster und verengte die Augen zu kleinen Schlitzen. Die Waren in der Auslage nahm er gar nicht wahr, er versetzte sich in seiner Erinnerung ganz und gar in Frau Zankls Wohnzimmer. Der Blick von Frau Zankl. In ihren Augen stand: Das ist was Privates, das geht einen hölzernen Polizisten ü-ber-haupt nichts an. Und Jennerwein war sich plötzlich sehr sicher. Das war eine Liebesgeschichte, die sie ihm verschwiegen hatte. Eine Liebesgeschichte? Aber er suchte doch einen Mörder. Manchmal steckte ein Mörder mitten in einer Liebesgeschichte.

Frau Zankl blickte durch ihr Wohnzimmerfenster hinaus auf ihren Garten. Auch sie hatte mehrmals über das Gespräch mit dem Kommissar nachgedacht. Sollte sie ihn anrufen und ihm von dem Telefonat erzählen, dessen Ohrenzeugin sie gewesen war? Sie hatte dabei hastig hin und her geworfene Wörter gehört. Das geht nicht mehr, wir können so nicht weitermachen … Sie hatte weniger auf den Inhalt gehört, es war allein der Ton, der ihr aufgefallen war. Sie war ganz sicher. Es ging um eine heimliche Romanze, die auf keinen Fall an die Öffentlichkeit gelangen durfte.

Tomislav Rusche stand in seiner Küche. Er hielt das Blatt Papier in der Hand, das so lange an ihrem Kühlschrank gehangen hatte. Er las die Liste zum zwanzigsten Mal durch. Es konnte bloß einer von den Putzkunden sein. Ob legal abgerechnet oder nicht, der Typ, der die Verantwortung für Alinas Tod trug, musste einer von denen sein, die auf diesem Blatt Papier standen. Nur wer? Generalleutnant Leverenz, Bäckermeister Schlundlinger, Marcel Ostertag … Genauso wie Jennerwein blieb auch Tomislav schließlich bei Frau Zankl hängen. Er erinnerte sich an das Gespräch mit ihr. Frau Zankls Blick. Frau Zankls Unsicherheit. Und plötzlich, als er die Einträge auf dem Dienstplan und die Zeiten auf dem Handydisplay verglich, fügte sich für Tomislav Rusche alles zusammen. Es war immer wieder dasselbe Muster. Auf dem Handy war um 14.55 Uhr die SMS »Komme gleich, kann es gar nicht erwarten« eingegangen, auf dem Dienstplan stand der Name des verfluchten Hundesohns, bei dem sie um 15.00 Uhr geputzt hatte.

Wut und Zorn stiegen in Tomislav auf. Er schlug mit der Faust mehrmals an die Küchentür, bis seine Hand blutete. Dann beruhigte er sich wieder. Ein unbezähmbares Bedürfnis, Rache zu üben, füllte jede Faser seines Körpers aus. Tomislav warf seine Jacke über. Immer noch glühte er vor Zorn. Er musste ihn treffen. In dem Moment rief Ursel Grasegger an.

»Herr Rusche, ich wollte Sie nur darüber informieren, dass alle Vorbereitungen für die morgige Seebestattung abgeschlossen sind. Haben Sie denn noch Fragen?«

Jennerwein wählte die Nummer von Frau Zankl. Als er die letzte Zahl eingetippt hatte, öffnete sich die Tür des Ladens, vor dem er stand und in dessen Schaufenster er bisher geistesabwesend gestarrt hatte. Frau Kallinger, die Metzgerin, trat heraus.

»Oh, Kommissar Jennerwein!«, rief sie. »Wollen Sie eine Leberkäsesemmel? Das ist bei der Hitz' das Beste.«

»Ich bin seit gestern vegan«, erwiderte Jennerwein trocken.

Die Kallingerin zeigte ein entsetztes Gesicht.

»War ein Scherz«, sagte Jennerwein grinsend.

Die Kallingerin lachte fleischlos.

»Aber nein, Kommissar, ich sehe schon, Sie brüten wahrscheinlich wieder über irgendeinem Fall, was?«

»Sieht man mir das an?«

»Eigentlich schon. Dieses G'schau. Der geistesabwesende Blick. Geht es um den Rusche-Fall? Schlimme Sache. Haben Sie schon einen Verdacht, wer dahintersteckt?«

Jennerwein hatte sein Handy nach unten gesenkt und hielt es jetzt in Hüfthöhe.

»Hallo, wer ist denn da?«, ertönte es aus dem Lautsprecher. »Hier ist Zankl.«

»Wollen Sie eine Leberkäsesemmel?«, fuhr die Kallingerin fort. »Ich habe schon eine fertig gemacht. Geht aufs Haus.«

»Nein danke, im Moment nicht«, erwiderte Jennerwein. Er hob das Handy und sprach hinein: »Frau Zankl? Hier ist Kommissar Jennerwein. Ich habe nur eine einzige Frage –«

46

Ludwig Stengele hatte mehr Gegenwehr erwartet. Widerstandslos und, ohne zu murren, ließ sich der junge Mann mit dem strähnigen Haar auf der Terrasse des Bistros abführen, auch kam er der Bitte klaglos nach, sich unauffällig zu verhalten, bis Hölleisen den Polizeiwagen vorgefahren hatte. Wirklich merkwürdig. Normalerweise stellten sich solche anonymen Anrufe als falsch heraus. Aber hier hatten sie wirklich einen dicken Fisch erwischt. Trotzdem hatte Ludwig Stengele seine Zweifel. Dieser fadenscheinige Typ mit einer solchen Waffe? Es war eine alte Glock 17 mit abgefeilter Seriennummer. Sein Instinkt sagte ihm, dass hier etwas nicht zusammenpasste.

Der Bursche, in dessen Ausweis der Name Manuel Tralisch stand, sagte kein Wort mehr als nötig. Auf dem Revier erledigte Stengele mit ihm die Formalitäten.

»Wollen Sie Ihren Rechtsanwalt anrufen? Oder sonst mit jemandem Kontakt aufnehmen?«

Der junge Mann, der laut polizeilicher Personenauskunft einen festen Wohnsitz in einer westdeutschen Stadt hatte, verneinte. Stengele war nicht im Dienst, er war streng genommen nicht einmal mehr Polizist, aber Hölleisen nahm gerade einen anderen wichtigen Termin wahr, und so erledigte

Stengele weiter die Dienstgeschäfte. Das große öffentliche Interesse, eine nichtregistrierte Waffe aus dem Verkehr zu ziehen, entschuldigte diese Abweichung vom normalen bürokratischen Gang der polizeilichen Dinge. Stengele deponierte die Glock im Tresor. Der mögliche Straftäter hatte sich inzwischen in seiner Zelle ruhig auf einen Hocker gesetzt und schien auf etwas zu warten. Sehr seltsam. Eine Ruhe hatte der weg! Ein blasses Jüngelchen, und dann solch eine Ausstrahlung von Gelassenheit. Das strähnige Haar fiel ihm übers Gesicht, er blickte auf die Zellentür, als ob ihn gleich ein alter Bekannter oder guter Freund befreien würde. Stengele fand jedoch, dass er eine Rasur vertragen hätte.

Swiff wartete, bis der grobe Klotz von Kommissar außer Sichtweite war. Bis auf das schmerzhafte Zupacken mit seiner eisernen Hand hatte der Polizist ihn korrekt und durchaus freundlich behandelt. Swiff saß zwar in einer Gefängniszelle, aber er fühlte sich trotzdem auf eigentümliche Weise frei. Gewiss hatte irgendjemand versucht, ihn reinzulegen, und wollte damit verhindern, dass er sein großes Ding sofort durchzog. Waren es die Sicherheitsleute des Onlineriesen? Nach einem kurzen Schreck schloss er diese Möglichkeit aus, er war sich sicher, dass er beim Einloggen keinerlei Spuren hinterlassen hatte. Swiff war noch nie in einer Gefängniszelle gesessen, und so stand er auf und überprüfte die Wände der Zelle auf Videokameras und Wanzen. Er konnte keine finden. Vorsichtig nahm er sein Amulett ab, zog die Schutzhülle herunter und bohrte mit der Spitze des Sticks ein kleines Löchlein in den eisernen Türrahmen der Zelle. Der winzige Trichter bedeutete wie immer: Muggenthaler was here. Die Kleidung und seine Tasche hatte er abgeben müssen, aber der Grater war ihm geblieben.

267

Es dauerte nicht lange, da schloss Stengele die vergitterte Tür wieder auf.

»Kommen Sie heraus, Herr Tralisch. Es liegt nichts gegen Sie vor.« In die Pause, die Stengele jetzt machte, hätte ein bedeutungsvolles *Noch nicht!* gepasst. »Sind Sie damit einverstanden, dass wir Ihre Fingerabdrücke sowie eine DNA-Probe nehmen?«

»Natürlich, gerne«, antwortete Swiff freundlich und fast ausgelassen. »Sie werden feststellen, dass auf der Pistole weder das eine noch das andere von mir zu finden ist. Wie gesagt: Sie ist mir untergeschoben worden.«

»Wir werden sehen. Können Sie mir den Obdachlosen näher beschreiben?«

Stengele zückte mit der gesunden Hand einen Stift und notierte mit. Er bemerkte, dass Tralisch seine Prothese interessiert betrachtete.

»Ja klar. Pechschwarze Haare bis zu den Schultern, pockennarbiges Gesicht, flackernde Augen, mühsamer Gang –«

Er beschrieb den Mann ziemlich genau und gut, Stengele hatte nicht den Eindruck, dass er etwas erfand. Allerdings kannte Stengele die meisten der Obdachlosen hier im Kurort, und auf keinen passte diese Beschreibung so richtig.

»– und dann ist mir noch aufgefallen, dass er eigentlich gar nicht nach Alkohol oder ungewaschener Kleidung roch. Das heißt, es ist mir eben *nicht gleich* aufgefallen, sonst hätte ich da schon Verdacht geschöpft. Aber wer denkt denn an so was.« Swiff wies auf die behandschuhte Hand von Stengele. »Eine BCI-gesteuerte Prothese? Womöglich das neueste Modell von Kurzweil SP6 medical?«

»Ja«, antwortete Stengele überrascht. »Sind Sie Computerspezialist?«

»Ich arbeite in der IT-Branche, ja.«

»Was machen Sie dann hier in dieser Gegend? IT-mäßig ist hier doch wenig los.«

»Urlaub.«

»Urlaub, so. Sie können dann gehen. Entschuldigen Sie bitte die Unannehmlichkeiten. Ich bitte Sie nur, sich bis zur Auswertung der DNA und der Fingerabdrücke zur Verfügung zu halten.«

Der junge Mann lachte.

»Natürlich. Ich laufe Ihnen nicht weg.«

Draußen auf der Straße durchströmte Swiff wieder ein wohliges, warmes Gefühl. Er musste sich zusammennehmen, um nicht lustvoll aufzuschreien und dabei die Faust in die Luft zu stoßen. Vorhin war er über sich hinausgewachsen. Er, der verklemmte, unsichere Swiff, der stotternde Nerd hatte die Situation so unglaublich cool gemeistert. Er wunderte sich selbst, was die Macht alles in ihm bewirken konnte.

Fester Wohnsitz, keine Vorstrafen, das polizeiliche Führungszeugnis ohne Einträge – Stengele hatte den jungen Mann mit den strähnigen Haaren wohl oder übel laufenlassen müssen. Es gab keine Handhabe gegen ihn. Verdammter Mist. Stengele griff zum Telefon.

Swiff schritt langsam die Straße hinauf, ohne sich auch nur einmal umzusehen. Er sah keine Notwendigkeit darin, seine Schritte zu beschleunigen. Langsam griff er in die Stofftasche. Es fehlte nichts, außer dem Notebook natürlich. Derjenige, der sich als Penner verkleidet hatte, hatte es herausgenommen. Aber was wollte er damit anfangen, so, wie er es gesichert hatte? Doppelt, dreifach, zehnfach. Er musste sich jetzt ein neues Handy und eine Prepaidkarte besorgen und sich in

269

eine Cloud einklinken. Heilinger musste das für ihn erledigen. Oder vielleicht – Emily? Spontan entschloss er sich, Emily zu besuchen. Das war er ihr schuldig.

Ludwig Stengele wählte die Nummer von Nicole Schwattke, die sich so wie er eigentlich noch im Krankenstand befand. Er schilderte ihr die Lage.

»Würden Sie mir den Gefallen tun?«

»Ja, aber erschrecken Sie nicht über mein Gesicht«, sagte Nicole. »Ich sehe aus wie der Elefantenmensch.«

»Umso besser«, sagte Stengele. »Das ist eine gute Tarnung. Wir werden herausbekommen, was dieser angeblich brave Bürger treibt.«

47

Das kann ich wirklich voll und ganz nachvollziehen, das mit der Macht! Man fühlt sich plötzlich so selig und unangreifbar wie in einem Turm aus meterdicker, kugelsicherer, unzerstörbarer Glasbetonwatte. Wie in einer warmen, sicheren Höhle, von der niemand auf der ganzen Welt etwas weiß. Und man kann sich trotzdem frei bewegen. Man geht die Straße entlang, und niemand kann einem was. Man wünscht sich fast, dass der finster dreinblickende Mann drüben auf der anderen Straßenseite eine Knarre zieht und auf einen schießt. O Schreck! Die Passanten werfen sich panisch schreiend und um sich schlagend auf den Boden, nur man selbst bleibt ganz ruhig stehen und blickt lässig hinüber zu dem Angreifer. Denn die Geschosse sind abgeprallt, und die Patronen kullern auf dem Trottoir herum. Man sagt Pah! und geht einfach nur ein Liedchen pfeifend weiter. Herrlich! Der drachenblutgebadete Unverwundbar-Siegfried muss sich so gefühlt haben. Und Ironman. Ich hatte ja ein ganz ähnliches Gefühl, als ich vor vier Tagen die Straße runterspaziert bin, bevor es mich auf der Bistroterrasse hitzschlagmäßig erwischt hat. (Mein Gott, wie langsam die Zeit hier unten vergeht, vier Tage ist das erst her! Es kommt mir so vor, als ob ich schon eine halbe Ewigkeit hier im kühlen Gemeindegrab liege.) Als ich die Straße runtergegangen bin, kam ich mir vor wie der Größte. Denn ich hatte mir den Hut von Teddy aufgesetzt, mit Th.R. im Schweißband und ein paar original Dollarscheinen, die er selbst hineingesteckt hat. Und ich kam mir ungelogen vor wie der Präsident selbst. So was ist noch besser als Drachenblut und klingonische Schutzschilde. Moment, da waren doch Schritte? ... So früh am Morgen bleibt schon jemand vor meinem Grab stehen? Keine Ahnung, wer das war. Aber eines muss ich sagen, man wird leichtsinnig, wenn man so viel Macht in sich spürt. Und ich glaube, das hat schließlich auch zu meinem frühen Tod geführt. Ich war am Morgen schon beim Bergsteigen gewesen, von der schroffen Runserkopfspitze aus habe ich mit Teddys Hut auf dem Kopf hinuntergeschaut ins erwachende Tal. Und ich war plötzlich Präsident Roosevelt! Sie wissen schon: Ragtime, Charlie Chaplin, Mafia, Prohibition. Ich habe gedacht wie er, ich habe gefühlt wie er. In diesem Zustand bin ich hinuntergestiegen ins Tal. Ich wollte meinen Auftrag in der Bank pünktlich erledigen, gleich nach der Öffnungszeit. Ich sollte an diesem Tag das Schließfach № 820 komplett leeren und das entnommene Geld in einer möglichst billigen Plastiktüte an der vereinbarten Stelle deponieren. Die Hintergründe der Transaktion? Der Boss sagt immer: Wieso, weshalb, warum? – wer viel fragt, kommt um! Da hat er recht. Mein Fehler war wahrscheinlich der, dass ich mich noch eine halbe Stunde ins Gras gelegt habe und eingeschlafen bin. Aufgewacht bin ich in der prallen Sonne, daher wahrscheinlich der Hitzschlag. Hoffentlich hat Josy die Tüte abgeholt und sie liegt nicht immer noch im Container. Aber das kann mir eigentlich jetzt auch egal sein. Ich frage mich nur immer wieder, wo der verdammte Hut abgeblieben ist!

Die meisten Menschen finden es schön, am Morgen noch ein wenig liegen zu bleiben, wenn der Wecker geklingelt hat. Das Dumme am Totsein ist, dass man *muss*. Dadurch ist der ganze Reiz weg.

48

Polizeiobermeister Hölleisen stand alleine im Besprechungsraum des Reviers und starrte auf das leere Whiteboard.
Stengele hatte sich um Manuel Tralisch gekümmert. Schon
komisch, dass einer so dumm war, eine Waffe mit sich her-
umzutragen. Das sah einem Profi eigentlich gar nicht ähnlich. War es nicht doch möglich, dass jemand sie ihm zugesteckt und dann einen anonymen Hinweis gegeben hatte?
Aber wer sollte das tun? Hölleisen ertappte sich dabei, wie
er die Schläfen mit Daumen und Mittelfinger massierte. Er
konnte sich in der Spiegelung der Fensterscheibe dabei sehen
und fand, dass die Pose bei ihm ziemlich lächerlich und auch
sonst recht unangemessen aussah. Er hielt inne und schüttelte sich. Ihm schwirrte der Kopf, trotz intensiver Massage.
Komisch war das schon. Erst geschah lange nichts, dann kam
alles auf einmal, alles knüppeldick: der tote Hutsammler
Leon Schwalb, die Geschichte mit dem Feuerradl im Garten der Familie Rusche, dann auch noch das nächtliche Geständnis der Karin Fronitzer und jetzt der angebliche Waf-
fenbesitzer oder gar -schmuggler mit den strähnigen Haaren.
Was denn noch alles! Aber eins nach dem
anderen. Hölleisen nahm einen Stift
und schrieb die Vorkommnisse auf ein
Whiteboard:

Leon Schwalb

Alina Rusche   Karin Fronitzer

Manuel Tralisch

Hölleisen fluchte. Das kam davon, wenn man mehrere Fälle auf einmal lösen wollte. Aber jetzt einmal ganz langsam und systematisch. Gab es denn Verbindungen zwischen diesen Personen? Er erinnerte sich an eine Fortbildung, bei der der Seminarleiter eine sogenannte Mindmap gezeichnet hatte, mit der man sich einen Überblick über einen komplizierten Fall verschaffen konnte. Was verband die Namen untereinander? Hölleisen dachte angestrengt nach. In seinem Fall ergab sich eigentlich nur:

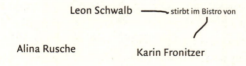

Mehr war da nicht. Aber klar: Nicht alles, was zur gleichen Zeit passiert, hat miteinander zu tun. Vielleicht waren es vier völlig voneinander getrennte Fälle. Oder noch mehr. Also der Reihe nach. Er malte einen dicken Kreis um einen Namen, dadurch wurde die Fronitzer Karin auf einmal unglaublich wichtig. So etwas wie die Hauptverdächtige. Das todbringende Kreissymbol, das er schon auf dem Schädel von Leon

Schwalb und dann im Garten von Alina Rusche gesehen hatte, wiederholte sich hier.

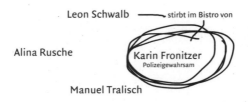

Und irgendetwas stimmte auch nicht mit ihr. Zuerst hatte sie steif und fest behauptet, die Leiche von Leon Schwalb nicht angerührt zu haben. Dann hatte er sie auf die gegeneinander versetzten Ringe auf Schwalbs kahlem Schädel hingewiesen.

»Und, was habe ich damit zu tun?«

»Er hat den Hut vor und bei seinem Tod getragen und noch ein paar Stunden aufbehalten, so ist die erste Druckstelle entstanden, nämlich ein bläulichvioletter Kreis mit scharfer Kante. Dann hat ihm jemand den Hut postmortal abgenommen und wieder aufgesetzt, was zu einem zweiten Kreis mit unscharfem Rand geführt hat.«

Hölleisen war stolz auf seine Schlussfolgerungen.

»Du weißt vielleicht Sachen, Hölli!«, sagte die Fronitzer Karin gleichzeitig bewundernd und unsicher.

Sie ahnte, worauf er hinauswollte, und hatte dann schließlich zugegeben, dass sie es war, die den Hut abgenommen und wieder aufgesetzt hatte, nachdem sie das Geld herausgenommen hatte.

»Bekomme ich denn jetzt Polizeischutz, Hölli? Wegen der Überfälle?«

Er hatte der Fronitzerin geraten, bei Dunkelheit nicht allein heimzugehen. Auf einsamen Wegen immer ein Handy am Ohr zu haben, Türen und Fenster zuzusperren. Und noch weitere zwanzig Punkte. Fortbildung.

Hölleisen wandte sich von seiner begonnenen Mindmap ab. Wenn er herausbekam, wo der Hut hingekommen war, konnte er die Fronitzerin vielleicht schützen. Er wählte die Nummer des Bestattungsnotdienstes, wurde weitervermittelt und weitervermittelt, die Verantwortlichen, die Leon Schwalb abgeholt hatten, schienen sich in Luft aufgelöst zu haben. Dann endlich wurde Hölleisen mit einem Mann verbunden, der diesen Fall bearbeitet hatte. Auch er wusste nichts von einem Hut. Nachdem er aufgelegt hatte, schoss ein Gedanke durch Hölleisens Kopf: Exhumierung. Wenn es so weiterging, lief es auf eine Exhumierung hinaus.

Hölleisen zückte sein Handy, blätterte in den Fotos, die er in der Kühlkammer geschossen hatte, und sah sich darauf den Hut von Leon Schwalb nochmals genau an. Die Krempe, die schöne Textur, die sauberen Flächen, und dann innen auf dem Schweißband die Inschrift Th. R. Darauf hatte er, als er den Hut in der Hand gehalten hatte, gar nicht so richtig geachtet. Th. R. Hatten die anderen Hüte nicht auch Inschriften getragen? Er sah sich die Fotos, die er in Schwalbs Haus aufgenommen hatte, nochmals auf dem Handy an. Er hatte nicht alle Initialen fotografiert, es waren halt irgendwelche Buchstaben für ihn gewesen. Jetzt betrachtete er sie genauer. Die Etiketten hatten unterschiedliche Größen und bestanden aus unterschiedlichen Stoffen, auch die Schriften waren nicht alle gleich. Die Initialen E. H. waren zweimal dabei. Und jetzt kam Hölleisen auf die Idee, im Netz nachzusehen, er suchte >Bekannte Träger von Panamahüten<. Vielleicht waren die Hüte auch deswegen so wertvoll, weil sie berühmte Besitzer hatten. Ja, endlich, Höll-

277

eisen! Jetzt bist du auf dem richtigen Weg! Vergiss die Mindmap und lass dich einfach treiben. Hölleisen grunzte zufrieden. Berühmte Panamahutträger, da war sie ja schon, die Liste:

Napoleon III.
Theodore Roosevelt
John D. Rockefeller
Ernest Hemingway
Winston Churchill
Harry S. Truman
Marcel Proust
Theodor W. Adorno
Erich Honecker
David Hilbert
Paul Newman
Prinzessin Diana
Charly Sheen

Sowohl bei den Hüten im Regal als auch bei der Liste im Netz gab es zweimal ein E. H. Ernest Hemingway und Erich Honecker. Und jetzt begriff Hölleisen, was es mit der Sammlung von Leon Schwalb auf sich hatte. Er hatte offenbar Hüte von berühmten Persönlichkeiten gesammelt, wahrscheinlich mit einer Expertise dazu, mit der man nachweisen konnte, dass es auch die echten Hüte waren. Und das bedeutete: Sie waren ein Vermögen wert. Einen davon hatte Schwalb bei seinem letzten Gang die Bahnhofstraße hinunter getragen, nämlich den von dem amerikanischen Präsidenten Theodore Roosevelt. Dieser Hut war verschwunden. Hölleisen las, dass Roosevelt die Angewohnheit gehabt hatte, ein paar Dollarscheine ins Schweißband zu stecken. Die Fronitzer Karin befand sich in höchster Lebensgefahr.

49

Während Tomislav Rusche wutentbrannt in seinem Zimmer auf und ab schritt, sich dabei vornahm, alle Rachegedanken zurückzudrängen und bis nach der Beerdigung aufzuschieben –

Während Kommissar Jennerwein ein äußerst aufschlussreiches Telefongespräch mit Frau Zankl führte und danach sofort einen Flieger nach Oslo mit Anschluss auf die Lofoten buchte –

Während der ehemalige Oberkellner Leon Schwalb über den neuesten Friedhofskalauer »Gemeinsam sind wir starr« schmunzelte –

Während der norwegische Kapitän (dessen Namen wir nicht in Erfahrung bringen konnten) seine stolze M/S Last Journey für die morgige Tour flottmachte (und dabei vergaß, den Brennofen zu überprüfen) –

Während die hilfsbereite Bankmitarbeiterin Frau Weißgrebe mit der sie immer umgebenden Aura der Solidität und Bonität schon wieder den nächsten Kunden in den Schließfachraum führte und ihn in dessen diskrete Geheimnisse einführte –

Während Frau Kallinger, die Chefin der gleichnamigen Metzgerei, wegen der anhaltenden Hitze auch heute keine Leberkäsesemmel an den Mann gebracht hatte (die Eisdiele gegenüber aber unverschämt florierte) –

Während der Araber mit dem unaussprechlichen Namen seine Kühlbox aus dem Schließfach № 240 auf den Tisch des ersten Kunden stellte und langsam öffnete, worauf dieser ungläubig die Augen aufriss und einen entgeisterten Schrei ausstieß –

– während all dies geschah, gab ein braver, wohlbeleumundeter Bürger auf dem Polizeirevier ein Notebook ab, das er im Gebüsch neben einer belebten Straße in der Ortsmitte gefunden hatte. Ludwig Stengele schob immer noch Aushilfsdienst im Revier, er hatte gerade gehen wollen, dieses Fundstück wollte er noch in Empfang nehmen. Es handelte sich wahrscheinlich um das Notebook von Manuel Tralisch, dem jungen Mann mit dem strähnigen Haar, das der Dieb vielleicht nicht knacken konnte und deshalb am Straßenrand entsorgt hatte. Stengele packte es in einen Beweissicherungsbeutel und eilte damit zu Becker.

»Da ist nichts drauf«, knurrte der kundige Spurensicherer nach eingehender Untersuchung. »Alles gelöscht. Und zwar richtig professionell und unwiederbringlich. Das ist übrigens gar nicht so leicht.«

»Wissen Sie, wann genau die Löschung durchgeführt wurde?«

»Das kann ich Ihnen sagen, Captain Ahab.« Becker deutete dabei auf Stengeles eiserne Hand. »Seit heute Morgen, und zwar genau seit elf Uhr fünfunddreißig gab es keine Aktivitäten mehr. Vermutlich wurden die Daten per Funk plattgemacht. Von einer Cloud aus.«

Stengele nickte wissend.

»Das habe ich mir gedacht. Um zwanzig nach elf hat das staubige Bürschchen das Revier verlassen, sich wahrscheinlich ein lauschiges Plätzchen gesucht und die Daten in Luft aufgelöst, bevor wir das Notebook finden konnten.«

»Das Bürschchen?«, fragte Becker, aber da war Stengele schon draußen.

Die Drohnenbankräuber wiederum waren frustriert. Sie hatten damals auf dem Güterbahnhof beobachtet, dass jemand den größten Teil ihrer Beute geraubt hatte. Alles war so gut gelaufen, und dann so ein Reinfall! Sie hatten jedoch ein Foto von dem Burschen mit dem strähnigen Haar geschossen und suchten ihn seitdem im ganzen Kurort. Heute in aller Herrgottsfrühe hatten sie endlich Glück gehabt: In aller Seelenruhe saß er auf einer Parkbank. Kurzentschlossen schickten sie jemanden hin, der ihm eine Waffe in die Tasche steckte und sein Notebook herauspickte, um es zu überprüfen und dadurch mehr über seine Identität zu erfahren. Gleichzeitig gaben sie der Polizei einen anonymen Tipp und hofften, dass diese ihn aus dem Verkehr zog. Irgendwo musste er das Geld doch gebunkert haben. Aber der Plan der Bankräuber war nicht aufgegangen. Der Typ, der ihnen die Beute des Drohnenbankraubs geklaut hatte, lief wieder frei herum. Und er schien auch gar kein Zuhause zu haben.

Ludwig Stengele nahm sich vor, diesen Manuel Tralisch zu schnappen. Nachdem er in seinem kleinen einbändigen Reise-Brockhaus nachgeschlagen hatte, wer Captain Ahab war, und die Bemerkung Beckers erst jetzt verstand, nahm er sich zudem vor, wieder mehr zu lesen.

50

Schon den dritten Tag in Folge observierte Josy Hirte die Villa von Leon Schwalb. Sie schien um zehn Jahre gealtert mit ihrem mausgrauen, wadenlangen Wickelrock und dem zur Schau gestellten krummen Rücken. So gab sie das tüdelige und ein wenig orientierungslose Muttchen. Darüber hinaus hatte sie sich vom nahe gelegenen Tierheim einen Hund geborgt, den sie versprochen hatte auszuführen. Es war ein Biewer Yorkshireterrier namens Speedy. Hund war immer gut, mit einem Hund konnte man stundenlang observieren, das fiel nie und niemandem auf. (Also immer Vorsicht walten lassen bei plötzlich auftauchenden, besonders harmlos wirkenden älteren Damen mit Hund: schwerer Mafiaverdacht.) Ab und zu blieben Leute bei Josy Hirte stehen und unterhielten sich mit ihr über das Wetter, die Rente und natürlich den niedlichen Biewer.

Ihr Auftraggeber hatte sie angewiesen, die Villa im Auge zu behalten und bei Gelegenheit nachzuprüfen, ob Leon auch keine Spuren zurückgelassen hatte. Plötzlich blitzten Josys Augen hellwach auf. Ein Auto parkte vor der Villa und heraus sprang – dieser Polizist, den sie schon kannte.

»Ja, so ein Hund ist schon was Schönes im Alter«, sagte eine Frau mit Dackel gerade zu ihr.

282

Der Polizist war großgewachsen, kräftig und um die fünfzig. Den hatte sie im Bistro gesehen, als Leon Schwalb gestorben war. Und dann nochmals, als er das Haus Leons das erste Mal betreten hatte. War denn der Mensch überall? Oder gab es bloß den einen Bullen hier im Kurort?

»Ja, dann muss ich mal wieder weiter«, sagte die Frau mit Dackel etwas verschnupft, weil mit der anfangs so netten älteren Dame gar kein rechtes Gespräch mehr zustande kam.

Polizeiobermeister Franz Hölleisen eilte durch den Vorgarten, nahm die Eingangstreppe mit zwei Sätzen, fand jedoch die schwere Eichentür verschlossen, wie auch alle weiteren Eingänge des Hauses. Hölleisen fluchte. Der Schlüssel war bestimmt im Amtsgericht, bei der Gemeinde oder wo auch immer. So viel Zeit hatte er jetzt nicht. Die Fensterscheibe, die er vor drei Tagen eingeschlagen hatte, war schon wieder repariert worden. Ohne zu zögern, schlug er sie erneut ein und benützte denselben Einstieg wie damals. Wie sagte der Volksmund: Never change the only horse. Endlich stand Hölleisen drinnen. Hektisch sah er sich um, aber überall gähnende Leere. Dann stapfte er die Treppe hinauf, in das Zimmer mit dem Hutregal. So ein Mist, dachte Hölleisen. Jetzt war der Entrümpelungsdienst, den die Gemeinde bestellt hatte, schon dagewesen. Und die hatten wirklich alles mitgenommen. Er suchte, ob nicht eine von den Kostbarkeiten zu Boden oder unter die Heizung gefallen war, er fand jedoch nichts. Schließlich musste er das Haus durch den Hinterausgang mit leeren Händen und schwer frustriert verlassen. Er sprang über den Gartenzaun und eilte zu seinem Dienstwagen. Dabei stieß er fast mit einer älteren Dame zusammen, die auf ihren kleinen Hund einredete und nicht auf das zu achten schien, was um sie herum geschah. Er entschuldigte sich. Die Dame blickte ihn freundlich an. Hölleisen startete. Jetzt musste er sich unbedingt um Karin Fronitzer kümmern. Im Rückspiegel sah er, wie die Dame ihm zuwinkte. Verrückte Hühner gab es schon hier im Kurort.

Hunderte von Kilometern entfernt fuhr ein Lastwagen an die Laderampe einer großen Lagerhalle. Sie stand im Industriegebiet, weit draußen vor der Stadt, irgendwo im Sächsischen. Die Firma bestand aus einem Trupp professioneller Wohnungsauflöser, die jetzt die Möbel und Haushaltsgegenstände aus Leon Schwalbs Villa ausluden und sortierten. Wenn sich keine Erben darum kümmerten, räumten sie zugemüllte Wohnungen, reinigten sie, warfen weg, was wegzuwerfen war. Diese Truppe war am Tag zuvor mit dem Laster in den Kurort gefahren, sie hatten von der Gemeinde den Auftrag bekommen, eine Villa klarzumachen. Als sie Villa und Kurort hörten, nahmen sie den Zwölftonner. Doch dann waren sie überrascht und enttäuscht, wie wenig zu holen war. Sie wurden nach Gewicht entlohnt. Momentan luden sie aus und warfen alles auf einen Haufen. Der Müll musste noch getrennt werden.

»Und was machen wir mit denen?«, sagte Fritze und deutete auf einen Turm lieblos aufeinandergestapelter, teilweise ziemlich zerrupfter Hüte.

»In die Biotonne damit. Stroh ist doch Bio, oder?«

»Ich glaube, Strohhüte sind nicht aus Stroh, sondern aus Bast.«

»Ist Bast denn nicht auch Bio?«

»Diese Hüte hier sind eher aus Plaste. Die schauen auch so schäbig aus. Wahrscheinlich chinesische Billigware.«

»Hier steht aber Montecristi Superfino, ist doch eher italienisch.«

»Kann sein, fühlt sich aber an wie Papier.«

»Also in die Papiertonne damit?«

»Meinetwegen. Schau mal, da kann man die Buchstaben E. H. erkennen. Und ein alter DDR-Geldschein steckt auch noch drin. Ist nicht der Honecker damit rumgelaufen? Mit so einem Strohhut?«

»Wer ist Honecker?«, fragte ein zwanzigjähriger Azubi.

Man konnte sich nicht einigen und ließ die Strohhüte aufeinandergestapelt stehen. Fritze war Familienvater. Er überlegte, ob die Dinger nicht was für den Kinderfasching waren. Wenn er alle Hüte in bunten Farben einsprühte, wäre das doch sicher eine spaßige Überraschung für die Kleinen.

51

Das Polizeiauto glitt durch den heißen Vormittag wie ein Kuchenmesser durch die klebrige Buttercremetorte.

»Normalerweise läuft das so, dass wir nach einer Kollegin suchen, die in etwa deine Kleidergröße hat«, sagte Hölleisen zu Karin Fronitzer. »Die statten wir entsprechend aus, ziehen ihr eine Perücke in deiner Haarfarbe über, dann lassen wir sie als Lockvogel herumlaufen.«

»Würde meine Doppelgängerin dann auch für mich kellnern? Da würde ich freilich gleich ins Mayer's Finest gehen und mir das anschauen.«

»Wir machen es ja nicht wegen Personalknappheit.«

Die Fronitzer Karin tippte ihm auf die Schulter.

»Vielleicht bin ich ja die polizeiliche Doppelgängerin, und du merkst es bloß nicht, Hölli.«

»Jetzt wirst du übermütig, gell, in einem sicheren Polizeiauto! Vorhin hast du noch geschlottert vor Angst.«

»Nein, im Ernst, ohne Spaß, ganz ehrlich, ich bin dir schon dankbar, dass du mich unter deine Fittiche nimmst.«

»Sei froh, dass du deswegen nicht in einer Gefängniszelle landest. Ich bringe dich zu einer sicheren Wohnung.«

»Zu einer konspirativen Wohnung? Gibt es denn so was wirklich? Hier im Ort?«

»Wir haben jedenfalls grade eine frei. Du bleibst ein paar Tage dort. Sag alle Termine ab. Verrate aber niemandem, wo du bist. Und benütz ein Handy von uns, auf keinen Fall deines. Wenn alles vorbei ist, vergisst du die Wohnung.«

Hölleisen fuhr in eine Tiefgarage.

Als er fünfzehn Minuten später wieder messergleich die Straße entlangglitt, hatte er abermals sein geistiges White-board vor Augen. Die Fronitzerin war in Sicherheit, jetzt musste die Leon-Schwalb-Sache geklärt werden. Schwalb, der es vom Oberkellner zum Villenbesitzer und zum Inhaber eines Schließfaches in der KurBank gebracht hatte. Hölleisen wollte einer ganz bestimmten Sache auf den Grund gehen. Immer wenn er im Rückzugsraum der KurBank in die Nähe des Ölgemäldes gekommen war, hatte es in seinem Hörge-rät ordentlich gepfiffen. Da stimmte was nicht, und mit Leon Schwalb stimmte auch was nicht. Vielleicht waren die beiden Unstimmigkeiten zwei Zweige desselben Unstimmigkeits-baums? Hölleisen rief Hansjochen Becker an und schilderte ihm den Fall.

»Na, was ist denn heute nur in alle gefahren!«, brummte Becker. »Dafür, dass keine Ermittlungen stattfinden, ist ja mächtig was los. Aber zu Ihrem Hörgerät. Das ist eine Inter-ferenz, also eine Rückkopplung über Ihren Lautsprecher im Hörgerät. Sie sind in die Nähe eines leistungsstarken Mikro-phons gekommen, das sich im Aufnahmemodus befand. Ha-ben Sie denn immer noch im Garten der Familie Rusche zu tun?«

»Nein, ich bin jetzt in der KurBank, im Foyer.«

Im Schließfachraum war gerade kein Kunde, die Sicherung wurde freigeschaltet, Polizeiobermeister Hölleisen kannte den Weg, niemand begleitete ihn. Auch hier herrschte Personalknappheit. Er betrat den Schließfachraum, bemerkte sofort, dass die aufgebohrte Tür zu dem Schließfach № 820 von Leon Schwalb durch eine nagelneue ersetzt worden war. Das war aber fix gegangen. Klar, ein demoliertes Schließfach wirkte auf die Kunden sicher instabil und unzuverlässig. Er bewegte sich langsam in Richtung des verschwiegenen Rückzugsraums und bald hörte er wieder das unangenehme Pfeifen im Ohr. Es wurde unerträglich schrill, als er vor dem Gemälde des Bankengründers Dr. Katzmayr stand, wie das Schild unter dem Bild verriet. Hölleisen nahm das Hörgerät ab. Er war nicht gerade ein Spezialist in Sachen bildender Kunst, doch selbst er erkannte, dass er eine saugrobe und dilettantische Ölpatzerei vor sich hatte. Trotz der vielen Unstimmigkeiten auf dem Gemälde bemerkte er schnell die unnatürliche, klumpige Farbverdickung im Knebelbart des Herrn Bankdirektors.

»Ja, da schau her«, rief Hölleisen laut, »ich war also auf dem richtigen Weg.«

Er zog sein Taschenfeitel heraus und begann, das kleine dunkle Kugerl vorsichtig zu lockern. Es hatte den Umfang eines Streichholzkopfes und war tiefschwarz, wie der Bart des Bankengründers.

»Ja, da schau her! Ich war also auf dem richtigen Weg –«

Diese Stimme ließ Swiff Muggenthaler erschrocken aufhorchen. Es war die Stimme des Polizisten, der ihn auf der Terrasse des Bistros kontrolliert hatte. Und der auch bei der Öffnung von Leon Schwalbs Schließfach anwesend war. Hölleisen, Polizeiobermeister Franz Hölleisen. Unverkennbar. Fummelte der etwa an seinem Mikro im Rückzugsraum herum? Wie war denn der da draufgekommen? Swiff lauschte, vernahm jedoch nichts weiter als Rumpeln und Kratzen. Er hätte es entfernen sollen, das Mikro, wie er seine Kugerln entfernt hatte. Swiff schaltete den Empfang aus. Andererseits, wie sollte jemand einen Zusammenhang zwischen dem Mikro im Bild und den Bohrungen im Schließfachraum herstellen können? Und selbst wenn: Er hatte ja alle Aufnahmen und Informationen in seiner Cloud gesichert. Er wandte sich wieder Emily zu, die ihm fragende Blicke zuwarf. Er hatte sich ihr Handy ausgeliehen und sich damit in seine Cloud eingeloggt. Und eben hatte das Meldesystem Alarm geschlagen. Die Sache mit Hölleisen wurde ihm jetzt doch zu heiß.

»Ich muss geschäftlich weg«, sagte Swiff zu Emily.

»Trink doch wenigstens deinen Kaffee aus«, sagte sie.

Emily kannte Swiff inzwischen gut. Swiff hatte immer wieder mal geheimnisvolle Anwandlungen. Das fand sie ja auch so anziehend an ihm. Aber manchmal war ihr Swiff richtig unheimlich.

»Stell ihn für mich warm«, sagte Swiff Muggenthaler kühl.

Hölleisen nahm das Bild von der Wand und drehte es um. Tatsächlich war an der Rückseite eine absurd winzige Batterie ins Holz eingelassen worden, die das Mikrophon augenscheinlich speiste. Jemand hatte ein kleines Loch durch das ganze Bild gebohrt. Gebohrt? Eine Bohrung? Das Wort kreiste unablässig in Hölleisens Gehirnwindungen. Er hängte das Bild wieder an seinen Platz und drückte das Kugerl so in die Ölpatzerei zurück, dass es nicht auffiel. Dann verließ er den Rückzugsraum und betrachtete nachdenklich die Schließfächer. Eine Bohrung. Zwei Bohrungen. Viele Bohrungen. Eine abwegige Idee breitete sich in Hölleisens bravem Staatsbeamtenkopf aus. Konnte man auch Schließfächer anbohren?

Hölleisen setzte sich auf das einladende Büffelledersofa. Warum hatte er Leon Schwalbs Fach nicht eingehender untersucht! Aber eine erneute Öffnung eines oder mehrerer Fächer war eine zeitraubende und schwierige Angelegenheit. Der Untersuchungsrichter würde die Aktion wahrscheinlich nicht so ohne weiteres genehmigen. Auch der Filialleiter Schelling würde sich querstellen. Eine Bohrung. Hölleisens Verdacht war einfach nicht fundiert genug. Und alle Schließfächer würde er ohnehin nicht öffnen lassen können. Sollte er Schelling darum bitten, lediglich in ein leeres Schließfach schauen zu dürfen? Dann kam ihm eine andere Idee.

Frau Weißgrebe lächelte nachsichtig.
»Haben Sie unten alles inspiziert? Ist etwas nicht in Ordnung?«
»Doch, es ist alles in Ordnung«, log Hölleisen. »Es stimmt alles so weit, keine Sorge, ich werde Sie nicht mehr belästigen. Aber eines noch. Weil ich schon einmal da bin.«
Sie runzelte die Stirn.
»Wissen Sie, Frau Weißgrebe, ich wollte selbst schon lange ein Schließfach eröffnen. Rein privat. Als Mensch und nicht als Polizist. Kann ich das gleich machen? Es ist für meine Goldmünzen. Die habe ich von einer Tante geerbt, und die liegen zu Hause bloß so rum. Ich habe schon erwogen, ob ich sie nicht im Revier einsperre, aber das ist natürlich nicht erlaubt ...«

Hölleisen schwätzte Frau Weißgrebe kunstvoll nieder. Es dauerte tatsächlich nicht mehr als eine Viertelstunde, bis er die Formulare ausgefüllt, den Ausweis vorgezeigt, mehrmals unterschrieben und die Schließfachgebühr bezahlt hatte.
»Sie kennen ja den Weg«, sagte Frau Weißgrebe und übergab Hölleisen den Schlüssel.
Er war Besitzer eines Schließfachs! Er hatte die № 711 bekommen. Das konnte man sich leicht merken. 4711, die Welt

der Düfte, nur die 4 weglassen. Das hätte er sich nie träumen lassen. Sein Mindmap-gestützter Ermittlerdrang trieb ihn vorwärts. Hölleisen öffnete die Tür und nahm die leere Kassette heraus. Dann fuhr er das Innere des Fachs sorgfältig mit den Fingerspitzen ab. Die Seitenwände. Den Boden. Die Rückwand. Und noch mal dasselbe, noch sorgfältiger. Nichts. Und noch ein drittes Mal. Wieder nichts.

»Ist bei Ihnen da drinnen alles in Ordnung?«, hörte er Frau Weißgrebe vom Gang her.

»Ja, freilich«, rief Hölleisen zurück. »Ich überlege bloß, ob ich alle Münzen reintun soll oder nur einen Teil. Insgesamt siebzehn hat mir die Tante vererbt, und dann habe ich ja noch meine historische Schnupftabakdosensammlung, vielleicht hat die auch Platz. Ich messe noch mal nach …«

Frau Weißgrebe zog wieder ab. Eine herrliche Ruhe breitete sich aus. Hölleisen überlegte. Wenn *er* gebohrt hätte, hätte er es nicht an den glatten Flächen gemacht, sondern im Gewirr hinter dem Rahmen. Er schloss die Augen und fuhr auch diesen Bereich mit den Fingern ab. Eine Schraube, eine Mutter, eine Querstrebe, ein Verbundankerdübel, eine Innensechskantmuffe, ein Gewindestift, alles unendlich klein. Und dann etwas Undefinierbares. Ein kleiner, unregelmäßiger Krater, der nicht recht zu den anderen Erhebungen passen wollte. Hier kam er mit dem bloßen Tastsinn nicht weiter. Fieber erfasste Hölleisen. Entdeckerfieber, Jagdfieber, Ermittlungsfieber. Er fühlte sich auf der Zielgeraden, im Endspurtmodus. Aber wie jetzt weitermachen? Er brauchte einen kleinen Spiegel. Sollte er in die Toilette gehen und ein Stück vom Wandspiegel abbrechen? Unsinn. Sollte er einen Taschenspiegel von zu Hause holen? Aber nein, er brauchte ja gar keinen Spiegel. Er zog sein Handy heraus, werkelte umständlich daran herum, bis er die Kamera aktiviert hatte –

»Ist bei Ihnen da drinnen wirklich alles in Ordnung?«
– schob das Handy in sein Schließfach und fotografierte mehrmals aus verschiedenen Winkeln. Dann betrachtete er die Fotos genau.

Hölleisen rief den Filialleiter an. Als Schelling eintraf, konnte der seinen Ärger kaum verhehlen.

»Ich habe viel zu tun, wissen Sie –«

»Ja, das glaube ich. Ich möchte Ihnen nur etwas zeigen.«

»Was gibts denn schon wieder?«

»Ich habe ein Schließfach gemietet, habe es routinemäßig überprüft, und da gibt es eine kleine auffällige Erhebung, hier sehen Sie, auf dem Foto –«

»Was soll denn da auffällig sein?«

Widerwillig besah sich Schelling mehrere von Hölleisens Schnappschüssen. Er setzte die Brille auf und ab. Mit Brille sah Schelling aus wie der muskulöse Superman, der zum biederen Bürohengst Clark Kent geschrumpft war.

»Hier ist doch was nicht in Ordnung, Herr Schelling, finden Sie nicht?«

Schelling schwitzte. Er wand sich. Das sah Hölleisen.

»Was soll da nicht in Ordnung sein?«, sagte Schelling in einem etwas zu scharfen Ton. Doch langsam fasste er sich wieder. »Das ist ganz normal, wissen Sie. Das sind ganz normale Unebenheiten, die durch das Schleifen entstehen. Glauben Sie mir, Herr Hölleisen, es wird bei uns alles mit Computern und Lasern überprüft, mehrmals, und das, was Sie hier fotografiert haben, ja, das ist eine ganz normale Bohrung durch die mehrlagigen Lamellen der Schließfachwände. Innen wurden empfindliche Kontakte und Bewegungsmelder installiert. Wenn da unsachgemäß gebohrt worden wäre, dann würden wir das in der Zentrale sofort bemerken.«

»Na ja, wenn Sie es sagen.«

Schelling verschwand wieder. Mensch, war der nervös. Hölleisen war der Clark-Kent-Vergleich auch deswegen eingefallen, weil Superman doch diese besonderen Kräfte und Fähigkeiten hatte. Das Supergehör, den Röntgenblick, mit dem er durch alles (außer durch Blei) blicken konnte, den Mikroskopblick, mit dem er selbst einzelne Atome sehen konnte … Hölleisen hatte die Heftchen in seiner Jugend verschlungen.

Aber warum wollte dieser komische Bodybuilderschelling partout keine Nachforschungen anstellen? War so etwas für die Bank peinlich? Oder hatte Schelling selbst etwas mit den Bohrungen zu tun? Hölleisen holte das Spurensicherungskit aus dem Dienstwagen. Er nahm in seinem Schließfach DNA-Proben und Fingerabdrücke, fertigte schließlich noch einen Silikonabdruck von dem vermuteten Bohrloch an. Dann versperrte er № 711 sorgfältig und verließ die KurBank. Er war auf der Zielgeraden.

52

»Ich werde diesen dicken Fisch an Land ziehen«, sagte Chief Percy und ließ seinen Blick abschätzig von Chuck zu Jimmy und wieder zurück schweifen. »Und ihr Flaschen könnt mir sogar dabei helfen. Wir teilen, nach Abzug der Unkosten, durch drei.«

Die anderen beiden sahen sich unsicher an und nickten Chief Percy dann zu.

»Wir müssen uns diese Bedienung noch einmal vornehmen«, sagte Chuck, der GI. »Die bescheuerte Kellnerin wird uns zu dem bescheuerten Hut führen. Hey, ich bin ja schließlich Stammgast im Mayer's Finest, ich falle da nicht auf. Ich könnte gleich heute Abend reingehen und ein bisschen Druck machen.«

Chief Percy schüttelte den Kopf.

»Nein, das ist viel zu gefährlich. Die ist sicher schon längst zur Polizei gegangen. Die Bullen warten nur darauf, dass wir in diese Falle tappen.«

Jimmy, der Sprengstoffexperte, mischte sich ein.

»Wollen wir nicht die Dollarscheine zu Geld machen, das Geld durch drei teilen und den Hut Hut sein lassen? Ihr wisst schon. Lieber ein Spatz in der Hand –«

Wieder schüttelte Chief Percy den Kopf.

»Freunde, hier geht es um mehr als um

ein paar Tausender. Als unser verehrter Mister President Roosevelt 1919 starb, befand sich sein oft fotografierter Hut, den er die letzten Jahre trug, unter den Hinterlassenschaften. Der Hut ist, zusammen mit den Dollarnoten, die im Schweißband stecken, Unsummen wert.« Chief Percy zückte sein Handy und wischte auf ein bestimmtes Foto. »Hier, seht ihr, das ist eine berühmte Aufnahme von dem Fettsack. Sie ist 1914 geschossen worden, bei der Eröffnung des Panamakanals.«

Sie starrten auf das Foto. Roosevelt stand aufrecht in einem Cabriolet und winkte mit dem Hut der Menge zu. Er hielt den Panama so, dass man das Schweißband sehen konnte.

»Hier kann man eine Verdickung erkennen«, fuhr Chief Percy fort. »Da steckt das Geld drin. Und an der Krempe ist ein kleiner Fleck. Außerdem hat der Hut selbst eine ganz bestimmte, unverwechselbare Form. Wenn wir diese Edelmütze auftreiben –«

Er sprach nicht weiter. Alle saßen schweigend da und brüteten vor sich hin.

»Wie ist der Hut überhaupt in den freien Handel gekommen?«

»In den fünfziger Jahren des vorigen Jahrhunderts wurde im amerikanischen Nationalarchiv in Washington eingebrochen. Seitdem ist der Hut verschwunden. Ich kenne welche, die zwanzig Millionen für ihn zahlen würden.« Chief Percy richtete sich auf. »Wir durchsuchen jetzt das Netz. Das Darknet. Irgendwo muss eine Meldung kommen, dass der Hut wiederaufgetaucht ist.«

Chuck, der GI, der die Fronitzer Karin niedergeschlagen hatte, träumte derweilen vor sich hin. Er stellte sich vor, diese Bedienung aufzuspüren, an die Heizung zu fesseln und auszuquetschen:

»Woher hast du das Geld?«

»Welches Geld?«

»Das Geld, das du jetzt nicht mehr hast.«

»Wenn ich es nicht mehr habe, dann ist es doch wurscht, woher ich es habe.«

»Aber den Hut hast du doch noch!«

»Welchen Hut soll ich doch noch haben?«

»Den Hut, aus dem du das Geld gezogen hast, das du jetzt nicht mehr hast.«

»Den Hut habe ich auch nicht.«

»Wieso hast du den Hut nicht?«

»Ja, wenn ich ihn nicht habe, dann kann ich doch nicht wissen, warum ich ihn nicht habe …«

Doch es ging alles viel einfacher. Als alle drei schon drauf und dran waren hinzuschmeißen, gab der grüne Junge Chuck noch die Begriffe ›Panamahut‹ und ›Kurort‹ ein. Nicht im Darknet, sondern in der üblichen Suchmaschine. Sofort erschienen Dutzende von Urlaubsfotos in den sozialen Netzwerken. Ein Toter mit Hut. Von links, von rechts, von oben, von unten. Sogar Selfies waren dabei. Der Tote mit Hut und ich. Sehr heiß ist es hier, viele Grüße, eure Müllers. Passanten hatten die Fotos geschossen und hundertprozentig hatte kein Mensch die geringste Ahnung, was der Hut wert war. In Zeitungsartikeln wurde der Name des Toten genannt. Und dass er in der Villa Sowieso gewohnt hätte. Und dass er jetzt im Gemeindegrab läge.

»Das ist ja seltsam«, rief Chuck aufgeregt. »Da, auf diesem Bild ist ja auch meine Kellnerin drauf!«

»Vergiss die Kellnerin!«, sagte Chief Percy.

»Wir brechen heute Nacht in die Villa ein«, schlug Jimmy vor.

Und ein drittes Mal schüttelte Chief Percy den Kopf.

»Dort ist er nicht.«

»Wo dann?«

»Überlegt doch mal. Die Kellnerin hat den Hut gesehen und das Geld rausgenommen, sie weiß also nichts vom Wert des Hutes. Dann ist die Leiche weggekommen und mit ihm der Hut. Wo ist der Hut also?«

Schließlich dämmerte es den beiden.

»Wann?«, fragte einer.

»Heute Nacht«, sagte Chief Percy. Nach einer langen Pause fügte er hinzu: »Besorgt Schaufeln.«

53

Polizeiobermeister Franz Hölleisen saß wieder im Revier an seinem Schreibtisch. Er hatte die DNA-Proben und die Fingerabdrücke gerade zur Schnellauswertung gegeben, jetzt wartete er voller Ungeduld auf die Ergebnisse, die ihm telefonisch mitgeteilt werden sollten. Er wollte sich gerade wieder seiner Mindmap auf dem Whiteboard zuwenden, da wurde die Tür heftig aufgestoßen. Ansgar Perschl, leitender Angestellter des renommiertesten Trachtenmodenhauses am Platz, trat wutschnaubend ins Zimmer. Auch das noch, dachte der Polizeiobermeister.

»Was willst du, Perschiboy«, fragte Hölleisen, insgeheim hoffend, dass ihm etwas zu dem Fall Leon Schwalb eingefallen war. Aber dem war nicht so.

»Ich habe einen Diebstahl zu melden«, sagte Ansgar vorwurfsvoll, als hätte Hölleisen durch seine Herumschnüffelei etwas damit zu tun. »Es sind zwei komplette Trachtengarnituren weggekommen. Lederhose, Joppe, Pfoad und so weiter.«

»Ich nehme es morgen auf«, antwortete Hölleisen mürrisch. »Das hat noch Zeit.«

»Nein, jetzt gleich musst du es aufnehmen, weil ich noch einen wichtigen Hinweis für die Ermittlungen machen kann.«

»Da bin ich aber gespannt.«

Perschl setzte sich.

298

»Dass sich jemand was greift, einfach in einer unbeobachteten Ecke, und dann damit die Düse macht, kommt ab und zu vor. Das ist normal. Der Dieb verkauft es auf einem Flohmarkt. Aber in dem Fall war es anders. Der hat sich die zwei Garnituren richtig zusammengesucht. Von dort die Lederhose, dann die dazu passenden Pfosen, zwei Hemden aus einem ganz anderen Stockwerk, und so weiter. Die zwei Garnituren sind außerdem total ungewöhnlich, nämlich in den Konfektionsgrößen 110 und 23. Das müssen zwei Gestalten wie Pat und Patachon sein. Oder wie Karl Valentin und Liesl Karlstadt. Zwei so auffällige Trachtler muss man doch finden können!«

»Na gut, ich nehme es auf. Konfektionsgrößen 110 und 23, sagst du. Wir werden danach suchen.«

»Aber Beeilung bitte.«

Hölleisen sandte Perschl einen strengen Blick zu, dann wies er mit der Hand zur Tür.

Sancho und der Hagere schlenderten die Straße entlang auf einen Park zu, von dem herrliche Gerüche nach gebratenen Hähnchen und frisch ausgeschenktem Bier herwehten. Der Hagere trug eine messingknopfstarrende Steirische Joppe, im Feiteltascherl der reichbestickten Lederhose steckte die Plastikattrappe eines Stichmessers. Er griff in die Tasche seines grünen Wamses, zog die Schnupftabakdose heraus, hielt sie Sancho unter die Nase und rief:

»Feinstes Lütticher Schießpulver, reichlich genug, um mehrere Musketen abzufeuern! Blitze werde ich schleudern auf meine Feinde, wie Göttervater Zeus es in seinen besten Jahren getan hat.«

»Vorsichtig, die Ampel ist rot«, sagte Sancho und hielt seinen Herrn zurück.

»Aber du, Sancho, mein treuer Knecht und Begleiter, was muss ich an dir sehen? Du trägst eine Lanze?«, fuhr der Hagere stirnrunzelnd fort. »Das ziemt sich nicht für einen Knappen. Sind dir unsere Abenteuer zu Kopf gestiegen?«

»Das ist keine Lanze, Herr, das ist ein Trachtenregenschirm. Der Wetterbericht auf meiner App –«

Bald näherten sie sich einem weißblauen Zelt, das auf einer großen Banderole damit warb, dass im Eintrittspreis Musik und allerlei volkstümliche Tänze, vor allem aber Schuhplattler, inbegriffen wären. Diese Worte lesen und ins Zelt gehen war eins für die beiden. Sie setzten sich in die erste Reihe, und schon ertönte sie –

»Die nach den Gartenfesten von Aranjuez klingende Musik des Landadels!«, ergänzte der Hagere. »Sieh nur, all die Fanfaren und Hörner! Gut, dass wir diese herrlichen Gewänder tragen, mit all den Bordüren und Stickereien, die von vergangenen Heldentaten künden!«

»Es war gar nicht so leicht, etwas in unserer Größe zu bekommen«, murrte Sancho.

Die Blaskapelle begann mit dem Heitauer Landler, worauf die Burschen auf der Bühne die Hände hoch in die Luft reckten, um alsdann klatschend auf die kurzen Lederhosen zu schlagen. Sie übertönten das infernalische Getöse der Blasmusik mit ihren Jauchzern. Und schon war es passiert. Sancho hatte einen Moment nicht aufgepasst. Er hatte auf seinem Handy nach neuen Sehenswürdigkeiten gesucht, da hörte er auch schon einen wilden Schrei neben sich, der Hagere war aufgesprungen, hatte ihm den Regenschirm entrissen und stürmte auf den Tanzboden, den er für eine Arena hielt, auf dem die Edelsten sich maßen.

»Ich rufe euch an, Herrin, Dulcinea, wo ihr auch seid! Steht eurem Ritter bei! Eure weitberühmte Tugend zu schützen werfe ich mich todesverachtend in den Ring!«

Auch Sancho war aufgesprungen, er hatte gerade noch das seidene, reichbemalte Halstuch seines Herrn erwischt, der mitten in die Gruppe der Schuhplattler gestürmt war. Er hielt es in der Hand und winkte damit. Vergebens, denn der Wüterich drehte sich wirbelnd und Schlachtrufe ausstoßend um sich selbst und schlug mit dem Regenschirm auf die Plattler ein. Kaum einen traf er, er selbst bekam jedoch von allen Seiten Hiebe und Stöße, die ihn um und um taumeln ließen. Dann kam es noch dicker. Der Watschentanz begann. Dabei schlugen sich die Burschen gegenseitig mit bloßen Händen auf die Wangen, und ausgerechnet einige der besonders harten Backenstreiche trafen den armen Ritter, der bald wankte, torkelte, endlich strauchelte, bis er schließlich zu Boden ging. Er konnte noch in die Tasche greifen und das Stichmesser aus Plastik hervorziehen, da hagelte es schon wieder Dutzende von Tritten der schweren, klobigen Haferlschuhe. Doch auch das hinderte ihn nicht, mit heiserer Stimme weiterzuschreien:

»Feige Hunde! Ehrloses Pack! Schlafmütziges Gelichter! Ich werde euch lehren, einen leibhaftigen Ritter zu Boden zu stoßen!«

Dabei versuchte er, ein Bein zu fassen, bekam jedoch stattdessen eine derbe Maulschelle. Und noch eine. Und eine dritte. Schließlich zog Sancho seinen Herrn unter den handgenagelten Schuhen der Burschen heraus, gerade noch rechtzeitig, denn es hätte nicht viel gefehlt, und der sinnreiche Ritter wäre zu einer papierenen, ganz und gar zweidimensionalen Figur zerstampft worden.

54

Schließfach № 067, Besitzer unbekannt.

Das scharfkantige Gebirge verlor sich im völligen Dunkel der
Nacht. Den Kletterer störte das nicht. Er hatte die Erhebung
mit seinen Geräten geortet, und endlich war er am Fuß der
Steilwand angelangt, die schroff in die Höhe ragte. Sie be-
stand aus regelmäßig und ordentlich übereinandergeschichte-
ten Platten. Er knipste seinen Helmscheinwerfer an und hieb
den Spitzstichel in eine Platte. Sie gab dem Druck leicht nach.
Dann schwang er das dünne Seil und warf es nach oben. Der
Haken klinkte sich geräuschvoll zischend in eine der Fugen
ein, das Seil spannte sich, die Klettertour konnte beginnen.
Etwa in der Mitte der Steilwand vernahm er plötzlich eine
Stimme, eine ferne, hallige, unwirkliche Frauenstimme –

»Und hier ist unser Allerheiligstes ... legen Wert auf Solidität ...«

Sie entfernte sich jedoch wieder und erstarb schließlich.
Eine Tür wurde geschlossen. Dann wieder Stille, absolute
Stille. Er kletterte weiter. Als er schließlich oben angelangt
war, zog er sich über die Kante und leuch-
tete mit dem starken Scheinwerfer auf
die weite, windstille Hochebene. Diese
oberste Platte hatte eine andere, dunklere
Farbe und schien auch wesentlich dicker zu
sein als die darunterliegenden. Er bewegte

sich zur Mitte. Um ein Haar wäre er gestolpert, denn hier war ein starkes Seil aus einer kautschukartigen Konsistenz über den Boden gespannt. Es hatte eine dunkelrote Farbe, er betrachtete es näher, tatsächlich war es ein großer Strang Gummi, der vermutlich um den gesamten Quader führte. Er setzte sich, seine acht Beinchen knickten in den Ruhezustand. Auch ohne weitere Nachforschungen wusste er, dass er sich auf einem DIN-A5-Notizbuch mit festem Einbanddeckel befand, um den ein rötlicher Bürogummi gespannt war.

Swiff Muggenthaler musste sich das unbedingt genauer ansehen. Er ließ das Kugerl weiterkriechen und das kleine Etikett auf dem Umschlagdeckel scannen. Im hellen Kegel des leistungsstarken Scheinwerfers tanzten Millionen von Staubkörnchen. Schließlich konnte Swiff die kyrillischen Buchstaben компромат entziffern. Er recherchierte im Netz. Ein ahnungsvoller Schauer durchzuckte ihn. ›Kompromat‹ war ein ursprünglich aus dem Jargon des sowjetischen Geheimdienstes KGB stammender Begriff für kompromittierendes Material, meist über einen Politiker oder eine andere Person des öffentlichen Lebens. Es wurde verwendet, um unliebsame Personen zu diskreditieren oder um sie mit der Drohung, das Material zu veröffentlichen, zur Kooperation zu zwingen. Das versprach einiges. Swiff gab dem unermüdlichen Kugerl den Befehl, sich zwischen die bräunliche Deckpappe und die gelbweißliche erste Seite zu zwängen und dort mit dem Scannen und Lesen zu beginnen. Das war jetzt einige Monate her. Und die Mühe hatte sich damals gelohnt.

Das Büchlein enthielt viel belastendes Material über angesehene Bürger des Kurorts, es war ein Verzeichnis ihrer Verfehlungen, Geheimnisse und auch Verbrechen. Zwei Gemeinderäte waren aufgeführt, ein Schuldirektor, ein Finanzbeamter, mehrere Besitzer von größeren Firmen, auch Rechtsanwälte, Staatsanwälte und Richter. Sogar ein Polizeibeamter wurde genannt, ein gewisser Polizeihauptmeister Johann Ostler, der sich nach Italien abgesetzt hatte und seitdem verschwunden war. Das Notizbuch stellte ein Sündenregister der Prominenz des Kurorts dar. Einer hortete Waffen in seinem Keller, ein anderer verstieß kontinuierlich gegen das Betäubungsmittelgesetz. Einer beglich seine Spielschulden mit Versicherungsbetrügereien, ein anderer pantschte in seinem Edelrestaurant billigen Fusel und schenkte ihn als Château Lafite-Rothschild 1987 aus. Einer betrieb einen regen Handel mit Firmengeheimnissen und verursachte so Schäden in Millionenhöhe. Einer schlug Frau und Kinder, ein anderer hatte vor Jahren die RAF mit Kost und Logis unterstützt. Subventionsbetrug, schwere Körperverletzungen, gewerbsmäßiger Betrug, sogar zwei Morde waren dabei. Woher wusste der Sammler das alles bloß? Er war höchstwahrscheinlich Russe, er hatte sich die Notizen in seiner eigenen Sprache gemacht, Swiff musste den Text mühsam Wort für Wort übersetzen. Aber es hatte sich schließlich ausgezahlt.

Denn dieses Fach № 067 war so etwas wie Swiffs Lebensversicherung. Er hatte das Büchlein mit den hochbrisanten Informationen gescannt und in die Cloud gegeben. Er hätte natürlich wichtige Entscheidungsträger im Kurort erpressen und dadurch lokalpolitische und wirtschaftliche Macht ausüben können. Es wäre möglich gewesen, sich zum Schattendespoten, zum Quasibürgermeister aufzuschwingen – aber das machte ja vielleicht schon der Besitzer des Notizbuches selbst, und niemand bekam etwas davon mit. Swiff genügte das bloße Wissen. Der betrügerische Rechtsanwalt Dr. X, die bestechliche Oberärztin Y, der lasterhafte Monsignore Z. Alles schien der russische Sammler schmutziger Geheimnisse aber wohl nicht recherchiert zu haben. Schrotthändler Heilinger hatte zum Beispiel keinen Eintrag in dem Notizbuch. Swiff war gerade auf dem Weg zu ihm.

Emily, die Goldschmiedin, ahnte, dass Swiff Muggenthaler ein Doppelleben führte, sie wollte aber gar nicht wissen, was er alles so trieb. Seit er bei ihr im Laden gewesen war und einen Ring gekauft hatte, hatten sie sich ein paarmal getroffen. Er war ein scheuer junger Mann, der ihr gern zuhörte, wenn sie über die Feinheiten der Goldschmiedekunst redete. Ihre stillschweigende Übereinkunft war, dass *sie* nichts von ihrer bescheuerten Familie erzählte, *er* nichts von seinen Forschungen. Er hatte bloß kurz angedeutet, dass er in der IT-Branche arbeitete, wie auch immer. Den Ring, den sie ihm damals verkauft hatte, trug er jetzt an einer Kette um den Hals, zusammen mit dem Stick in Form einer Edelstahlpunze. Sie hatte ihn für Swiff umgeformt und ausgehöhlt, so dass ein kleiner Mikrochip hineinpasste. Heute aber war etwas anders als sonst gewesen. Ich melde mich wieder, hatte er beim Abschied gesagt. In einem seltsamen Ton, den sie nicht recht deuten konnte. Sie warf sich eine Jacke über, schloss ihren Laden und machte sich auf den Weg zu ihm. Als sie an seiner Wohnungstür klingelte, öffnete niemand.

Obwohl Swiff kurz vor seinem Ziel stand und seine Nerven deshalb bis zum Zerreißen gespannt waren, musste er sich noch eine halbe Stunde gedulden. Er hatte mit dem Schrotthändler einen bestimmten Zeitpunkt ausgemacht, Heilinger war dann erst bereit mit seinem Auto und den gefälschten Nummernschildern. So nahm Swiff noch verschiedene Umwege, kam an einigen Häusern vorbei, in denen sich monströse Geheimnisse verbargen. Der betrügerische Rechtsanwalt, die bestechliche Oberärztin, der lasterhafte Monsignore. Auch bei *Schreib- und Malbedarf Augschell* blieb er stehen und beobachtete durch die große Fensterscheibe ein älteres Paar, das sich heftig stritt. Swiff lächelte. Mit denen hatte alles begonnen. Nur die KurBank mied er. Dort hatte ihm jemand die Pistole zugesteckt. Er hatte immer noch nicht herausbekommen, wer dahintersteckte und warum. Unruhe überkam ihn. Er hatte inzwischen Einblick in so viele kriminelle Aktionen, dass er eine ganze Reihe von Leuten verärgert haben musste. Dabei hatte er doch gar nichts gemacht! Doch, dachte er, das Geld vom Banküberfall. Hatten ihn damals doch die Bankräuber auf dem Güterbahnhof beobachtet, als er deren Beute mit seiner Drohne abgegriffen hatte? Das war durchaus möglich. Swiff beruhigte sich wieder. Er wusste so viel, er hatte so viele Informationen in seiner Cloud und in seinem Stick gespeichert, er konnte sich mit diesem Wissen aus jeder Zwangslage befreien. Es war wie bei den Adventurespielen. Er hatte einen Sack voller Joker gesammelt, er konnte getrost durch den Monsterwald laufen. Das Intermezzo mit der Pistole war ein kleiner Betriebsunfall gewesen, weiter nichts. Die Episode zeigte letztendlich sogar, wie unangreifbar er war. Wieder blickte er auf die Uhr.

Jetzt war es Zeit, sich auf den Weg zum Schrottplatz zu machen. Schon von weitem erblickte er sein Fluchtfahrzeug, an dem Heilinger noch herumschraubte. Swiff stieg ein, und sie fuhren los. Heilinger musste ihn chauffieren, er selbst besaß keinen Führerschein. Sie redeten nicht viel, eigentlich gar nichts. Das war Swiff recht.

»Fahren Sie mal da zu dem Parkplatz.«

Heilinger gehorchte. Was blieb ihm schon anderes übrig. Auf einer einsamen Parkplatzbank zückte Swiff sein Handy und rief die vorher eingetippte illegale Zahl ab. Er sandte sie mit einer stinknormalen Mail an die Pressestelle des Onlineriesen. Auf dem Display sah er mit wachsender Begeisterung, wie sich eine Sicherheitsbarriere nach der anderen hob. Er hatte das System geknackt.

Vollgepumpt mit Adrenalin richtete sich Swiff auf und blickte in den blauen Sommerhimmel. Oft schon war ihm die Frage durch den Kopf gegangen, ob er sich in den zwei Jahren seiner Aktivitäten eines größeren Verbrechens schuldig gemacht hatte. Und wieder beantwortete er diese Frage mit einem klaren Nein. Er hatte ein paar Löcher in Bleche gebohrt, ohne etwas zu klauen. Er hatte Leute erpresst, aber nur die, die es auch verdienten. Er hatte bei keinem Bankraub mitgemacht, sondern nur einen kleinen Teil der Beute abgezweigt. Er wusste von manchem Vergehen, hatte aber bisher noch niemanden hingehängt. Das war doch alles nicht strafbar! Er fühlte sich unschuldig. Macht und vermeintliche Unschuld, das war eine süße, aber hochexplosive Mischung.

55

Der Abend senkte sich langsam über den Talkessel des Kurorts. Ein hauchdünnes Mondsichelchen zitterte sich scheu durch den kaum bewölkten Himmel. Franz Hölleisen saß immer noch im Revier, obwohl er schon längst Dienstschluss hatte. Aber gab es für einen unermüdlichen Ermittler so etwas wie Dienstschluss? Hölleisen wartete sehnsüchtig auf den Anruf des DNA-Schnelldienstes. Der Kollege hatte ihm versprochen, die Ergebnisse heute noch durchzugeben. Warum rief der denn nicht an! Dank moderner Analysemethoden war es doch heutzutage möglich, ein DNA-Profil innerhalb von wenigen Minuten zu erstellen. Dann aber klingelte endlich das Telefon.

»Ja, ich muss Sie leider enttäuschen«, sagte der Labortechniker. »Ich habe das DNA-Profil durch unsere Computer laufen lassen. Es stimmt mit keinem der uns bekannten erfassten Täter überein, tut mir leid. Ich habe auch die internationalen Datenbanken abgefragt, darum hat es so lange gedauert.«
Hölleisen stieß einen enttäuschten Seufzer aus.

»Und was ist mit unseren Kunden, die speziell mit Raub und Einbruch und allen Bankdelikten zu tun hatten?«, fasste Hölleisen nach. »Gibt es da auch keinen Treffer?«
»Nein, auch keine Übereinstimmungen.

Wir haben die DNA von mehreren Personen gefunden, natürlich auch die von Frau Rusche, dem Unfallopfer –«

Hölleisen richtete sich wie elektrisiert im Stuhl auf.

»Wie, Frau Rusche? Sind Sie sicher?«

»Warum überrascht Sie das?«, fragte der Techniker etwas verunsichert, »warum soll sie keine Spuren hinterlassen haben? Es ging Ihnen doch um den Rusche-Fall, oder?«

Hölleisen schwieg eine Weile. Dann sagte er verlegen:

»Nein, es geht eigentlich um einen anderen Fall –«

Er unterbrach sich. Das war kein Grund zur Aufregung. Es war alles gut. Alina Rusche war schließlich Putzfrau in der Bank gewesen. Sie hatte die Fächer gesäubert, dabei hatte sie Spuren hinterlassen. DNA-Spuren. Die bekam man nur mit einer klinisch durchgeführten Sterilisation weg, und das auch nicht immer hundertprozentig. Aber die Bankleute hatten die Fächer sicher nicht auf 120 Grad erhitzt. Hölleisen schämte sich, solch einen Denkfehler begangen zu haben.

»Also gut, Alina Rusches Spuren, aber keine von bekannten Berufseinbrechern. Es ist vielleicht ein Neuling. Sonst noch was Besonderes?«

»Spuren von einem Berufseinbrecher gibt es nicht. Aber Sie haben doch diesen Typen mit der Pistole geschnappt und die DNA von ihm genommen. *Seine* DNA ist in der Probe enthalten.«

Hölleisens Herzschlag, der sich gerade beruhigt hatte, schnellte wieder hoch. Was hatte denn das jetzt zu bedeuten!? Was hatte Manuel Tralisch mit dem Schließfach in der Kur-Bank zu tun? Hölleisen bedankte sich hastig. Das war ja ein Ding.

Aufgeregt rief er Ludwig Stengele an und berichtete ihm von den neuen Untersuchungsergebnissen.

»Ich bin schon an Tralisch dran«, sagte Stengele. »Ich sitze gerade mit Nicole im Auto. Wir observieren ihn, er hat seit einer halben Stunde nichts gemacht außer auf seinem Handy herumzutippen.«

»Haben Sie vor, ihn festzunehmen?«

»Aus welchem Grund? Wegen auf einer Bank sitzen und am Handy rumspielen? Gut, er hätte sich im Ort zu unserer Verfügung halten müssen. Aber ich bin mir sicher, dass das grüne Bürschchen etwas Größeres vorhat.« Stengele senkte die Stimme. »Hölleisen, ich muss auflegen. Er steht gerade auf und geht zum Auto zurück! Ich melde mich wieder.«

Klack.

Hölleisen saß immer noch aufrecht und verkrampft im Sessel. Er drehte sich zu seinem Whiteboard um. Das warf sein ganzes Schema durcheinander, das er bisher aufgestellt hatte. Denn mit einer Verbindung zwischen Manuel Tralisch und dem Schließfach, also auch Leon Schwalb, hatte er gar nicht gerechnet. Er vervollständigte die Mindmap nach seinen neuesten Erkenntnissen:

In Hölleisens Kopf drehte sich alles. Zwei waren tot, einer flüchtig und die Fronitzer Karin war im Zeugenschutz. Das wurde ja immer verrückter! Wenn Jennerwein nicht da war, lief alles aus dem Ruder. Er setzte sich und nahm einen Schluck von seinem kalten, ungesüßten Abendkaffee. Dann konzentrierte er sich wieder und versuchte, die Fälle auseinanderzuklauben. Karin Fronitzer war vorerst in Sicherheit, um Alina Rusches mutmaßlichen Mörder kümmerte sich Kommissar Jennerwein, an Tralisch, dem Typen mit der Pistole, waren Nicole Schwattke und Ludwig Stengele dran, ihm blieb also nur Leon Schwalb beziehungsweise dessen Hut. Sie waren ein funktionierendes, tolles Team, das auch weitverstreut gut zusammenarbeitete. Hölleisen schraubte die Kappe befriedigt auf den Whiteboardstift. Er fühlte sich momentan als Anführer dieser weitverstreuten Truppe. Jetzt musste er den Hut sicherstellen. Draußen wurde es langsam dunkel. Hölleisen beschloss, das Grab von Leon Schwalb aufzusuchen.

Swiff Muggenthaler war wesentlich gelassener. Er saß seelenruhig auf dem Rücksitz des Fluchtwagens, um sich von Heilinger zu seinem Bestimmungsort fahren zu lassen. Er betrachtete die vorbeirauschende Landschaft und wurde immer ruhiger. Ein Lächeln breitete sich auf seinem Gesicht aus. Er wusste nicht, dass Stengele und Nicole zwei, drei Autos hinter ihm herfuhren, und er wusste nicht, dass auch Emily ihm auf den Fersen war. Aber selbst wenn er das gewusst hätte, er wäre nicht besonders beunruhigt gewesen. Ihn schützte ein eiserner Ring, geschweißt aus den drei Elementen Unschuld, Wissen und Macht.

56

Was ist denn bloß los heute, Menschenskinder. Ich habe mich auf einen lauen Sommerabend gefreut, auf zirpende Grillen, schreiende Käuzchen, heulende Füchse, meinetwegen auch auf fernes Donnergrollen, auf eben alles, was zu einer echten Viersternefriedhofsnacht gehört. Stattdessen: Remmidemmi, die ganze Zeit. Ich scheine mich heute eher auf einem Marktplatz zu befinden als auf einem Friedhof. Jetzt schon wieder: Kiesknirschen, Schritte von unbekannten Personen. Sogar Flüche.

Am Abend kommen fast immer nur einzelne Besucher, je dunkler es wird, desto weniger. Man erkennt die Abendbesucher normalerweise an den Schritten. Sie gehen anders, es sind depressive, melancholische, schlaflose Schritte, nie eilige und beherzte Schritte, so wie die, die sich jetzt nähern. Das sind drei Männer, so viel kann ich schon sagen, einer mit einem forschen, chefigen Auftreten, die anderen beiden, die jüngeren, sind anscheinend die nervösen Nachschleicher. Ich habe diese Schritte noch nie gehört in den vier Tagen und Nächten, das müssen drei Neue sein. O Gott, jetzt bleiben die auch noch stehen! Direkt vor meiner letzten Ruhestätte. Was gibts denn da groß zu sehen? Ein Gemeindegrab, nichts weiter. Aber sie stehen da und schweigen. Trotzdem knirscht der

Kies. Haben Sie es auch schon mal bemerkt auf dem Friedhof? Es ist völlig unmöglich, auf Kieselsteinen ganz ruhig zu stehen, die knirschen nämlich immer. Ein paar rutschen ab, andere zerbröseln, da kann man nichts tun, sie machen Lärm. Sehr erfahrene Leichen können dadurch jemanden nicht nur am Gang, sondern sogar am Stand erkennen. Aber jetzt unterhalten sie sich, die drei Typen, sie flüstern zuerst so leise, dass ich nichts verstehe, dann aber höre ich:

»Da ist es, bin mir sicher.«

»Leon Schwalb, komischer Name.«

»Machen wirs jetzt gleich?«

»Wir warten, bis es dunkel ist.«

Das muss der Chef sein. Einen Ton hat der drauf! Nicht gerade pietätvoll.

»Ich würde lieber jetzt gleich anfangen, bei Helligkeit sieht man noch einigermaßen.«

»Hast wohl Schiss, was? Wir machen es dann, wenn ichs sage, sonst spricht meine Kanone. Du weißt schon: ffft!«

»Vor der habe ich schon lange keine Angst mehr, Chief Percy, die ist ja nicht geladen. Von wegen Schalldämpfer! Das ffft! ist reine Druckluft von einem Luftgewehr …«

Sie streiten, sie werden ein bisschen laut. Was haben die vor, Menschenskinder? Was wollen die *jetzt gleich machen*? Und schon wieder Musik, diesmal drei Reihen weiter, von den Skateboardkids.

»Also gut, wir warten«, sagt der Chef.

»Seit wann liegt der da?«, fragt einer jetzt, einer der jüngeren.

»Na, drei oder vier Tage.«

»Und wie tief wird er liegen?«

»Zwei, drei Meter, mehr nicht.«

Sie unterhalten sich übrigens auf Englisch, mit stark ame-

313

rikanischem Akzent, nur gut, dass ich dieser Sprache mächtig bin. Ein guter Kellner muss schon ein paar Fremdsprachen beherrschen. Im Adlon in Berlin hatte ich viele ausländische Gäste, als ich dort Erster Stellvertretender Stationskellner war. Viel internationales Publikum schwirrte da rum, das können Sie mir glauben, da schnappt man einiges auf. Die Musik ist leiser geworden, die Skateboardkids ziehen ab, ihre Schritte entfernen sich. Das Schönste an einem Menschen ist das Geräusch, das er macht, wenn er sich auf einem Kiesweg langsam entfernt. Endlich wird es so ruhig, wie es auf einem Friedhof sein soll. Ich lausche. Und lausche angestrengter.

Wscht. Wscht. Wscht.

Was soll denn das jetzt werden? Moment mal – die werden doch nicht graben? Wscht. Tatsächlich, es sind Spatenstiche. Jetzt gehts aber los, Freunde. Wo sind wir denn hier? Worauf soll denn das hinauslaufen? Wscht. Störung der Totenruhe ist kein Pappenstiel, es ist ein schlimmes Delikt. Und was gibt es denn schon bei mir zu holen? Das letzte Hemd hat keine Taschen, wie man so schön sagt. Wscht. Wscht. Wscht. Jetzt gräbt ein anderer. Sie wechseln sich ab. Weshalb stochern die in meinem Grab herum?

Ist es eine Exhumierung? Sind es Gerichtsmediziner? Wegen des Verdachts auf eine unnatürliche Todesursache meinerseits? Ganz ehrlich gesagt ist mir dieser Gedanke auch schon gekommen. Dass es kein Hitzschlag war, sondern dass mir einer was in die Milch gemischt hat. Droben auf der Alm, ganz früh am Morgen, als ich Rast gemacht habe. Wenn man sich so wie ich in gewissen halbseidenen Milieus bewegt, dann muss man natürlich damit rechnen. War es ein Mitglied der

Organisation, mit dem ich mal Streit hatte? Oder der neidisch auf meinen Job war? Je länger ich darüber nachdenke, desto mehr keimt in mir ein ganz schlimmer Verdacht auf.

Wscht. Wscht. Die Einstiche kommen näher. Ich überlege fieberhaft. Es gibt da jemanden, der mich schon immer um meinen Job beneidet und nach meiner Villa gegeiert hat ... Klar, droben auf der Almhütte, bei meiner Morgenwanderung, da habe ich ein Glas frische Milch getrunken. Und jetzt fällts mir ein. Die hat auch ziemlich eigenartig geschmeckt. Wscht. Aber auf einer Alm, da denkt man natürlich nichts Böses. Auf der Alm, da gibts ja bekanntlich koa ... Wscht. Jetzt stoßen sie bald auf den Sargdeckel, Menschenskinder. Aber eine Exhumierung so spät am Abend? Das kann eigentlich nicht sein. Ach so! Mensch, klar. Wenn ich mich jetzt mit der Hand an die Stirn schlagen könnte, würde ich das machen. Die suchen nach dem Hut! Das sind welche von der Organisation, die von dem Hut wissen und ihn jetzt sicherstellen wollen. Die denken, ich habe den Hut mit ins Grab genommen! Aber Jungs, da irrt ihr euch gewaltig. Den Hut hat sich wahrscheinlich einer der Bestatter gegriffen. Ich habe jedenfalls keinen Hut bei mir. Wscht. Wscht. Krack. Sie sind fertig mit dem Schaufeln. Der Sargdeckel liegt frei.

Jetzt schnell aufspringen, so im Stil von The Walking Dead, und die Leute zu Tode erschrecken, das wäre was.

57

Inzwischen war es Nacht geworden, richtig unheimliche, schwarze Nacht, nicht nur auf dem Friedhof. Zwei Gestalten strichen durch die leeren Straßen und suchten die Häuserwände ab.

»Ist Euch eigentlich an diesem großen Kutschenrad etwas aufgefallen, Herr?«, fragte Sancho nachdenklich.

»An welchem Kutschenrad?«, fragte der Hagere zerstreut zurück.

»Na, das hölzerne Kutschenrad, das in dem lieblichen Garten gelegen hat! Bei einer der Querstreben, die zwischen den Speichen angebracht waren, ist ein Zacken herausgebrochen. Es war eine frische Rissstelle, trotzdem war der Zacken nirgends im Gras zu sehen.«

»Oh, sieh nur, Sancho, wie ausgesprochen sonderbar sich die Wolke am Nachthimmel zusammenballt, wie zu einer riesigen Linse. Dieses herrliche Naturschauspiel ist ein sicheres Vorzeichen für ein kommendes Abenteuer –«

»Ich habe dann ins Innere des Hühnerstalls geschaut, um festzustellen, um was für Tiere es sich handelt.«

»Die Tiere in dem Garten? Das waren andalusische Goldfasane, mit himmlisch schimmernden Federn und geschärften Schnäbeln. Sie steigen auf in unermesslich weite Höhen –«

»Ich glaube, es waren eher Kroatische

Zwergsperber, eine schwarzweiß gesprenkelte Hühner-
rasse, die leicht im Garten zu halten ist. Ich habe extra meine
Vogelerkennungs-App dafür angeworfen. Seht, Herr, so
schauen die aus –«

Der Hagere warf einen flüchtigen Blick darauf, aber die
Föhnlinsen interessierten ihn mehr.

»In einem Nest saß eine Glucke«, erzählte Sancho unbeirrt
weiter. »Sie hatte den kleinen Zacken, der vom Rad gebrochen
war, wohl ins Nest gezogen und dort verbaut. An dem Zacken hing ein Stück von einem hauchdünnen, durchsichtigen
Seil, mit einer sonderbaren Verknotung am Ende. Warum war
an dem Rad so etwas befestigt gewesen?«

»Weiß der Teufel!«, rief der Hagere.

Er deutete zu einem Haus, lief los und blieb davor stehen.

»Hier an der Mauer ist ein Schild befestigt!«, rief er Sancho
zu. »Wir haben das Domizil endlich gefunden, nach dem wir
gesucht haben.«

Sancho steckte das Handy ein und lief zu seinem Herrn.
An einem mittelalterlich wirkenden Haus mit überreichen
Verzierungen und Lüftlmalereien war eine Erinnerungstafel
angebracht.

In diesem Haus übernachtete

Miguel de Cervantes

vom Sonntag, den 3. auf Montag, den 4. März 1602

»Mich schaudert«, flüsterte der Hagere und kniete weihevoll
nieder. Seine Augen weiteten sich voller Ehrfurcht. »Unser
Schöpfer. Unser Herr und Meister.«

»Vielleicht hat Gevatter Cervantes da drinnen schon einen
Teil des Romans über mich geschrieben.«

»Über dich, kühner Knecht?«

»Den Titel hatte er doch schon: *Die Abenteuer des pummeligen Knappen Sancho Pansa.*«

»Was faselst du da? Bist du von Sinnen?«

Ein zorniger, herrischer Zug erschien im Gesicht des Hageren. Seine Augen blitzten auf, er richtete sein Haupt hoch zum Mond, dessen scharfe Sichel sich in einer Wolke festgehakt hatte. Dann stieß er einen klagenden, schaurig heulenden Ton gen Mond aus. Mit blutunterlaufenen Augen beugte sich der Hagere langsam zu seinem Knecht hinunter und öffnete den Mund zu einem schiefen Lächeln, so dass man zwei spitze, nach unten gerichtete Reißzähne sehen konnte.

»Wir sind schon wieder in der falschen Geschichte gelandet«, sagte Sancho kummervoll.

Zur gleichen Zeit drehte der alte Friedhofswärter seine übliche Mitternachtsrunde, einmal, um die Skateboarder zu vertreiben und um auch sonst nach dem Rechten zu sehen. Nachdem das verfluchte Fremdenverkehrsamt den Viersternefriedhof als unverzichtbare Sehenswürdigkeit im Landkreis eingestuft hatte, sprangen nachts schon mal Touristen über die Mauer. Auch die Skateboarder wurden immer unverschämter. Einen hatte er einmal geschnappt.

»Was treibt ihr denn hier?«

»Das ist der neueste Trend, *graveling*, dabei skaten wir auf rutschigem Schotter. Und wo gibt es denn sonst noch Kieswege außer auf dem Friedhof?«, hatte das freche Bürschchen gemault.

Der Friedhofswärter lenkte seine Schritte zu der etwas abgelegeneren Abteilung, die aus Gemeindegräbern bestand. Er überprüfte diesen Abschnitt nicht regelmäßig, aber dann hatte er doch das unbestimmte Gefühl gehabt, dass etwas nicht in

Ordnung war. Sein Gefühl hatte ihn nicht getäuscht. Tatsächlich war ein relativ frisches Grab nicht vorschriftsmäßig zugeschüttet worden, der Sarg selbst war auf dem Boden des ausgehobenen Loches zu sehen, nur nachlässig mit ein paar Schaufeln Erde bedeckt. Der Friedhofswärter stieg fluchend in die Grube, fegte den Humus beiseite, öffnete den Deckel und untersuchte die Leiche flüchtig. Sie schien unversehrt, hier waren also keine Grabräuber und Leichendiebe à la Doktor Frankenstein am Werk gewesen. Auch die Kosmetikindustrie brauchte immer wieder mal Leichen, um ihre gesetzlich vorgeschriebenen Versuche durchzuführen, und bei den Armengräbern, bei denen es kaum Verwandte gab, die sich beschwerten, waren schon mehr als einmal Leichen komplett verschwunden. (Seit er das zu Hause beim Abendbrot erzählt hatte, schminkte sich seine Frau nicht mehr.) Die Leiche dieses armen Teufels war jedoch intakt, zwei Ringe zierten seinen Glatzkopf wie ein Heiligenschein, sonst fehlte ihm nichts. Es war also nicht nötig, die Polizei zu rufen. Einer der versoffenen Totengräber hatte es sicher wieder einmal versäumt, seine Arbeit zu beenden. Fluchend holte der Nachtwächter seine Schaufel und schippte das Grab wieder zu.

Franz Hölleisen war todmüde. Wie anstrengend das Ermitteln doch war. Trotzdem hatte er beschlossen, beim Heimweg noch am Friedhof vorbeizuschauen. Der Haupteingang war schon verschlossen, er sprang über die Mauer. Auch Jennerwein wich immer wieder mal einen kleinen Schlenkerer vom normalen Gang der Ermittlungen ab, wenn es nötig war. Es dauerte einige Zeit, bis Hölleisen die Armengrababteilung gefunden hatte. Schließlich stand er vor dem sauber geharkten Grab von Leon Schwalb. Nicht einmal einen Grabspruch hatten sie dem Oberkellner gegönnt.

Hölleisen überlegte, ob der Hut wirklich dort unten zu finden war. Würde er vom Richter eine Exhumierung genehmigt bekommen? Nachdem schon die Öffnung des Schließfachs so gut wie nichts gebracht hatte, war das unwahrscheinlich. Hölleisen blickte sich um. Er war sich mit dem Hut eigentlich ziemlich sicher. Sollte er vielleicht selbst … jetzt gleich …? Armengräber waren nicht sehr tief und die Erde war noch frisch – nein, unmöglich, ganz unmöglich, das konnte er nicht bringen. Hölleisen bekreuzigte sich und verließ den Friedhof.

Die ältere Dame, die jetzt aus dem Schatten einer Konifere trat, hinter der sie geduldig gewartet hatte, war in dieser Beziehung nicht so zimperlich. Sie trat ans Grab, warf ihren grauen Mantel ab, packte den mitgebrachten Klappspaten aus und begann zu schaufeln.

58

Es war jetzt vier Tage her, dass Alina Rusche von einem Kutschenrad erschlagen worden war, nun versank sie langsam in den Tiefen des Nordmeers. Die Beerdigungsgäste aber hatten momentan keinen Sinn für den feierlichen Augenblick, sie blickten vielmehr entsetzt zur Reling. Dort stand ein kleiner Mann mit kreidebleichem Gesicht, er hatte einen anderen, viel größeren Mann an der Gurgel gepackt, so dass der aufjapste und mit den Armen wild um sich ruderte. Kommissar Jennerwein fuhr herum. Erschrocken starrte er auf die kämpfenden Männer. Genau das war es, was er hatte verhindern wollen. Blitzartig stand ihm die ganze Ereigniskette, die zu diesem Moment geführt hatte, vor Augen.

Bei seinen Ermittlungen war sich Jennerwein zunächst sicher gewesen, dass der Täter unter Alinas Putzkunden zu finden war, unter den reichen Villenbesitzern in der Henriette-von-Ketz-Straße, bei dem Alina etwas gesehen oder gehört hatte, was sie nicht hatte sehen oder hören sollen. Das war ein einleuchtendes Motiv, allerdings erschien es Jennerwein nach kurzer Zeit allzu naheliegend. Er hatte auch die Möglichkeit in Erwägung gezogen, dass sie im Milieu der Villenbesitzer in eine unsaubere Sache verwickelt gewesen war und dafür sterben musste. Aber nichts in seinen Nachforschungen hatte diesen Verdacht erhärtet. Den ersten wichtigen Hinweis, worum es wirklich ging, hatte Jennerwein von Frau Zankl erhalten. Die hatte ihm erzählt, dass Alina eine Affäre hatte. Eine heftige, leidenschaftliche Affäre. Frau Zankl hatte ein Telefonat belauscht, sie hatte nur Wortfetzen von Alina in Erinnerung:

»… wir können nicht mehr so weitermachen … ich glaube, er ahnt es schon … ich arbeite nur bei dir so häufig …«

Und damit war es klar für Jennerwein: Alina hatte ein Verhältnis mit einem ihrer Kunden, und das war ihr Tod gewesen.

Tomislav Rusche fühlte noch nie dagewesene Kräfte in sich aufsteigen. Er stieß den Liebhaber seiner Frau an die Reling, rüttelte und würgte ihn.

»Du bist schuld!«, schrie Tomislav. »Immer Dienstag! Und Mittwoch! Und Freitag! Ich habe nur auf die Excel-Tabelle schauen müssen! Du Schwein! Das wirst du büßen! Ich habe nichts mehr zu verlieren!«

Der Liebhaber hielt sich benommen die Hände vors Gesicht. Blitzartig dachte Tomislav an den Moment, als er auf seinem Handy den Schalter umgelegt hatte, der sein Leben verändern sollte. Er hatte damit die Cloudfunktion aktiviert, was dazu geführt hatte, dass er ihre SMS-Nachrichten und Mails lesen konnte. Und was hatte er da gefunden? War wunderschön gestern. Bis morgen um 16 Uhr. Kann es kaum erwarten. Komme heute leider eine Stunde später. Freue mich riesig. Tomislav hatte gar nicht vorgehabt, sich die Nachrichten anzusehen, aber nachdem er bei einer hängengeblieben war, konnte er nicht mehr aufhören. Es gibt Situationen, da ist es schwierig, einen Text *nicht* weiterzulesen. Er stellte fest, dass das schon geraume Zeit so ging. Sein anfängliches Entsetzen verwandelte sich in eiskalte Wut. Sie spielte ihm die brave

322

Ehefrau vor und traf sich alle paar Tage mit einem anderen! Er hatte keine Ahnung, wer der Kerl war. Keine Nummer, kein Name. Die eiskalte Wut verwandelte sich in gärende, eifersuchtsgeprägte Rachegedanken. Der Mordplan reifte schnell in Tomislav. Er war es, der die Seilkonstruktion installiert und sich ein Alibi verschafft hatte. Stunden nach Alinas Tod, vor der angeblichen Entdeckung ihrer Leiche, hatte er die Seilzüge wieder entfernt und sie entsorgt.

Nachdem er Alina getötet hatte, kannte Tomislav nur noch ein Ziel: Er musste ihren Liebhaber finden. Unter dem Vorwand, die Todesnachricht von Alina zu übermitteln, hatte er jeden ihrer Kunden besucht, von dem er glaubte, dass er in Frage kam. Einer war ihm unsympathischer als der andere gewesen. Fieberhaft ging Tomislav die SMS-Nachrichten durch, wieder und immer wieder. Und dann, endlich, wurde er fündig. Denn Alina hatte einen Fehler begangen: Sie hatte konkrete Uhrzeiten genannt. Vor Zorn zitternd verglich Tomislav die SMS-Zeiten auf dem Handy mit der Excel-Liste am Kühlschrank.

> ... wir treffen uns gleich ...<

Sie hatte die SMS um 13.50 Uhr abgesandt, und um 14.00 Uhr hatte sie einen Putzjob beim Übelsten aller Typen! Wie konnte Alina ausgerechnet den zu ihrem Liebhaber erwählen, diesen –

59

Ich hab die drei Jungs dann doch nicht mit The Walking Dead erschreckt, die waren sowieso frustriert genug, weil sie den Roosevelt-Hut nicht bei mir gefunden haben. Das hätte ich ihnen gleich sagen können. Den Roosevelt muss ich wohl abschreiben. Keine Ahnung, wo der geblieben ist, aber jetzt kann ich ohnehin nichts mehr mit ihm anfangen. Was wohl aus den anderen Hüten geworden ist? Sie waren ja eigentlich immer nur ein Mafiazahlungsmittel. Aber im Lauf der Jahre sind mir die Geschichten, die an den Hüten hingen, zu einer richtigen Leidenschaft geworden. Wie aufregend war es, die Hüte von Thomas Mann, Sean Connery, Frank Sinatra und Van Gogh zumindest eine Zeitlang um mich zu haben. Humphrey Bogart, Orson Welles, Gary Cooper, Johnny Depp, Kevin Spacey, Madonna, Monica Bellucci, Javier Bardem … Damals tat es mir immer leid, wenn ich einen der Hüte wieder zur Geldverflüssigung hergeben musste, aber inzwischen weiß ich: Man kann eh nichts mitnehmen. Oder wie ein ecuadorianisches Sprichwort sagt: Der letzte Kopf trägt keinen Hut.

Wscht. Wscht.

Das gibts doch jetzt nicht, oder? Da gräbt ja schon wieder jemand! Wscht. Wscht. Zum hundertsten Mal: ICH HABE DEN HUT

NICHT, VERDAMMT. Diesmal sind es zierliche, elegante Spatenstiche. Es muss eine Frauenhand sein, die den Spaten führt. Auch egal. Sie wird nichts finden.

Aber Moment mal, halt! Ich Idiot! Natürlich. Jetzt fällt mir ein, wo der Roosevelt-Panama abgeblieben sein muss. Es gibt nur eine einzige Möglichkeit.

60

Der Mörder von Alina und ihr Liebhaber hielten sich eisern umklammert und taumelten an der Reling entlang. In unregelmäßigen Abständen schnellte eine Faust hoch und hieb auf den anderen ein. Heisere, wutschnaubende Schreie gellten über das Deck. Alle an Bord standen starr vor Entsetzen, keiner wagte es, die Kämpfenden zu trennen, zu nahe standen sie an der Reling. Einzig Kommissar Jennerwein ging langsam und mit erhobenen Händen auf die beiden zu.

»Lassen Sie den Unsinn«, rief er in beschwichtigendem Ton. »Das ist nicht der Ort für solch einen albernen Streit.«

Die beiden Kampfhähne hielten tatsächlich inne und glotzten Jennerwein mit großen, funkensprühenden Augen an. Jennerwein trat noch einen Schritt auf sie zu. Doch Tomislav löste sich aus der Erstarrung. Er nützte es aus, dass sein Kontrahent abgelenkt war, er holte aus und versetzte ihm einen brutalen Schlag ins Gesicht.

»Hören Sie auf!«, schrie Jennerwein und machte einigen, die sich jetzt nähern wollten, um einzugreifen, ein Zeichen, sich zurückzuhalten. Er befürchtete eine Panikreaktion von Tomislav. Doch der versetzte dem Mann, der einen Kopf größer war als er, einen noch derberen Schlag als vorher.

»*Du* bist schuld!«, wiederholte er, und seine Stimme überschlug sich dabei.

»Ich habe mit ihrem Tod rein gar nichts zu tun«, schrie der andere zurück.

»Doch! Du bist schuld, dass sie sterben musste!«

Wieder zähes Gerangel. Jennerwein schlich ein Stück näher. Er war wütend auf sich selbst, weil er sich vorhin vom Herausfischen des Zettels hatte ablenken lassen. Aber jetzt musste er professionell handeln. Auf dem schwankenden Deck ging er Schritt für Schritt auf die beiden zu. Wenn er Tomislav von dem anderen trennte, konnte er Schlimmeres verhindern. Tomislav schien unbewaffnet zu sein, sonst hätte er die Waffe schon längst gezückt. Noch ein Schritt. Und noch einer.

Doch in diesem Moment rollte die M/S Last Journey in der Dünung. Tomislav taumelte und glitt fast auf dem nassen Schiffsboden aus. Dabei hielt er sich an seinem Gegner fest, der ruderte heftig mit den Armen, um sich zu befreien. Beide, der Mörder und der Liebhaber, rutschten an dem nassen Relinggestänge entlang, sie versuchten, sich gegenseitig über Bord zu werfen. Und da geschah es. Beide stürzten wild gestikulierend vom Deck hinab ins Meer. Das Klatschen, mit dem sie auf dem Wasser aufschlugen, ging im Entsetzensschrei der Begräbnisgäste unter. Jennerwein sprang, ohne zu zögern, hinterher. Er musste die Kämpfenden trennen. Sonst kamen sie beide um.

Als Jennerwein sich von der Relingstange abstieß, konnte er erkennen, dass die beiden schon ein Stück vom Schiff abgetrieben waren. Es war aber noch möglich, sie zu erreichen. Hinter ihm ertönte der laute Ruf:

»Mann über Bord!«

Dann kam er mit den Beinen zuerst im Wasser auf, es

klatschte schmerzhaft. Ein stechender Schauer erfasste ihn, als er vollständig in die eiskalten Fluten des Nordmeers eintauchte. Er strampelte sich wieder nach oben, dabei bemerkte er neben sich einen dunklen Schatten, der sich langsam im Wasser bewegte. Die Schiffsschraube! Panisch versuchte er, Abstand zu halten, doch ein scharfkantiges Tiefenruder kam direkt auf ihn zu. Ein Gedanke schoss ihm durch den Kopf: Warum war das Getriebe nicht mit einem Käfig abgedeckt?!

»Mann über Bord!«, rief Ursel noch einmal, während der Kapitän zum Steuerstand rannte, um die Maschinen zu stoppen.

Alle waren an die Reling gelaufen, der junge Mann mit der tiefen Stimme riss bereits die Rettungsstange mit der Fangschlaufe von der Wand, aber das hatte keinen Sinn. Die beiden miteinander Ringenden waren schon zu weit entfernt, Jennerwein wiederum war gar nicht mehr zu sehen.

»Gibt es ein Beiboot?«, schrie Ursel dem Kapitän nach. »Ein Rettungsboot?«

Der Schiffspropeller oder was es auch immer war, glitt knapp an Jennerwein vorbei. Der Kommissar tauchte auf und japste nach Luft. Die eisige Kälte raubte ihm fast die Besinnung. Doch dann versuchte er, sich zu orientieren. Bei dem Wellengang konnte er die beiden nicht ausmachen. Schließlich hörte er die Schreie von Tomislav und seinem Opfer. Immer wieder versuchte einer, den anderen unter Wasser zu drücken. Jennerwein legte an Tempo zu.

Der Mörder und der Liebhaber kämpften verbissen miteinander. Der Liebhaber war wesentlich stärker, konnte aber nicht gut schwimmen. Der Mörder war schwächer, aber er hatte die Wut in sich, die ihn antrieb.

»Immer Dienstag!«, stieß Tomislav prustend und wasser-schluckend hervor. »Du Schwein! Ich bring dich um!«

Jennerwein spürte, wie seine Kräfte schwanden. Er war ein guter Schwimmer gewesen, aber das war Jahre her. Er war nur noch wenige Armlängen von den beiden entfernt, er rief laut, und endlich bemerkten sie ihn.

Tomislav wirkte völlig erschöpft. Der Mörder und der Liebhaber hielten sich wieder fest umklammert. Jetzt war Jennerwein ganz nah dran. Doch bevor er zupacken konnte, bemerkte er, dass sich unter ihm etwas im Meer bewegte. Ein unheimliches, in hohen und dann auch wieder tiefen Tönen schnarrendes und sirrendes Geräusch erfüllte die Luft. Tomislav ließ von seinem Gegner ab und blickte sich hektisch nach allen Seiten um. Plötzlich schob sich etwas Großes, Weiches unter Jennerwein, etwas Undefinierbares, so etwas wie eine breite, weiche Gummimatte, die aus dem Meer auftauchte. Als er versuchte, sich darauf abzustützen, spürte er das led-rige, glitschige Material, das sich nun auftürmte und eine Höhe von einem Meter erreichte, von zwei Metern, von fünf Metern. Das undefinierbare Teil riss sie alle drei mit hoch. Es roch nach Teer und Gummi. Entsetzt starrten der Kommis-sar, der Mörder und der Liebhaber nach unten auf die kalt kochende See.

Auf Deck des Bestattungsschiffes stieß Tante Mildred einen spitzen Schrei aus und zeigte aufgeregt aufs Meer hinaus.

»Da, sehen Sie nur! Ein Wal!«

61

Die Autobahn führte nach Norden, der Verkehrsfunk meldete hohes Verkehrsaufkommen. Swiff Muggenthaler saß im Fond des Wagens, Schrotthändler Heilinger fuhr. Sie schwiegen wie Herr und Hund. Swiff, früher ein unausgewogen wirkender Bursche mit strähnigem Haar und unreiner Haut, hatte schon viel von einem besonnenen Grandseigneur angenommen, man sah ihm an, dass er nicht einfach nur so vor sich hinstierte, sondern mehrdimensional über die nächsten und entscheidenden Schritte nachdachte. Draußen protzte der Sommerabend mit prallen Wiesen, die Ähren wogten sacht, klatschmohniges Rot machte sich allerorten breit. Swiff hatte einen Termin. Auf seine E-Mail-Forderung hatte der Onlineversand-Riese umgehend geantwortet und um ein Gespräch gebeten. Es war vielleicht das wichtigste seines Lebens, beim Präsidenten, beim Chairman oder beim CEO, wie auch immer. Er stand kurz davor, selbst solch ein CEO zu werden, die illegale Zahl im Schließfach mit der Teufelsziffer № 666 hatte ihm diese Möglichkeit verschafft. Das Firmengebäude lag direkt neben der Autobahn, richtig verkehrsgünstig in der Nähe einer Ausfahrt und zudem weithin und drohend-lockend sichtbar für alle.

Swiff zuckte kurz zusammen. Das wäre ja was, wenn der Russe, der fleißige Sammler von gefährlichen компромат-Geheimnissen, ebenfalls hierher unterwegs wäre, um seine Geschäfte zu machen. Ein Zusammentreffen mit ihm wäre äußerst unangenehm.

»Gibt es einen Russen im Kurort?«, fragte Swiff nach vorn.

Heilinger lachte. Sein Lachen klang so, wie wenn fünf Autos über einen prallen Dudelsack fuhren.

»Es gibt eine Menge Russen im Kurort«, sagte Heilinger ausweichend.

»Ich meine einen bestimmten Russen, der im Hintergrund bleibt und großen Einfluss hat.«

Heilinger schwieg. Auch Swiff wollte das Thema компромат nicht weiter vertiefen. Aus irgendeinem Grund stieg in ihm ein kleines, unangenehmes Gefühl auf, wenn er an das Notizbüchlein in № 067 dachte. Swiff sah aus dem Fenster. Autos fuhren vorbei, die Gesichter von wildfremden Leuten kamen ganz nah. Wenn ihr wüsstet, *wie* nah ich euch noch kommen werde, dachte Swiff. Sein Chauffeur Heilinger hatte auf dem letzten Rastplatz das Auto gewechselt, sie fuhren jetzt in einem geräumigen Kombi, Swiff hatte keine Ahnung, wie er den so schnell organisiert hatte.

»Sehen Sie, da vorne ist es.«

Von weitem ragte das Gebäude des Onlineversand-Riesen mit dem einprägsamen Logo auf. Heilinger nahm die kompliziert verschlungene Ausfahrt. Als sie nur noch ein paar hundert Meter vom Gebäude entfernt waren und nach einem geeigneten Parkplatz Ausschau hielten, atmete Swiff tief durch.

Im Besprechungsraum des Sicherheitsdienstes des Onlineversand-Händlers war unter der Rubrik ›Witz des Tages‹ ein Blatt mit einem Computerausdruck an die Wand gepinnt:

Wir sind ein internationaler Konzern,
wir zahlen keine Steuern,
ruinieren die Umwelt,
verstoßen gegen Menschenrechte,
diktieren den Politikern die Gesetzesvorlagen,
und das Beste: Es ist alles ganz legal.

Am Tisch hatten mehrere ziemlich gleich aussehende Anzugträger Platz genommen.

»Wir haben heute schon wieder einen Angriff auf unser System registriert«, stellte einer der austauschbaren Herren fest. »Ich habe diese Eilsitzung einberufen, weil wir diesmal über Maßnahmen diskutieren müssen.«

Ein anderer blickte überrascht auf.

»Er hat es mit einer illegalen Zahl geschafft?«

»Ja, das hat er, und er ist bis ins Büro des Präsidenten durchgedrungen. Er hat zwar unser Abwehrsystem ausgelöst, aber trotzdem ziemlichen Schaden verursacht.«

»Und was jetzt?«

»Wir warten. Wir haben ihn zu einem Gespräch eingeladen. Er dürfte bald da sein.«

»Und was stellen wir mit ihm an? Binden wir ihn in unsere Arbeit ein? Geben wir ihm einen nutzlosen Job, wie immer in solchen Fällen?«

Ein Typ, der bis dahin schweigend dagesessen war, raunzte trocken in die Runde:

»Eliminieren. Das ist wirtschaftlicher.«

Emily Demmel-Hertkorn, die Goldschmiedin mit dem kleinen Schmuckladen in der Fußgängerzone des Kurorts, war Swiff ohne große taktische Überlegungen nachgefahren, einfach so, mit ihrem beuligen Auto, ohne die ausgefeilten Tricks der Beschattungs- und Ausspähbranche. Da sie aber eben keine ausgebildete Nachfahrerin und Verfolgerin war, fiel sie durch alle Raster, auf die die Verfolgten achteten. Doch dann sah Heilinger in den Rückspiegel.

»Uns verfolgt jemand«, sagte er.

»Schon möglich«, gab Swiff zurück. »Wäre ja auch ein Wunder, wenn nicht. Ich bin so vielen Leuten auf die Füße getreten! Aber keine Sorge, Heilinger. Wir sind mehrfach gesichert.«

»Wenn Sie meinen«, murmelte Heilinger.

Emily hatte keine Ahnung, wohin Swiff fuhr. Vorhin hatte er anscheinend eine Panne gehabt und das Auto gewechselt. Wie hatte er das denn so schnell herbekommen? Jetzt nahm er eine Abfahrt. Es war in der Nähe des Industriegebiets weit draußen vor dem Kurort. Emily hatte keinen blassen Schimmer von den Machenschaften eines Onlineversand-Riesen. Sie war eine durch und durch analoge Goldschmiedin. Jetzt nahm sie ebenfalls die Ausfahrt. Und mit dem Glück des Laien hielt sie den Anschluss. Der Kombi fuhr in eine Parklücke. Swiff ließ sich von einem Chauffeur kutschieren. Dafür hatte er also Geld. Aber als sie gemeinsam essen gegangen waren, hatte immer sie bezahlt. Schwach. Aber er wird schon seine Gründe haben, dachte Emily Demmel-Hertkorn, theoretische Erbin eines riesigen Vermögens, das momentan von Bussibussi-Demmel verschenkt, versenkt, verprasst und verbrannt wurde. Swiff hatte ihr bei einem Restaurantbesuch davon erzählt. Woher er das wusste, hatte sie nicht herausbekommen. Aber so wie sie den Onkel kannte, war es eine durch und durch glaubhafte Geschichte. Es faszinierte sie, dass er über ihre hässliche Erblage informiert war. Sie wollte, dass Swiff ihr half, das Vermögen ihres Bussibussi-Onkels zu bewahren. Und deswegen ging es nicht an, dass sich Swiff einfach davonmachte. Er sollte noch etwas für sie tun.

Ludwig Stengele, ehemaliger Kriminalkommissar des Teams Jennerwein, und Nicole Schwattke, zurzeit beurlaubte Kommissarin des Teams, hatten eine wesentlich professionellere Beschattungstaktik. Sie saßen im Auto und fuhren in gehörigem Abstand, nicht auf Sicht, Nicole hatte Swiff Muggenthalers Handy vielmehr über ein Ortungssystem auf dem Schirm. Nicole trug einen breitkrempigen Hut und eine getönte Brille, sie hatte den Kragen der Lederjacke hochgeschlagen.

»Woher wussten Sie eigentlich, dass er den Kurort verlässt?«, fragte sie dazwischen.

»Ich kenne meine Pappenheimer«, antwortete Stengele. »Der alte Heilinger ist mir schon ein paarmal aufgefallen, wegen Hehlerei, Fälschung von Autopapieren, Fahrten für zwielichtige Gestalten. Als unser Manuel Tralisch zu ihm ging, wusste ich Bescheid. Danke übrigens, dass Sie mitmachen, Nicole.«

»Dafür nicht, Stengele.«

»Da sehen Sie, da hinten, die vielen Drohnen.«

Tatsächlich wimmelte es dort, wo Stengele mit der eisernen Hand hindeutete, von den kleinen beweglichen Flugkörpern. Man hätte sie für Vögel halten können. Aber Vögel hatten flatternde Flügel und stiegen nicht vertikal in die Luft.

»Der Onlinefuzzi probt anscheinend schon mal für künftige Drohnentransporte.«

»Und was macht unsere Zielperson jetzt?«

»Nichts«, sagte Nicole und ließ das Fernglas sinken. »Heilinger hat geparkt, aber beide bleiben im Auto sitzen. Tralisch hat allerdings jetzt sein Notebook weggelegt. Er scheint etwas zu beobachten.«

Schweigend lehnte sich Swiff ins Polster zurück. Das Gefühl der Unangreifbarkeit, das in ihm aufstieg, mächtig anschwoll und ihn gänzlich erfüllte, war fast schon beängstigend.

»Fahren Sie in eine andere Parklücke«, sagte Swiff plötzlich. »In die da drüben. Da habe ich den Eingang besser im Blick.«

Er sagte es so, dass Heilinger, ohne zu murren, gehorchte.

Einer der Sicherheitschecker vom Onlineversand-Riesen beobachtete das Manöver durchs Fenster. Ludwig Stengele verfolgte es von der anderen Seite der Autobahn aus mit einem superleistungsfähigen Fernglas. Emily war ganz naiv auf den Parkplatz gefahren und schaute durch die verschmutzte Scheibe ihres Autos.

Swiff wartete ungeduldig auf eine erneute SMS vom Onlineversand-Riesen.

»Chef?«, sagte Heilinger.

»Ja, was gibts?«

»Haben Sie keine Angst, einfach ausgeschaltet zu werden? Von einem Schläger? Einem Schlitzer? Von einem Scharfschützen?«

Swiff lachte ein kleines, kicherndes Lachen. Es klang so, wie wenn man bei einem Espressokocher den Deckel öffnet, um zu sehen, ob das Gebräu schon fertig ist. Chchsch.

»Dafür weiß ich zu viel«, sagte er schließlich.

Er strich die strähnigen Haare aus dem Gesicht und lächelte sein brodelndes, heiseres Lächeln. Er hatte sich jetzt vollkommen in einen diabolischen Grandseigneur verwandelt.

Endlich piepste es auf Swiffs Smartphone. Die sehnsüchtig erwartete SMS. Unser Team empfängt Sie am Eingang B. Wir

335

kommen auf Sie zu. Swiff stieg langsam aus dem Wagen. Nach wenigen Schritten rief jemand seinen Namen. Seinen richtigen Namen.

»Herr Muggenthaler, darf ich Sie kurz sprechen?«, fragte eine Frau.

Swiff blieb stehen und drehte sich langsam um. Sie lächelte ihn freundlich an. Er kannte sie nur allzu gut. Diese Frau hätte Swiff nicht erwartet, vor allem nicht hier, auf einem öden Parkplatz neben der Autobahn.

»Am besten, wir setzen uns in mein Auto dort drüben«, sagte sie, immer noch freundlich, aber diesmal bestimmter.

Er hätte einen Schlag erwartet, einen Stich, einen Beschuss, fünf Kerle, die ihm den Weg verstellten, eine Maschinengewehrgarbe. Was er nicht erwartet hatte, war Frau Weißgrebe. Er hatte das Gefühl, von einem Berg herunterzustürzen, in das tiefe Tal, in dem die Bedeutungslosigkeit lauerte.

62

Franz Hölleisen warf den Stift auf den Schreibtisch und lehnte sich zurück. Er hatte nicht viel geschlafen und war todmüde. Den ganzen Tag hatte er über ›seinen‹ Fall gegrübelt, aber er kam einfach nicht weiter. Vielleicht sollte er Jennerwein anrufen. Ja, das war das Beste. Wenn er ihn kurz über den Stand seiner eigenen Ermittlungen informierte, konnte er ihn um Rat fragen. Er sah auf die Uhr. Die Bestattung musste jetzt schon längst vorüber sein. Hölleisen wählte und wartete. Er ahnte nicht, dass Jennerweins Handy ungehört in dessen Jackentasche rumorte, inmitten des eiskalten und rauen Nordmeers, einmal unter, dann wieder über dem Wasserspiegel. Nach zehnmal Klingeln legte Hölleisen auf.

Leise stöhnend wandte er sich wieder seiner Mindmap zu, die inzwischen allerkomplizierteste Ausmaße erreicht hatte.

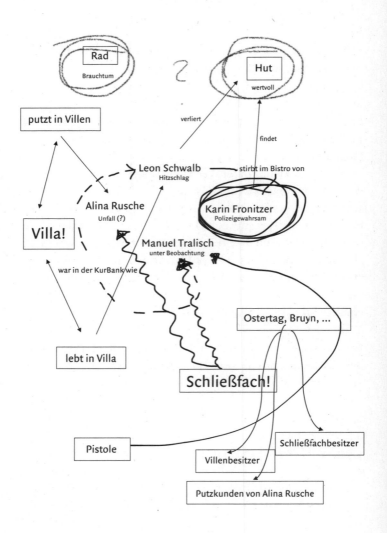

Ja, genauso sieht es momentan auch in meinem Hirnkastel aus, dachte Hölleisen. Er hätte vergangene Nacht auf dem Friedhof doch das Grab ausheben und der Sache auf den Grund gehen sollen. Und wenn jemand gekommen wäre: Beweissicherungsnotstand. Seufzend schaltete er den Computer an und recherchierte nochmals gründlich. Er ging die Liste berühmter Panamahutträger durch. Er las von Mafiagepflogenheiten bezüglich der Bezahlung mit Wertgegenständen. Er erfuhr noch mehr von den vielen Eigenschaften eines echten Jipijapas, zum Beispiel die Besonderheit, ihn ganz flach zusammenfalten zu können. Mensch Hölleisen, da stand es doch gerade! Konzentrier dich, du bist der Lösung ganz nah! Doch Hölleisen griff zum Telefon und versuchte es nochmals bei dem Bestatter, der Leon Schwalb abgeholt hatte. Der war nicht zu erreichen. Es blieb nichts anderes übrig. Er musste die Graseggers fragen. Die schipperten zwar momentan auf hoher See herum, aber probieren konnte er es ja einmal.

»Hallo, hier Grasegger. Wer spricht?«

Ignaz hatte in seiner fensterlosen Kombüse überhaupt nichts mitbekommen von den turbulenten Ereignissen droben an Deck und draußen auf hoher See. Er starrte gerade konzentriert auf das leicht simmernde Wasser im improvisierten Weißwurstkessel, er versuchte, die Kochtemperatur auf achtzig Grad zu halten. Nur wenige kannten seine Handynummer, es musste etwas Wichtiges sein.

»Hier Hölleisen. Sag einmal, Ignaz, nur eine kurze Fachfrage. Wenn du eine Leiche mit Hut gebracht bekommst, was machst du dann mit dem Hut? Gräbst du den auch mit ein?«

»Niemals. Eine Leiche mit Hut in den Sarg zu legen ist absolut unüblich. Und unter Bestattern richtig verpönt. Keine Haustiere, nicht nackert und nicht mit Hut.«

»Habe ich richtig verstanden: nicht nackert?«

Es knackte und rauschte ordentlich in der Leitung.

»Das ist sogar eine EU-Norm. Tiere wegen der Pietät und der Hut wegen der Ehrfurcht. In der Kirche trägt man auch keinen.«

»Aber wenn sichs der Verstorbene wünscht?«

»Das macht kein Bestatter, glaubs mir.« Die Verbindung wurde jetzt sehr schlecht. »Du Hölli, bis später, wenns weiter nichts ist, ich muss die Brezen aus dem Ofen nehmen, sonst werden sie schwarz.«

»Du hast Brezen mit zum Nordpol genommen?«

»Erstens ist es nicht der Nordpol, und zweitens: freilich, was denn sonst! Es sind ja schon ab München keine richtigen Brezen mehr aufzutreiben. Da hab ich lieber den Teig mitgenommen, den back ich hier an Bord auf.«

Hölleisen wünschte noch eine schöne Leich' und legte auf. Alle Mühe umsonst. Wahrscheinlich hatte die Karin Fronitzer den Hut an sich genommen und ihn angelogen. Die wollte er sich noch ein letztes Mal vorknöpfen.

Eines ist sicher. Der Hut ist weg. Weiß Gott, wer den jetzt hat. Die drei Typen haben mein Grab aufgebuddelt und nichts gefunden. Dem Friedhofswärter ist auch nichts aufgefallen, und Josy Hirte hat mich wirklich sehr genau untersucht, einmal im Sarg aufgesetzt und meinen Rücken abgetastet – ohne Ergebnis.

»Pech mit dem Hut«, hat sie gemurmelt. »Aber der Rest hat doch bestens geklappt.«

Wie: geklappt? Ich habe es zuerst nicht begriffen. Aber dann wurde mir auf einmal klar: Das Aas hat mich beiseitegeräumt. Ich hab mir schon die ganze Zeit gedacht: einfach so mir nichts dir nichts an einem Hitzschlag zu sterben, das sieht mir überhaupt nicht ähnlich. Oben auf der Alm hat die falsche Schlange mir was in die Milch getan, um mich zu betäuben. Ich habe mich dann in die Sonne gelegt und bin eingeschlafen. Als ich wieder aufgewacht bin, hatte ich so ein pelziges Gefühl an den Lippen. Es wäre ein Leichtes gewesen, sich anzuschleichen und mir ein Gift draufzupinseln, eines, das über die Schleimhäute wirkt. Und das die Symptome eines Hitzschlagtods vorspiegelt. Josy wollte ja immer schon Bereichsleiterin im Bezirk Alpenvorland werden und nicht nur einfache Botin bleiben. Na dann, Josy Hirte, wenn das so ist, wünsche ich dir noch viel Spaß. Vielleicht gewinnst du ja mal wieder ein Preisausschreiben … Und da sind sie ja schon wieder, die umtriebigen Skateboardkids. Graveling – wie das knirscht und kitzelt. Das geht jetzt wieder durch bis morgen früh. Wann ist denn endlich Totenruhe auf dem Viersternefriedhof? Ende Gelände, aus die Maus, basta, aus-Äpfel-Amen, Punktum, Streusand drüber, Finito, Schluss mit lustig, Hasta la vista, baby!, Feierabend, Zapfenstreich oder, wie man in der Gastronomie sagt: Letzte Runde!!!

63

Ignaz hielt den Zeigefinger vorsichtig in den Kessel und stupste eine der Weißwürste nach unten ins Wasser. Ja, jetzt waren sie heiß und durchgesimmert, jetzt konnte er die Temperatur getrost reduzieren. Sie durften nur nicht zu lange im Kessel bleiben, sonst drohte das Eiweiß zu gerinnen und sie wurden klumpig – und das war der Tod von jedem Leichenschmaus. Sollte er gleich nach oben an Deck gehen und mit der tragbaren Schiffsglocke die Trauergesellschaft zu Tisch bitten? Ignaz fiel ein, dass er vergessen hatte, die Brezen zu salzen. Er machte sich pfeifend an die Arbeit. Die da oben konnten auch noch fünf Minuten warten.

Der erste Impuls von Ursel war es gewesen, Ignaz zu Hilfe zu holen. Wie sie wusste, trug er auch hier eine kleine, diskrete Waffe, aber Unsinn, was sollten sie mit der anfangen, die brachte jetzt rein gar nichts! Ursel hastete quer über die hölzernen Bordplanken zum Steuerstand, wo der Norweger dabei gewesen war, sein Mann-über-Bord-Manöver einzuleiten, jetzt aber erschreckt auf den Wal vor ihnen starrte.

»Bringen Sie uns da hin, Kapitän!«, schrie Ursel ihn an. »Sofort, augenblicklich, machen Sie schon.«
Der Norweger winkte ab.
»Unmöglich! Es ist ein Buckelwal. Das sind kluge und verspielte Tierchen, aber

eben auch sehr schreckhaft. Wenn ich mich dem Wal mit meinem lärmenden Boot nähere, dann besteht die große Gefahr, dass er schnell abtaucht. Er hat dreißig Tonnen Lebendgewicht. Durch den entstehenden Strudel könnten die drei Leute dort draußen mit nach unten gezogen werden. So ausgekühlt und erschöpft wie die sind, kann das lebensgefährliche Folgen haben.«

»Aber was können wir dann tun?«

Jennerwein versuchte, sich an der Schwanzflosse des Wals festzuhalten. In einiger Entfernung sah er die M/S Last Journey. Warum kam von dort keine Hilfe? Sie waren hier draußen auf sich alleine gestellt. Nach dem ersten Schock versuchte sich jeder, so gut es ging, am Körper des Tieres festzuhalten, Jennerwein an der Fluke, der Mörder und der Liebhaber an einer der riesigen Brustflossen. Die beiden hatten ihre Auseinandersetzung unterbrochen. Der Kommissar hatte noch die beste Position, er lag jetzt bäuchlings auf der Schwanzflosse. Wenn der Wal allerdings damit ausschlug, war er verloren. Jennerwein hatte durch die Bewegungen des Tieres viel Wasser geschluckt, einmal hatte er gehört, dass sein Handy klingelte. War das Tier dadurch nervös geworden? Jennerwein prustete und hustete. Entsetzt bemerkte er, dass Tomislav und der Liebhaber wieder begonnen hatten, aufeinander einzudreschen.

»Können Sie denn nichts tun?«, schrie Ursel zornig.

Der Kapitän legte ihr die Hand beruhigend auf die Schulter.

»Ich habe eine Idee. Ich stelle den Schiffslautsprecher an und imitiere mit meiner Eskimo-Kaboozua den Gesang des Buckelwals. Das mache ich oft, wenn Touristen an Bord sind. Da halten die Wale still und lauschen, tauchen nicht dauernd auf und ab. Währenddessen lassen Sie das Beiboot zu Wasser und helfen den Leuten.«

Der Kapitän verschwand in seiner Kabine. Ursel, die bei der Anfangseinweisung besonders gut aufgepasst hatte, begann nun, das Rettungsboot ins Wasser zu lassen, der hilfsbereite junge Mann sprang herbei und packte mit an.

»Können Sie rudern?«, fragte sie ihn. »Haben Sie das schon einmal gemacht?«

»Nein, noch nie, aber ich bin dabei«, sagte er.

Ursel sah ihn misstrauisch an.

»Wer sind Sie eigentlich? In welcher Beziehung stehen Sie zu Alina Rusche? Ich will nichts mehr riskieren.«

»Ja, ist schon okay. Mein Name ist Nolte. Alina hat bei mir gearbeitet. Sie war die Beste und Schnellste! Und das hier bin ich ihr schuldig. Sie brauchen sich keine Sorgen zu machen, ich will nur helfen. Ich habe weder etwas mit dem Mord zu tun noch – «

Inzwischen lag das Boot im Wasser und sie begannen hineinzuklettern. Ursel schämte sich ein wenig. Ihr war dieser stille junge Mann durchaus merkwürdig vorgekommen. Plötzlich ertönten aus dem Schiffslautsprecher laute, schauderhafte Töne, zumindest für das menschliche Ohr. Es war ein unmelodiöses Kratzen, Zirpen und Quietschen, alle sahen zum Norweger am Steuerstand hin, der über das Mikrophon gebeugt war und in ein seltsames Instrument blies, eine Mischung aus Didgeridoo, Fagott und Riesengurke.

Jennerwein versetzte Tomislav einen Stoß mit den Beinen, der dadurch von seinem Gegner abließ und sich an dem massigen Körper des Tiers festklammerte. Der Wal verhielt sich momentan ganz still, er hatte sich langsam zum Schiff umgedreht, als hätte er dort etwas bemerkt. Der Liebhaber hielt sich immer noch prustend und schnaubend an der Brustflosse fest.

»Reißen Sie sich zusammen!«, schrie Jennerwein den beiden zu. »Wir müssen weg vom Wal. Möglichst weit weg! Wir bleiben eng beieinander und versuchen, uns über Wasser zu halten.«

Jennerwein sah zum Schiff. Dort war gerade das kleine Beiboot zu Wasser gelassen worden. Große Erleichterung flammte in ihm auf.

»Halten Sie durch. Wir stoßen uns ab – auf mein Kommando!«

Jennerwein wollte die reglose Ruhepause des Buckelwals ausnützen. Er richtete sich auf, sah, dass zumindest Tomislav das ebenfalls tat. Sie machten sich bereit für den Absprung.

Nolte ruderte mit aller Kraft. Ihn trieben Wut und Verzweiflung an, so lange untätig gewesen zu sein. Er hätte es wissen müssen. Alina Rusche hatte ihm eines Tages gestanden, dass sie eine Affäre hatte. Er wusste, dass sie sich von ihrem Mann trennen wollte. Er wusste, dass etwas nicht gestimmt hatte bei dieser Trauerfeier. Aber er hatte geschwiegen. Nolte legte sich noch kräftiger in die Riemen. Er gab die Kommandos. Ursel Grasegger hielt mit. Sie kamen rasch näher.

Jennerwein zählte, bei drei stießen sie sich ab. Auch der Liebhaber hatte sich am Körper des Wals aufgestützt. Doch bei drei kam er ins Straucheln und rutschte an der nassen Haut des Tieres ab. Er kam auf der Brustflosse auf, die jetzt aufgeregt wedelte. Plötzlich spürte der ehemalige Liebhaber Alinas, wie sich der ungeheure Körper im Wasser aufrichtete, eine Drehung vollführte und mit dem Kopf nach unten abtauchte. Ein Sog umfasste ihn. Dann wurde alles still.

»Halten Sie sich fest. Und atmen Sie langsam ein und aus.«

Tomislav schaffte es nicht, einen Arm zu heben und die Rettungsleine zu greifen. Er war am Ende. Doch Jennerwein packte ihn um den Oberkörper und rief:

»Los, ziehen Sie!«

Nolte und Ursel griffen Tomislav an den Schultern, zerrten und zogen, auch wenn das kleine Boot bedenklich schwankte. Stöhnend landete Tomislav auf den Planken.

»Weg! Schnell weg!«, rief Jennerwein, der den Sog des abtauchenden Wals spürte. »Ich halte mich an der Leine fest. Rudern Sie!«

Ursel und Nolte hieben die Ruderblätter ins aufgewühlte Wasser. Die Passagiere der M / S Last Journey standen an der Reling und verfolgten ängstlich das Rettungsmanöver. Ursel beugte sich zu Jennerwein:

»Jetzt Sie, Kommissar!«

Jennerwein machte eine Bewegung in Richtung der Stelle, an der der Wal und der Liebhaber verschwunden waren.

»Können wir ihn noch suchen?«

»Sind Sie wahnsinnig?«, schrie Ursel zurück. »Das ist viel zu gefährlich. Und Sie müssen sofort aus dem Wasser, sonst unterkühlen Sie völlig!«

Sie ließ die Ruder los und half Jennerwein ins Boot. Nolte legte sich kräftig in die Riemen, in wenigen Minuten hatten sie das Schiff erreicht. Endlich standen alle um die vier keuchenden Gestalten herum. Tomislav und Jennerwein hockten, so tropfnass wie sie waren, auf den Planken. Der Professor deutete fragend mit dem Daumen nach draußen. Jennerwein schüttelte den Kopf. Der Liebhaber war auf hoher See geblieben.

Plötzlich ertönte die Schiffsglocke. Alle wandten erschrocken die Köpfe.

»So, meine Herrschaften, die Weißwürst' sind fertig!«, rief Ignaz Grasegger und rieb sich schelmisch grinsend die Hände.

64

»Und ich habe mir die ganze Zeit gedacht, *du* wärst es gewesen«, sagte Lakmé Ostertag zu ihrem Mann, dem Honorarkonsul.

»Und *wer* soll ich gewesen sein?«, fragte er. »Der Liebhaber oder der Mörder? Traust du mir denn eins von beiden zu?«

»Spontan würde ich sagen: keines von beiden. Aber ich habe dich oft dabei beobachtet, wie du dich in unserem Garten durch die Sträucher gezwängt und den Weg genommen hast, der von unserem Grundstück zu dem der Rusches führt. Was läge also näher als der Verdacht, dass du der Liebhaber bist?«

Der Konsul lachte gequält. Er zappelte, selbst beim Lachen.

»Aber ich hatte diesen Verdacht nur solange«, fuhr sie lauernd fort, »bis ich auf die Sache mit deinen Briefen gekommen bin.«

Ostertag fuhr auf. Seine Augen irrten unstet im Raum umher, wie wenn er fieberhaft nach einem Fluchtweg suchen würde.

»Die Briefe? Woher weißt du von den Briefen?«, rief er, und seine Stimme überschlug sich dabei.

Lakmé zog gelangweilt die Augenbrauen hoch.

»Du hast etwas versteckt, mein Lieber, und zwar so oft und derart auffällig, aus einem Schrank in den anderen, von einer

Schreibtischschublade in die nächste, dass es auf mich so gewirkt hat, als wolltest du geradezu, dass ich den Briefen nach-
spüre und sie lese.«

»Die Briefe von Gusti? Die hast du entdeckt? O mein
Gott!«

Marcel Ostertag beugte sich vornüber und verbarg das Gesicht in den Händen. Seine Schultern zuckten krampfartig,
sein ganzer Körper zitterte.

»Die Briefe von Gusti«, schluchzte er, ohne aufzusehen.
»Du hast sie gelesen! Du weißt alles! Alles!«

»Ja, aber ich weiß freilich nach den ganzen pikanten Details
immer noch nicht, ob es sich um *den* Gusti oder *die* Gusti
handelt. Aber das ist dir vermutlich selbst nicht ganz klar.«

Sie schlug die Beine übereinander und verbreitete abermals
den unpassenden Hauch von Laszivität. Der Konsul hielt das
Gesicht nach wie vor schluchzend und zitternd hinter den
Händen verborgen. Eine schöne Haltung, dachte er. Eine
ideale Pose, um seine wahren Gefühle zu verbergen. Und um
seine diebische Freude nicht zeigen zu müssen. Mit den ge-
türkten Briefen war es ihm gelungen, Lakmés Verdacht, dass
etwas nicht stimmte, auf eine gewöhnliche Affäre zu lenken,
auf etwas, das in der Henriette-von-Ketz-Straße nicht gerade
selten vorkam. Er hatte seine geistlose Sexbombe in die Irre
geführt. Durch die Finte war sie von den eigentlichen Briefen
und Papieren abgelenkt worden. Er wollte verschwinden, ab-
hauen, auswandern. Ohne sie. Aber mit seinem gesamten Vermögen, und nicht nur mit einem Teil davon.

»Ich kann dir alles erklären«, schluchzte er.

Der Araber mit dem unaussprechlichen Namen saß im Kreis
seiner Kunden. Er war weitgereist mit seiner 10-Liter-Kühl-
box aus dem Schließfach № 240, das alles ins Rollen gebracht

hatte. Davon wusste er allerdings nichts. Er saß im Hinterzimmer einer nahöstlichen Kaschemme. Draußen tobte der Sandsturm. Der beißende Geruch von Kamelen und Trampeltieren lag im Raum. Der Araber verstaute das Geld, das er gerade bekommen hatte, sorgfältig in der weiten Ärmeltasche seines Kaftans. Langsam öffnete er die mehrfach gesicherte Box. Mehr als ein Dutzend Augen starrten erwartungsvoll auf die Kassette, die er vorsichtig herausnahm. Und endlich lag sie offen da, die frische Niere. Ausrufe der Begeisterung und des puren Glücks ertönten. Es war die in diesen Breitengraden so begehrte und fast unbezahlbare frische Niere eines echten Murnau-Werdenfelser Rindes.

»Jetzt aber schnell in die Pfanne damit«, sagte der Araber mit dem unaussprechlichen Namen.

»Alle wollten, dass Präsident Theodore Roosevelt für eine dritte Amtsperiode kandidierte«, sagte Chief Percy im Kreis seiner beiden Mitstreiter. »Aber seine Gesundheit machte nicht mit. Als Spätfolge der Verletzungen, die er sich bei seiner Expedition im Amazonasbecken zuzog, musste sich der ehemalige Präsident einer Operation unterziehen, die er nur knapp überlebte. Am 6. Januar 1919 verstarb Theodore Roosevelt 60-jährig.«

»Und was waren das für Verletzungen?«, fragte Chuck.

»Sein heißgeliebter Hut, den er dreißig Jahre getragen hatte, war in einen Abgrund gefallen. Er versuchte, ihn zu bergen, dabei brach er sich alle Knochen, fing sich auch noch eine üble Tropenkrankheit ein. Der Hut wurde sorgfältig geborgen und war danach quasi eine Reliquie für das amerikanische Volk.«

»Und dabei handelt es sich um unseren Hut? Hinter dem wir her sind?«

Chief Percy nickte. Er dachte an die großen Anstrengungen, die er schon unternommen hatte, um diesen Hut zu finden. Er hatte bisher kein Glück gehabt.

»Pech«, sagte Chief Percy und machte ffft! mit seiner Kanone.

Jimmy fiel um.

Währenddessen sprang die Fronitzer Karin aufgeregt von ihrem Sofa hoch. Ihr war in der konspirativen Wohnung ziemlich langweilig gewesen, und sie hatte deshalb viel Zeit zum Nachdenken gehabt. Immer wieder kreisten ihre Gedanken um Leon Schwalb. Lange Zeit war sie sicher gewesen, dass der Hut mit ihm im Sarg lag. Sie hatte sogar schon beim Onlineversand eine Schaufel bestellt, einen Klappspaten der Marke *Gartenfreund*. Und sich nach den Öffnungszeiten des Viersternefriedhofs erkundigt. Aber dann tauchte ein bestimmtes Bild vor ihrem geistigen Auge auf: die Leichenträger, die den Glatzköpfigen in der Speisekammer angehoben und in den Zinksarg gelegt hatten. Sie waren dabei etwas ins Rutschen und Straucheln gekommen, in der Speisekammer war der Boden an manchen Stellen fettig. Der Hut glitt dabei vom Kopf der Leiche auf den Boden. Hatte ihn nicht der eine von beiden schnell in das danebenstehende Regal gelegt? Nach zwei Tagen hatte sie sich wieder in die Speisekammer hineingetraut. Sie war erleichtert. Es saß kein Toter mehr da. Ihr Blick war kurz an den Regalen vorbeigeglitten. Da hatte jemand eine große Kiste mit der Weihnachtsdeko hingestellt. Die würde jetzt einige Monate da bleiben, hatte sie noch gedacht. Und dann las sie im Internet die Stelle über Panamahüte, die Hölleisen nicht so genau gelesen hatte. Richtig gute, teure Panamahüte konnte man so zusammenlegen, dass sie nicht viel mehr Platz als ein Blatt Papier einnahmen. Die

351

Fronitzer Karin schnappte nach Luft. Sie musste sofort ins Bistro. Hoffentlich stand die Kiste noch im Regal.

Die M/S Last Journey hatte inzwischen Kurs auf die Lofoten genommen. Ursel Grasegger und Nolte waren in warme Kleidung gepackt, Jennerwein und Tomislav Rusche steckten in glänzenden Thermodecken. Das Zitherduo packte die Instrumente ein, der Pfarrer versuchte einige unsichere Schritte auf Deck, die beiden Ratschkathln wiederum lehnten an der Reling und beobachteten das Wellenspiel.

»Wir sind schon bei mancher Leich' gewesen«, sagte die Weibrechtsberger Gundi versonnen.

»Aber diese hier macht uns so leicht keiner nach«, erwiderte die Hofer Uschi.

»Psst!«, zischte Roger Bruyn. »Das ist ja unerträglich. Pietätlos bis zum Schluss!«

65

Frau Weißgrebe deutete mit einer freundlichen, aber bestimmten Geste in Richtung Auto.

»Swiff, es ist besser für Sie, wenn Sie bei mir einsteigen. Glauben Sie mir. Nur bei mir sind Sie sicher.«

Swiff Muggenthaler, der gerade dabei gewesen war, sich in Manuel Tralisch zu verwandeln, war wieder sehr blass und strähnig geworden. Unsicher schaute er zurück zu Heilinger, der, ihm abgewandt, offensichtlich telefonierte. Das Auto, auf das Frau Weißgrebe, die freundliche Mitarbeiterin der Kur-Bank, wies, war ein knallroter Ferrari.

»Was – was wollen Sie von mir?«, stotterte Swiff und machte eine abwehrende Handbewegung.

Sie hatte sich ihm jetzt bis auf eine Armlänge genähert. So etwas war er nicht gewohnt.

»Warum sollte ich Ihnen vertrauen?«, fuhr er fort.

»Na los, junger Mann, beeilen Sie sich«, sagte Frau Weißgrebe. »Ist Ihnen nicht klar, in welcher Gefahr Sie schweben? Der Onlineversender, den Sie versuchen zu erpressen, jagt doch gleich seinen Sicherheitsdienst auf Sie los.«

Die adrett gekleidete Dame lächelte.

»Herr Muggenthaler, ich weiß, dass Sie in den Schließfächern der KurBank gebohrt haben. Und ich weiß, was Sie in den letzten zwei Jahren getrieben haben.«

Swiff erbleichte. Aus den Augenwinkeln

bemerkte er, dass die Tür des Gebäudes am Eingang B aufgestoßen wurde und mehrere bullige Anzugträger herausdrängten, die jetzt in seine Richtung liefen. Frau Weißgrebe fasste ihn an der Schulter und stieß ihn zum Auto. Dann öffnete sie die Tür und schob ihn mit sanftem Druck hinein. Swiff war so perplex, dass er alles über sich ergehen ließ. Jetzt erst fiel ihm auf, dass er diesen roten Ferrari schon einmal gesehen hatte. Der war auf dem Parkplatz der KurBank gestanden, als er auf Alina gewartet hatte! Dieses Miststück von Weißgrebe hatte ihn also die ganze Zeit beobachtet!

»Ich brauche einen Techniker«, fuhr Frau Weißgrebe fort. »Und zwar genauso einen wie Sie. Swiff, Sie sind der ideale Mann fürs Schrauben und Löten. Was Sie aber echt vermeiden sollten, ist das Organisieren und Planen. Diese Dinge sollten Sie lieber mir überlassen.«

Swiff hatte sich jetzt auf den Beifahrersitz gesetzt. Genauer gesagt drücken lassen. Der plötzliche Sturz von den Höhen der süßen Allmacht auf den Boden des unübersehbaren Scheiterns hatte ihn vollkommen durcheinandergebracht. Frau Weißgrebe fuhr los. Sie verließen den Parkplatz.

Swiff saß mit offenem Mund da.

»Wohin fahren wir?«, fragte er mit rauer, belegter Stimme.

Er hatte überhaupt nichts mehr von einem Grandseigneur.

»Wir nehmen noch einen Schlenkerer in den Kurort, dann fahren wir an einen sicheren Ort. Es ist schon alles vorbereitet.«

Auf der Autobahn jagte sie den Ferrari hoch auf zweihundertsechzig.

»Waren *Sie* das mit der Waffe?«, fragte Swiff. »Haben Sie mir die Pistole in meine Tasche manövriert und mich an die Polizei verpfiffen?«

»Nein, warum sollte ich das tun? Ich brauche Sie und Ihre Fähigkeiten doch in Freiheit.«

Den Rest der Strecke verbrachten sie schweigend. Im Kurort angekommen, wunderte er sich, dass sie in der Erckertstraße anhielt, genau vor dem Haus, in dem –

»Steigen Sie aus, kommen Sie mit rein«, sagte Frau Weißgrebe.

Onkel Jeremias saß aufrecht in seinem Bett.

»Was, du steckst da auch mit drin?«, rief Swiff aufgebracht. »Warum hast du mir denn davon nichts gesagt, Onkel? Ich bin richtig enttäuscht von dir.«

»Ich hätte eher Grund, von dir enttäuscht zu sein«, gab der Onkel zurück. »Als ich entdeckt habe, was du treibst, habe ich mich an Frau Weißgrebe gewandt.«

»Warum nicht gleich an die Polizei?«

»Die Polizei? Was wollen Sie denn mit der Polizei!«, warf Frau Weißgrebe ein. »Ein Schnips mit dem Finger, und die ist aus dem Spiel. Da kann ich einige Hebel in Bewegung setzen. Andererseits wären Sie bei der Polizei sicherer gewesen als dort draußen beim Onliner, Sie Narr.«

»Was wollen Sie jetzt genau von mir?«

»Sie, Swiff, erledigen die technischen Angelegenheiten, wie bisher. Sie lassen sich allerdings nicht mehr draußen blicken. Onkel Jeremias mietet das Schließfach in den Banken, und ich koordiniere die Projekte.«

Ein Schuss heißer, rebellischer Zorn kochte in Swiff auf.

»Ich will die Hälfte.«

Frau Weißgrebe lachte schallend.

»Denken Sie immer daran, dass ich Sie jederzeit fallenlassen und ins Gefängnis bringen kann.«

Swiff biss die Zähne zusammen. Sie hatte ihn ausgetrickst.

»Machen wir in der KurBank weiter?«, knurrte er.

»Nein, die ist ausgebrannt. Außerdem wird diese Filiale in Kürze dichtgemacht. Dann werden die Bohrlöcher ohnehin entdeckt. Und bis dahin müssen wir verschwunden sein.«

»Weiß Schelling davon? Ist er etwa Ihr Komplize?«

Wieder lachte Frau Weißgrebe.

»Nein, der Filialleiter ist unschuldig wie ein Lämmchen. Wenigstens in dieser Beziehung.«

Jetzt kicherte auch Onkel Jeremias. Die beiden schienen sich köstlich zu amüsieren.

»Wo fahren wir jetzt hin?«

»Auf eine Hütte. Da holen wir das Equipment, das wir brauchen.«

Swiff staunte. Langsam fasste er sogar so etwas wie Vertrauen zu der Frau. Die brachte ihm das, was ihm bisher gefehlt hatte. Die nötigen operativen Kenntnisse. Vielleicht war es ja gar nicht so schlecht, mit ihr zusammenzuarbeiten. Sie stiegen wieder ins Auto, in den knallroten Ferrari, der im Ortsbild gar nicht auffiel, weil es viele davon gab. Frau Weißgrebe fuhr ortsauswärts. Die Sonne versteckte sich hinter einem der Berge, einige Wandergruppen kamen ihnen entgegen, darunter viele militärisch klackende Nordic Walker. Eine Gruppe wirkte so martialisch, als ob sie mit Degen und Säbel bewaffnet wäre und eben aus einer Schlacht käme.

Sie waren jetzt am Rand des Kurorts angelangt und fuhren eine breite, belebte Straße entlang. Vor ihnen zockelte ein Pkw dahin, der sein Tempo stetig verlangsamte. Die ungeschickten Bremsmanöver und die eckige Fahrweise deuteten auf einen Sonntagsfahrer hin.

»Du verdammter Penner!«, rief Frau Weißgrebe ganz undamenhaft.

Das Auto verlangsamte weiter, es fuhr nun schon fast im Schritttempo. Frau Weißgrebe machte Anstalten zu überholen. Doch jetzt stellte sich das Auto vor ihnen quer.

»Die haben uns reingelegt!«, zischte Frau Weißgrebe. »Halten Sie sich fest, Swiff.«

Sie bremste, würgte den Rückwärtsgang hinein und gab Vollgas, doch das Auto, das hinter ihr gefahren war, hatte sich ebenfalls quergestellt.

»Raus hier!«, schrie Frau Weißgrebe. Sie stieß Swiff schmerzhaft in die Seite und deutete nach rechts aus dem Beifahrerfenster. »Überqueren Sie dieses Feld. Laufen Sie zur Quagliostraße, Hausnummer 2. Schnell! Verstecken Sie sich da im Keller. Ich schicke Hilfe. Vertrauen Sie mir.«

Swiff riss die Wagentür auf, sah aus den Augenwinkeln, dass aus dem hinteren Auto ebenfalls zwei Leute sprangen. Er spurtete los, rannte über die Wiese, in die Richtung, die ihm seine Zwangskomplizin gewiesen hatte. Und wieder spürte er den Kick der Macht, die noch in ihm war. Er versuchte, sich ein bisschen von ihr zurückzuholen. Er beschleunigte. Ja, Swiff, du bist der Größte. Was hast du bisher nicht alles geschafft! Du bist ganz nahe an verbrecherische Institutionen herangekommen, hast die Bankleute ausgetrickst und hast jetzt in dieser Frau sogar eine Helferin gefunden, die dich weiterbringt und dich schützen kann. Ein kleiner Betriebsunfall kurz vor dem Ziel, weiter nichts. Swiff rannte, lief, hetzte. Sein Vorteil war seine Jugend. Sein Nachteil waren die vielen bewegungslosen Stunden und Nächte vor dem Computer, mit viel Cola und Hamburgern. Er sah sich um. Die zwei liefen ihm nach. Sie waren viel sportlicher drauf als er. Sie kamen näher. Bohrendes Seitenstechen überkam ihn. Nicht weit vor ihm lag die Straße, die er überqueren musste. Vielleicht hatte er Glück und er kam drüber, während sie warten mussten. Er rannte so schnell, wie er noch nie in seinem Leben gerannt war. Jetzt hatte er den Bürgersteig erreicht. Wieder sah er sich kurz um, seine Verfolger waren gefährlich nahe gekommen. Einer rief etwas Unverständliches. Der andere hatte sich jetzt niedergekniet und eine Waffe gezogen, er zielte auf ihn. Swiff duckte sich. Der Verkehr floss dahin, er konnte die Straße nicht so ohne weiteres überqueren. Und die anderen kamen immer näher. Ein Auto bremste scharf vor ihm und verstellte ihm den Weg. Mist, auch das noch! Die Seitentür sprang auf.

»Komm rein, du Idiot, schnell!«

Emily winkte aufgeregt. Kurz entschlossen sprang er zu ihr ins Auto und schlug die Tür zu. Was blieb ihm auch anderes übrig? Da aber war sie schon mit kreischenden Reifen losgefahren.

»Wo musst du hin?«, fragte sie.

»Quagliostraße. Hausnummer zwei. Ich erklär dir alles später.«

»Brauchst du nicht. Ich komme mit.«

»Nein, das ist zu gefährlich. Setz mich da ab, ich melde mich.«

»Das habe ich doch schon mal gehört. Ich behalte dich im Auge.«

Es war ein großes Haus mit ausladendem Vorgarten. Swiff rüttelte am eisernen Tor. Verschlossen. Auch das noch. Es blieb nichts anderes übrig, als über den mannshohen Zaun zu klettern. War das nicht die Villa von diesem Leon Schwalb, der gestorben war? Egal. Er sah sich um. Seine Verfolger hatte er abgeschüttelt. Eine ältere Dame redete auf ihren Hund ein, beachtete ihn nicht weiter. Sie hatte wohl auch gar nicht gesehen, dass er über den Zaun geklettert war. Auch die Eingangstür war verschlossen, er klopfte, er klingelte, er rief. Niemand

358

da. Er umkreiste das Haus. Fast hätte er es übersehen, das zerbrechlich wirkende Kellerfenster, neben einer Tür, die wohl ins Untergeschoss führte. Swiff schlug die Scheibe ein und griff vorsichtig hinein, um zu sehen, ob sich die Tür von innen öffnen ließ. Er drückte die Klinke nach unten. Tatsächlich. Er hatte Glück gehabt. Doch da spürte er eine eiserne Hand im Genick. Schon wieder.

66

Dreck und Staub, Siff, Unrat, Modder, Matsch, Sudel, Brei, Pampe, Schlick, Schutt, Sumpf, Schrott, Kramurik, Trödel, Mist, Müll, Tinnef, Ramsch und Tand. All das und noch viel mehr war hier in der Norwegischen Rinne versammelt, in die Alina Rusche versunken war. Die Augen nach oben gerichtet, lag sie jetzt in ihrem gutgeschnürten Seemannssarg auf dem Meeresboden, sie thronte vielmehr darin. Sechs- oder siebenhundert Meter Wasser lagen über ihr, es war stockfinster. Schade, dass man ihr Gesicht nicht sehen konnte. Ursel Grasegger hatte ganze Arbeit geleistet, ihren thanatologischen Schminkkünsten war es zu verdanken, dass Alina immer noch taufrisch wirkte, trotz des gebrochenen Oberkiefers, der ihr ungeschminkt einen leicht spöttischen, wenn nicht sogar hämischen Zug verliehen hatte. Jetzt lächelte sie fast, die Narbe auf ihrer Stirn leuchtete weithin und lockte neugierig schwänzelnde Seehasen, Kalmare und Lodden an. Die Narbe hatte sie sich einst bei einer archäologischen Ausgrabung zugezogen.

»Passen Sie auf Ihren Kopf auf, Alina, die Räume sind verdammt niedrig!«, hatte Professor Heuning-Berchthold sie noch gewarnt, als sie hinuntergestiegen war in die uralten Katakomben eines längst versunkenen Reichs. Doch da war es schon zu spät gewesen. Sie stieß sich heftig an einem Balken. Seitdem trug sie die Narbe wie ein Diadem. Ihre ausgeprägte

Hakennase wirkte in dieser Umgebung wie eine Haiflosse, die jedoch nicht das Meer durchpflügte, vielmehr strichen die Wogen hoch oben über sie hinweg. Eisig kalt war es in diesen Tiefen, nur wenige Grad über null. Das und der enorme Druck der Wassermassen konnten eine Konservierung Alina Rusches für die nächsten Jahrzehnte, vielleicht sogar Jahrhunderte bewirken.

Ihr Liebhaber hingegen hatte seinen Platz in der wässrigen Unterwelt noch nicht gefunden, er schwebte, schlingerte, tänzelte langsam Richtung Meeresgrund, nur manchmal abgelenkt und aus der Bahn geworfen von Herings- und Kabeljauschwärmen. Doch der mächtige Sog des atlantischen Tiefseegrabens, der Alina gefangen genommen hatte, zog Pit Schelling, einstmals Filialleiter der KurBank, ebenfalls in seinen Bann. Trotz der Wucht des Meeres hatte man manchmal den Eindruck, als könne er das Wasser mit seiner explosiven Muskelkraft auseinanderdrücken. Schöne Stunden waren das mit Alina gewesen. Und er hatte überhaupt kein schlechtes Gewissen wegen ihres Ehemanns, diesem kroatischen Weichei und Zwergsperberzüchter. Sie hatte ihn damals verführt, im Rückzugsraum der Schließfachabteilung, und so hatte alles seinen Anfang genommen. Jetzt trieb Pit Schelling erneut auf Alina zu, war von ihrer Aura gefangen, konnte sich ihrer Anziehung kaum erwehren. Er drehte sich auf den Rücken.

Die Wogen des Nordmeers hatten sich geglättet, die M/S Last Journey war längst wieder abgefahren und hatte im Hafen von Svolvær, der Hauptstadt der Lofoten, die mehr oder weniger ramponierten Beerdigungsgäste entlassen. Jennerwein hatte sofort veranlasst, dass Tomislav im Krankenhaus versorgt wurde. Die Unterkühlung war schlimm, jedoch nicht lebensgefährlich. Jetzt saß Kommissar Jennerwein im Kreis seines Teams im Revier des Kurorts.

»Ein Schnupfen, weiter nichts«, sagte er, als sich Hölleisen nach seinem Befinden erkundigte. Er war immerhin ziemlich lange im eiskalten Wasser herumgeschwommen.

»Und was stand nun auf dem Zettel?«, fragte Maria Schmalfuß.

»Jedenfalls ein paar ausgesprochen überraschende Zeilen«, antwortete Jennerwein und reichte das Blatt Papier herum. Die verwaschene Schrift war schwer zu entziffern:

Alina Rusche!
Du hast mich damals unsterblich blamiert. Meine
Karriere ruiniert. Mich der Lächerlichkeit preisgegeben.
Ich war nach dieser Episode nicht mehr derselbe wie
vorher. Du hast mein Leben zerstört. Ich hasse dich.
Nimm das mit in dein nasses Grab, das du verdient hast.
Prof. Heuning-Berchthold

»Deshalb dachte also Tante Mildred, dass der Professor der Mörder war!«, sagte Maria.

»Ja, sie lief aufgeregt zu mir und hat mir den Zettel gezeigt. Ich habe mich dadurch ablenken lassen und nicht mehr auf Tomislav Rusche geachtet. Den Kampf zwischen ihm und Pit Schelling wollte ich ja gerade verhindern.«

»Sie konnten zumindest Tomislav retten.«

Jennerwein bemerkte, dass er zusammen mit dem Zettel das Foto von Alina herausgezogen hatte, das er in ihrem Speicher gefunden und damals in die Tasche gesteckt hatte. Der blaugeblümte, sommerliche Rock flatterte leicht im

Wind. Auffällig war die übergroße Sonnenbrille, die sie wie Grace Kelly oder eine dieser anderen Filmdiven aussehen ließ. Jennerwein riss sich von ihrem Anblick los, als Maria ihn fragte:

»Und was hat Sie auf Tomislavs Spur gebracht, Hubertus? Ich konnte ja mit meinem psychologischen Profil diesmal leider gar nicht helfen.«

»Hm«, grunzte Stengele und zog die Augenbrauen hoch. Wann konntest du das schon, dachte er. Die beiden mochten sich nicht. Immer noch nicht. Jennerwein lächelte.

»Es war diese ausgeklügelte Flaschenzugmechanik«, fuhr er fort. »Offenbar ging es darum, dass Alina selbst das Rad abstürzen lassen sollte, indem sie die Hühnerstalltür öffnete. Also musste ich mich – anders als sonst – fragen, wer für diesen Zeitpunkt ein absolut sicheres Alibi hatte. Und das war Tomislav. Nur das Motiv für seine Tat war mir da noch ein Rätsel.«

»Ja, ja«, seufzte Maria versonnen. »Eifersucht, das grünäugige Monster! Das das Fleisch verhöhnt, von dem sich's nährt ...«

Was meint sie da? Ich muss wirklich mehr lesen, dachte Stengele. Er richtete sich auf.

»Nun, wir sind hier auch nicht gerade untätig gewesen.«

»Das stimmt«, sagte Jennerwein. »Respekt! Das war wirklich ein komplizierter Fall, wie auch die Mindmap vom Kollegen Hölleisen zeigt. Berichten Sie mir davon.«

»Das ist schnell erzählt«, sagte Stengele. »Tralisch ist erst mit Heilinger zu diesem Onlinehändler rausgefahren. Keine Ahnung, was er da wollte. Auf dem Weg haben sie sogar das Fahrzeug gewechselt. Das war schon sehr auffällig. Dann ist er nochmals umgestiegen und in einem dritten Auto wieder

363

zurückgefahren. In einem der vielen Ferraris, die es im Kurort gibt. Nicole hatte ihn mit diesem Handyortungssystem immer auf dem Schirm. Ich habe Hölleisen gerufen, dann haben wir ihn mit unseren beiden Autos schon fast in der Zange gehabt, doch er ist uns entwischt. Zunächst.«

»Aber das Ortungssystem hat super funktioniert«, sagte Nicole. »Er wollte in die ehemalige Villa von Leon Schwalb einbrechen.«

Stengele nickte.

»Gerade als er die Scheibe eingeschlagen hat, habe ich mit meiner BCI-Hand zugegriffen.«

»So konnten wir den Burschen fixieren und überwältigen«, fuhr Hölleisen fort. »Er hat dann noch was gefaselt von wegen ›Ihr werdet schon noch sehen, wie ich euch reinreite!‹, aber unsere Angst hat sich in Grenzen gehalten.«

»Ein klappriges Bürschchen mit ungekämmten Haaren«, sagte Nicole Schwattke. »Ich sehe ihn noch vor mir, wie er im Garten keuchend auf dem Boden sitzt. Aber die Frau, die ihn gefahren hat, ist leider entkommen.«

»Die kriegen wir auch noch«, sagte Stengele. »BCI und Mobile Phone Tracking – ein unschlagbares Team.«

Swiff Muggenthaler hatte sich in Leon Schwalbs Garten ein letztes Mal gegen die Übermacht der drei Polizisten aufgebäumt. Bis zuletzt hatte er geglaubt, dass gleich ein Helfer um die Ecke kommen musste, um ihn aus seiner entwürdigenden Lage zu befreien.

»Sie können mir nichts nachweisen.«

Hölleisen trat vor.

»Doch, das können wir. In den Schließfächern wimmelt es von Ihrer DNA.«

»Wie wollen Sie denn in die Schließfächer reingekommen

364

sein? Das geht nicht so leicht. Das sind nur vage Behauptungen, um mich zu verunsichern!«

Hölleisen beugte sich zu Swiff hinunter.

»Ich bin bei ein paar von den Schließfachkunden gewesen, die Sie angezapft haben, Herr Tralisch oder wie Sie auch immer heißen. Ob Konsul Ostertag, ob Roger Bruyn, sie haben mir alle freiwillig aufgesperrt, auch in ihrem eigenem Interesse.«

Swiff dachte in der Zelle über diese Worte nach. Klar, er hatte die Kugerln ohne Handschuhe angefasst, auch die Versorgungskabel und alle anderen Instrumente. Überall war seine DNA zu finden. Nie im Leben hätte er gedacht, dass ihm die verschlafenen Kurortpolizisten draufkommen würden. Warum aber tauchte seine Helferin nicht auf? Sie würde aus dem Nichts erscheinen, wie sie vorher aus dem Nichts aufgetaucht war. Die hatte es drauf. Er musste sich gedulden. Sie würde ihn hier rausholen, ganz bestimmt. Swiff war überzeugt, dass sie auch etwas gegen diese Polizisten in der Hand hatte. Da, hatte er nicht Schritte gehört? Gleich würde sie um die Ecke biegen und ihn befreien. Die Schritte verhallten im Flur. Swiff zog seine Edelstahlpunze aus der Tasche und körnte ein kleines Loch in den leeren Blechnapf.

Pit Schelling, einstmals Filialleiter der KurBank, unermüdlicher Bodybuilder und kurzzeitig Alina Rusches Liebhaber, war nicht mehr zu retten. Der warme Malstrom, der vor den Lofoten kreiste, hatte ihn jetzt erfasst und in einer langsamen, aber unerbittlichen Spirale nach unten gezogen. Dem lautlosen Riesenwirbel widerstand nichts. Still wurde es um Pit Schelling, und kein einziger Strahl Sonnenlicht verlor sich in die tiefe See. Am Boden des Meeresgrabens lag ein einsamer, offener Holzsarg. Doch Alina Rusches Narbe auf der Stirn schimmerte wie ein mattglänzendes Diadem. Schelling sank auf sie zu.

****

Der Seegang wurde wieder stärker. Unsicher standen der Hagere und der kleine Dicke auf dem schwankenden, glitschigen Boden. Es war dunkel, nur ab und zu war in der Ferne ein funzeliges Licht zu sehen. Die Geräusche waren ohrenbetäubend, ein undefinierbares Pfeifen und Knarzen erfüllte den scharf riechenden Raum.

»Sancho, Begleiter auf vielen ruhmreichen Reisen, das ist ein Abenteuer nach meinem Geschmack!«, rief der Hagere. »So etwas hat noch nie jemand zuvor erlebt. Was du jetzt hörst, das sind die Kampfschreie der furchteinflößenden Söldnertruppen des Herzogs von Navarra. Ich werde die Unholde besiegen, so wahr ich hier auf schwankendem Grund stehe, mit meiner mächtigen Lanze in der Hand!«

Sancho setzte sich auf den Boden.

»Die Geräusche, die wir hier hören, sind die Gesänge eines Buckelwals, der uns verschluckt hat. Ich glaube, wir sind schon wieder in der falschen Geschichte gelandet.«

Nachwort

Nur der Vollständigkeit halber: Ich hatte ein paar Monate später noch einen kurzen Gefängnisaufenthalt. Nicht, dass wir uns falsch verstehen: Ein krummes Ding hatte ich nicht gedreht, es ging wieder einmal um eine Auftragsarbeit. Eine landschaftlich herrlich gelegene Justizvollzugsanstalt feierte ihr hundertjähriges Bestehen, und eine alte Bekannte, die dort in der Verwaltung arbeitete, bat mich, einen kleinen Artikel für die Festschrift der JVA beizutragen.

»Ach ja, und damit Sie wissen, worüber Sie schreiben, kommen Sie doch am Wochenende vorbei und schauen Sie sich im ganzen Gebäude einmal um. Samstag um zehn?«

Am Montag sollte der Beitrag fertig sein. Ich musste da hin. Ich hatte eigentlich vorgehabt, an diesem Wochenende eine Wanderung zu unternehmen, lockende Höhen, sonnige Gipfel, dem Himmel so nah. Ein kurzer Blick hoch zu den Felswänden, die wie Schokoladenpapier in der Sonne glänzten. Doch dann machte ich mich auf den Weg, versprochen ist versprochen. Ich kannte die Prozedur bereits von anderen Gefängnissen. Ausweis zeigen, alle Taschen leeren, Ganzkörperscan.

»Aber Sie kennen mich doch!«, sagte ich genervt.

»Trotzdem«, murrte der Justizvollzugsangestellte.

Erste Sicherheitsbarriere, zweiter Umschluss, einen langen Gang entlang, einen noch längeren. Ich machte mir Notizen. Ob ich denn genug gesehen hätte, fragte mein Begleiter.

»Den historischen Hof würde ich mir gerne noch anschauen. Jugendstil und so weiter, Sie wissen schon. Etwas Historisches kommt immer gut an bei einer Festschrift.«

Den Hof durfte ich dann sogar alleine besichtigen. Ein paar Gefangene unterhielten sich. Ich musste zweimal hinsehen. Ich traute meinen Augen nicht.

»Frau Weißgrebe!«, rief ich. »Was tun Sie denn hier?«

Die Frau reagierte nicht darauf. Ich ging zu ihr und tippte ihr auf die Schulter. Unwirsch wandte sie den Kopf.

»Sie müssen mich verwechseln. Lassen Sie mich in Ruhe.«

Doch ich war mir hundertprozentig sicher, dass sie es war. Ich wollte mich noch bedanken für all die wertvollen Informationen, die ich durch sie erhalten habe. Doch sie drehte sich brüsk um und verschwand im Haus.

Anhang:
die wichtigsten Schließfächer

№ 240

Gemietet von dem Araber mit dem unaussprechlichen Namen. Mit diesem Schließfach nimmt das ganze Unheil seinen Lauf.

№ 241

Das ist das Fach von Marcel Ostertag, einem nervös zuckenden, höchst fadenscheinigen Honorarkonsul. Es ist gefüllt mit Unterlagen, über deren Inhalt nur spekuliert werden kann.

№ 221

Das Fach seines nicht minder dubiosen Freundes Roger Bruyn.

№ 307

Garantiert leeres Schließfach.

№ 608

Dieses Schließfach teilen sich der verdächtig bettlägerige Onkel Jeremias und sein allzu technikbegeisterter Neffe Swiff Muggenthaler.

№ 579

Ein geräumiges Fach mit einem verschlossenen, prallgefüllten Koffer. Besitzer ist Diplomingenieur Peppi »Plutonium« Walch, Chef des mächtigen Interessenverbandes deutscher Atomkraftwerkbetreiber.

№ 300

Hier wird ein besonders hinterhältiger Inhalt deponiert. Ein Rentnerehepaar hat einen dicken Papierstapel verwahrt, auf den ersten Blick handelt es sich um ein handschriftliches Manuskript, vielleicht ein Roman oder eine Biographie. Nach eingängiger Prüfung stellt sich jedoch heraus, dass es -zig Testamentvarianten sind. Alle haben dasselbe Abfassungsdatum. In einer Variante ist Sohn A der Alleinerbe, in der nächsten Variante Tochter B, so geht es quer durch die gesamte Verwandtschaft. Besonders fies ist, dass der überlebende Partner die künftigen Erben gegeneinander ausspielen kann, indem er sie mit Bedingungen zu seinem eigenen Wohlergehen gängelt und bei Nichterfüllung mit der ungünstigen Testamentabfassung droht.

№ 820

Das Montecristi-Superfino-Fach. Hier lagern die schmucken Holzkästchen von Leon Schwalb. Als jedoch das Fach polizeilich geöffnet wird, sind die Holzkästchen allesamt verschwunden.

№ 609

Enthält das Testament des Schreibwarenhändlers Fridolin Augschell, der es nur gut gemeint hat.

№ 033
Ist das Fach einer Frau namens Maja, die Swiff Muggenthaler in Lankls Weißbierkeller von weitem sieht, aber nicht anspricht. Sehr mysteriös.

№ 422
Enthält den letzten Willen von Xaver Woisetschläger, der über seinen Tod hinaus glühender Theaterfan ist, was sich in seinem Vermächtnis dramatisch niederschlägt.

№ 199
Hier hat der Schickeria-Gastronom und Hotelier Demmel (genannt »Bussibussi«) sein hundsgemeines, hasserfülltes Testament hinterlegt.

№ 123
Ist bis an den Rand gefüllt mit Projektplänen für garantiert todsichere Banküberfälle.

№ 189
Dieses Schließfach gehört Schrotthändler Heilinger. Es enthält Fotos, die wir uns gar nicht genauer anschauen wollen.

№ 666
Das Fach mit den *illegalen Zahlen*. Ja, die gibt es wirklich. Und einer erhofft sich Gewaltiges davon.

№ 711
Welche Überraschung: Polizeiobermeister Franz Hölleisen eröffnet unter dieser Nummer ein Schließfach, angeblich für die Münzsammlung seiner Tante. Kommissar Jennerwein weiß davon freilich nichts.

№ 067

Inhalt dieses Fachs ist lediglich ein kleines, aber aufschlussreiches Notizbuch. Auf dem Etikett steht in kyrillischen Let-
tern: компромат. Richtig russisch, richtig sibirisch, richtig
KGB-verdächtig.

№ 068–100

Alle leer. Ebenfalls sehr verdächtig.

Diese Liste ist sicherlich unvollständig. Es gibt noch weitere
Schließfächer mit obskurem, delikatem oder geheimnisvollem
Inhalt. Ach, Sie glauben mir nicht? Bitte schön, ich greife ein
paar davon heraus.

№ 101

Dieses Schließfach ist sicher schon lange nicht mehr geöffnet
worden, denn als Erstes fällt einem ein Zettel ins Auge:

*Vorsicht! In diesem Fach befindet sich ein Schwarzes Loch, das alles
und jeden einsaugt und unwiederbringlich verschwinden lässt. Am
besten, man öffnet dieses Schließfach gar nicht. Aber das ist natürlich jetzt zu spät.*

Schließfachbesitzer ist ein pensionierter Physiker und Chaos-
forscher vom Max-Planck-Institut in Garching. Keine Ahnung, ob je jemand versucht hat, dem Schließfach auf den
Grund zu gehen. Das fällt wohl unter das Bankgeheimnis.

№ 708

Dies ist das Schließfach von Josy Hirte, einer eifrigen Teil-
nehmerin von allerlei Preisausschreiben, auch literarischen.
Sie besitzt einen Biewer Yorkshireterrier und hat eine Rolle

in diesem Roman gewonnen. Ob das jetzt wirklich wahr ist, kann nur die echte Josy Hirte in Bedburg-Hau an der holländischen Grenze wissen. Grüße dorthin.

№ 1001

Es gibt noch eine letzte Schließfachtür, die dringend geöffnet werden muss. Nämlich die Danksagungstür. Drinnen liegen zwei feinste ecuadorianische Pralinés, kunstvoll geformte und mit Schokoguss überzogene Kugerln, in einem wohltemperierten Kühlkästchen verwahrt, exklusiv für Cordelia Borchardt und Marion Schreiber. Tausend Dank an die edlen Damen, vor deren Glanz selbst der güldene Strahlenkranz der vielgerühmten Dulcinea del Toboso verblasst. Dank für hunderttausend Hilfestellungen!

Wenn Sie über weitere Neuerscheinungen von mir informiert werden wollen, dann senden Sie eine E-Mail mit Ihrem Namen an

newsletter@joergmaurer.de

Ich freue mich auf Ihre Zuschrift!

Mit vielen Grüßen

Jörg Maurer

Jörg Maurer
Im Schnee wird nur dem Tod nicht kalt
Alpenkrimi

Es sind verschiedene Spuren, die sich durch den verschneiten Bergwald ziehen. Da sind die Schritte von Kommissar Jennerwein und dem Kollegen Stengele auf dem Weg zur Berghütte, wo das ganze Team gemeinsam feiern möchte. Da sind hastige Abdrücke, von Blutstropfen begleitet. Und dann schnittige Streifen, wie sie nur von Snowboardern in den Schnee gezeichnet werden. Jennerweins Team freut sich auf einen entspannten Hüttenabend mit Anekdoten und Glühwein. Wenn da nur nicht diese merkwürdigen Störungen wären. Einmal nicht ans Ermitteln denken, war die Devise fürs Hüttenfest. Und so bemerken Jennerwein und sein Team lange Zeit nicht, in welch tödlicher Gefahr sie schweben …

432 Seiten, broschiert

Weitere Informationen finden Sie auf
www.fischerverlage.de

AZ 596-70369/1

Jörg Maurer
Am Abgrund lässt man gern den Vortritt
Alpenkrimi

Ursel Grasegger, Bestattungsunternehmerin a. D. im idyllisch gelegenen Kurort, macht sich Sorgen: ihr Mann Ignaz ist verschwunden. Beim Wandern abgestürzt? Durchgebrannt? Oder gar – entführt? Als ein Erpresserbrief mit Morddrohungen eintrifft, bittet Ursel Kommissar Jennerwein um Hilfe – ganz inoffiziell. Während Jennerwein eine Spur tief in die Alpen hinein verfolgt, untersucht sein Team einen verdächtigen Todesfall in einer Werdenfelser Klinik. Genau dort will eine Zeugin Ignaz gesehen haben. Jennerwein muss sich fragen, auf welcher Seite des Gesetzes er bei seiner Ermittlung steht...

416 Seiten, broschiert

Weitere Informationen finden Sie auf
www.fischerverlage.de

AZ 596-03637/1

Jörg Maurer
Im Grab schaust du nach oben

Böllerschüsse und Blaskapelle am Friedhof des idyllisch gelegenen Kurorts: Eine schöne Beerdigung, sagen alle, die danach ins Wirtshaus gehen. Nur Kommissar Jennerwein muss wieder zum Dienst, denn die Sicherheitslage ist durch einen G7-Gipfel angespannt. Derweil sucht ein Mörder eine Leiche, ein fataler Schuss fällt, und das Bestatterehepaar a.D. Grasegger kämpft um seine Berufsehre. Jennerwein muss einem Geheimnis nachspüren, das jemand mit ins Grab nehmen wollte…

»Maurer punktet mit überraschenden Wendungen, Wortwitz und feinsinnigen Beobachtungen.« *Freundin*

416 Seiten, broschiert

Weitere Informationen finden Sie auf
www.fischerverlage.de

AZ 596-03636/1

Jörg Maurer
Schwindelfrei ist nur der Tod
Alpenkrimi
Band 03145

Der Tod fährt gern Ballon.
Der achte Fall für Star-Ermittler Kommissar Jennerwein

Hoch über dem idyllisch gelegenen Kurort schwebt ein Heißluftballon. Plötzlich ist er verschwunden. Vom Winde verweht?
Abgestürzt? Oder explodiert? Bei den Ermittlungen wirkt
Kommissar Jennerwein abgelenkt. Seit langem besucht er
heimlich einen Unbekannten im Gefängnis. Als der auf einmal
im Kurort auftaucht, droht Jennerweins ganze Existenz wie
ein Ballon zu zerplatzen.

»Ein Krimi-Kunstwerk:
Kult-Kommissar Jennerwein im Höhenflug –
das ist spannend, urkomisch, gnadenlos
und auch mal fast poetisch.«
Daniela Baumeister, hr2 Kultur

Das gesamte Programm gibt es unter
www.fischerverlage.de